www.tredition.de

„Alles ist möglich"

Tobias Kutzke

Multiverse
Die Macht des Lichts

© 2021 Tobias Kutzke

Umschlaggestaltung, Illustration: Designenlassen.de
Lektorat, Korrektorat: Katja Zuleger, Jennifer Kutzke
Herausgeber: Tredition

Verlag und Druck: tredition GmbH, Halenreie 40-44, 22359
Hamburg

ISBN Taschenbuch: 978-3-347-36981-8
ISBN Hardcover: 978-3-347-36982-5
ISBN e-Book: 978-3-347-36983-2

Kapitel 1
Zurück aus dem Ruhestand

Ryo und Leo waren zwei alte Nexus, die sich schon vor einigen Jahren auf einer Erde namens Nova Lux zur Ruhe setzten. Sie hatten schon alles Mögliche zusammen durchlebt und kannten sich schon ihr Leben lang, doch schon seit einiger Zeit zogen sie sich von dem Leben als Nexus zurück, um ein normales, friedliches Leben in ihrer Heimat zu führen. An diesem Tag sollten sich jedoch ihre Pläne für die Zukunft ändern.

Ihr Tag begann wie jeder andere. Mit den ersten Sonnenstrahlen, die durch das Fenster in Ryos Gesicht schienen, öffnete er langsam seine Augen. Er streifte seine aus Fell bestehende Decke zur Seite und stand aus seinem gemütlichen und warmen Bett auf. Er zog sich seine Lumpen über den Leib, schlüpfte in seine leicht zerrissene Hose, schnappte sich seinen Rucksack, der in der Ecke kauerte und verließ seine Hütte. Einen Moment blieb er stehen und genoss die Aussicht in das Tal hinab. Er spürte die Wärme der Sonne auf seiner Haut und lauschte dem morgendlichen Zwitschern der Vögel. Wie jeden Morgen schloss er kurz seine Augen und dankte dem Connector für einen weiteren, herrlichen Tag im Paradies. Von seiner Hütte, die er sich mit seinem Bruder Leo teilte, führte ein kleiner Weg runter in ihr Heimatdorf, Owaho. Ein kleines Dorf mit sehr wenigen Einwohnern. Nicht einmal zwei Dutzend Häuser befanden sich dort, doch das war es, was diesen Ort so besonders machte. Es war wie eine große Familie, zu der sich auch seit Kindeszeiten Ryo und Leo zählten.

Auf dem Weg dorthin genoss Ryo weiter die frische Luft und die unglaubliche Aussicht. Er konnte sich einfach nicht satt sehen, an der über dem Wasserfall aufgehenden Sonne. Er hörte bereits das Rauschen des Wassers des durch das Tal fließenden Flusses, an dem die Kinder spielten. Sie warfen sich einen Ball hin und her und wühlten im Schlamm. Jedes Mal, wenn er die Kinder so spielen sah, weckte es in ihm die Erinnerung an seine eigene Kindheit. Mit einem Lächeln winkte er den Kleinen zu, die sich wie immer freuten Ryo zu sehen.

„Ryo!"

„Hey seht nur, da ist Ryo", riefen sie, während sie schnell zu ihm rannten und ihn umarmten.

Zumindest seine Beine, denn die Kinder waren um einiges kleiner, als der riesige Ryo, doch er freute sich wie immer sie zu sehen.

„Hast du uns wieder etwas mitgebracht?", fragte einer der Kleinen.

„Aber natürlich." Ryo kramte in seinem Rucksack und zog einen kleinen Beutel hinaus.

„Hier, aber nicht alle auf einmal essen! Und sagt euren Eltern nicht, dass ihr sie von mir habt."

Sie kicherten nur und bedankten sich, als sie den Beutel geradezu aufrissen. Darin befanden sich die Himmelbeeren, die nicht nur Ryo so sehr liebte. So schnell die Kinder auch angelaufen kamen, so schnell liefen sie zurück zum Fluss und spielten weiter im Schlamm.

Ryo selbst hatte keine Kinder, das war in seinem bisherigen Leben einfach nicht möglich gewesen, doch wenn er die Kleinen da so herumtoben sah, erweckte es in ihm den Wunsch, eines Tages selbst Vater zu werden. Ganz in seinen Gedanken vertieft, bemerkte er erst gar nicht, dass er bereits an seinem Ziel vorbeigelaufen war.

Im Dorf angekommen begrüßte ihn sein alter Bekannter Ben.

„Oh, hallo Ryo", sagte er, doch der reagierte nicht und spazierte einfach an Ben und seinem kleinen Laden vorbei.

„Hey, Ryo!", rief er etwas lauter.

Erst dann drehte er sich zu ihm um.

„Oh, Ben. Tut mir leid, ich war mit meinen Gedanken wieder ganz wo anders."

Ben lachte nur und umarmte ihn herzlich zur Begrüßung. Jeder im Dorf kannte Ben, denn immerhin war er es, der dafür sorgte, dass jeder genug zu essen hatte. Die Felder, die sich hinter dem Dorf erstreckten, hatte er von seinem Vater übernommen. Seitdem versorgte er die Einwohner Owahos.

Ryo war gekommen, um sich wieder einmal ein paar Vorräte abzuholen.

„Ryo, schön dich zu sehen", sprach er, während er Ryo die Tür zu seinem Laden aufmachte.

„Wie du siehst, war die Ernte dieses Mal besonders erfolgreich. Das habe ich nur dir und Leo zu verdanken", fuhr er fort.

„Och, bitte..."

„Nein, wirklich. Hättet ihr diese Saren nicht vertrieben, ständen wir jetzt alle ohne etwas zu essen da. Wir haben wirklich Glück, dass ihr nach Owaho zurückgekehrt seid. Ich schulde euch was!"

Ryo lachte erst.

„Du weißt, wir machen das nicht mehr für die Belohnung", erwiderte Ryo dann mit einem Zwinkern.

Ben belächelte dies nur.

„Also, was darf es für dich sein? Oh, wir haben diese Zangan Früchte, die Leo so liebt, erst gestern aus Luxtra geliefert bekommen."

„Oh, gut, dann pack mir davon bitte zwei ein. Leo wird sich sicher freuen. Die Sache mit unseren Eltern scheint ihn doch sehr mitzunehmen…"

„Ja…Ja. So etwas ist nie leicht zu verarbeiten. Er braucht sicher nur etwas mehr Zeit und schon bald geht es dem Kleinen schon wieder besser."

„Das möchte ich doch hoffen."

„Also Ryo, darf es sonst noch etwas für dich sein?"

„Ich hätte gerne noch zehn Stück deiner köstlichen Brote."

„Ah, das Übliche also, ha", sagte Ben und packte ein paar seiner vor ihm ausliegenden Brote und die Früchte in einen großen Beutel und überreichte ihn Ryo. Im Gegenzug überreichte Ryo ihm einen kleinen, schweren Beutel, aus dem das Klimpern der Münzen zu hören war.

„Du musst mir eines Tages das Rezept für diese Brote geben."

„Ah, tut mir leid. Altes Familiengeheimnis. Nicht einmal einem so guten Freund wie dir kann ich es anvertrauen."
„Nun, dann wirst du wohl weiter damit leben müssen mich hier regelmäßig zu sehen."
Ryo lachte, packte seine gekauften Sachen in seinen Rucksack und verließ den Laden wieder.
„Grüß mir Leo", rief Ben ihm noch hinterher.
„Mach ich", hallte es nur zurück, ehe die Tür zuknallte.

Mit seinen frisch gekauften Lebensmitteln war sein Morgen allerdings noch nicht getan. Er ging ein paar Hütten weiter in einen weiteren Laden. Schon von draußen war zu erkennen, dass es sich um einen Floristen handelte. Neben den hölzernen Wänden und den Strohdächern des Hauses kamen die bunten Blumen sehr schön zur Geltung. Es klingelte, als Ryo die Tür öffnete. Jade, die Besitzerin dieses Ladens, war gerade hinten im Lager und eilte zur Theke, als sie das Klingeln ihrer Tür hörte, doch in ihrer Eile stoß sie sich an der Theke und einer, der sich darauf befindenden Blumentöpfe, fiel herunter.
„Oh, verdammter Mist!", begann sie zu fluchen. „Dieser Topf hat mich so viel Zeit gekostet…"
Sie beugte sich gerade zu den Scherben herunter und wollte sie aufsammeln, als sie weiß zu leuchten und zu schweben begannen. Sie schreckte zurück und sah zu wie Ryo die Scherben, ohne sie zu berühren, in ihre ursprüngliche Form zusammenfügte. Ryos Hand wurde von einem weißen Schleier umhüllt und nach kurzer Zeit stand der Blumentopf wieder auf der Theke. Jade war beeindruckt. Der Topf hatte keinerlei Anzeichen mehr von seinem Sturz und sah aus wie neu.
„Wow, ich hatte fast vergessen, dass du so etwas kannst. Ich weiß gar nicht, wie ich dir danken soll."
„Ach, ist doch selbstverständlich. Mir passieren auch immer wieder solche Missgeschicke, mach dir nichts draus."
„Hm, vielleicht sollte ich ihn einfach lieber woanders hinstellen", sagte sie und stellte den Blumentopf in das Regal hinter ihr. Besonders standfest sah das jedoch auch nicht aus,

doch Ryo war nicht hierher gekommen, um Jade zu sagen, was sie tun solle.

„Also Ryo, lange nicht gesehen. Was kann ich für dich tun?"

„Ich möchte meine Eltern besuchen", antwortete er.

„Ah, da habe ich doch genau das Richtige."

Jade ging wieder nach hinten in ihr Lager und kramte in einigen ihrer Regale nach den passenden Blumen.

„Ah, wo habe ich ihn denn... Ah, hier. Da ist er ja."

Mit einem Blumenstrauß in der Hand ging sie, dieses Mal langsam und vorsichtig, zur Theke und überreichte ihn Ryo.

„Wenn ich mich recht erinnere, waren Emen doch ihre Lieblingsblumen, oder nicht?" Ryo schaute sich diese dunkelblauen und türkisen Blumen an und erinnerte sich, wie sein Vater seiner Mutter einmal einen Kopfschmuck aus diesen Blumen gemacht hatte.

„Ja, das ist perfekt."

Er kramte noch einmal ganz tief in seinem Rucksack und fischte vom Boden noch ein paar Münzen. Er legte sie sich in seine große Handfläche und zählte sie durch.

„Wie viel bekommst du denn dafür?"

„Für dich reichen vier Links", antwortete sie mit einem Lächeln. Da Ryo ohnehin nur noch fünf Links dabei hatte, gab er ihr die Fünf.

„Bitte, behalte den Rest."

Jade lächelte ihn weiter an und verstaute die Münzen in ihrer Kasse.

„Also, vielen Dank und bis zum nächsten Mal", sagte Ryo zum Abschied.

„Bis bald, und grüß deine Eltern von mir."

„Mache ich", erwiderte er, ehe er die nächste Tür zu knallte. Mit dem Blumenstrauß in der Hand, machte er sich auf den Weg zu seinen Eltern.

Er verließ das Dorf, einen schmalen Weg zwischen den Feldern entlang, geradewegs auf eine Höhle zu.

Diese Höhle hatte eine ganz besondere Bedeutung für die Einwohner Ohawos. Tatsächlich war Ryo schon eine ganze Weile nicht mehr dort gewesen. Es war auch kein besonders schöner Ort, zu dem man gerne ging, doch er wusste der Tag würde kommen, an dem er seine Eltern hier besuchen würde. Und jetzt, wo er sich mit Leo zur Ruhe gesetzt hatte, hatte er auch genug Zeit für seine Besuche.

Die Höhle war stockfinster und kalt. Ryo rieb seine Handflächen aneinander und wie aus dem Nichts entfachte er ein kleines, weiß leuchtendes Feuer in seinen Handflächen. Er suchte die Sockel an der Wand und pustete sein kleines Feuer von seiner Hand in die Fackeln. Wie eine Kettenreaktion entzündeten sich auch die restlichen Fackeln mit einem weißen Feuer. Die Höhle wurde durch das Licht erhellt und Ryo erkannte bereits die ersten Steine. Vorsichtig, ohne irgendwo drauf treten zu wollen, suchte er seine Eltern. Er kniete vor zwei eng aneinander stehenden Steinen und legte den Blumenstrauß nieder. Mit seiner Hand streifte er erst den Staub des linken Steins ab und deckte somit eine Inschrift auf. „Mia, liebevolle Person, fürsorgliche Mutter." Wehmütig entfernte er auch den Staub des anderen Steines. „Perry, geborener Anführer, ehrenhafter Krieger, vorbildlicher Vater."

Davor kniend schloss Ryo seine Augen und begann zu meditieren. Als er seine Augen wieder öffnete, erkannte man ein weißes Leuchten darin, ähnlich wie das des Feuers. Er erinnerte sich zurück an seine Kindheit und an seine Eltern. Daran, wie seine Mutter ihm vor dem Schlafen die Geschichte des roten Blitzes erzählte, wie sie zusammen das Abendessen kochten, wie sein Vater ihm und Leo das Jagen beibrachte, wie er ihnen zeigte, wie man sich seine eigenen Waffen aus einem einfachen Stück Holz machen konnte. Er dachte an all die schönen Erinnerungen. Und auch wenn seine Eltern keine Nexus waren, sowie er und Leo, hoffte er dennoch, dass ihre Seelen vom Connector ins Jenseits geleitet worden waren.

„Ihr seid jetzt an einem besseren Ort", murmelte er.

Nach angemessener Zeit der Trauer machte Ryo sich auf den Rückweg zu seiner Hütte hoch oben in den Bergen.

Als er zu seiner idyllischen Hütte zurückkkam, sah er wie Leo bereits draußen auf seinem Baumstumpf saß und seine Pfeile schnitzte. Er setzte sich auf einen Baumstamm neben ihn und warf ihm die gelbliche, runde Zanganfrucht zu.

„Ben lässt grüßen."

Leo biss in die Frucht und genoss es.

„Mhhh. Genau wie sie sein sollte. Ich liebe diese Dinger." Das Fruchtwasser spritze nur so umher, doch das war Leo völlig egal. Seine nassen Finger wischte er an seiner offenen Weste ab und aß gemütlich weiter.

„Ich habe gerade unsere Eltern besucht", sagte Ryo vorwurfsvoll.

„Oh…Ja… Ich wäre ja mitgekommen, aber naja, ich hatte noch etwas zu erledigen. Vielleicht schaue ich morgen mal bei ihnen vorbei, oder übermorgen…Die laufen uns ja immerhin nicht mehr weg…"

„Keine Angst, ich habe ihnen bereits gesagt, dass der Blumenstrauß von uns beiden ist."

„Du kennst mich einfach zu gut, mein Großer. Aber hey, heißt das du warst nochmal im Blumenladen bei Jade?!"

„Ja…Wieso fragst du?"

„Wieso?! Ach, komm schon Ryo. Selbst du solltest merken, dass sie eindeutig auf dich steht."

„Was? Was redest du da?"

„Ach, Ryo. Hast du noch nie bemerkt, wie sie dich ständig anlächelt?! Schon als wir noch Kinder waren, hat sie dich immer so angesehen."

„Naja, sie ist nun einmal eine nette Frau. Sie lächelt doch bei jedem so viel."

„Wenn du das meinst. Mich hat sie noch nie angelächelt."

Ryo gefiel der Gedanke, dass eine Frau Gefühle für ihn hegte, doch noch bevor er diesen Gedanken zu Ende führen konnte, tat sich ein weißer Rauch in ihrem Vorgarten auf. Ein Rauch, den sie schon lange nicht mehr gesehen hatten. Inmitten dieses

Rauches tat sich ein weiß schimmerndes Portal auf, aus dem ein Mann hervortrat.

Leo ergriff seinen Bogen und spannte einen der frisch geschnitzten Pfeile darin. Auch Ryo stand vor Angst auf und machte sich auf einen Kampf gefasst.

„Wer bist du?", fragten sie den offenbar verletzten Mann, doch der Mann antwortete nicht und kam weiter auf sie zu. Als Ryo ihn sich genauer ansah, schien er ihn jedoch zu erkennen.

„Seid ihr Ryo und Leo?"

„Wer will das wissen?", fragte Leo skeptisch.

„Seid ihr Ryo und Leo?!", fragte der Mann erneut und näherte sich ihnen weiter.

Leo wollte sich wehren und gerade einen Pfeil auf ihn abfeuern, als Ryo rief:

„Leo, warte! Ich glaube, ich weiß, wer das ist. Du bist Theodore, richtig? Theodore Maggs…"

„Cornelius Sohn", fügte Leo hinzu und senkte seinen Bogen wieder.

Maggs war sich sicher, er hat gefunden, wonach er gesucht hatte.

„Mein Vater sagte mir, ich solle euch aufsuchen, wenn ich irgendwann nicht weiterweiß", murmelte er nur.

Leo begann sich aufzuregen.

„Natürlich hat er das. Dieser alte…"

„Also, was verschafft uns die Ehre?", unterbrach Ryo ihn.

„Und warum siehst du aus, als hättest du in Blut gebadet?", fügte Leo hinzu.

Maggs hatte noch nicht verarbeitet, was gerade passiert war, und fand keine Worte.

„Was ist passiert?", fragte Ryo weiter nach, doch Maggs schwieg nur.

„WAS IST PASSIERT?!", fragte Leo noch einmal lautstark.

Maggs setzte sich auf den Baumstamm neben Ryo und wischte sich dabei etwas Blut aus dem Gesicht. Ryo holte einen alten Lumpen aus der Küche und hielt ihn auf eine blutende Wunde an Maggs' Schulter.

„Wir… wir hatten keine Chance", sprach er los.
„Sie haben uns einfach überrannt."
„Wer? Wer hat euch überrannt? Du musst uns schon mehr erzählen. Von Anfang an. Also, was ist passiert?", fragte Leo ein letztes Mal. Ted sah ihn nur verdutzt an und erinnerte sich an das, was passiert war.
„Mein Vater erzählte mir oft diese Geschichte. Ich weiß gar nicht, wie oft ich sie gehört habe. Es war die Geschichte unserer Entstehung, und nicht nur unserer. Die Entstehung von einfach allem. Von jedem Stein, von jedem Lebewesen, vom gesamten Universum und allen parallelen Universen. Es war die Geschichte der ersten Nexus, unserer Vorfahren. Andere Eltern lasen ihren Kindern aus Büchern vor oder erzählten ihnen sonst irgendwelche Märchen, doch mein Vater bereitete mich von Kindheit an auf diesen Tag vor. Mein Vater wollte mich und meinen Bruder damit auf den Tag vorbereiten, an dem der lange Frieden sein Ende nimmt und er nicht mehr da sein würde, um uns zu helfen. Ich wusste, dieser Tag würde kommen, aber ich dachte, ich hätte mehr Zeit. Ich dachte, ich wäre bereit. Mein Vater hatte mir alles beigebracht, was er wusste und konnte, aber jetzt bin ich mir nicht mehr sicher, ob ich es ohne ihn schaffen kann."
„Was schaffen? Was ist denn passiert? Wo ist dein Vater?!", grätschte Leo dazwischen.
„Es ist viel passiert, seit ihr Fatum verlassen habt… Wie ihr wisst, wurde mein Vater König und regierte mit Luciant Herax, als seinen engsten Berater, viele Jahre über Fatum. Sie führten gemeinsam unser Volk in ein Zeitalter des Friedens. Fast 100 Jahre lang führten die Nexus keine Kriege mehr, doch nach dem Tod meiner Mutter, änderte sich alles."
„Kara ist tot?", fragte Ryo.
Maggs nickte und fuhr fort: „Mein Vater versuchte stark für mich und John zu bleiben. Luciant jedoch, der meiner Mutter sehr nahestand, zog sich immer weiter zurück. Er blickte nicht länger nur auf den Frieden, den sie Fatum gebracht haben, sondern viel mehr auf all das Leid in den verschiedenen Welten.

Immer wieder drängte er meinen Vater darauf zu reagieren, doch mein Vater hatte nur das Wohl unseres Volkes im Sinn. Ihre Freundschaft zerbrach immer mehr und Luciant zog sich immer weiter zurück."

„Okay, komm langsam zum Punkt", fiel Leo ihm erneut ins Wort.

„Nach einiger Zeit war es fast so, als hätte er sich und sein Leben aufgegeben. Zumindest bis zum heutigen Tag. Im Geheimen stellte er sich offenbar eine Armee zusammen."

„Eine Armee? Was für eine Armee?", fragte Ryo.

„Ich weiß nicht wie, doch er hat Draugarth gefunden…" „Warte mal! Draugarth? Du meinst das Draugarth? Die verbotene Welt? Das Reich des Todes? Die Welt der Andeda, der Untoten? Ich dachte, sie wäre ein Mythos…", stellte Leo entsetzt fest.

„Es ist wahr. All die Geschichten, die man sich über diese Welt erzählt hat. Skelette, Geister und Zombies, sie alle existieren wirklich. Irgendwie muss es ihm gelungen sein, die Untoten für sich einzunehmen. Ich weiß nicht wie, doch sie strahlten die Dunkelheit der Anexus aus, so als wären sie selbst ein Teil der Dunkelheit. Irgendwie muss es ihm gelungen sein sie zu Anexus zu machen."

Leo und Ryo schauten nur besorgniserregend und ahnten schon, worauf die Geschichte hinauslaufen sollte.

„Sie positionierten sich vor den Mauern der Stadt. Nachdem die Sonne untergegangen war, zog ein heftiger Sturm auf. Im nächsten Moment sahen wir wie tausende, brennende Pfeile und Geschosse auf die Stadt zu flogen. Wir versuchten so viele wie möglich in Sicherheit zu bringen, doch es dauerte nicht lange, bis sie das Tor aufbrachen und in die Stadt einmarschierten, doch die Untoten waren offenbar nicht die einzigen, die er für sich einnahm. Viele Nexus folgten Luciant und griffen uns von innen heraus an. Jeder, der irgendwie kampffähig war, versuchte sie aufzuhalten, damit der Rest sich in Sicherheit bringen konnte, doch einer nach dem anderen wurde getötet. Selbst die Wehrlosen. Frauen und Kinder. Die Untoten machten keine Gefangenen. Nachdem wir unsere Niederlage eingestanden hatten, wussten wir, dass eine Flucht unsere einzige Möglichkeit war. John und ich liefen zurück zum Palast, um unseren Vater zu retten, doch als wir dort ankamen, war er... Luciant war bereits dort und kostete seinen Sieg auf dem Thron aus, oder, wie er sich selbst nennt, Osiris. Er ließ seine ‚Generäle' zurück und entkam uns. Sie waren einfach zu stark für uns. Dank John konnte ich durch den Geheimgang meines Vaters entkommen, doch..." Ted schluchzte.

„Doch was...? Was ist passiert, Ted? Wo ist dein Bruder jetzt?", fragte Ryo.

Ted wischte sich eine Träne aus dem Gesicht und schaute Ryo an.

„Er... Er hat es nicht geschafft", antwortete er leicht weinerlich. „*schluchz* Ich konnte ihn nicht retten. Genauso wenig wie meinen Vater."

„Was meinst du damit? Wo ist Conny jetzt?"

„Winston, ein guter Freund meines Vaters, wartete bereits am Ende des Geheimganges auf mich. Wir versteckten uns eine Weile im Kirchturm, um unsere nächsten Schritte zu planen, und nachdem die Stadt gefallen war, sprach Osiris zu seinen Leuten. Er verkündete voller Stolz, den Tod meines Vaters."

Ryo hielt sich vor Schreck und Trauer den Mund zu. Leo schaute Ryo nur an und sagte:

„Wir werden unseren Ruhestand wohl verschieben müssen..."

Kapitel 2
Ein Junge sieht weiß

Fünf Jahre nach dem „schwarzen Tag" in der Geschichte der Nexus, feierte ein Junge namens Jadon Jay Bastion auf der Erde seinen 18ten Geburtstag. Er lebte in einer Kleinstadt namens Fitzbeck. Dort besuchte er mit seinem besten Freund Julien Miller die örtliche Schule, an der sich ihr letztes Schuljahr so langsam aber sicher dem Ende zuneigte. Die Prüfungen standen kurz bevor und so trafen sich die beiden zum Lernen. Zumindest hatten sie sich das vorgenommen, aber an seinem Geburtstag wollte Jay nicht unbedingt lernen. Ohnehin war es nur die Mathe Prüfung, die vor der Tür stand, die Jay auch ohne zu lernen locker schaffen sollte. Denn wenn er ein Lieblingsfach in der Schule hatte, dann war es Mathe. Zahlen und logisches Denken lagen ihm einfach. Etwas Besonderes hatte Jay sich für seinen Geburtstag aber auch nicht vorgenommen. Ehrlich gesagt, verbrachte er diesen Tag genau wie jeden anderen auch. Julien und er saßen auf seiner Bettkante und spielten Videospiele mit einem Controller in der Hand und einer bestellten Pizza zu ihren Füßen. Eines war dabei immer gewiss: der Streit um das letzte Stück. Wie üblich zog Jay dabei den Kürzeren. Während Jay nämlich wartete, um gemeinsam zu entscheiden, wer das letzte Stück bekommt, aß Julien immer besonders schnell, um es sich einfach schnappen zu können. Wirklich stören tat Jay das aber nicht. Julien war nun einmal etwas breiter gebaut und brauchte immer etwas mehr zu essen. Eine Entschuldigung, die Jay schon viel zu häufig von ihm zu hören bekam.

Auch wenn ihr Körperbau nicht dazu gehörte, da Jay eher schmal gebaut war, hatten die beiden viele Gemeinsamkeiten. Neben Videospielen und der Tatsache, dass sie dieselbe Schule besuchten, teilten sie auch einen Schicksalsschlag in ihrer Vergangenheit. Ihre Familien waren schon vor ihrer Geburt sehr gut miteinander befreundet. Vor allem ihre Väter verbrachten viel Zeit miteinander. Vor fünf Jahren gingen sie gemeinsam auf einen ihrer traditionellen Angelausflüge an einen See in der Nähe, doch kamen sie niemals davon zurück. Die Polizei startete eine großflächige Suchaktion, doch es gab keine Spur von ihnen. Erst einige Wochen später fand man, wie aus dem Nichts, ihre Leichen im See herumtreiben. Spätestens seitdem waren Jay und Julien unzertrennlich. Vielleicht verstanden sie sich auch deshalb so gut, da sie die einzigen waren, die den Schmerz des anderen nachvollziehen konnten. Bei ihren Müttern jedoch sorgte dieses Ereignis für eine gegenteilige Reaktion. Sie gaben sich gegenseitig die Schuld für den Tod ihres Mannes und hatten seitdem den Kontakt abgebrochen. Anfangs wollten sie sogar Jay und Julien den Kontakt verbieten, doch schnell stellten sie fest, dass es ihnen zusammen besser ging als getrennt. Bei all dem Hass den Mrs. Bastion gegenüber Mrs. Miller hatte, wusste sie, dass Julien dafür nichts konnte. So konnte sie auch gut damit leben, dass Julien fast jeden Tag bei ihnen war.

Was sie aber nicht gerne sah, war, wenn sie nach Hause kam und Jay und Julien vor der Spielekonsole hingen, anstatt für ihre Prüfung zu lernen.

„Jay! Ich bin zu Hause", hallte es von unten die Treppe hinauf.

Jay und Julien guckten sich überrascht an.

„Ich dachte deine Mutter kommt erst in zwei Stunden nach Hause."

„Das dachte ich auch."

Sie legten die Controller zur Seite und Julien sprang auf und machte die Konsole aus. Jay schnappte sich die Fernbedienung und schaltete den Fernseher aus. In Eile kramte er seine Schulsachen aus seinem Rucksack und warf sie auf sein Bett. Sie hörten, wie jemand die Treppe hinaufkam, und setzten sich schnell aufs Bett.

Es klopfte an der Tür.

„Herein", sagte Jay und nahm noch schnell ein Mathebuch in die Hand. Seine Mutter trat hinein. Sie begrüßte Julien und gab Jay einen dicken Schmatzer mitten auf die Stirn.

„Alles Gute zu deinem 18ten Geburtstag, mein Liebling." Voller Scham wischte Jay sich den Kuss von der Stirn. „Äh, Dankeschön", entgegnete er ihr.

„Und, habt ihr fleißig gelernt?", fuhr sie weiter fort, während sie sich im Zimmer umschaute.

„Ähm, ja", antwortete Jay.

„Mit Mathe sind wir so gut wie fertig."

„Sicher, dass ihr nicht wieder gespielt habt?"

„Ja", antwortete er genervt von ihrer Fragerei.

„Und der leere Pizzakarton?", fragte sie wissend, dass sie sich nur Pizza bestellten, wenn sie mal wieder Videospiele spielten. Jay guckte Julien verärgert an, da er eigentlich immer für die Entsorgung des Pizzakartons verantwortlich war. Jay versuchte sich irgendwie daraus zu reden: „Also...", doch Julien unterbrach ihn.

„Die habe ich Jay heute ausgegeben. Es ist doch immerhin sein 18. Geburtstag."

„Nun gut. Komm bitte gleich runter und hilf mir die Einkäufe rein zu tragen." Wieder guckte Jay Julien an. „Es wird für mich sowieso Zeit zu gehen. Ich denke wir sind gut vorbereitet für die Prüfung morgen.", sagte er, schnappte sich seinen Rucksack, verabschiedete sich höflich und ging. Im Rausgehen zwinkerte er Jay zu, so als wolle er sagen „Gern geschehen". Jay belächelte dies nur und winkte ihm zum Abschied zu.

„Und, ist Julien schon aufgeregt wegen des großen Fußballspiels morgen?"

„Er wurde leider nicht für den Kader nominiert..."

„Oh, tut mir leid das zu hören."

„Ach, das macht ihm nicht so viel aus. Er hatte sowieso keine Lust auf den Druck, vor der ganzen Schule gewinnen zu müssen, denke ich. So können wir das Spiel zusammen von der Tribüne aus genießen."

Zusammen gingen sie zum Auto und begannen die Einkäufe ins Haus zu tragen. Jay schnappte sich so viel er tragen konnte, um nicht mehrmals laufen zu müssen. „Also bist du morgen Abend

18

zum Essen nicht zu Hause, richtig?", fragte sie ihn beim Reingehen.

Jay wollte gerade darauf antworten, als ihn plötzlich ein seltsames Gefühl überkam. Für den Bruchteil einer Sekunde war er nicht länger Herr seiner Selbst und ließ die Einkäufe zu Boden fallen. Jay wusste gar nicht, wie ihm geschah und sammelte sofort wieder alles auf.

„Jay? Alles in Ordnung?" Verpeilt von dem Moment, antwortete Jay erst nicht.

„Jay?!", rief seine Mutter ein weiteres Mal.

„Hm... Ja alles gut, mir ist nur etwas runtergefallen.", antwortete er und brachte die Einkäufe in die Küche. „Also?", fragte ihn seine Mutter ein weiteres Mal. Jay wusste gar nicht mehr, worauf sie hinauswollte.

„Bist du morgen zum Essen zu Hause oder nicht?", hakte sie weiter nach.

„Oh, ach so, ähm... nein bin ich nicht. Unser Jahrgang verkauft etwas vor Ort, um Geld für die Abschluss-Kasse zu sammeln. Ich esse wohl dort etwas.

„Oh, das hört sich doch gut an. Hier, dann nimm noch etwas Geld mit", sagte sie und holte einen zerknitterten fünf Euro Schein aus der Tasche. Jay guckte etwas enttäuscht, denn zu seinem Geburtstag hätte er mit etwas mehr gerechnet. Dennoch bedankte er sich dafür. Er wusste natürlich, dass seine Mutter nicht mehr allzu viel Geld zur Verfügung hatte, seitdem sein Vater nicht mehr war.

„Keine Angst, dein Geschenk bekommst du am Wochenende, wenn die Familie kommt. Wir haben etwas Besonderes für dich."

Besonders glücklich war Jay darüber aber auch nicht. Seit sein Vater nicht mehr Teil der Feiern war, war die Stimmung etwas getrübt. Es kamen immer wieder Erinnerungen hoch, doch niemand mochte so richtig wahrhaben, was mit seinem Vater geschehen war und verleugneten es daher lieber, doch er war schon etwas gespannt darauf zu erfahren, was sie wohl besonderes für ihn hatten. Er wünschte sich nichts sehnlicher als ein eigenes Auto, aber er wusste selbst, dass dieser Wunsch wohl sobald nicht in Erfüllung gehen würde. Dafür musste er einfach noch ein bisschen weiter sparen.

Später am Abend, als Jay bereits in seinem Bett lag, klingelte das Telefon, was ungewöhnlich war, denn niemand benutzte noch ein Festnetztelefon. Und dann auch noch um diese späte Uhrzeit. Jay stand auf und wollte runter in den Flur, um den Hörer abzunehmen, doch seine Mutter kam ihm zuvor. Er wollte gerade zurück in sein Zimmer, als er seine Mutter genervt sagen hörte: „Mrs. Miller…" Da wurde Jay hellhörig. Seine Mutter hatte schon seit Ewigkeiten nicht mehr mit Juliens Mutter gesprochen. Was sie wohl wollte? Er setzte sich an die Treppe und lauschte dem Gespräch.
„Ich bin auch nicht begeistert sie anrufen zu müssen, aber Julien ist noch nicht nach Hause gekommen. Ist er vielleicht noch bei Jay?", fragte Mrs. Miller am Hörer. „Nein. Er ist schon vor Stunden gegangen."
„Er? Reden sie etwa von Julien?", grübelte Jay.
„Hat er vielleicht gesagt wo er hinwollte?", fragte Mrs. Miller weiter.
„Nach Hause, soweit ich weiß."
Jay machte sich Gedanken. Ist Julien vielleicht nicht nach Hause gegangen? Aber wo könnte er denn hin gegangen sein? Jay machte sich langsam Sorgen.
„Mhh, okay", erwiderte Mrs. Miller nur.
„Na dann, trotzdem vielen Dank. Schönen Abend noch."
„Auf Wiederhören", sagte Mrs. Bastion und legte mit rollenden Augen auf. Jay wollte jetzt genau wissen, worüber sie geredet hatten und ging die Treppe hinunter. „Oh, du bist noch wach?!", stellte seine Mutter fest.
„Wer war das?", fragte er neugierig.
„Mrs. Miller… Offenbar ist Julien noch nicht zu Hause. Du weißt auch nicht wo er hingehen wollte, oder?"
„Nein", antwortete Jay.

„Eigentlich bin ich davon ausgegangen, dass er nach Hause gegangen ist."

„Hm, vielleicht hat er ja eine heimliche Freundin oder so was. Irgendwo muss er ja schließlich sein. Du siehst ihn bestimmt morgen in der Schule wieder. Jetzt geh schlafen, du musst fit für die Prüfung morgen sein."

Jay ging zurück in sein Zimmer und holte sofort sein Handy heraus. „Warum ihn nicht einfach fragen?", dachte Jay sich. In Sorge schrieb er ihm ein paar Nachrichten:

„Julien?"

„Wo bist du?"

„Deine Mutter hat bei uns angerufen…"

„Sie macht sich Sorgen, genau wie ich"

„Antworte bitte, wenn du das hier liest"

Jay wartete und wartete, doch es kam keine Antwort. Es war jetzt auch bereits schon zwei Uhr nachts und Jay fielen so langsam die Augen zu.

Einige Stunden später wachte Jay noch einmal auf. Immer noch keine Antwort. Getrieben von seinem Durst, wollte er erst einmal runter in die Küche und sich ein Glas Wasser holen. Als er runter ging, hörte er bereits die Stimme seiner Mutter aus der Küche.

„Mit wem redet sie da?", fragte er sich. Leise schlich er sich vor die Tür und versteckte sich dahinter, um das Gespräch mit anzuhören. Als er kurz um die Ecke blickte sah er, dass seine Mutter wieder am Telefonieren war. Ob das wieder Mrs. Bastion war? Mit leiser Stimme hörte er seine Mutter sagen: „Das weiß ich auch, aber du weißt ganz genau, dass er nur das Beste für sie wollte. Ich war dabei schon immer deiner Meinung. Ich will sie, genau wie du, aus diesem ganzen Zeug raushalten. Ich war froh, dass er sich damals entschied die Nexus zu verlassen und hier zu leben. Ich wollte nie mehr als ein normales Familienleben, doch du kanntest Paul. Er sagte immer, er sehe in unseren Jungs etwas, das wir nicht sehen konnten."

„Paul? Was um alles in der Welt hat mein Vater damit zu tun?",
fragte Jay sich.

„Ich denke auch, dass es das Beste ist, wenn wir sie aus all dem
raushalten. Wir haben ohnehin seit Jahren nichts mehr von
denen gehört. Wahrscheinlich haben sie ihr Interesse an den
Jungs verloren", fuhr sie nach einer kurzen Pause fort.

„Interesse an den Jungs verloren? Etwa an mir und Julien? Wer
hat das Interesse verloren? Etwa unsere Väter?" Fragen über
Fragen, die in Jays Kopf umherschwirrten.

„Ja, dir auch noch einen schönen Abend", verabschiedete sich
seine Mutter und legte den Hörer bei Seite. Jay wartete einen
kurzen Moment, ehe er in die Küche ging.

„Du bist ja immer noch wach! Geh endlich schlafen!", keifte
seine Mutter ihn nervös an. Jay schnappte sich nur ein Glas aus
dem Schrank und füllte es am Wasserhahn auf.

„Ich wollte nur schnell etwas trinken."

Danach ging er sofort zurück in sein Bett. Ihm schwirrten
immer noch tausende Fragen durch den Kopf, doch jetzt war er
einfach zu müde, um darüber nachzudenken. Morgen war ja
schließlich auch noch ein Tag. Wie immer beobachtete er sein
Flash Poster über seinem Bett, ehe ihm die Augen zufielen und
er einschlief.

Am nächsten Morgen holte sein schriller Wecker ihn aus seinem
leichten Schlaf. Der Wecker klingelte offenbar nicht zum ersten
Mal, denn als er auf die Uhr blickte, zeigte sie bereits 7:20 Uhr
an. Er hatte also nur noch zehn Minuten Zeit um sich fertig zu
machen und rechtzeitig zur Schule zu kommen. Er sprang aus
dem Bett, suchte sich seine Klamotten aus seinem
Kleiderschrank zusammen und lief ins Badezimmer. Er zog
seine Schlafsachen aus, machte sich etwas Zahnpasta auf seine
Zahnbürste und stopfte sie sich in den Mund. Währenddessen
versuchte er verzweifelt seine Hose anzuziehen. Nach kurzem
Schrubben spülte er sich den Mund aus und zog sich sein T-
Shirt an. Er wuschelte sich einmal mit etwas Wasser durch seine
kurzen, dunklen Haare und rubbelte sie sich mit einem

Handtuch trocken. Auch wenn er wusste, dass es bei seinen dicken Haaren ohnehin nicht viel bewirkte, schmierte er sich etwas Haarwachs in die Haare und stylte sie etwas zur Seite. In diesem Moment beneidete er Julien oft um seine dünnen, dunkelblonden Haare. Er stellte das Wachs wieder weg, begutachtete seine Haare kurz im Spiegel und warf sich sein dunkelblaues Hemd über. Um es zuzumachen war keine Zeit. Hecktisch schaute er auf die Uhr. Nur noch 5 Minuten. Schnell rannte er zurück in sein Zimmer, stopfte seine Federtasche und seinen Taschenrechner in seinen Rucksack und lief runter in die Küche. Seine Mutter wartete bereits mit seinem Frühstück in der Hand.

„Danke, Mom", sagte er, während er sich das Frühstück schnappte und seiner Mutter einen Kuss auf die Wange gab. Er nahm sich noch eine Flasche Wasser aus dem Kühlschrank und zog sich schnell seine weinrote Jacke und seine grauen Sportschuhe an, ehe er zur Tür hinausstürmte. Wieder schaute er auf seinem Handy nach der Uhrzeit. 7:30 Uhr, wenn er schnell gehen würde, würde er es noch rechtzeitig schaffen.

„Perfektes Timing", sagte er zu sich selbst und begab sich im Laufschritt zur Schule.

Auf dem Weg kam er an der örtlichen Bank vorbei, wo Mrs. Sona mal wieder für Probleme sorgte. Sie war alt und senil. Jay hatte sie bestimmt schon ein Dutzend Mal kennengelernt, da sie immer wieder vergaß wer er war. Seit einigen Jahren saß sie außerdem im Rollstuhl und beschwerte sich regelmäßig bei den Bankmitarbeitern, dass sie eine Stufe gehen müsse, um in die Bank zu gelangen. Anstatt höflich um Hilfe zu bitten, fuhr sie oftmals nur vor den Eingang und pöbelte dort herum. Trotz ihrer unhöflichen Art und seines Zeitdrucks ging Jay zu ihr und bot ihr wie so häufig seine Hilfe an. Wie gewöhnlich lehnte sie diese zuerst ab, doch Jay ließ nicht locker.

„Ich bitte sie Mrs. Sona, ich bin wirklich spät dran und wenn sie nur weiter hier rumstehen wollen, um andere anzubrüllen, kommen sie heute gar nicht mehr in die Bank! Also was sagen sie, darf ich Ihnen über die Stufe helfen?"

Die alte Dame nickte nur eingeschüchtert von seiner direkten Ansprache, also drehte Jay sie um und hob sie mit samt Rollstuhl über die Stufe.

„So, und wenn sie gleich ganz nett jemanden fragen, hilft Ihnen auch sicher jemand wieder raus, okay? Gut, ich muss jetzt weiter."

„Vielen Dank, junger Mann. Wie ist denn ihr Name?"

„*seufz*. Jay. Mein Name ist Jay", antwortete er ihr und lief weiter zur Schule. Er hörte gerade die Klingel, als er das Schulgelände betrat. Schnell lief er zum Prüfungsraum und suchte sich einen freien Platz. Leider, aus seiner Sicht, waren nur noch die Plätze direkt vor dem Pult des Lehrers frei. Auch nach Julien hielt er Ausschau, doch von ihm war keine Spur zu sehen. Er setzte sich auf einen freien Platz in der ersten Reihe und hoffte, dass Julien noch kommen würde, doch die Prüfungsbögen wurden bereits ausgeteilt und er war immer noch nicht da. Jetzt machte Jay sich wirklich Sorgen. Wo blieb er nur? Ob es vielleicht etwas mit dem Telefonat letzte Nacht zu tun hatte? Er konnte sich jetzt unmöglich auf die Prüfung konzentrieren, doch nachdem er den Stift in die Hand genommen hatte und auf die erste Seite starrte, klopfte es an der Tür. Jay wurde hellhörig und blickte auf. Der Lehrer war ganz vertieft und hörte das Klopfen offenbar nicht. Wieder Klopfte es. Jay meldete und räusperte sich.

„Entschuldigung, aber wollen sie die Tür nicht öffnen?" Erst jetzt, beim dritten Klopfen, stand der Lehrer auf und öffnete die Tür. Tatsächlich war es Julien, der sich verspätet hatte.

„Entschuldigung für die Verspätung, aber" *shhht*, machte der Lehrer und sagte ihm, dass er leise sein solle. Er gab ihm einen Prüfungsbogen in die Hand und bat ihn leise sich zu setzen. Als Julien an ihm vorbei ging, schaute Jay ihn nur fragend an, doch er guckte ebenso fragend und zuckte mit den Schultern. Auch wenn Jay immer noch viele Fragen hatte, die unbeantwortet blieben, jetzt wo er wusste, dass es Julien gut ging, fiel es ihm um einiges leichter sich auf die Prüfung zu konzentrieren.

Jay und Julien gaben schon nach wenigen Stunden ab. Sie waren mit die Ersten, denn die Prüfung ist ihnen alles andere als schwergefallen. Wirklich freuen, dass er es hinter sich hatte, konnte sich Jay jedoch nicht. Er hatte immer noch so viele Fragen. Da er etwas früher als Julien fertig war, wartete er noch vor dem Prüfungsraum, ehe er sich gemeinsam mit Julien auf den Heimweg machte.

„Verdammt Julien, wo warst du gestern?", fragte er ihn als er endlich rauskam. Julien schaute sich panisch um und zog Jay an seinem Arm etwas von der Tür weg. „Ganz ehrlich... Ich weiß es nicht", flüsterte er ihm zu. „Was soll das heißen, du weißt es nicht?"

„Ich habe, wie jedes Mal, die Abkürzung durch den Wald genommen. Plötzlich wurde mir schwarz vor Augen und als ich wieder zu mir kam, war es plötzlich dunkel und es waren Stunden vergangen."

„Vielleicht solltest du damit lieber zu einem Arzt gehen."

„Ja, vielleicht, doch irgendwie... Ich weiß nicht wie ich es beschreiben soll... Es war, als würde etwas oder jemand in mich fahren. So als..."

„Wärst du nicht länger der Herr deiner Sinne?!"

„Ja, genau!"

Jay kannte dieses Gefühl ebenfalls, auch, wenn es bei ihm nur einen kurzen Moment andauerte und ihn nicht mehrere Stunden außer Gefecht setzte. Daher hielt er es nicht für notwendig, Julien davon zu erzählen. Jetzt wusste er zumindest, dass er damit nicht allein war und sich das nicht eingebildet hatte, doch es gab da noch eine weitere Frage, die ihm auf der Seele brannte.

„Hast du jemals etwas von sogenannten "Nexus" gehört?"

„Nexus? Nein, noch nie davon gehört. Warum fragst du?"

„Gestern Abend habe ich mitbekommen, wie meine Mutter von ihnen sprach. Und über meinem Vater. Offenbar herrschte irgendeine Verbindung zwischen ihnen und meinem Vater."
„Du denkst, sie könnten etwas mit dem Tod unserer Väter zu tun haben?"
„Naja… Zumindest denke ich, dass unsere Mütter etwas über ihren Tod wissen, dass sie vor uns geheim halten."
„Vielleicht sollten wir sie einfach damit konfrontieren?!"
„Ja. Das sollten wir, vermutlich. Heute Abend nach dem Spiel. Ich frage meine Mutter und du deine. Mal sehen, ob wir etwas herausfinden können."

Als die beiden gemütlich über den Schulhof nach Hause schlenderten, traf Julien auf seine Freunde, die er vom Fußball kannte. Jay konnte mit diesen aufgeblasenen Wichtigtuern noch nie viel anfangen, aber das beruhte auf Gegenseitigkeit. Nicht nur einmal wurde Julien darauf angesprochen, warum er denn immer mit Jay rumhinge. Er begrüßte jeden einzelnen mit einem eigenen Handschlag, so, als würden sie beim Training nie etwas anderes machen, als Handschläge zu üben. Auch Jay und Julien hatten ihren ganz eigenen Handschlag, doch wann immer er sie sah, fühlte sich ihrer immer etwas weniger besonders an. Da er Jay nicht lange warten lassen wollte, wünschte Julien seinen Freunden nur viel Glück für das wichtige Spiel am Abend und ging weiter.
„Ich verstehe immer noch nicht, was du an denen findest", äußerte Jay.
„Sie sind nun einmal mein Team. Du glaubst gar nicht wie gut es sich anfühlt ein Teil eines gut eingespielten Teams zu sein. Da macht es einem dann auch nichts mehr aus, wenn man sich zum Wohl der Mannschaft auf die Tribüne setzen muss."
Diese Worte gaben Jay zu denken. Er wusste tatsächlich nicht wie es sich anfühlte Teil eines Teams zu sein. Neben Julien hatte er sonst keine anderen wirklichen Freunde, doch wirklich bedauert hat er das eigentlich nicht. Vielleicht ja, aber auch nur, weil er gar nicht wusste was ihm entging.

„Nach unserem Abschluss suchen wir uns ein Team dem wir uns gemeinsam anschließen, dann wirst du es verstehen", fügte Julien hinzu.

Den restlichen Weg redeten die beiden nicht viel, da sie das Gefühl nicht los wurden, dass sie jemand beobachten würde. Wie aus dem nichts zog eine merkwürdige Kälte auf, die die Beiden beunruhigte. Sie schauten sich um und sahen einen Mann mit grauem Hut und Mantel, der auf seine Knie fiel. Jay und Julien sahen den Mann und boten ihre Hilfe an.

„Ist alles okay bei Ihnen?", rief Jay ihm zu.

Als der Mann aufblickte und die Jungs auf ihn zukommen sah, stand er schnell auf und ging ohne ein Wort zu sagen weiter, doch noch bevor er ging, spürten Jay und Julien eine eigenartige Wärme von dem Mann ausgehen. Ein Gefühl, dass sie schon lange nicht mehr Gefühlt haben, doch vermutlich waren sie wohl nach dem ganzen Stress einfach etwas von der Rolle. Nachdem Julien eine ganze Nacht verschwunden war, war das ja auch nur zu verständlich. Dennoch wurde Jay etwas misstrauisch.

„Das war merkwürdig", stellte Julien fest.

„Muss es wohl eilig gehabt haben...", antwortete Jay.

„Ist alles okay bei dir? Du wirkst etwas abwesend."

„Äh...Ja. Alles gut. Ich denke, ich lege mich einfach noch mal ein wenig hin vor dem Spiel. Ich habe nicht besonders gut geschlafen letzte Nacht."

„Wem sagst du das... Ich werde auch noch mal ein paar Stunden schlafen. Nach der Prüfung und der letzten Nacht brummt mir mein Schädel."

Die Jungs hatten den besagten Wald erreicht, durch den Julien seine gewohnte Abkürzung ging. Sie verabschiedeten sich mit ihrem ganz persönlichen Handschlag. Handschlag innen, Handschlag außen, ein fester Handgriff, Schulter an Schulter, mit der linken Hand streiften sie über ihre linke und mit der rechten über ihre rechte Seite, gekrönt von einem Militärgruß. Wie sie darauf gekommen sind, wussten sie schon selbst nicht mehr, aber jedes Mal aufs Neue war es ein gutes Gefühl.

Den Rest des Heimweges bestritt Jay allein. Bevor er nach Hause ging, legte er noch einen Zwischenstopp bei seiner Lieblings Pizzeria ein. Nicht um sich, wie so häufig, wieder eine Pizza reinzuziehen. Nein. Diese Pizzeria machte, zumindest nach Aussage von Jay, die weltbesten Sandwiches. Der Besitzer, Gigi, kannte Jay bereits sehr gut. Sogar so gut, dass er ihn ab und an für etwas Geld in seinem Laden aushelfen lies.

„Jay, mein guter Junge, schön dich zu sehen", begrüßte er ihn mit einem klischeehaften italienischen Akzent. Jay ging mit einem Lächeln auf ihn zu und umarmte ihn. Gigi war so breit, dass Jay jedes Mal wieder versuchte seine Hände hinter ihm zusammen zu führen. Gefühlt entfernte er sich jedoch immer weiter von diesem Ziel.

„Wie lief deine Prüfung?"

„Oh, ganz gut soweit. Mathe halt. Gibt schwierigeres auf dieser Welt."

„Ah, nimm Schule besser ernst mein Junge, sonst endest du noch wie der alte Gigi, haha."

„Zufrieden und in seiner eigenen Pizzeria arbeiten? Da könnte ich mir schlimmeres vorstellen."

Beide lachten nur nach dieser Aussage.

„Also, das Übliche?"

„Deswegen bin ich hier", erwiderte Jay nur. Wieder lachte Gigi nur und begann Jay sein Sandwich vorzubereiten.

„Also Junge, erzähl schon... Wie sagt ihr Kids heutzutage? Was machen Sachen!?"

Wieder lachte Jay nur.

„Wie geht es deiner Mutter?", fragte Gigi weiter.

„Ach, du weißt schon. Sie arbeitet viel, bemüht sich mir zu helfen, wo sie kann. Bald jährt sich der Todestag meines Vaters, wir sind daher beide nicht besonders gut drauf, aber wir kommen ganz gut klar. Wie ist es bei dir? Wie geht es deiner Tochter? Sara war ihr Name, stimmt`s?"

„Ah, ja. Sie ist mein Ein und Alles, mein Goldschatz. Nächsten Monat wird sie schon vier Jahre alt."

„Wow, es kommt mir vor wie gestern, dass ich für dich einspringen musste, weil du zu deiner Frau ins Krankenhaus musstest. Unglaublich, dass es schon vier Jahre her ist."
„Ja. Die Zeit macht vor niemandem halt. Nutze sie solange du kannst, mein Junge."
„Weise Worte…" Jay nahm sich sein Sandwich und machte sich auf den Weg.
„Hey, du musst das bezahlen!", rief Gigi ihm hinterher. „Zieh es mir einfach vom nächsten Lohn ab", erwiderte Jay nur und ließ Gigi mit einem Lachen zurück.
Auf dem Weg aß er sein köstliches Sandwich auf. Zu Hause angekommen legte er Schuhe und Jacke an der Garderobe ab und machte sich auf in sein Bett. Noch ein paar Stunden schlafen bis zum großen Spiel. Das dürfte ihm ziemlich guttun nach den vergangenen Ereignissen.
Während er schlief, hatte er einen verrückten Traum. Er sah sich und Julien beim großen Spiel heute Abend. Es lief wirklich gut für das Team seiner Schule, zur Halbzeit schon führten sie haushoch. Es war nur ein Traum, doch es wirkte für ihn nicht wie einer. Zudem hatte er auch noch nie von Fußball geträumt. Er saß auf der Tribüne neben Julien und gemeinsam aßen sie eine Tüte Popcorn. Julien fühlte bei jeder Aktion mit seinem Team und feuerte sie pausenlos an, doch inmitten des Spiels wurde es unterbrochen. Alles was er sah, war ein schwarzer Rauch, der sich über dem gesamten Spielfeld breit machte. Und aus diesem Rauch griff eine riesige, schwarz schimmernde Hand nach ihm und Julien. Es zog sie mitten in den Rauch und sperrte sie in eine Dunkelheit, aus der es kein Entkommen gab. Alles, was Jay jetzt noch fühlte, war eine Eiseskälte, die ihn umgab, doch in dieser Dunkelheit begann er langsam einen Mann zu erkennen. In seiner rechten Hand hielt er ein Schwert und mit seiner linken Hand begann er Julien zu würgen. Als Jay seinen Freund erkannte, wollte er ihm zur Hilfe kommen, doch Jay konnte sich nicht bewegen. Er war wie festgefroren. Der Mann warf Julien vor sich auf die Knie. Ein letztes Mal blickte Jay in seine Augen, bevor der Mann Julien sein Schwert durch

die Brust rammte. Vor lauter Schreck wachte Jay schreiend auf. Er atmete tief durch und machte sich bewusst, dass es nur ein Albtraum war, doch er hatte noch nie einen Albtraum, der sich so real anfühlte.

Als er aufstand merkte er, dass er von tierischen Kopfschmerzen geplagt wurde. Er konnte kaum aufrecht stehen vor Schmerz und quälte sich irgendwie ins Badezimmer, um eine Tablette zu nehmen. Auf dem Flur wurden die Schmerzen immer schlimmer, sodass er vor lauter Schmerzen zu stöhnen begann. Er hielt sich den Kopf und schaffte es gerade so ins Badezimmer, ehe er vor Schmerzen zu Boden fiel. Zusammengezogen und keuchend lag er am Boden des Badezimmers. Ein paar Minuten lag er dort, bis die Schmerzen endlich ein wenig nachließen. Jay richtete sich langsam wieder auf und kniete sich hin, als er etwas Ungewöhnliches an seinen Händen beobachtete. Er nahm sie vor sein Gesicht und schaute sie sich ganz genau an. Er konnte nicht fassen, was er sah. Das war einfach nicht möglich.

„Ich muss träumen", sagte er vor lauter Schreck. Seine Hände schimmerten doch tatsächlich in einem hellen weiß. Er sprang auf und schaute in den Spiegel. Auch hier leuchteten sie weiß, doch neben seinen Händen änderte sich auch seine Augenfarbe von Braun zu einem strahlenden Weiß. Jay wurde langsam etwas nervös. Panisch rieb er sich seine Augen in der Hoffnung, dass er nur etwas mit den Augen hatte, jedoch änderte auch das nichts an dem Leuchten. Er drehte den Wasserhahn auf und versuchte sich diese weiße Farbe abzuwaschen, aber es ging und ging einfach nicht ab. Auch die Seife bewirkte nichts. Jay wurde immer nervöser.

„Scheiße", murmelte er immer wieder, während er sich weiterhin die Hände wusch. „Scheiße...Scheiße...VERDAMMT", brüllte er laut. Verzweifelt und vor lauter Anstrengung dieses Leuchten los zu werden, stützte er sich am Waschbecken ab. Er atmete tief durch, und schaute sich im Spiegel an.

„Was passiert nur mit mir?", fragte er sein Spiegelbild. Dann, wie aus dem nichts, brach ein Teil des Waschbeckens, auf dem er sich abstütze, ab. Sein rechter Arm rutschte ab und er merkte deutlich, wie er sich an der offenen Kante, in die Hand schnitt. „AA!", rief er aus Reflex. Er wurde panisch und bekam große Angst. Sein Herz raste.

„Wie ist das jetzt passiert?"

Jay war wie gelähmt und starrte nur auf die Scherben am Boden.

Klopf Klopf machte es an der Tür.

„Jay? Kommst du, wir wollten doch noch beim See vorbeischauen", sprach Julien durch die verschlossene Tür. Jay schaute auf die Uhr im Badezimmer. 18:00 Uhr. Er hatte vollkommen vergessen, dass Julien ihn um 18 Uhr abholen wollte.

„Ja, ich komme gleich. Du kannst schon mal runter gehen, ich bin gleich bei dir."

Jay atmete ein paar Mal tief durch und beruhigte sich langsam. Als er ein letztes Mal in den Spiegel schaute, war das Leuchten endlich verschwunden. Auch seine Hände fühlten sich wieder normal an, sogar etwas zu normal. Verwirrt schaute er sich seinen rechten Arm und seine Hand genau an. Nichts. Kein Blut, kein Schnitt, nicht einmal ein Kratzer.

„Aber ich habe mich doch gerade...", murmelte er fest der Überzeugung, dass er sich an dem Waschbecken geschnitten hatte. Mit seiner überraschend unversehrten Hand hob er die Bruchstücke auf und versuchte sie mit Kraft zurück an ihren Platz zu stecken. Zumindest ein Paar hielten, auch, wenn sie jeden Moment drohten wieder runter zu fallen. Die restlichen Scherben steckte er in den Schrank unter dem Waschbecken.

„Keine Ahnung, wie ich das Mom erklären soll. Sie wird mich umbringen, wenn sie das sieht..."

Er schmiss die restlichen Scherben in den Müll und hoffte es würde ihr erst auffallen, wenn die Familie am Wochenende da war, dann würde Jay zumindest nur einen leichten Anschiss bekommen.

„Was dauert denn schon wieder so lange?", fragte Julien ihn, als er endlich die Treppen runterkam.

„Ich habe mal wieder verschlafen... Du kennst mich ja", antwortete er nur, auch wenn er ihm gerne die Wahrheit gesagt hätte. Er müsste ihn ja für verrückt halten, wenn er ihm sagen würde, dass seine Hände und Augen weiß leuchten würden, also beließ er es lieber dabei. Er schnappte sich seine Jacke von der Garderobe, schnürte sich seine Schuhe fest und öffnete Julien die Tür.

„Alter vor Schönheit."

„Jaja, du mich auch", erwiderte Julien. Zusammen machten sie sich auf den Weg zum See, an dem ihre Väter vor fast genau fünf Jahren gestorben waren. Sie kamen oft hierher. Trotz der Tragödie, die sich abspielte, war das ihr Lieblingsort, denn hier fühlten sie sich ihren Vätern am nächsten. Es gab einen Felsvorsprung, von dem man eine wunderbare Sicht auf den See hatte. Sie setzten sich wie immer an den Rand und genossen die Aussicht. Der See war umrahmt von Bäumen und war zumindest so etwas wie ein Zufluchtsort geworden. Wann immer sie traurig oder wütend waren, wann immer sie sich einsam fühlten, kamen sie hierher um noch einmal die Nähe ihrer Väter zu spüren.

An dem See gingen sowohl Jay, als auch Julien viele Sachen durch den Kopf. Jay war sich immer noch nicht sicher, ob er sich das Leuchten nur eingebildet hatte. Julien hingegen hatte ein "interessantes" Gespräch mit seiner Mutter über seine Zukunft. In letzter Zeit war das sowieso ein großes Thema, immerhin würden Jay und Julien dieses Jahr ihren Abschluss machen, doch was sie danach machen wollten, wussten sie noch nicht genau. Als Julien in Erinnerungen schwelgte, fiel ihm ein alter Spruch von ihren Vätern ein, den sie ihnen immer wieder sagten. Offenbar grübelte er sehr auffällig, denn Jay bemerkte, dass ihn etwas beschäftigte.

„Woran denkst du?"

„Meine Mutter hat mit mir wieder über die Zeit nach der Schule gesprochen."

„Oh, das Thema also. Ich habe in den letzten Wochen auch viel darüber nachgedacht."
„Erinnerst du dich noch daran, was unsere Väter uns immer gesagt haben?"
„Natürlich. Wenn ihr wollt, könnt ihr alles erreichen, solange ihr nur zusammenhaltet. Ich habe oft über diese Worte nachgedacht."
„Ich auch. Ich denke, er hatte recht. Zusammen können wir alles erreichen. Zusammen können wir…"
Jay wusste was er sagen wollte und beendete einen Satz mit einem beliebten Zitat seines Vaters. „die Welt verändern?!"
„Egal, was in der Zukunft auch sein mag, was sie uns auch bringt, wir gestalten sie gemeinsam", sagte Julien.
Sie schauten sich hoffnungsvoll an und besiedelten ihr Vorhaben mit ihrem Handschlag. Diese Unterhaltung tat beiden sichtlich gut. Sich endlich über etwas anderes Gedanken machen zu können als die verrückten, vergangenen Stunden.
Nachdem sie einige Zeit am See verbrachten und die Ruhe genossen, war es Zeit für die beiden sich zum Spiel aufzumachen, immerhin wollten sie auch nicht zu spät kommen und nur noch die Plätze in den letzten Reihen bekommen.
Am Sportplatz der Schule angekommen, zeigten die Beiden ihre Eintrittskarten vor, holten sich jeder eine Tüte Popcorn von ihren Mitschülern und setzten sich auf ihre Plätze.
„Unglaublich wie viele Leute hier sind", stellte Jay fest. Als er sich so umschaute, fiel ihm vor allem ein Mann neben der gegenüberliegenden Tribüne auf. Er trug einen langen, grauen Mantel und hatte eine spiegelnde Sonnenbrille auf. Jay war sich sicher, dass es der Mann war, dem sie auf der Straße begegneten. Irgendetwas kam ihm immer noch seltsam an diesem Mann vor, doch vielleicht war er auch einfach nur ein einfacher Mann und Jay machte sich einmal wieder unnötig viele Gedanken. So schnell sich diese Gedanken in Jays Kopf breit machten, so schnell verschwand dieser Mann wieder hinter dieser Tribüne.

Kurz vor Spielbeginn machte der Schülersprecher eine Ansage über die Sprechanlage:

„Ein herzliches Willkommen an alle Schüler, alle Lehrer, alle Eltern, Freunde und Verwandte. Herzlich Willkommen zum großen Finale dieser Saison. Unsere wunderbare Fitzbeck High-School tretet in diesem wunderbaren Flutlichtspiel gegen unsere Rivalen aus Faston an. Das ganze Jahr haben wir auf dieses Spiel gewartet und heute ist es endlich soweit! Hier kommt FITZBECK!!"

Die Menge klatschte und jubelte den auflaufenden Spielern zu. „Und jetzt bitte einen angemessenen Applaus für unsere Rivalen! Möge der Bessere dieses Spiel für sich entscheiden!"

Einige klatschten, doch die meisten Pfiffen, als die Spieler der Faston High-School den Platz betraten.

Kurz darauf begann dann das Spiel.

Zur Halbzeit steht es unentschieden, 1:1. Jay und Julien verfolgten das Spiel aufmerksam und auch wenn Jay normalerweise nicht viel von seiner Schulmannschaft hielt, fieberte er mit, allerdings machten sich im Laufe der ersten Halbzeit bei beiden wieder einmal leichte Kopfschmerzen bemerkbar.

Während der Pause kam der Trainer der Schulmannschaft und rief nach Julien. Ein Spieler hatte sich offenbar verletzt und er bat Julien sich umzuziehen und ihn zu ersetzen. Fragend schaute er Jay an, weil er ihn ungerne allein lassen wollte.

„Worauf wartest du? Geh schon und mach sie fertig", sagte er ihm. Auch wenn er sich nicht ganz auf der Höhe fühlte, diese Chance wollte Julien auf keinen Fall verpassen. Er lief in die Kabine und zog sich um. Natürlich saß Julien zu Beginn der zweiten Halbzeit erst einmal auf der Bank, doch er war zuversichtlich, dass er noch zu seinem Einsatz kommen würde. Das Spiel war eng und umkämpft. Jeder Angriff könnte nun der Entscheidende sein. Kurz vor Schluss entschied sich der Coach doch noch Julien aufs Feld zu schicken, doch dessen Schmerzen wurden von Minute zu Minute schlimmer. Als Julien dann endlich eingewechselt werden sollte und sich neben den Coach stellte, kippte er plötzlich um. Jay beobachtete dies von seinem Platz aus und sprang sofort auf. Der Coach beugte sich sofort zu ihm runter.

„Was ist mit dir?", fragte er Julien. Er schwieg nur, war vor lauter Schmerzen gar nicht mehr in der Lage zu antworten. Er begann zu schreien. In seinem Kopf hörte er Stimmen, die immer wieder sagten: „Julien! Wir kommen dich holen!", so laut, dass er kaum noch etwas anderes hören konnte. Die Stimmen wurden lauter und lauter. Das Spiel wurde unterbrochen. Alle blickten auf Julien. Der Coach war gerade dabei einen Krankenwagen zu rufen, als Julien brüllte: „Mach, dass sie aufhören! Bitte! Hört auf!"

Jay lief so schnell er konnte zu Julien und versuchte ihm zu helfen. Seine eigenen Schmerzen ignorierte er, als er sich zu Julien herunter beugte.

„Hey, Julien... Julien. Sieh mich an, mein Freund. Julien, sieh mich an. Beruhige dich. Es wird alles gut. Hilfe ist bereits unterwegs!"

Julien nahm all seine Kraft zusammen und versuchte Jay anzusehen. Dieser konnte es nicht glauben. Juliens Augen waren pechschwarz. In diesem Moment wurde ihm klar, dass sich auch sein Leuchten nicht eingebildet hatte, dennoch versuchte er sich weiter zusammen zu reißen.

„Ich bin hier, mein Freund. Alles wird wieder gut. Der Krankenwagen ist gleich hier."

„Ach du Scheiße!", rief ein anderer Spieler auf der Bank, als er sah, dass Juliens Hände schwarz zu schimmern begannen. Die Spieler sprangen auf und entfernten sich von ihm.

„Was ist mit ihm? Was passiert da? Was stimmt nicht mit ihm?", tuschelte es überall.

Die Menge verstummte, als sich ein schwarzer Rauch inmitten des Spielfeldes breit machte. Jay bemerkte es und erinnerte sich an seinen Albtraum der letzten Nacht. „Unmöglich", dachte er sich. Im nächsten Moment tat sich ein schwarz schimmerndes, kreisförmiges Portal inmitten des Rauches auf.

Aus diesem Portal trat ein blass aussehender Mann hervor. Er hatte langes weißes Haar und rote Augen, trug eine lange, dunkelgrüne, silberne Robe und zeigte mit einem seiner dünnen und krummen Finger in Richtung von Jay und Julien.

„Bringt mir den Jungen!", rief er und breitete mit einem herrischen Lachen seine Arme aus. Aus dem Portal hinter ihm marschierten Wesen, die unmöglich existieren konnten. Skelette, die von innen heraus im selben Schwarz schimmerten, wie Julien, und ein Schwert mit sich führten. Geister, mit angsteinflößenden Gesichtern, flogen umher. Hundeähnliche Bestien, die nur darauf warteten etwas zerfleischen zu können, und noch weitere dieser blassen Menschen in dunklen Rüstungen kamen hervor. Sie sahen schon fast aus wie... Zombies. Panik breitete sich aus. Die Menschen rannten um ihr Leben und riefen um Hilfe.

Jay wusste, dass sie fliehen mussten. Er half Julien wieder auf die Beine und stützte ihn beim Laufen.

„Julien, ich weiß es ist hart, aber wir müssen von hier verschwinden. Denkst du, du schaffst das?"

Julien nickte trotz seiner Schmerzen. Sie rannten, wie viele andere, in den Wald hinter dem Sportplatz, in der Hoffnung Schutz in der Dunkelheit zu finden, doch die Bestien verfolgten sie und waren um einiges schneller. So schnell sie konnten liefen Jay und Julien weiter und weiter. Immer wieder schauten sie hinter sich und mussten mit ansehen wie unzählige ihrer Mitschüler von diesen Bestien geradezu zerrissen wurden.

Es dauerte nicht lange, ehe die ersten Polizisten erschienen. Man hörte nichts als Sirenen und Schreie. Die Polizisten verschossen ganze Magazine auf die Eindringlinge, doch es konnte ihnen nichts anhaben. Die Skelette kümmerte eine lächerliche Kugel nicht, durch die Geister flogen sie hindurch, aus den zombieartigen Wesen tropfte schwarzes Blut, doch sie schienen keinen Schmerz zu empfinden. Durch das Portal kamen immer mehr dieser Monster. Die Polizisten waren zahlenmäßig unterlegen und hatten keine Chance.

Jay und Julien rannten und rannten, doch die Bestien kamen immer näher. Jay wusste, dass sie ein Rennen auf jeden Fall verlieren würden, also hielt er Ausschau nach einem Versteck. Als sie einen kleinen Vorsprung runtersprangen, stellte Jay sich zurück an die Wand und zog Julien zu sich heran. Sie duckten sich und beteten, dass diese Bestien einfach weiterlaufen würden. Ihnen rutschte fast das Herz in die Hose, als sie die Ersten über sie hinweg springen sahen. Nur eine der Bestien blieb auf dem Vorsprung stehen. Sie hörten ganz genau, wie er herumschnüffelte. Sie hielten die Luft an und wollten bloß keinen Ton von sich geben. Sie zitterten am ganzen Körper und hatten, wortwörtlich, Todesangst. Zu ihrem Glück schrie einer ihrer Mitschüler sehr laut und zog die Aufmerksam der Bestie auf sich. Sie atmeten erleichtert auf, doch sich zu bewegen, trauten sie sich immer noch nicht. Schon im nächsten Moment tat sich vor ihnen wieder eines der Portale auf. Schnell sprangen die beiden wieder auf und versuchten wegzulaufen. Aus dem Portal trat wieder der blasse Mann mit den roten Augen.
„Lauf! Lauf! Lauf!", riefen die beiden immer wieder. Der Mann, der in Begleitung zweier Bestien war, scherte sich nicht um ihren Fluchtversuch. In seiner Handfläche erschuf er einen schwarzen Ball, aus dem ein Arm hervor sprang, der sich Juliens Bein krallte. Er bewegte seine Hand ein paarmal im Kreis und zog Julien zu sich.
„Jay!", rief er voller Angst. Als Jay bemerkte, dass er in den Fängen einer schwarzen dunklen Hand war, reichte er Julien seine Hand und versuchte ihn mit aller Kraft bei sich zu halten. Er zog und zog, und bei all dieser Anstrengung verfärbten sich Jays Augen wieder weiß. Der Mann war überrascht von der Stärke, als er die weißen Augen sah.
„Noch ein Nexus...Schnappt euch diesen Jungen!", befahl er seinen Bestien. Julien war starr vor Angst, doch er sah ein, dass Jay ihn nicht retten konnte.
„Jay! Du musst mich loslassen!"
„Niemals", erwiderte er nur und zog weiter mit aller Kraft. Die Bestien kamen immer näher und näher.

„Jetzt geh endlich! Jay! Wir haben keine Zeit für so etwas! Bring dich in Sicherheit! Wir können es nicht beide schaffen!!" Jay wusste, dass er recht hatte, doch er konnte doch nicht einfach so seinen besten Freund zum Sterben zurücklassen.

„Geh und verändere die Welt", fügte Julien mit ruhigerer Stimme hinzu. Jay konnte sich seine Tränen nicht mehr verkneifen. Er wusste ganz genau, dass er keine Wahl hatte. Er musste Julien zurücklassen.

„Es tut mir leid", sagte er ihm während er ihm tief in die Augen schaute. Julien zwinkerte mit seinen Augen und Jay ließ seine Hand endlich los. Er drehte sich um und lief so schnell er nur konnte weiter in den Wald hinein. Als er sich noch einmal nach hinten umdrehte, sah er wie der Mann wieder mit Julien im Portal verschwand. Danach lief und lief er immer weiter, doch die Bestien holten ihn bald ein. Jay stolperte über eine Wurzel im Boden und sah sich den Bestien ausgeliefert. Sie hatten drei grüne Augen und eine längliche Schnauze mit großen scharfen Zähnen. Ihr Körper und ihre Beine bestanden nur aus Knochen. Nur Kopf und Schwanz ähnelten einem Hund. Die zwei Bestien näherten sich Jay auf den letzten Metern langsam und sabberten bereits vor Appetit. Jay war sich sicher jetzt würde er sterben. Er schloss seine Augen und spürte bereits den faulen Atem der Bestien in seinem Gesicht. Jeden Moment würden sie beginnen ihn zu zerfleischen. Er wollte einfach, dass es so schnell wie möglich vorbei ging. Er kniff die Augen zusammen und hielt sich seine Hände vor sein Gesicht, doch ganz plötzlich hörte er, wie eine der Bestien kurz jaulte und danach verstummte. Als er vorsichtig die Augen öffnete, steckte ein Schwert inmitten des Kopfes der Bestie. Der Mann, der das Schwert führte, zog es wieder raus und erstach auch die andere Bestie. Er reichte Jay die Hand und half ihm wieder auf. Erst jetzt erkannte er den Mann. Es war der Mann mit dem grauen Mantel, den er vor dem Spiel gesehen hatte. Jay bedankte sich bei ihm.

„Es werden jeden Moment noch mehr von ihnen kommen. Wir müssen sofort von hier verschwinden!", erwiderte der Mann nur.

„Warte. Wer sind sie überhaupt? Was sind das für Wesen hier? Was wollen Sie von mir? Was ist hier eigentlich los?"

„Ich habe keine Zeit dir deine Fragen zu beantworten. Wenn Osiris merken sollte, dass ich hier bin, haben wir gleich ein viel größeres Problem. Jetzt komm, wir müssen von hier verschwinden", sagte der Mann und öffnete mit seiner Hand eines dieser Portale, doch dieses schimmerte weiß.

„Ich kann hier nicht weg. Sie haben Julien mitgenommen, wir müssen ihm helfen... Ich muss nach Hause meine Mutter warnen!"

Der Mann schüttelte nur verärgert den Kopf.

„Jay, wir müssen von hier verschwinden! Jetzt!!"

„Woher kennst du meinen Namen? Wer bist du??"

„Ich habe keine Zeit für so etwas", murmelte er und versetzte Jay mit einer kurzen Handbewegung in einen tiefen Schlaf.

Kapitel 3
Das Schicksal ruft

Es war ruhig, als Jay wieder zu sich kam. Er lag in einem Bett, das er nicht kannte und hatte keine Ahnung, wie er dort hingekommen war. Er hatte auch noch nicht ganz verarbeiten können, was da gerade geschehen war. War vielleicht doch alles nur ein Traum? Zumindest hoffte er doch, dass es so war, doch wirklich daran glauben konnte er nicht. Für einen Traum fühlte es sich einfach viel zu real an, und nicht einmal in seinen Träumen hätte er sich so etwas vorstellen können. In seinem Kopf jagte ein Gedanke den Nächsten. Was ist mit Julien passiert? Lebt er noch? Was waren das nur für Wesen und woher kamen sie? Wie ging es wohl seiner Mutter? Wer war nur dieser Mann in grau, der ihn erst rettete und dann mit sich nahm. Was wollte er nur von ihm? Was hatte er mit ihm gemacht? Und wo zur Hölle hat er ihn hingebracht?

Zumindest auf die letzte Frage wollte Jay nun eine Antwort. Er zog die Decke von sich und setzte sich auf. Erst jetzt fiel ihm auf, dass er andere Klamotten trug. Eine Art locker anliegender, beiger Schlafanzug, vermutlich aus Baumwolle. Er schaute sich im Raum nach einem Hinweis auf seinen Aufenthaltsort um. Wände und Boden, sowie die Möbel, waren aus massivem und dunklem Holz. Vermutlich das gesamte Gebäude, in dem er sich befand. Neben dem Bett befand sich ein kleiner Nachttisch. Auf dem Nachttisch stand eine kleine Lampe, doch sie hatte weder Kabel noch eine Glühbirne. Nur einen Schirm und darin eine leere Kugel aus Glas. Weiter hinten an der Wand stand ein Schreibtisch mit einem klapprigen Stuhl davor. Als Jay sich umdrehte, sah er, dass eine riesige Flagge über seinem Bett hing. Sie war schneeweiß. Inmitten dieser Flagge war ein Symbol in grau abgebildet. Das Symbol bestand aus einem sichelförmigen Halbmond, der eine strahlende Sonne einschloss. So ein Symbol hatte Jay noch nie zuvor gesehen. Ansonsten stand das Zimmer leer. Er beschloss aufzustehen und

sich weiter im Gebäude umzusehen. Leise stand er auf und begab sich zur Tür. Er hoffte, dass sie nicht verschlossen war, doch wären sie ja schön blöd ihn zu entführen und ihn nicht einzuschließen. Einen Versuch war es aber wert. Ganz vorsichtig drehte er den Türknauf und tatsächlich... sie ging auf. Zuerst streckte er seinen Kopf heraus und schaute sich um. Niemand zu sehen. Die Luft war rein. Rechts sah er nur weitere Türen und das Ende des Flurs, daher beschloss er links herum zu gehen. Er sah Licht am Ende des Flurs und war sich sicher, dort musste der Ausgang sein. Der Flur bog am Ende rechts ab. Vorsichtig stellte er sich an die Kante und schaute um die Ecke, dabei sah er einen Mann und eine Frau mit Rücken zu ihm auf einer Couch sitzen. Der Mann hatte kurze braune Haare. Von der Seite sah Jay außerdem den Ansatz seines Barts. Von der Frau sah er nicht mehr als schulterlanges, blondes Haar. Offenbar unterhielten sie sich, doch Jay fokussierte sich auf die Tür, die er links von ihnen sah. Sie führte tatsächlich nach draußen. Nur ein paar Meter trennten Jay von seinem Weg in die Freiheit, dann konnte er endlich zurück nach Hause, um zu verstehen, was geschehen ist. Er kniete sich hin und kroch so leise er konnte in Richtung Ausgang. Hinter dem Sofa wartete er einen kurzen Moment und lauschte dem Gespräch.
„Du hast immer noch Zweifel, ist es nicht so?!"
„Ich fühle mich einfach nicht wohl bei der ganzen Sache. Er ist noch ein Kind, hat keine Ahnung von all dem hier. Manchmal wünsche ich mir, dass wir das Versteck meines Vaters nie gefunden hätten. Wir sollten jetzt beim Widerstand sein, wo wir gebraucht werden...", erwiderte der Mann. Jay kam diese Stimme bekannt vor. Er war sich sicher, das musste der Mann in grau sein, der ihn entführt hatte. Leise kroch er weiter und erreichte den Ausgang. Er sprang auf und lief davon. Die beiden wurden hellhörig und schauten sich panisch an.
„Er ist wach!", sagte der Mann und sprang über die Couch zur Tür. Jay lief wieder einmal so schnell er konnte. Er drehte sich kurz um und sah, dass es eine einfache Holzhütte war, aus der er geflohen ist. Er lief immer weiter geradeaus, doch besonders

weit kam er nicht. Schon nach wenigen Metern stand er vor einem Abgrund. Sein erster Blick ging nach unten um zu sehen, wie hoch er war. Viel zu hoch um zu springen. Er saß fest. Die beiden liefen ihm bereits nach und er wusste nicht mehr wohin. Als er seinen Blick aber ein wenig nach oben richtete, stockte ihm der Atem.

Was er sah, war wie in einem Märchen. Ein wunderschönes Tal, geradezu idyllisch, umhüllt von einer riesigen Berglandschaft. Ein Wasserfall, der in einem Fluss mündete, der das gesamte Tal durchquerte, jedoch sah Jay auch Dinge, die unmöglich existieren konnten. Er sah noch weitere dieser Holzhütten mit Dächern aus Stroh, und vor diesen Hütten spazierten doch tatsächlich… Nashörner? Jay war sich sicher es waren Nashörner, die sich wie Menschen bewegten und verhielten. Sogar Hände schienen sie zu haben, da einige mit Mistkabeln auf Feldern arbeiteten. Sie trugen ähnliche Lumpen, wie Jay sie anhatte. Dem Fluss folgend, sah er kleine Nashörner, die mit etwas spielten, das aussah wie eine langgezogene Eule auf vier Beinen. Am Horizont erblickte er riesige, blau glitzernde Vögel. Jay rieb sich die Augen. Das konnte doch unmöglich alles wahr sein.

„Ich muss immer noch träumen", murmelte er, schon völlig vergessen, dass er eigentlich auf der Flucht war.

Von hinten hörte er eine weibliche Stimme sagen: „Wunderschön, nicht wahr?"

„Ja", murmelte er weiter, immer noch mit Blick in Richtung Tal. Als er sich umdrehte, sah er die Zwei, vor denen er vor wenigen Sekunden noch weglaufen wollte. „Wo bin ich?", fragte er sie.

„Auf Nova Lux", antwortete der Mann.

„Auf? Ich bin auf einer Insel?"

„Nein, nicht so ganz…"

Ehe sie aussprechen konnte, grätschte der Mann dazwischen.

„Du bist auf einer anderen Erde."

Einen kurzen Moment blieb ihm der Mund offen stehen, doch dann begann er zu lachen. Das konnte unmöglich wahr sein. Auf einer anderen Erde… Jay fühlte sich sichtlich verarscht.

„Ich weiß, das muss alles sehr viel für dich sein. Warum kommst du nicht mit uns wieder rein? Wir haben viel zu bereden, Jay", fügte die Frau hinzu.

„Du kennst meinen Namen?", fragte er skeptisch.

„Wir alle kennen deinen Namen. Wir haben lange nach dir gesucht", antwortete ihm die Frau.

„Gesucht? Mich? Wer seid ihr überhaupt?"

„Oh, wie unhöflich von uns. Mein Name ist Emely. Das hier ist Theodore Maggs."

„Maggs genügt", fügte der Mann kalt hinzu.

„Am besten gehen wir wieder rein, dann erklären wir dir alles Weitere", fügte Emely hinzu.

Jay hatte nicht wirklich das Gefühl, dass er ihnen vertrauen konnte und verlor langsam die Geduld.

„Nein... Ich gehe nicht mit euch! Ich will jetzt wissen, was hier vor sich geht!"

„Ich weiß, du hast viele Fragen, aber du kannst uns vertrauen. Wir sind nicht dein Feind."

„Woher soll ich wissen, dass ihr mich nicht nur täuschen wollt und eigentlich zu denen gehört?!"

„Zu denen? Das waren die Anexus. Sie haben deine Welt angegriffen, um Leute wie dich zu töten. Ich habe dir das Leben gerettet!", erwiderte Maggs.

„Leute wie mich töten? Was meinst du damit? Warum tun sie so etwas?"

„Weil sie dich fürchten", antwortete Maggs weiter.

„Mich fürchten? Welchen Grund hätten sie mich zu fürchten? Ich bin doch nichts weiter, als ein einfacher Junge, der noch zur Schule geht..."

„Sie fürchten nicht wer du bist, sondern zu wem du werden könntest."

„Was meinst du damit?"

„Du bist ein Conexus, genau wie wir. Und nicht nur irgendeiner. Du allein besitzt die Kraft die Anexus zu besiegen und Osiris Herrschaft des Schreckens zu beenden. Es ist dein Schicksal einer der mächtigsten Nexus aller Zeiten zu werden. Es ist dein Schicksal ein Held zu werden."

Als Jay das Wort "Nexus" hörte, fiel ihm das Gespräch seiner Mutter am Telefon wieder ein. Auch sie redete von Nexus, doch sagte sie auch, dass sie ihn aus all dem raushalten wollte. Jay war völlig überfordert. Angst, Skepsis, Trauer. Zu viele Gefühle, um sie zu verarbeiten. Sein ganzes Leben schon wollte er nichts sehnlicher, als ein Held zu sein, doch das konnte unmöglich wahr sein. Jay hatte keine Kräfte und er war auf gar keinen Fall ein Held...

An Julien denkend sagte er: „Ich bin kein Held", und lief an Emely und Maggs vorbei. Er lief an der Hütte vorbei, einen Pfad den Berg hinunter.

„Jay! Bleib hier!", rief Maggs ihm hinterher. Er wollte ihm gerade hinterherlaufen, doch Emely hielt ihn davon ab. „Lass ihm einen Moment. Er muss das alles erst verarbeiten."

„Du willst ihn einfach so allein in den Wald laufen lassen? Dort wimmelt es doch nur vor Saren!"

„Ryo und Leo kümmern sich darum."

Einen schmalen und holprigen Pfad entlang, lief Jay den Berg hinunter, mitten in den Wald hinein. Immer tiefer lief er in den Wald hinein. Die Bäume wurden höher und immer weniger Sonnenstrahlen durchdrangen die dichten Baumkronen. Es wurde immer dunkler und kälter. Zitternd blieb er stehen und schaute sich um.

„Ich habe sie wohl abgehängt", dachte er sich.

Langsam schaute er immer wieder voller Angst durch die Gegend. Er hörte Krähen ächzen und Insekten herumschwirren. Mehr war nicht zu hören, geschweige denn zu sehen, jedoch wurde er das Gefühl nicht los, dass ihn jemand verfolgen würde. Hatte er Emely und Maggs vielleicht doch nicht abgehängt?

In den riesigen Bäumen hörte er auf einmal ein leises Rascheln, doch sehen konnte er niemanden. Gefüllt von Angst, ließ er sich noch einmal Maggs Worte durch den Kopf gehen. Ein Teil von ihm glaubte es. Sowieso ergab alles irgendwie einen Sinn und zudem war es doch viel zu verrückt, um sich so etwas auszudenken. War er also vielleicht wirklich einer dieser Nexus? Was auch immer das war, denn das hatte man Jay bisher auch noch nicht erzählt, doch es würde mit Sicherheit auch das weiße Leuchten erklären. Vielleicht war es ja wirklich sein Schicksal, ein Held zu werden?!

„Wenn ich wirklich derjenige bin der diese "Anexus" besiegen soll, könnte ich dann auch Julien retten? Vielleicht sollte ich...", murmelte er nachdenklich.

Wieder hörte er dieses Rascheln. Aus den Bäumen hörte er plötzlich affenähnliche Geräusche. Im nächsten Moment sprangen affenähnliche Kreaturen von den Ästen und umzingelten ihn. Solche Affen hatte er noch nie gesehen. Sie waren klein, vielleicht einen Meter groß mit dichtem, dunklem Fell. Nur Bauch und Brust waren kahl. Um ihren Hals ein Kranz aus weißem Fell. Mit ihren offenen Mäulern standen sie da und fletschten ihre großen, scharfen Zähne. Er hatte es mal wieder geschafft. Wieder war er umzingelt von irgendwelchen Bestien und sah dem Tode entgegen. Jetzt hoffte er doch irgendwie, dass er Maggs und Emely noch nicht abgehängt hatte.

Ryo und Leo hatten ihn gerade eingeholt und sahen, wie Jay hilflos dastand. Leo spannte seinen Bogen und wollte gerade einen dieser Saren abschießen, doch Ryo wusste es besser.

„Warte noch."

Die Saren kamen Jay immer näher. Er drehte sich im Kreis und suchte einen Ausweg. Ohne Erfolg. Einer der Affen sprang genau in Richtung seines Gesichts. Jetzt war es also so weit.

Leo drängte immer wieder darauf ihm zu helfen, doch Ryo forderte Geduld.

Reflexartig schloss Jay seine Augen und nahm seine Hände vors Gesicht, um das schlimmste zu verhindern. Ein paar Sekunden stand er mit geschlossenen Augen da, doch nichts passierte. Als er seine Augen wieder öffnete, lag der Saren am Boden und vor sich hatte er mit seinen bloßen Händen ein Schutzschild aus Licht projiziert. Jay hatte keine Ahnung, wie er das gemacht hatte, doch es fühlte sich so... mächtig an. Es war als würde eine immense Kraft durch seine Adern strömen. So eine Kraft hatte er noch nie zuvor gefühlt. Zum ersten Mal fühlte er sich stark und mächtig. Er liebte es. Es war ein unglaubliches Gefühl.

Die Saren wurden wütend und einer nach dem anderen griff Jay an. Mit seinen leuchtenden Händen wehrte er jeden dieser Angriffe ab. Er schlug um sich und warf die Saren immer wieder zurück.

Sie wurden immer lauter und aggressiver. Die meisten bezwang er, doch immer mehr dieser Kreaturen sprangen aus den Baumkronen hervor.

Ryo schaute Leo nur mit einem erwartungsvollen Blick an. „Jaja. Du hattest recht. Schon klar. Jetzt lass uns ein Paar Saren in den Arsch treten!"

Jay drehte sich gerade um und sah wie einer der Saren ihm direkt ins Gesicht sprang, doch im letzten Moment wurde er von einem Pfeil getroffen und perfekt an einen der Bäume hinter ihm geheftet. Verwundert schaute er in die Richtung, aus der der Pfeil anrauschte. Aus dem Gebüsch sprang eines der Nashörner, die er im Tal gesehen hatte. Es trug ähnliche Lumpen wie sie und führte einen langen hölzernen Gehstock mit sich. Neben ihm ein kleiner Otter, der Pfeil und Bogen in der Hand hielt. An seinem Körper trug er nur eine silberne Weste, sowie ein Stirnband in derselben Farbe. Die Pfeilspitzen, sowie die Spitze des Gehstocks, leuchteten genauso wie Jays Hände. Sie stürzten sich ins Getümmel und standen Jay im Kampf zur Seite. Mit einem Wirbelschlag schlug Ryo gleich mehrere Saren durch die Luft. Leo durchbohrte einen nach dem anderen mit seinen Pfeilen. Jay war beeindruckt mit was für einer Frequenz er seine Pfeile abfeuerte, doch noch beeindruckter war er, als er sah, wie das Nashorn einen Schutz aus Erde vor sich errichtete.

Zu dritt gelang es ihnen, letztlich die Saren in die Flucht zu schlagen. Sobald der letzte Affe verschwand, verschwanden auch Jays Kräfte wieder.

„Nein… Nein", murmelte er, als er bemerkte, dass seine Kräfte ihn verließen. Leo klappte seinen Bogen in der Mitte zusammen und hängte ihn sich um. Ryo nahm sich Jay seiner an.

„Keine Angst, die kommen wieder. Äh, also deine Kräfte, nicht die Saren. Entschuldigung…"

Jay war völlig durcheinander.

„Du… Du kannst sprechen?"

„Was?! Aber natürlich kann er sprechen. Was ist das denn für eine Frage?!"

„Leo!", sagte Ryo verärgert.

„Was er damit sagen wollte…", fuhr Ryo weiter fort. „Die Dinge sind hier etwas anders, als du sie kennst."

„Das kann doch nur Einbildung sein", dachte Jay sich. Sprechende Nashörner und Otter konnten doch unmöglich existieren.

„Wie dem auch sei. Ich bin Ryo und das hier ist mein Bruder Leo", sprach das Nashorn weiter.

„Bruder? Also jetzt wird es wirklich lächerlich", erwiderte Jay mit einem leichten Lachen.

„Adoptivbruder", antworteten die beiden gleichzeitig.

„Seid ihr Freunde von Maggs und Emely?"

„Die sind wir, ja."

„Ich weiß, das muss ziemlich viel für dich sein, aber wir wollen dir nur helfen", fügte Ryo hinzu. Jay war sich immer noch nicht sicher, ob er diesen Leuten vertrauen konnte, doch als er sich noch einmal seine Hände anschaute und an diese unglaubliche Kraft dachte, wurde ihm bewusst, dass sie, zumindest was ihn betraf, die Wahrheit sagten. Jay sah wieder zu den beiden auf und nickte nur. Ryo und Leo wussten genau, was es zu bedeuten hatte und freuten sich, dass Jay mit ihnen kam. Zusammen gingen die Drei zurück zur Hütte.

„Was waren das für Viecher, die mich da angegriffen haben?", fragte Jay auf dem Weg.

„Saren", antwortete Leo. „Garstige, kleine Bestien. Sie herrschen über die meisten Gebiete des Forwalds."

„Forwald?"

„Der Forwald ist ein riesiger Wald, der sich über ganz Nova Lux erstreckt. Also mit ein, zwei Lücken zumindest."

„Nova Lux? Also die andere Erde auf der wir sind?"

„Ich denke so würdet ihr es nennen, ja", antwortete Ryo.

„Also ist die Theorie eines Multiversums wirklich wahr?"

„Oh, aber natürlich."

Einen Moment lang herrschte Stille. Jay wusste auch gar nicht mehr, was er sagen oder fragen sollte. Es war sowieso alles viel zu viel für ihn auf einmal. Leo aber wollte diese angespannte Stimmung etwas auflockern.

„Weißt du kleiner, du kannst von Glück reden, dass wir gekommen sind bevor dich die Saren als neue Hauptspeise zu ihrem König bringen konnten. Ein widerlich fettes Monster, das kannst du mir glauben. Noch fetter als unser Ryo hier."

Leo und Jay lachten.

„Hey! Ich habe nur schwere Knochen."

„Das war doch nur ein Spaß, mein Dickerchen."

An der Hütte angekommen warteten Maggs und Emely bereits auf die Drei. Ryo und Leo öffneten die Tür und die Enttäuschung war Maggs und Emely förmlich ins Gesicht geschrieben, doch als Jay hinter Ryo hervortrat, hoben sich zumindest Emelys Mundwinkel wieder. Jay setzte sich auf einen freien Stuhl am Tisch und sagte: „So wie es aussieht, sagt ihr die Wahrheit...Also, ich höre."

„Wo sollen wir nur anfangen", sagte Emely.

„Du musst sicher tausend Fragen haben."

Tatsächlich gingen Jay viele Fragen durch den Kopf, aber eine wollte er unbedingt beantwortet bekommen.

„Dieser Mann mit den roten Augen. Er hat meinen Freund mit in eines dieser Portale genommen... Was ist mit ihm passiert?"

„Der Mann mit den roten Augen heißt Shivana. Er ist ein dunkler Magier der Erde Draugarth. Einer der engsten Vertrauten von Osiris. Wenn er deinen Freund mit sich genommen hat, muss er ein Anexus sein."

„Bevor diese Wesen uns angriffen, schimmerten seine Augen und Hände schwarz... so wie bei mir in weiß."

„Interessant... Wir gingen davon aus, sie hätten nach dir gesucht. Dann haben sich, wie bei dir, die Kräfte deines Freundes offenbart. Ich habe noch nie gesehen, dass sich die Kräfte eines Nexus so schlagartig offenbart haben... Es war sicher kein angenehmer Prozess", erklärte Emely weiter.

Plötzlich machte es klick in Jays Kopf.

„Gesehen... Du warst dort... In deinem grauen Mantel. Noch bevor das Spiel angefangen hat. Du hast gesehen, was mit Julien passiert ist und hast nichts unternommen... Warum kamst du erst so spät? Du hättest schon früher eingreifen können. Du hättest ihn retten können!"

„Es tut uns leid, Jay. Wir wussten nicht, dass die Anexus kommen würden...", antwortete Emely.

„Ich war nicht dort, um deinem Freund zu helfen. Ich war wegen dir dort."

Jay schüttelte schockiert mit dem Kopf.

„Es wäre ohnehin zu gefährlich gewesen einen Anexus mit uns zu nehmen. Durch die Dunkelheit hätte Osiris eine mögliche Verbindung zu ihm. Das Risiko wäre zu groß gewesen", fügte Maggs hinzu.

„Was geschieht jetzt mit ihm?"

Die Gruppe schwieg und wollte Jay keine Antwort geben.

„Was geschieht jetzt mit meinem Freund?!", fragte er noch einmal.

„Wenn sie ihn mitgenommen haben, werden sie versuchen den Willen deines Freundes zu brechen und ihn zu ihrer Marionette zu machen", antwortete Emely.

„Dann lebt er also noch?!"

„Soweit wir wissen, foltert Osiris seine zukünftigen Schüler so lange, bis er ihren Willen gebrochen hat und die Dunkelheit ihre Seelen übernimmt. Von all den Anexus, die er entführte, haben nur wenige diese Prozedur überlebt."

„Dann muss ich sofort zu ihm und ihn retten!"

„Das kannst du nicht...", sagte Maggs.

„Warum nicht? Ihr habt gesagt ich werde die Anexus besiegen. Also führt mich zu ihm, damit ich meinen Freund retten kann!"

49

„Mal angenommen, wir wüssten wo sie deinen Freund gefangen halten, was wir nicht tun, dann müsstest du an tausenden Wachen vorbei in eine Festung einbrechen, die vermutlich von Osiris besten Schülern, wenn nicht sogar von Osiris selbst bewacht wird, nur um jemanden zu retten, der vielleicht nicht mehr gerettet werden kann", antwortete Emely ihm.

„Das ist mir egal. Ich habe ihn schon einmal zum Sterben zurückgelassen... Wenn er noch lebt, muss ich zumindest versuchen ihn zu retten!"

Maggs wusste, dass es eigentlich völlig unmöglich war ihn jetzt zu retten, doch diese Leidenschaft in Jays Augen... Es erinnerte ihn stark an seinen Bruder John. Er hätte sicher ähnlich reagiert, wenn hier das Leben von Maggs oder Emely auf dem Spiel stände. Maggs wusste aber, dass er Jay nicht auf diese Mission gehen lassen konnte, denn immerhin brauchten sie ihn. Ohne Jay wäre alles, was sie in den letzten Jahren aufgebaut haben, umsonst.

„Jay... Ich erwarte nicht von dir, dass du den Verlust deines Freundes akzeptierst, aber du musst verstehen, dass es hier um etwas Größeres geht. Größer als jeder von uns. Osiris erobert Tag für Tag neue Welten. Deine war nur eine von vielen. Jeden Tag sterben Leute und ganze Bevölkerungen werden unterjocht. Egal ob Männer, Frauen oder Kinder. Seine Armee macht vor niemandem halt", erklärte Maggs ihm.

Diese Worte gaben Jay zu denken.

„Es ist unsere Aufgabe, Osiris aufzuhalten. Wir sind die letzten Conexus. Es liegt allein an uns, die Welten zu retten und für Frieden zu sorgen. Ohne uns, wird jeder Welt das Schicksal der deinen ereilen.

Erst jetzt verstand Jay überhaupt, in was für einer Situation er sich befand. Es war Krieg. Maggs hatte recht. Es war verrückt das Schicksal all dieser Welten aufs Spiel zu setzen, nur um jemanden zu retten, der vielleicht schon tot ist, doch es ging hier immerhin um Julien. Er konnte doch seinen besten Freund nicht im Stich lassen... Doch Jay beschäftigte auch noch etwas anderes.

„Was passiert jetzt mit meiner Erde? Was ist mit meiner Mutter?"

„Solange sie keinen Widerstand gegenüber seinen Armeen leistet, wird ihr nichts passieren. Osiris Ziel ist es nicht Bevölkerungen auszulöschen. Er will sie erobern."

„Was ist mit meinen Mitschülern? Ich habe gesehen, wie diese Bestien sie…"

„Es tut mir wirklich leid, was mit deinen Freunden passiert ist, Jay…", sagte Emely.

„Für Osiris waren es nur unbedeutende Opfer, die sich seinem Ziel in den Weg stellten", erklärte Ryo ihm.

„Ihr meint Julien? Sein Ziel war Julien?!", fragte Jay noch einmal.

„Osiris tut alles, um neue Schüler für sich zu gewinnen. Dabei nimmt er keine Rücksicht auf Verluste…", fügte Ryo hinzu.

„Also werden sie die anderen Menschen meiner Erde am Leben lassen?", fragte er weiter.

„Solange sie sich nicht gegen Osiris Herrschaft stellen, wird ihnen nichts geschehen", antwortete Emely.

„Also sind sie vorerst in Sicherheit?"

„Sie werden zumindest Leben, ja."

„Gut. Und wie lange hat Julien noch?"

„Dein Freund? Das kommt ganz darauf an. Vielleicht Wochen oder Monate. Jahre, bevor er zu einer echten Waffe von Osiris werden könnte…", antwortete Maggs. Auch wenn es unwahrscheinlich schien, Jay sah immer noch Hoffnung Julien eines Tages wieder zu sehen. Dafür würde er alles geben.

„Wenn ich diesen Osiris also vorher aufhalte, hat Julien noch eine Chance?! Wenn ich Osiris aufhalte, kann ich ihn retten…? Maggs und die anderen schwiegen. Sie wussten, dass man unmöglich vorhersagen konnte, was mit Julien passieren würde. Noch nie hatten sie erlebt, dass sich jemand aus Osiris Klauen befreien konnte. Wer konnte schon wissen, was sein würde, wenn Osiris nicht mehr ist, doch Emely wusste, dass Julien eine starke Motivation für Jay zu sein schien und sie wusste auch, dass sie ohne Jay keine Chance in diesem Krieg hatten.

„Theoretisch… Ja, wenn wir Osiris aufhalten, kannst du deinen Freund retten."

Eine Antwort, die Jay zumindest etwas beruhigte.

„Ihr sagtet, es ist meine Bestimmung einer der mächtigsten Nexus aller Zeiten zu werden. Woher wisst ihr, dass ich dazu bestimmt bin? Warum ich? Ihr kennt mich doch gar nicht… Ich bin kein Krieger, kein Held, wie ihr es vielleicht seid."

„Vor einem Jahr fanden wir eine geheime Bibliothek meines Vaters. Dort fanden wir eine Prophezeiung. Darin wird von einem Erlöser berichtet, der den Frieden wiederherstellen solle. Dazu hinterließ mir mein Vater einen Brief. In dem Brief verriet er uns den Namen dieses Erlösers…Jadon Jay Bastion, Sohn von Paul Bastion", sprach Emely weiter.

Als Jay den Namen seines Vaters hörte, erinnerte er sich noch einmal an das Telefonat seiner Mutter. Sie sagte, dass Paul sich damals gegen ein Leben bei den Nexus entschied. Ob sein Vater wohl dieselben Kräfte hatte wie er?

„Mein Vater war ein Nexus, richtig? So wie ihr?"

„Wir kannten deinen Vater nicht. Maggs Vater aber kannte ihn. In dem Brief schrieb er, dass er am Tag deiner Geburt in deine Zukunft geblickt hat. Er hatte noch nie zuvor eine solche Kraft gesehen. Sein Wille war es, dass Maggs dich findet und dich ausbildet", erklärte Emely.

„Aber mein Vater verließ die Nexus. Wenn er mein Schicksal kannte, warum hielt er mich dann fern von all dem?"

„Wir wissen nicht, ob er dein Schicksal kannte. Mein Vater erzählte offensichtlich niemandem davon. Warum dein Vater die Nexus verlassen hat, wissen wir nicht, doch wenn dein Vater bei den Nexus geblieben wäre, wäre sowohl er, als auch du, vor fünf Jahren am schwarzen Tag getötet worden."

„Das wurde er…", sagte Jay.

„Was?", fragte Emely.

„Mein Vater ist gestorben, vor ziemlich genau fünf Jahren. Die Todesursache konnte nie geklärt werden."

„Das tut mir leid. Das wussten wir nicht."

„Also war Osiris es, der meinen Vater getötet hat?"

„Vor fünf Jahren am schwarzen Tag entsandte Osiris seine Armeen quer durch das Multiversum, um alle verbleibenden Nexus zu töten. Auch wenn er es vielleicht nicht selbst getan hat, ist es sehr wahrscheinlich, dass Osiris für den Tod deines Vaters verantwortlich ist, ja."

Jay hatte schon seit langer Zeit das Gefühl, dass es etwas mehr über den Tod seines Vaters gab, als er wusste. Doch, dass er wirklich ermordet wurde… Nach all den Jahren wusste er nun immerhin, was wirklich mit seinem Vater geschehen war. Vielleicht wusste seine Mutter tatsächlich mehr, als sie ihm verraten hatte.

„Der Tod deines Vaters muss nicht umsonst gewesen sein. Schließe dich uns an. Werde ein Conexus und Osiris wird für das bezahlen, was er getan hat", motivierte Emely ihn weiter.

Auch, wenn das alles für ihn immer noch sehr verrückt klang, tief in sich wusste Jay, dass sie ihm die Wahrheit sagten. Er konnte es sich gar nicht vorstellen, dass er dieser Erlöser sein sollte, doch er wusste, dass es das Leben war, das sein Vater sich immer für ihn wünschte. Auch wusste er, dass, wenn er Julien retten wollte, er der Held werden musste, der es ihm bestimmt ist zu sein. Auch wenn er immer noch nicht daran glaubte, dass er das Zeug dazu hätte.

„Ich weiß nicht, was gerade mit mir passiert,… aber ich bin bereit es herauszufinden. In Ordnung. Ich werde mich euch anschließen. Also, wo fangen wir an?"

„Deine Kräfte haben sich nicht wie bei anderen langsam entwickelt. Das Licht in dir muss sich gegen die nahende Dunkelheit gewehrt haben. So etwas habe ich noch nie zuvor gesehen, daher ist es wohl am besten, wenn wir die Sache langsam angehen", antwortete Maggs.

„Wir sollten mit dem Unterricht beginnen."

„Was für einen Unterricht?", fragte Jay.

„Geschichte", antwortete Maggs.

Die Enttäuschung war Jay wie ins Gesicht geschrieben, denn wenn es ein Fach in der Schule gab, dass er hasste, dann war es Geschichte.

„Können wir nicht mit etwas anderem anfangen? Ihr könntet mir beibringen, wie ich diese Kräfte kontrollieren kann", fragte er hoffnungsvoll.

„Haha, der Junge gefällt mir", sagte Leo lachend. Maggs hingegen guckte nur mürrisch und verließ die Hütte. Jay guckte ihm fragend hinterher.

„Mach dir nichts draus, er kann manchmal etwas... spießig sein", beruhigte Emely ihn und klopfte ihm aufmunternd auf die Schulter. Sie wollte Maggs nachlaufen, doch kurz bevor sie zur Tür rausging, fiel ihr noch etwas ein.

„Ach, und Jay?"

„Ja?"

„Willkommen im Team", sagte sie mit einem Lächeln.

Im Team. Das war ungewohnt für Jay zu hören. Zum ersten Mal war er wirklich Teil eines Teams. Es war ein merkwürdiges Gefühl, doch irgendwie beruhigte ihn das Wissen, dass er von nun an nicht mehr auf sich alleingestellt war.

„Also Kleiner, um deine Fragen zu beantworten, nein, wir fangen nicht mit etwas anderem an. Bevor du lernst deine Kräfte zu kontrollieren, solltest du erst einmal verstehen, woher sie überhaupt kommen. Wenn du mir also bitte folgen würdest", sagte Leo und stand vom Tisch auf. Jay folgte ihm in Richtung des Zimmers, in dem er aufgewacht war. Nur Ryo blieb zurück am Tisch sitzen.

„Ryo?! Wo bleibst du? Ich brauche dich doch dabei!", hörte er Leo rufen.

„Äh, komme schon", rief er zurück und machte sich auf. Sie gingen den Flur entlang, an Jays Zimmer vorbei und betraten das Zimmer am Ende des Flures. Es war vollgestellt mit Bücherregalen, die bis oben hin vollgepackt mit alten, verstaubten Büchern waren. „Entschuldige die Unordnung, doch wir hatten noch keine Gelegenheit, hier wieder sauber zu machen."

In der Mitte des Zimmers stand ein Kessel mit einer seltsam aussehenden Flüssigkeit. Sie war dunkelblau und schien sehr zähflüssig. Ein bisschen erinnerte Jay es an die Portale, die er gesehen hatte. Fragend schaute er tief in die Flüssigkeit.

„Oh, das. Ähm, ja. In der Hoffnung, dass du dich uns anschließt, habe ich den Unterricht schon einmal ein bisschen vorbereitet", sagte Ryo.

„Was für eine Art Unterricht wird das genau?"

„Eine, die du niemals vergessen wirst", antwortete Leo, während er einige Gefäße aus einem der Schränke holte und sie vor dem Kessel abstellte. Er sah Jay an und fuhr fort: „Ich meine ganz ehrlich, wenn wir dir einfach ein paar Fakten über die Vergangenheit erzählen würden, würdest du sie dir sowieso nicht merken, doch Gott sei Dank kennen Ryo und ich einen Hexer, der uns eine etwas andere Methode des Unterrichtens beigebracht hat."

„Hexer?", fragte Jay verwundert.

„Ja, Hexer. Oh, habt ihr etwa keine Hexer auf eurer Erde?"

„Zumindest keine realen…"

„Okay… Also gut."

Leo öffnete die Gefäße und gab die letzten Zutaten zu der Flüssigkeit hinzu. Die erste Zutat war eine blau glitzernde Feder. Sie schien von einem der Vögel zu sein, die Jay im Tal gesehen hatte. Währenddessen bat Ryo Jay, sich vor den Kessel zu setzen und erzählte ihm etwas über die Feder.

„Eine Feder eines Karaman. Sie sind sehr seltene Vögel. Wir gehen davon aus, dass sie nur hier auf Nova Lux zu finden sind. Es sind wirklich majestätische Tiere und vor allem besondere. Ihre Federn haben eine halluzinogene Wirkung. Einige berichten sogar, dass sie Visionen hervorrufen, nur, wenn man einen Karaman berührt."

Halluzinogene Wirkung? Wollten sie Jay etwa unter Drogen setzen? Dann fügte Leo noch ein paar Gewürze hinzu, die Jay noch nie zuvor gesehen hatte. Ein schwarzes und ein hellgrünes Pulver. Sehr eigenartig. Zu guter Letzt fügte Leo noch eine ganz besondere Zutat hinzu. Jay konnte gar nicht glauben, was Leo da murmelte.

„So jetzt noch eine Priese Drachenschuppen, alles kräftig umrühren uuuuuuuuuuund wir sind fertig!"

„Drachenschuppen?", fragte er.

Leo grinste und sagte: „Es wundert mich nicht, dass du da nachfragen musst. Nicht einmal Ryo und ich haben jemals einen gesehen, aber ja, Drachen existieren."

„Die Drachen waren die ersten uns bekannten Meister von Raum und Zeit", fügte Ryo hinzu.

„Meister von Raum und Zeit?"

„Ja, sie nutzten die Macht von Licht und Dunkelheit um Raum und Zeit manipulieren zu können, doch seit Ewigkeiten hat niemand einen zu Gesicht bekommen, bis auf…"

„Bis auf wen?"

„Cornelius Maggs. Teds Vater. Er war der letzte, der einem Drachen begegnete. Möge er in Frieden ruhen…"

„Heißt das Maggs Vater ist…?"

„Er ist am schwarzen Tag gestorben, ja."

Jay wusste genau, was für ein Schmerz es war seinen Vater zu verlieren. Leo versuchte wieder einmal die Stimmung etwas aufzulockern.

„Also gut. Die Drachenschuppen erlauben es uns eine Reise durch Raum und Zeit zu machen. Wir wären soweit."

„Wir reisen durch Raum und Zeit, dank dieser Flüssigkeit?"

„Zumindest unser Geist, ja."

„Dann kann man damit also auch in die Zukunft schauen?", fragte Jay in der Hoffnung, einen Weg gefunden zu haben, um Julien zu finden.

„Eine Reise in die Vergangenheit verlangt sowohl Körper, als auch Geist, sehr viel ab. Ich möchte mir gar nicht vorstellen welche Auswirkungen eine Reise in die Zukunft hätte", erklärte Ryo.

„Wenn es überhaupt möglich ist, wüsste ich nicht einmal, ob man sie überleben würde", fügte Leo leise hinzu.

Jay hatte schnell den Gedanken aufgegeben, auf diese Art Julien zu finden. Zudem machte Leo ihm auch noch etwas Angst, denn wirklich scharf auf die krassen Auswirkungen war er nicht.

Während Ryo und Leo mit dem Unterricht für Jay begannen, setzte Maggs sich hinter die Hütte und dachte über Jay nach. Emely kam ihm sofort nach und setzte sich wortlos neben ihn. Sie brauchte auch gar nichts zu sagen, denn Maggs wusste, warum sie gekommen war.

„Er ist noch ein Kind...", sprach er los.

„Es wird Wochen, Monate, vielleicht sogar Jahre dauern, bis er zu einer echten Hilfe wird. Ich weiß einfach nicht, ob wir den richtigen Weg einschlagen", fügte er hinzu.

„Ted... Wir sind der Spur deines Vaters bis zu dieser Prophezeiung gefolgt. Denkst du nicht, das hat etwas zu bedeuten? Er wollte, dass du ihn findest."

„Das weißt du nicht. Vielleicht jagen wir die ganze Zeit nur einem Hirngespenst meines Vaters hinterher. Du weißt, er hatte einige besondere Ideen und Ansichten. Wir wissen nicht, ob er wirklich dieser Erlöser ist."

„Das wissen wir nicht, ja, aber ich glaube fest daran. Wir haben zu viel geopfert, um so weit zu kommen. Ich muss einfach daran glauben, dass der Junge diesen Krieg beendet."

„So sehr, dass du dem Jungen falsche Hoffnungen machst?!"

„Mir gefällt es auch nicht. Wirklich nicht. Aber wir mussten sicher gehen, dass er sich uns anschließen würde. Und wenn all das hier vorbei ist, helfen wir ihm seinen Freund zu retten."

„Ich wünschte, ich könnte meinen Vater um Rat fragen."

„Ich weiß... Doch dein Vater ist nicht mehr hier und er vertraut darauf, dass du auch ohne ihn klarkommst. Die Frage ist, vertraust du deinem Vater? Ich weiß es gefällt dir nicht alles auf den Jungen zu setzen, doch er ist unsere beste... unsere einzige Chance. Es liegt an dir, den Jungen auf alles vorzubereiten.

„Ich weiß..."

Für einen kurzen Moment drückte sie seine Hand und ging zurück in die Hütte.

„Soo, wir können beginnen", sagte Leo und rührte noch ein letztes Mal im Kessel herum. Jay machte sich darauf gefasst, die übel aussehende Flüssigkeit zu trinken, doch Leo hatte andere Pläne für ihn.

„Alles was du tun musst, ist ins Wasser zu schauen."

Als Leo das sagte, schaute Ryo ihn bereits vorwurfsvoll an. Jay tat, was er sagte, und schaute in den Kessel. Es war schon etwas Bemerkenswertes. Eine Flüssigkeit, die ständig im Fluss zu sein schien, wenn auch nur langsam.

„Egal was passiert, nicht erschrecken und entspannt weiter atmen. Wir sind die ganze Zeit bei dir", fuhr Leo weiter fort. Wieder schaute ihn Ryo mit diesem Blick an und schüttelte mit dem Kopf.

Jay blickte weiter in die Flüssigkeit und schien darin etwas zu erkennen. Obwohl die Flüssigkeit blau war, sah er ganz eindeutig einen schwarzen Halbmond, der eine weiße Sonne einschloss. Dasselbe Symbol, dass er auch schon auf der Flagge über dem Bett gesehen hatte.

„Kannst du es sehen?", fragte Leo ihn, doch er blickte nur weiter in den Kessel. Plötzlich spürte er, wie ihn etwas am Hinterkopf packte und seinen Kopf in die Flüssigkeit drückte.

„Er hätte es doch auch einfach trinken können", sagte Ryo.

„Ich weiß, aber wo bleibt denn da der Spaß?", erwiderte Leo mit einem dreckigen Grinsen im Gesicht.

„Ich wäre wirklich ein fantastischer Lehrer geworden", fügte er hinzu.

Jays Kopf war vollkommen in der Flüssigkeit verschwunden und er bekam panische Angst. Für einen Moment blickte er in eine Leere, doch dann tat sich ein kleines Licht auf.

„Also, willst du oder soll ich?", fragte Leo.

„Ich gehe. Du hast doch schon genug getan", antwortete Ryo. Er kniete sich neben Jay und schloss seine Augen. Mit seinen Kräften zog er etwas von der Flüssigkeit aus dem Kessel und trank davon. Er legte seine riesige Hand auf Jays Schulter und atmete einmal tief durch. Seine Hand begann zu leuchten und im nächsten Moment drang er in Jays Verstand ein.

„Unsere Reise beginnt vor Milliarden von Jahren", hörte Jay jemanden hinter sich sagen. Er war etwas erschrocken aber auch erleichtert, als er sah, dass es nur Ryo war.

„Sie beginnt bei unserem ersten Vorfahren. Dem Connector."

Jay konnte seinen Augen nicht trauen. Das kleine Licht verwandelte sich in eine engelsgleiche Gestalt, dessen schwarzweiße Haut ähnlich aussah wie die Portale, die Jay gesehen hatte. Seine Haut schien sich ständig in sich zu bewegen.

„Das ist er. Das ist der Connector. Zumindest geht aus den Überlieferungen hervor, dass er so aussah. Unglaublich, nicht wahr? Er ist der Erschaffer des Multiversums."

Jay sah in diesem Moment unglaublich viele verschiedene Welten und Universen, alle erschaffen vom Connector. Für Jay war es wirklich unglaublich.

„Er erschuf eine Reihe von Erden, eine anders als die andere. Niemand weiß genau, wie viele Universen und Erden er erschuf. Manche sagen sogar es seien unendlich. Niemand weiß genau, warum er sie erschuf. Legenden zufolge erschuf er das Multiversum als ein Versteck, um von seinen Feinden niemals gefunden werden zu können, doch er selbst hatte so mächtige Kräfte, dass es kaum vorstellbar ist, dass er sich vor etwas fürchten könnte. Er hatte so mächtige Kräfte, dass er selbst alles im Multiversum kontrollieren konnte. Er war die Verbindung des Multiversums. Er war der erste Nexus. Er war derjenige der alles miteinander verband und zusammenhielt und genau diese Verbindungen waren es, die es ihm erlaubten, alles zu kontrollieren.

Er hatte sich sein eigenes Reich erschaffen. Niemand weiß, woher er kam, oder woher er seine Kräfte hatte. Alles, was wir wissen ist, dass er der Anfang von allem war."

„Dann ist der Connector also wie Gott? Die Nexus sind eine Religion?", fragte Jay.

„Es gibt einige, die es so bezeichnen würden, ja."

„Was ist mit dem Connector passiert?"

„Nach einiger Zeit wurde er zu alt und seine Kräfte begannen zu schwinden. Dieses Multiversum kostete zu viel Kraft, als das sein Körper es aushalten könnte. Er hatte die Wahl. Sein Körper oder sein Multiversum, doch er fand eine weitere Option. Wenn er sein Reich und seinen Körper aufrechterhalten wollte, musste er seine Kräfte opfern, und das tat er. Er übertrug einen Teil seiner Kräfte auf einen mächtigen Stein, den wir heute nur als Ibonek kennen. Von dort an, war er der Verbinder der Welten. Um den Ibonek und sein Reich weiter in Sicherheit zu wissen, gab er seine restlichen Kräfte den Wesen, die er erschuf. Sie sollten in der Lage sein, seine Fähigkeiten zu verwenden, doch damit niemand jemals so stark werden konnte wie er selbst, teilte er seine Kräfte in Licht und Dunkelheit. Zwei Gegensätze, die sich aber doch bedingen. Ohne Licht gibt es keine Dunkelheit und ohne Dunkelheit kann auch kein Licht existieren. Einigen übertrug er die Kraft des Lichts. Sie sind heute bekannt als Conexus."

Immer noch fasziniert von all den Bildern, die er vor sich sah, fragte Jay: „Conexus... So wie ihr welche seid?"

„Ganz genau. Wir, und auch du, stammen von den ersten Conexus ab. Andere wurden von der Dunkelheit berührt, sie kennen wir als Anexus."

Es war wirklich beeindruckend. Alles was Ryo sagte, schien sich in ein Bild zu verwandeln. Jay sah den Connector, den Ibonek und auch die ersten Nexus. Neben Menschen sah er die verschiedensten Wesen, alle erschaffen vom Connector. Drachen, Nashörner, Löwen, reptilienartige Menschen und noch viele weitere Wesen, die er noch nie zuvor gesehen hatte.

Während Jay überrascht war, wie spannend Geschichtsunterricht sein konnte, hatte Maggs sich weiter Gedanken über die Zukunft gemacht. Emely sorgte gerade für etwas Ordnung als Maggs hereinkam und fragte: „Haben sie bereits mit dem Unterricht begonnen?"

Emely nahm das Tuch, mit dem sie den Tisch abwischte, mit sich und ging in eines der hinteren Zimmer. Für Maggs war das

Gespräch aber noch nicht beendet, daher ging er ihr nach. Er wusste gleich, dass etwas nicht stimmte.

„Hey, Emely... Wo ist der Junge?"

Sie betraten ein Zimmer in dem lauter Waffen an den Wänden hingen. In der Mitte des Raumes stand eine Vitrine, in der ein einzigartiges Gewand über eine Holzpuppe gestülpt war. Es war das Gewand, welches Cornelius Maggs in seiner Zeit als Conexus Großmeister trug. Ein edles Gewand mit starken Polsterungen an Armen, Beinen und Brustbereich. Dazu ein langer roter Umhang, der die rechte Schulter bedeckte. Links wurde der Umhang von einem goldenen Knauf zusammengehalten. Darauf das Symbol der Nexus. Ein schwarzer Halbmond, der eine weiße Sonne umschloss. Maggs bekam jedes Mal ein mulmiges Gefühl, wenn er es ansah. Sein Vater sagte ihm immer, dass es dem stärksten der Conexus gehören sollte, einem Großmeister. Seit dem schwarzen Tag hoffte Maggs oft, dass er eines Tages dieser Großmeister werden würde und sich würdig erwiese, doch dazu ist es leider nie gekommen. Sein Vater drängte ihn oft dazu, doch Maggs lehnte jedes Mal aufs Neue ab. Etwas, das er seit dem Ableben seines Vaters jeden Tag bereute.

Während Maggs so vor sich hin träumte, schnappte Emely sich ihre Doppelschwerter und putzte sie mit ihrem Tuch ab.

Maggs kam wieder zu sich und fragte erneut: „Emely, wo sind die anderen? Ich dachte, ihr würdet ihm etwas aus unserer Geschichte beibringen."

„Er ist bei Ryo und Leo. Sie schicken ihn auf die Reise", antwortete sie endlich.

Maggs war außer sich und wollte sofort zu ihnen, doch Emely packte ihn und schaute ihn mit einem ernsten Blick an.

„Er ist doch gerade erst aufgewacht, er ist noch nicht bereit für die Reise!", sagte Maggs, der alles andere als einverstanden mit ihrem Vorhaben war.

„Sie schicken ihn nur auf die erste Stufe. Er hält es aus, er ist stark."

„Emely, er ist noch ein Kind!"

61

„Er ist der Erlöser. Wir werden ihm vertrauen müssen und was haben wir auch für eine Wahl. Du weißt genauso gut wie ich, dass uns die Zeit davonläuft. Osiris Armeen verbreiten sich schneller als gedacht. Jeden Tag fallen weitere Welten seiner Macht zum Opfer. Schon bald werden sie nicht mehr aufzuhalten sein."

Maggs beruhigte sich etwas, doch es gefiel ihm einfach nicht all diese Last auf ein Kind zu setzen. Wie auch sein Vater ihm immer wieder sagte, er müsse ohne ihn klarkommen, auch ohne ihn in der Lage sein weiterzumachen. Sein Bruder zählte ebenso auf ihn. Wie also konnte er nur all diese Verantwortung auf ein Kind übertragen?

„Es ist Jay gegenüber vielleicht nicht fair, doch wenn er erst einmal erkennt was auf dem Spiel steht, denkst du nicht, er würde dasselbe tun?"

Maggs wusste, dass sie recht hatte.

„Ich werde unser Abendessen vorbereiten und noch ein paar Sachen aus dem Dorf holen. Wenn du unbedingt zu ihm musst, dann unterstütze ihn wenigstens. Der Junge kann Unterstützung jetzt gut gebrauchen", fügte Emely hinzu und ging wieder.

Maggs stand noch einen Augenblick da, ehe er sich entschloss bei Jay nach dem Rechten zu sehen.

Als er die Tür öffnete, sah er, dass Ryo und Leo bereits mit der Reise begonnen hatten. Jay steckte mit seinem Kopf im Kessel, während Ryo ruhig neben ihm kniete.

„Oh, hey Maggs... Da du hier bist und nicht völlig ausrastest, gehe ich mal davon aus, dass Emely mit dir geredet hat", begrüßte ihn Leo.

„Das hat sie, ja."

„Wir hätten es dir ja gesagt, aber du wärst sowieso dagegen gewesen..."

„Von nun an tut ihr mit dem Jungen nichts ohne mein Einverständnis, ist das klar?!"

„Ist klar", erwiderte Leo nur und murmelte noch etwas hinterher. „Mann, da kommt wohl deine Mutter in dir durch..."

„Wie war das?!"

„Ach, nichts."

„Vor seinem Verschwinden ließ der Connector jeweils einem Anexus und Conexus an seiner Weisheit teilhaben", erzählte Ryo weiter.
„Sie sollten sein Wissen weitergeben und die neuen Nexus ausbilden. Sie gingen in die Geschichte als die ersten Großmeister ein. Zusammen brachten sie den Ibonek nach Fatum und ließen sich dort nieder. All die Jahre lang wurden dort die neuen Generationen der Nexus ausgebildet. Seite an Seite schützten die Nexus das Vermächtnis des Connectors."
„Dann waren die Anexus also nicht immer böse?", fragte Jay.
„Oh nein, ganz im Gegenteil. Conexus und Anexus lebten und kämpften Seite an Seite."
Wieder sah Jay alles genau vor sich, als wäre er wirklich dabei gewesen. Er sah eine unglaubliche Stadt mit einer riesigen Festung im Zentrum. Sie sah sehr alt aus, aber beeindruckte Jay zutiefst. Er sah, wie die Völker Seite an Seite in Frieden und Harmonie lebten. Bis Ryo den Namen Osiris erwähnte. Eine Dunkelheit machte sich breit und die Bewohner verfielen in Angst und Schrecken.
„Osiris verriet die anderen Nexus und stellte sich im Hintergrund seine eigene Armee zusammen. Als sie Fatum angriffen, hatten die Nexus keine Chance. Die, die sich ihm nicht anschlossen, starben an diesem Tag. Nur wenige konnten fliehen, doch selbst diejenigen, die es schafften zu entkommen, wurden von Osiris Schergen gejagt und getötet."
„Wie habt ihr überlebt?"
„Das haben wir nur Ted zu verdanken. Am schwarzen Tag gelang es ihm zu entkommen und uns rechtzeitig zu warnen."
„Was will Osiris? Warum erobert er all diese Welten?"
„Macht. Kontrolle. Einfluss. Er ist krank. Nach den Rassenkriegen hat er sich selbst in der Dunkelheit verloren. Er denkt, er sei ein Gott und so verhält er sich. Er denkt, er sei der einzige und rechtmäßige Erbe des Connectors selbst. Er will all

die Macht für sich allein haben. Alles was er dafür benötigt ist der Ibonek."

„Aber er hat Fatum doch bereits eingenommen. Das heißt, der Stein gehört bereits ihm…"

„Nicht ganz. Der Stein wurde vor Millionen von Jahren von einem der Könige Fatums versteckt. Er sah diese unglaubliche Kraft, die in ihm schlummerte, doch wo andere Leben sahen, sah er Zerstörung. Aus Angst jemand könnte diese Macht missbrauchen, versteckte er den Ibonek. Danach hatte niemand weder ihn noch den Stein je wiedergesehen."

„Dann ist es also möglich die Kraft des Ibonek, des Connectors an sich zu reißen?"

„Ganz ehrlich? Ich weiß es nicht. Es ist das Heiligste unserer Relikte. Niemand hatte es in der Vergangenheit gewagt, ihn als Waffe zu missbrauchen, doch wir sollten kein Risiko eingehen. Wenn Osiris den Stein will, dann aus einem Grund. Deshalb liegt es an uns den Stein zu finden bevor Osiris es tut."

Kurz darauf verschwand Ryo neben Jay so spurlos, wie er kam. Ryo öffnete seine Augen wieder vor dem Kessel und zog Jays Kopf heraus. Reflexartig schnappte er nach Luft. Es dauerte einen Moment bis er wieder einigermaßen zu sich kam. Maggs reichte ihm ein großes Tuch, mit dem er sich sein Gesicht abtrocknen konnte. Obwohl sein Kopf vollständig in der Flüssigkeit war, hatte er nur einige Tropfen im Gesicht. Selbst seine Haare waren nur etwas feucht und verklebt. Viel weniger, als er es erwartet hätte. Langsam versuchte er wieder aufzustehen und stützte sich dabei an Ryo ab. Neben Schwindelgefühlen, sah er außerdem alles verschwommen. Kräftig kniff er seine Augen zusammen.

„Keine Angst, du wirst bald wieder richtig sehen können. Beim ersten Mal sind die Nebenwirkungen noch am schlimmsten. Du solltest dich erst einmal wieder ausruhen. Ryo wird dich auf dein Zimmer bringen", beruhigte Leo ihn.

Ryo nickte zustimmend und trug Jay in sein Zimmer. Maggs und Leo blieben derweil zurück.

„Du bist also immer noch nicht überzeugt von der ganzen Sache, was?", fragte Leo ihn.

„Mir gefällt es einfach nicht all unsere Hoffnungen in ein Kind zu legen. Wir wissen doch nicht einmal, ob er wirklich der Erlöser ist."

„Oh, er ist es. Glaub mir", erwiderte Leo, während er die Zutaten zurück in die Schränke schloss. Maggs sah ihn nur verwundert an.

„Als Ryo und ich ihm in den Wald gefolgt sind, da haben wir sie gesehen, diese unglaubliche Kraft. Ich habe noch nie so eine Stärke bei einem jungen Nexus gesehen. Er ist der Erlöser. Da bin ich mir sicher. Die Frage ist nur, ob du deinen Stolz beiseitelegen kannst und das auch erkennst", fuhr Leo weiter fort und ließ Maggs nachdenklich zurück. Offenbar war er der einzige, der Zweifel hatte. War er vielleicht wirklich zu Stolz, um Jays wahres Potential zu erkennen?

Ryo legte Jay in sein Bett und deckte ihn zu.

„Ruh dich jetzt aus."

Er verließ kurz den Raum und kam mit frischer Kleidung zurück, die sich nicht wirklich von Jays jetziger unterschied.

„Ich hänge sie dir in den Schrank."

Jay schaute sich noch einmal um. Er hatte doch gar keinen Schrank in seinem Zimmer. In diesem Moment begann Ryos Hand wieder zu leuchten, genau wie der Schreibtisch. Ohne ihn zu berühren zerlegte er ihn in seine Einzelteile und formte daraus einen Schrank, in denen er die Sachen hereinlegte. Ryo ging wieder und schloss die Tür hinter sich. Jay war beeindruckt, doch so erschöpft, dass er schnell danach einschlief.

Kapitel 4
Das Training beginnt

Während Jay schlief, machte Maggs einen langen Spaziergang, um noch einmal über alles nachzudenken. Er ging tief in den Forwald. Die letzten fünf Jahre waren schwierig für ihn. Zum ersten Mal musste er ohne seinen Vater und seinen Bruder auskommen. Er war nun derjenige, der die Verantwortung übernehmen musste. Eine neue Situation für ihn, an die er sich erst gewöhnen musste. Er erinnerte sich zurück an die Zeit vor dem schwarzen Tag, wie er nächtelang Partys feierte, wie er seine Kräfte benutzte, um Frauen in anderen Welten zu beeindrucken, wie rücksichtslos er mit anderen umgegangen ist, was für ein schlechter Prinz er doch war, doch seitdem tat er alles daran, der Anführer zu werden, den sein Bruder und sein Vater immer in ihm gesehen hatten, und das tat er so gut er konnte. Er war der Sohn des Königs. Er war dazu geboren anzuführen. In den letzten Jahren lag alle Verantwortung auf seinen Schultern. Er war derjenige, der den Widerstand ins Leben gerufen hat und viele Verbündete rekrutierte. Er hatte das Gefühl, dass er genau das tun konnte, was sein Vater von ihm verlangte. Zumindest bis er diese Prophezeiung fand.
Er ging immer tiefer in den Wald, bis er an eine große Lichtung kam und eine Stimme hörte, die seinen Namen rief.
„Ted! Ted!", rief sie immer wieder. Er dachte, er würde den Verstand verlieren, da er weit und breit niemanden sah.
Wer ist da?", rief er, doch alles was er hörte war immer wieder jemanden „Ted...Ted" rufen. Er versuchte sich auf die Stimme zu konzentrieren und ihr zu folgen, wobei er weiter an der Lichtung entlang lief.
„Wer bist du? Zeig dich endlich!", rief er. Dabei wurde er das Gefühl nicht los, dass er die Stimme irgendwo her kannte, doch sie war sehr leise. Er lief immer weiter und weiter, bis die Stimme immer lauter wurde. Er folgte der Stimme bis vor einen

riesigen Baum. Vor ihm stand eine Gestalt in einem weißen Umhang. Maggs blieb ein paar Meter von ihm entfernt stehen.

„Wer bist du und was willst du von mir?"

Als die Person sich langsam umdrehte, konnte er nicht glauben, wer da vor ihm stand. Er rieb sich kurz die Augen, doch die Person stand wie ein Engel im perfekten Sonnenlicht da, doch das konnte unmöglich real sein. Die Gestalt, die dort stand, war... sein Vater.

„Dad?!", fragte er schockiert.

„Hallo, mein Sohn. Ich bin so froh dich zu sehen." Während Cornelius mit ihm sprach, näherte sich Ted ihm langsam.

„Ted, wir haben viel zu bereden."

„Ich dachte, ich hätte dich verloren."

„Ich werde immer bei dir sein. Ich hoffe, das weißt du. Ich bin froh, dass du damals entkommen bist. Ich bin so stolz auf dich."

Ted stand jetzt genau vor ihm und wollte ihn umarmen, doch als er ihn berührte, verschwand er.

„Dad?", murmelte Ted traurig.

„Ich bin noch hier, mein Sohn", hörte er hinter sich.

Er drehte sich um und da stand er wieder.

„Du bist nicht real...?", fragte er voller Enttäuschung.

„Es tut mir leid, dass ich nicht hier bei dir sein kann", antwortete sein Vater.

„Was bist du? Eine Erinnerung? Eine Halluzination?"

„Was denkst du, was ich bin?"

„Ich denke, dass ich langsam durchdrehe..."

„Du hältst mich also für ein Hirngespenst? Eine Einbildung?"

„Ist es nicht so?", entgegnete Ted ihm.

„Möglich. Doch wenn es so ist, warum bin ich dann hier?"

„Ich weiß nicht, was ich tun soll... Ich brauche deine Hilfe."

„Darum bin ich hier mein Sohn. Ich muss dir etwas zeigen."

Er öffnete ein weiß leuchtendes Portal und bat Ted hindurch zu gehen. Ted war sich nicht sicher, ob er es tun sollte. Er war sich nicht einmal sicher, ob das alles hier real war oder nur Einbildung. Es hätte auch eine Falle sein können, doch es ging um seinen Vater. Ted konnte nicht anders, als ihm zu folgen.

Er trat durch das Portal und fand sich in einem Schlafzimmer wieder. Er schaute aus dem Fenster neben sich und erkannte, dass er sich auf Fatum befand, doch es war noch nicht zerstört. Es sah genauso aus, wie in seiner Erinnerung.

„Wo sind wir?", fragte er seinen Vater.

„Fatum...27.10.2002."

Plötzlich erschienen weitere Personen in diesem Schlafzimmer. Eine schwangere Frau lag mit gespreizten Beinen auf dem Bett. Sie war mitten in einer Entbindung und schrie vor Schmerzen. Davor hockte eine Hebamme, die das Baby erwartete. Neben der Schwangeren saß ein Mann, der ihre Hand hielt.

„Ich kenne diesen Mann", stellte Ted fest.

„Ich habe ihn schon einmal gesehen."

„Der Mann dort ist Paul Bastion", erklärte Cornelius.

„Jays Vater... Das hier ist Jays Geburt."

„Ganz genau."

„Warum hast du mich hierhergebracht?"

„Damit du es siehst, mein Sohn."

„Was soll ich sehen?", fragte Ted.

„Was ich an diesem Tag gesehen habe."

Als er seinen Satz beendete, stürmte ein weiterer Cornelius Maggs durch die Tür herein.

Er schien jedoch jünger. Er hatte noch nicht einmal seinen weißen Bart. Er war noch ebenso braun, wie seine Haare.

„Ich bin hier. Habe ich was verpasst?", fragte er.

„Pressen!", rief die Geburtshelferin.

„Gerade noch pünktlich. Es ist gleich soweit", erwiderte Paul.

Cornelius stellte sich zu ihnen und stand Jays Eltern bei.

„Du warst hier", stellte Ted überrascht fest.

Kurz darauf erblickte der junge Jay das Licht der Welt.

Paul und Octavia Bastion waren überglücklich. Nach all der Zeit des Wartens konnten sie endlich ihren Sohn in ihren Armen halten. Octavia weinte vor Glück und schaukelte ihren kleinen Jungen umher.

„Er hat deine blauen Augen", sagte Paul.

„Er ist wunderschön. Möchtest du ihn halten?", fragte sie Cornelius.

„Oh nein, das hier ist euer Moment."

„Ich bitte dich. Du bist sein Patenonkel. Hier, halte ihn. Nur kurz."

„Du warst sein Patenonkel?", grätschte Ted dazwischen.

„Das war ich, ja."

„Warum habe ich nie etwas davon gewusst?"

„Zu dieser Zeit warst du bereits dabei Party in allen möglichen Welten zu machen. Leider verließen die Bastions Fatum kurz darauf, und ich konnte ihn dir nie vorstellen."

„Warum haben sie Fatum verlassen?"

Sein Vater antwortete ihm nicht, sondern zeigte nur auf sein junges Ich, dass das Baby vorsichtig in den Arm nahm. Er hielt das Baby mit seinen beiden Händen und bewunderte sein süßes Gesicht, doch als er sich seine Augen genauer anguckte, blitzten sie weiß auf. Cornelius wusste nicht, wie ihm geschieht, und schon kurz darauf war er wie weggetreten. Auch in seinen Augen blitzte ein weißes Licht auf.

„Was war das? Dieses Leuchten in deinen Augen", fragte Ted.

„Deswegen sind wir hier", antwortete Cornelius und brachte Ted und ihn mit einer einfachen Berührung seines jüngeren Ichs an einen anderen Ort.

Was Ted dann sah, konnte er nicht glauben. Er sah Jay im Gewand seines Vaters, der es mit einer ganzen Armee von Andeda Kriegern und Bestien aufnahm.

Ted und sein Vater standen außerhalb des Schlachtfelds und sahen zu, wie Jay einen nach dem anderen fertig machte.

„Was ist das hier?"

„Das ist es, was ich an jenem Tag gesehen habe…"

„Das glaube ich einfach nicht", sagte Ted voller Erstaunen, doch es war nicht die Tatsache, dass er sie besiegen konnte, sondern wie. Jay setzte während des Kampfes nicht nur Teds Fähigkeiten ein, sondern auch die Fähigkeiten der Anderen. Aus Steinen auf dem Schlachtfeld erschuf er ein Schild, mit dem er die Schläge der Anexus abwehrte, so wie Ryo. Es war, als könnte er die Züge seiner Gegner voraussehen, so wie Leo es konnte. Er hetzte Vögel und Insekten auf seine Gegner, so wie er es nur von Emely kannte. Er benutzte Kampftechniken, die Maggs noch nie zuvor gesehen hatte.

„Wie ist das möglich?", fragte er entsetzt.

„Er ist der Erlöser. Er wird mächtiger werden als jeder von uns. Sogar mächtiger, als ich es je war."

„Warum zeigst du mir das?"

„Damit du es verstehst, mein Sohn."

„Was soll ich verstehen?"

„Du musst die Welten nicht allein retten. Du musst nicht die gesamte Last auf deinen Schultern tragen."

„Du hast mir immer wieder erzählt, dass es an mir liegen würde, die Dinge wieder gerade zu biegen. Du hast gesagt, wenn der Tag gekommen ist, ist es an mir, es allein zu schaffen."

„Ich sagte, du musst es ohne mich schaffen. Ich habe nie gesagt, dass du es allein schaffen musst. Warum denkst du, habe ich dich zu Ryo und Leo geschickt? Es ist deine Verantwortung diesen Krieg zu beenden, ja, doch diesen Krieg gewinnst du nicht allein. Du hast Freunde, die dich unterstützen, auf die du dich verlassen kannst. Wenn du sie auf den richtigen Weg führst, werdet ihr diesen Krieg gewinnen."

„Danke... Ich weiß, dass bist nicht wirklich du, aber du fehlst mir Dad. Genau wie John... Ich wünschte, ihr wärt hier bei mir.

„Ich weiß, mein Sohn, doch es ist alles so gekommen, wie es kommen sollte. Ich glaube an dich, genau wie John es getan hat."

„Es tut mir leid, dass ich ihn nicht retten konnte."

„Dein Bruder hat seine Wahl getroffen. Jetzt ist es an dir ihm zu zeigen, dass es die Richtige war."

„Alles, was ich in den letzten Jahren getan habe, war nur, um sein Opfer zu ehren."

„Ich weiß, und es hat dich zu einem bemerkenswerten Anführer gemacht. Ein Vater könnte nicht stolzer auf seinen Sohn sein."

Zum Abschied drückte sein Vater seine Schulter. Dieses Mal konnte er Cornelius Hand tatsächlich spüren. Er griff nach ihr, doch sein Vater verschwand augenblicklich und ließ ihn mit einer unbeantworteten Frage zurück.

„Vater, warte! Warum haben die Bastions Fatum verlassen?", rief er ihm nach. Eine Antwort bekam er jedoch nicht mehr. Ted war sich nicht sicher, ob es nur Einbildung war, aber ob real oder nicht, nach diesem Gespräch wusste Ted, was er zu tun hatte.

Jay schlief lange, bis Ryo ihn am Abend weckte.

„Essen ist angerichtet. Wir warten draußen auf dich", sagte er und pustete einen Funken aus seiner Hand in die Lampe auf dem Nachttisch. Noch leicht verkatert stand Jay auf und ging zum Schrank. Er nahm sich die frischen Klamotten heraus und zog sich um. Es war eine dunkle Hose, sowie wieder ein beiges Hemd. Jay machte sich auf den Weg nach draußen und musste feststellen, dass es bereits dunkel geworden war. Er schaute zum Himmel rauf und bewunderte den klaren Sternenhimmel. Der Mond strahlte hell, doch die Sternenbilder, die er am Himmel erblickte, hatte er noch nie zuvor gesehen. Wenn er noch einen Beweis benötigte, dass er auf einer anderen Erde war, dann wäre das wohl einer. Noch einmal ging er zu der Klippe und genoss die Aussicht in das Tal. Erst jetzt, wo er sich erholt hatte und bei klarem Verstand war, realisierte er wie bemerkenswert es war, dass er auf einer anderen Erde war. Im nächsten Moment hörte er Leos Stimme, die hinter dem Haus hervortönte. Jay folgte der Stimme und sah die Vier um ein Lagerfeuer herumsitzen. Über dem Feuer hing ein merkwürdig aussehendes Wesen. Es sah aus wie eine Mischung aus Hund und Wildschwein, nur mit zwei Köpfen. Jay guckte etwas stutzig, als die anderen ihn bemerkten. Leo unterbrach seine Geschichte und hieß Jay willkommen.

„Ah Jay, ich hoffe du magst Manti."

Jay wusste nicht, was er darauf antworten sollte, denn immerhin hatte er keine Ahnung, was ein Manti war.

„Setze dich doch erst einmal", sagte Emely, die genau wusste, dass Jay keine Manti kannte. Jay setzte sich auf den freien Platz neben Emely, die ihm einen Teller mit Fleisch vom Manti überreichte.

„Probiere erst einmal."

Während Jay sich an einem Bissen von dem Fleisch versuchte, fuhr Leo mit seiner Geschichte fort.

„Wo war ich stehen geblieben...? Ah ja, genau. Also Ryo und ich wurden also von diesem Grafen für diesen Job angeheuert. Er sagte die Piraten hätten ihm etwas sehr Wichtiges und Wertvolles gestohlen. Er wollte, dass wir es um jeden Preis zurückholen, und Leute, ihr wisst mit Piraten legt man sich eigentlich besser nicht an. Egal auf welcher Welt, aber verdammt, dieser Graf war stinkreich. Für uns war also klar, dass wir den Job annehmen. Zumal wir selten auf Lazan waren. Übrigens ein sehr schöner Planet. Vielleicht können wir da ja einmal Urlaub machen."

„Leo!", unterbrach Ted ihn, dem die Geschichte schon wieder zu sehr abschweifte.

„Okay, okay. Ich meinte nach diesem ganzen ‚Wir retten das Multiversum' Ding", erwiderte er mit einem Lachen, doch sonst lachte keiner…

„Okay, okay. Schon verstanden. Also, wir machen diese Piraten ausfindig und merken sofort, irgendetwas ist anders hier. Sie trugen so komische Masken und waren alle etwas klein."

„Aus meinem Blickwinkel zumindest", fügte Ryo hinzu. Emely und Jay lachten, doch Leo ließ sich von diesem Kommentar nicht unterbrechen.

„Wir sehen gerade, wie sie eine Kiste in eines ihrer Zelte trugen. Wir waren uns sicher, dass unser Ziel darin war. Während ich mich zur Kiste geschlichen hatte, sollte Ryo draußen die Wachen ablenken. Als ich im Zelt war, hörte ich Ryo auf einmal um Hilfe rufen. In diesem Moment, kam einer dieser Piraten rein. Ich versteckte mich unter einem Schreibtisch und beobachtete den Typ, als er seine Maske abnahm., und da sah ich es.... Es waren nur Kinder! Aber haltet euch fest. Als ich rauskam, um Ryo zu helfen, haha… hing er doch tatsächlich, und das ist wirklich so passiert, haha, hing er kopfüber an einem Baum und wurde von den Kindern als... Als Piñata benutzt. Die schlugen mit so richtigen Schlägern auf ihn ein und dachten...“ Leo bekam sich vor lauter Lachen gar nicht mehr ein.

„Die dachten, da würden Süßigkeiten aus ihm herauskommen. Hahaha“

Leo rollte sich selbst vor lauter Lachen am Boden, doch auch die anderen konnten sich ein Lachen nicht verkneifen. Selbst Maggs fing damit an. Jay war erleichtert zu sehen, dass er offenbar nicht immer so grimmig drauf war. Ryo war das ganze sehr peinlich.

„Jay, wie schmeckt dir das Fleisch?“, fragte Ryo, um das Thema zu wechseln.

„Überraschend gut“, antwortete Jay, der sich gerade noch einen Nachschlag nahm. Die fünf redeten noch bis tief in die Nacht und erzählten sich noch viele weitere Geschichten. Jay dachte in diesem Zeitraum nicht ein einziges Mal an das, was passierte. Er genoss den Abend und freute sich, die anderen besser kennen zu lernen. Er fühlte sich geborgen und erfuhr noch viel über das Multiversum und seine Möglichkeiten.

Maggs war der Erste, der zu Bett ging und wünschte jedem eine gute Nacht. Selbst Jay, der endlich mal nicht das Gefühl hatte, dass Maggs ihn hasste. Maggs ging schon weg, als er sich wieder umdrehte und Jay noch etwas sagte.

„Morgen früh beginnen wir mit dem Training. Du bist dann besser ausgeschlafen.“

Auch wenn es nicht besonders freundlich formuliert war, freute Jay sich darüber. Endlich würde er lernen, seine Kräfte zu nutzen, und auch die anderen waren glücklich, dass Maggs das Training beginnen würde.

Am nächsten Morgen wurde Jay von einem kurzen „Aufstehen“ von Maggs geweckt.

„Ich warte draußen“, fügte er noch hinzu. Jay machte sich fertig und begab sich nach draußen. Nach gestern Abend fühlte er sich

73

schon viel besser. Er hatte akzeptiert was passiert war und schaute nun, da er mit seinem Training beginnen konnte, optimistisch in die Zukunft.

Als er raus ging, sah er Maggs schon an der Klippe sitzen. Er saß dort im Schneidersitz und schien zu meditieren. Jay stand hinter ihm, als er den Sonnenaufgang über dem Tal bewunderte. Es war wunderschön und Jay kam aus dem Staunen gar nicht mehr raus.

„An diesen Ausblick kann man sich gut gewöhnen, ich weiß. Solltest du aber nicht. Nicht jeder Ort, an den wir reisen, ist so", sagte Maggs, der immer noch dort saß und seine Augen gerade öffnete.

„Okay...", war alles, was Jay dazu sagen konnte.

„Ich hoffe, du hast ausgeschlafen. Das Training wird anstrengend", fügte Maggs hinzu. Jay hatte tatsächlich gut geschlafen und fühlte sich mehr als bereit für sein Training.

„Womit fangen wir an?", fragte er enthusiastisch.

„Wir laufen", antwortete Maggs, der genau wusste, dass er Jay damit enttäuschte.

„Komm mit, ich zeig dir dein Trainingsoutfit."

Jay folgte Ted zurück ins Haus, in das Zimmer, aus dem Emely ihre Waffen holte. Maggs öffnete einen Schrank, in dem mehrere Outfits hingen.

„Das hier sind deine Sachen. Ich würde die hier zum Laufen anziehen", sagte Ted, doch Jay hörte ihm gar nicht zu. Er stand vor der Vitrine und starrte auf das Gewand. Maggs war gereizt.

„Jay!"

„Ist das deins?"

„*seufz* Das war einst das Gewand meines Vaters. Wir fanden es in seiner Bibliothek, aber es ist jetzt nicht wichtig", sagte er, drückte Jay die Klamotten in die Hand und ging wieder raus. Er entschied sich, Jay lieber nichts von seiner Vision im Wald zu erzählen. Immerhin hatte er Jay in genau jenem Gewand gesehen.

Jay zog sich schnell um und folgte Ted hinaus. Sein Outfit war wieder beige. Ein Tanktop mit V-Ausschnitt, und dazu bekam er eine passende Hose, sowie Schuhe, in denen er laufen konnte. Als er draußen war, war Ted bereits losgelaufen. „Na komm endlich", rief er nur noch. Jay beeilte sich und lief ihm hinterher. Jay bewunderte während des Laufes immer wieder die Natur und sah dabei Tiere, die er nie zuvor gesehen hatte. Auf der Hälfte der Strecke blieb Maggs stehen. Jay brauchte ein wenig, um ihn einzuholen und war ziemlich aus der Puste. Sport war ja auch schließlich nicht unbedingt seine Lieblingsbeschäftigung gewesen. Ganz im Gegenteil, er machte eigentlich so gut wie gar keinen Sport. Seine virtuellen Abenteuer mal ausgeschlossen. Maggs stand einfach nur da, als Jay ankam, ohne ein Wort zu sagen. Er blickte vom Tal weg, raus auf einen riesigen See. Er stand einige Minuten einfach nur da. Jay wusste nicht, was er tun sollte, also stellte er sich zu ihm und starrte, wie er, auf den See, in der Hoffnung dort etwas Besonderes zu entdecken, was er sehen sollte, doch da war nichts. Weit und breit war nichts zu sehen. Auch, wenn der See und die Bäume um ihn herum ganz schön waren. Die Sonne spiegelte sich perfekt in dem Wasser, doch warum er sich das ansehen sollte, wusste er wirklich nicht. Nach kurzer Zeit liefen sie dann einfach weiter. Als sie wieder am Haus ankamen, war Jay ziemlich erledigt. So viel hatte er sich zuletzt an dem Sporttag seiner Schule bewegt. Einen Tag, den Jay hasste.

Sie gingen in die Küche und genehmigten sich ein Glas Wasser. Jay war noch gar nicht wieder richtig zu Atem gekommen, als Maggs zu ihm sagte: „Jetzt, wo wir warm sind, fangen wir mit dem Kampftraining an."

Jay guckte nur blöd. Er war wirklich völlig erledigt, aber er konnte es kaum erwarten seine Kräfte besser kennen zu lernen. Ein kurzer Hoffnungsschimmer war in Jays Augen zu erkennen. „Natürlich ohne unsere Kräfte", fuhr Maggs daraufhin fort. Wieder einmal war Jay die Enttäuschung ins Gesicht geschrieben.

„Oder kannst du etwa schon nicht mehr?"

„Doch, natürlich."

Er wollte das unbedingt und war bereit an seine Grenzen zu gehen, egal, wie hart das Training werden würde. Maggs war tatsächlich etwas von seinem Ehrgeiz beeindruckt. Er hatte ihm nicht einmal den gesamten Lauf zugetraut.

„Dann machen wir draußen weiter. Komm nach, wenn du soweit bist."

Jay wartete noch einen Moment, um sich auszuruhen. Pustete ein paar Mal tief durch und nahm sich das Glas Wasser, das auf dem Küchentisch stand. Daraufhin ging er hinter das Haus und war gespannt, was er als Nächstes tun sollte. Er sah Maggs neben einer Puppe aus Stroh und fragte: „Was hast du damit vor?"

„Du wirst mit ihr trainieren", antwortete er und befahl ihn vor die Puppe. Jay gehorchte dem.

„Okay, und was jetzt?"

„Ich will, dass du sie schlägst. So fest du kannst"

Also schlug Jay zu.

„Fester", sagte Maggs daraufhin nur. Jay schlug fester.

„Ist das etwa schon alles?" Wieder schlug er zu.

„Na los, zeig mal, was in dir steckt."

Jay wurde langsam wütend und schlug pausenlos auf die Puppe ein.

„Sehr gut. Mach sie fertig."

Maggs wartete nur auf den Moment in dem Jays Kräfte sich zeigen würden. Dann sah er das Leuchten in seinen Augen. Jay holte weit aus und wollte den letzten Schlag landen, doch seine Faust wurde von Maggs aufgehalten.

„Ohne deine Kräfte! Beruhige dich und dann nochmal." Das Leuchten in Jays Augen verschwand. Er atmete tief durch und schlug erneut zu. Wieder nicht mit voller Kraft, da er befürchtete ansonsten seine Kräfte unfreiwillig zu nutzen.

„Na los, fester."

Wieder schlug er fester und schneller zu. Immer fester und schneller.

„Los, mach ihn fertig! Stell dir vor es wäre einer der Andeda, die deine Freunde angegriffen haben. Die dich verletzt haben. Die deinen Freund mitgenommen haben!!"
Dieses Mal leuchteten nicht nur Jays Augen. Sein ganzer Körper begann zu leuchten und er legte all seine Kraft in einen Schlag. Er feuerte die Puppe geradewegs gegen die Hauswand und zerstörte sie.
„Ich sagte... ohne Kräfte!"
„Dann hör auf es zu provozieren!"
„Du musst lernen dich zu beherrschen! Egal, ob dich jemand provoziert. Diese Kräfte sind kein Spaß, sie sind gefährlich! Wenn du keine Beherrschung besitzt, bringst du nicht nur dich, sondern auch alle um dich herum in Gefahr! Das war's für heute!"
„Aber wir haben doch gerade erst..."
„Ich sagte... Das wars für heute!", brüllte er lautstark und ging. Jay blieb enttäuscht zurück. Sein Licht erlosch und er setzte sich zu Boden. Er war enttäuscht von sich selbst. Er wollte das hier unbedingt, doch jetzt kamen ihm wieder die ersten Zweifel. Er war sich nicht sicher, ob er es auch konnte. Ein so hartes Training. Noch nie hatte Jay für etwas hart gearbeitet. Vielleicht hatte er einfach nicht das Zeug dazu.

Maggs kam völlig entspannt zurück ins Haus.
„Seid ihr schon fertig mit dem Training?", fragte Emely ihn.
„Er hat seine Lektion für heute bereits gelernt, ja..."
„Oh Ted... Was hast du getan?"
„Er ist zu euphorisch. Würde am liebsten sofort in den Krieg ziehen."
„Ich weiß. Er erinnert mich ein wenig an jemanden... Er ist genauso wie John, als er mit seinem Training anfing."
„Ich weiß, und genau das ist es, was mir Sorgen macht. Du weißt, wie John als Kind war. Er war ungeduldig und besserwisserisch. Ich habe ihm nur gezeigt, dass er die Welten

nicht an einem Tag retten kann. Diese Erkenntnis wird Gold wert sein. Nichts zahlt sich im Krieg mehr aus als Geduld."

„Genau das hat dein Vater damals auch zu John gesagt."

„Ich weiß, und es hat geholfen. Von diesem Tag an wurde er zumindest etwas geduldiger. Ich hoffe nur, dass es bei Jay die gleiche Wirkung hat."

„Dein Vater wäre sicher stolz auf dich. Du wirst den Jungen sicher gut ausbilden. Und hey, lieber haben wir einen jungen John im Team, der alles sofort will, als einen jungen Ted, dem alles scheiß egal ist."

„Danke", sagte er ironisch, obwohl er wusste, dass sie da nicht falsch lag.

„Da wäre noch etwas... Ich kann den Jungen nicht allein ausbilden. Ich habe gesehen welche Kraft in ihm steckt. Es wird nicht lange dauern, bis er meine Fähigkeiten übersteigt, daher brauche ich euch. Sobald er soweit ist, wird jeder von euch ihn in seinem Gebiet ausbilden."

„Wenn du denkst, dass es notwendig ist. Es kann sicher nicht schaden, den Jungen in unseren Kräften auszubilden", antwortete Emely.

„Doch das ist noch nicht alles. Um seine Ausbildung zu beenden brauchen wir einen Großmeister. Nur so kann er stark genug werden, um sich Osiris zu stellen."

„Ich bewundere deinen neu gewonnen Optimismus, Ted, und ich unterweise den Jungen gerne in der Kraft der Zeit, doch dir ist klar, dass wir keinen Großmeister mehr haben, oder? Du weißt schon, die Sache mit dem schwarzen Tag. Der Auslöschung der Nexus und so", platzte Leo dazwischen, der sich auf dem Sofa zu erkennen gab.

„Da muss ich ihm Recht geben. Wir sind diesem Gedanken schon einmal gefolgt. Keiner der Großmeister hat überlebt. Wir haben vor fünf Jahren keinen gefunden. Was lässt dich daran glauben, dass es jetzt anders sein wird?", fragte Emely.

Maggs überlegte, ob er ihr von der Vision seines Vaters erzählen sollte, doch er behielt es für sich.

„Es muss einfach noch einen geben. Wir haben irgendetwas übersehen. Ich werde mir nochmal die Tagebücher meines Vaters vornehmen, vielleicht finde ich so noch etwas. Solange liegt es an uns, dem Jungen alles beizubringen."
„Ich habe dir gesagt, ich unterstütze dich bei deinen Entscheidungen. Wenn du glaubst, dass wir beim ersten Mal etwas in den Tagebüchern übersehen haben, helfe ich dir", sagte Emely
„Gut, dann geh ich und versprühe mal eine meiner unendlichen Weisheiten bei dem Kleinen."
Die anderen schauten Leo nur fragend an.
„Was? Wollt ihr etwa meine Weisheit in Frage stellen?!"
Die Beiden schüttelten nur ihre Köpfe und hielten Leo nicht weiter auf, also ging Leo raus um mit Jay zu reden. Er saß immer noch am Boden und war sichtlich traurig und enttäuscht.
„Hey, Kleiner...", sprach Leo ihn an.
„Hey", erwiderte er genervt.
„Maggs hat dich ganz schön rangenommen, hmm?"
Jay schwieg und schaute weiter auf den Boden. Er schämte sich für sein Versagen. Leo setzte sich zu ihm und erzählte ihm eine Geschichte.
„Weißt du, Kleiner. Als mein Dorf damals angegriffen wurde, war ich noch sehr klein."
Jay wollte keinen Spruch bringen, doch er schaute Leo verwundert an.
„Gut. Mein Dorf wurde angegriffen, als ich noch sehr jung war. Es war hier auf Nova Lux, weit, weit weg von Ohawo. Während den Rassenkriegen... Eine Gruppe der Lions überfiel uns. Sie zerstörten alles, plünderten alles und töteten jeden Einzelnen aus meinem Dorf."
„Das tut mir leid, das wusste ich nicht..."
„Natürlich nicht, woher auch? Ich war der Einzige, der dieses Massaker überlebte. Meine Mutter versteckte mich in unserer Hütte unter eine der Holzdielen und sie fanden mich nicht. Ich weiß nicht, wie lange ich in diesem Versteck wartete. Vielleicht Tage, bis jemand das Versteck unter dem Boden öffnete und

mich ansah. Es war Ryos Vater. Er nahm mich mit zu sich nach Hause und zog mich gemeinsam mit seiner Frau auf. Ryo war auch noch sehr klein, und wir wuchsen zusammen auf.

Was ich dir eigentlich sagen will, kannst du dir vorstellen, wie es ist, als kleiner Otter unter einem Haufen riesiger Nashörner aufzuwachsen? Egal worum es ging, ob beim Jagen, Spielen oder Trainieren. Ich war immer der Kleinste und Schwächste. Verlieren wurde für mich zur Gewohnheit, doch dank Ryos Mutter gab ich nie auf. Wenn du am Boden liegst, stehst du wieder auf. Das sagte sie immer mit so einer Selbstverständlichkeit, dass ich es ihr glaubte und verinnerlichte, und verdammt, sie hatte Recht. Siege sind schön, aber es sind die Niederlagen, von denen wir lernen. Und man, du wirst noch unzählige Niederlagen hinnehmen müssen, also lass den Kopf nicht hängen und zieh eine Lehre aus deinem Versagen. Morgen versuchst du es wieder und machst es besser. Wir glauben an dich Jay, doch das Wichtigste ist, dass du an dich selbst glaubst."

Leo klopfte ihm noch ermutigend auf die Schulter und ließ Jay mit seinen Gedanken allein.

Jay blieb noch eine Weile dort sitzen und dachte nach.

„Wie war ich?", fragte Leo, als er Ryo hinter der Hausecke sah.

„Hervorragend. Ganz ehrlich... Du hast sogar mich motiviert."

„Oh, danke Ryo", sagte er, als sie zurück ins Haus gingen.

Währenddessen gingen Maggs und Emely in eines der hinteren Zimmer und blätterten in den Tagebüchern von Cornelius Maggs, und es waren nicht wenige. Es waren sogar sehr, sehr viele, daher konnte Maggs sich unmöglich alles, was darin stand, merken, doch er war sich sicher, irgendwo darin würde er einen Hinweis auf einen Großmeister finden. Es musste einfach so sein. Sein Vater würde ihn schließlich nicht mit einer Prophezeiung zurücklassen, ohne die Möglichkeit, sie Wirklichkeit werden zu lassen.

Die beiden verbrachten Stunden mit dem Wälzen der Bücher, ehe Emely sagte: „Ted, ich sage das nur ungerne… Aber wir haben schon einmal versucht überlebende Großmeister zu finden, ohne Erfolg. Warum denkst du, dass wir hier eine Lösung finden werden?"

„Mein Vater wollte, dass wir diese Bibliothek finden. Aus einem Grund…"

„Ja, damit wir die Prophezeiung und Jay finden. Reicht dir das etwa nicht als Grund?"

Maggs hörte noch die Frage, doch er konzentrierte sich weiter auf das Buch.

„Ted?"

Wieder ignorierte er sie und las weiter.

Kapitel 5
Die Tagebücher des Cornelius Maggs

31. Mai 1914

Der Krieg nähert sich dem Ende. Die Lions haben sich bereit erklärt, einen Friedensvertrag mit den Nexus auszuhandeln. König Domi begibt sich in diesem Moment nach Nova Lux, um die Verhandlungen zu beginnen. Er übergab mir die Aufgabe auf Fatum aufzupassen, während er fort war. Ich weiß nicht, ob ich dieser Aufgabe bereits gewachsen bin. Schüler auszubilden und in den Krieg zu ziehen ist die eine Sache, aber eine ganze Welt zu regieren, ist nochmal etwas anderes. Ich bin froh, dass ich Aliya an meiner Seite habe. Sie unterstützt mich bei all meinen Vorhaben. Sie ist wahrlich die Liebe meines Lebens.

14. Juni 1914

König Domi ist nun schon zwei Wochen fort. Niemand weiß, wie weit die Verhandlungen sind. In der Bevölkerung machen sich bereits die ersten Gerüchte breit. Viele denken, er sei entführt worden. Einige, er sei getötet worden, doch die meisten sind sich einig. Er wird vermutlich nicht mehr zurückkommen. Unsere Armeen warten nur auf meinen Befehl, auf Nova Lux einzumarschieren, doch wenn ich den Befehl gebe, gibt es kein Zurück mehr. Sollte Domi noch in den Verhandlungen stecken, würde ich all seine Arbeit zunichtemachen. Dieses Mal weiß ich wirklich nicht weiter…

29. Juni 1914

Der König wird mittlerweile fast einen Monat vermisst. Die Bevölkerung hat ihn bereits aufgegeben und fordert einen Angriff. Der Druck auf eine Entscheidung wächst von Tag zu Tag, aber ich bin noch nicht bereit, den König aufzugeben. Ich schicke einen kleinen Trupp los, der die Festung der Lions infiltriert. Nur ich, Luciant, Ryo und Leo. Die Mission ist riskant und ich setze damit alles aufs Spiel, aber ich kann nicht die ganze Zeit untätig rumsitzen und auf ein Lebenszeichen des Königs warten. Sollte ich nicht zurückkommen, würde ich Fatum ohne einen Anführer zurücklassen. Sollten die Lions uns ebenfalls gefangen nehmen oder uns töten, könnten sie diesen Krieg für sich entscheiden.

3. Juli 1914

Die Mission ist beendet. Wir fanden den König in einer Zelle. Er war ausgehungert, hatte überall Wunden an seinem Körper. Die Lions schienen ihn gefoltert zu haben, doch er wollte nicht darüber sprechen. Wir wollten gehen, doch er bestand darauf, die Pläne der Lions zu stehlen. Der König wollte nicht als Versager mit leeren Händen zurück nach Fatum kehren. Wir teilten uns auf. Es gelang uns die Pläne zu stehlen, doch Domi hat es nicht lebend aus der Festung geschafft. Er starb einen ehrenvollen Tod. Dank ihm kenne ich nun die Schwachpunkte und die Taktiken der Lions, doch sie sind uns zahlenmäßig überlegen. Ich schickte Luciant los, um neue Verbündete für die anstehende Schlacht zu finden. Ich musste auf Fatum bleiben. Nach dem Tod des Königs wurde es unruhig in der Bevölkerung. Die Leute brennen auf Rache. Ich kann sie verstehen. Auch ich will mich für den Tod des Königs an ihnen rächen.

30. August 1914

Luciant ist immer noch nicht von seiner Reise zurückgekehrt. Der Krieg in den Welten tobt weiterhin. Die Lions unterwerfen ein Volk nach dem anderen. Unsere Armeen halte ich immer noch zurück. Es tut mir in der Seele weh, diese Welten leiden zu sehen, doch ich muss tun, was am besten für unser Volk ist. Lange wird das nicht mehr gut gehen. Ich konnte den Blutdurst unseres Volkes vorerst stillen. Geduld war das Zauberwort. Ich habe ihnen versprochen, dass sie ihre Rache eines Tages bekommen werden. So habe ich sie wieder auf meine Seite bekommen. Ich bin mir aber nicht sicher, ob ich dieses Versprechen auch halten kann.

1. November 1914

Luciant ist endlich von seiner Reise zurückgekehrt, jedoch ohne Erfolg. Er verhält sich etwas merkwürdig, seit er wieder hier ist. Ich spüre, dass er etwas weiß, doch er will es mir nicht sagen. Irgendetwas ist mit ihm passiert, während er fort war.

5. November 1914

Luciant drängt darauf, endlich die Truppen in den Kampf zu schicken. Ich habe ihm immer wieder gesagt, dass unsere Armee nicht groß genug ist und wir einen Angriff nicht überleben werden, doch er sagte mir immer wieder, dass es besser ist, bei dem Versuch zu sterben, als hier auf den Tod zu warten. In gewisser Weise hat er Recht, aber ich kann die Existenz der Nexus für einen Krieg nicht aufs Spiel setzen. Das Erbe des Connectors stand noch nie zuvor so nah am Untergang.

21. November 1914

Luciant und ich haben das Archiv des Palasts durchsucht, in der Hoffnung, dort eine bessere Lösung zu finden. Luciant hat ein Buch über den Ibonek gelesen. Er sagte, er sei unsere einzige Möglichkeit diesen Krieg zu gewinnen. Der Stein ist jedoch schon seit Millionen von Jahren verschwunden und niemand weiß, wo Cassius ihn damals versteckt hat, und er hat ihn nicht ohne Grund versteckt. Selbst wenn wir ihn finden sollten, könnten wir uns neuen Bedrohungen ausgesetzt sehen, doch haben wir überhaupt eine Wahl? In den letzten Tagen bete ich viel. Wenn es jemanden gibt, der mir den Weg weisen kann, dann ist es der Connector. Alles, was ich brauche, ist ein Zeichen, um in diesen schweren Zeiten meinen Glauben nicht zu verlieren.

26. November 1914

Die Stämme der Nashörner sind gefallen. Ryo und Leo haben bei den Angriffen ihre Eltern verloren. Sie geben mir die Schuld an ihrem Tod, genau wie ich... All die Opfer die der Krieg in den letzten Monaten verlangte. All ihr Blut klebt an meinen Händen. Ich bin mir nicht mehr sicher, ob ich das Richtige tue. Der Connector schenkte uns seine Kräfte, um sein Vermächtnis zu schützen. Es ist unsere Aufgabe, die Welten zu beschützen, doch das können wir nicht, ohne unsere Existenz aufs Spiel zu setzen. Ich weiß, der Connector hat einen Plan für all das, aber ich erkenne ihn einfach nicht. Ich bin verzweifelt, weiß nicht, was ich tun soll. Ryo und Leo wenden sich von mir ab. Sie haben mir gesagt, dass sie nach dem Krieg die Nexus verlassen werden. Auch Luciant zieht sich von mir zurück. Aliya ist alles, was mir in diesen Zeiten Kraft gibt.

27. November 1914

Luciant sagt, er habe in einem Buch von einer Welt namens Pamun gelesen. Vor unzähligen Jahren sollen abtrünnige Nexus dort wertvolle Schätze versteckt haben. Luciant ist überzeugt davon, dass wir dort eine geeignete Waffe finden, mit der wir diesen Krieg ein für alle Mal beenden können. Ich habe bereits genug Leute in Gefahr gebracht. Luciant und ich werden uns allein auf den Weg nach Pamun machen. In der Zwischenzeit übergebe ich Aliya das Kommando. Sie fühlt sich der Aufgabe nicht gewachsen. Sie weiß gar nicht, wie stark sie eigentlich ist. Ich habe wirklich Glück mit ihr. Wenn all das hier endlich vorbei ist, werde ich um ihre Hand anhalten.

01. Dezember 1914

Unsere Mission war erfolgreich. Auch, wenn Luciant etwas enttäuscht zu sein scheint. Wir fanden ein altes Gewand eines früheren Königs. Es soll seinem Träger unglaubliche Kraft verleihen, doch nur demjenigen, der sich als würdig erweist es zu tragen. Aliya will mich davon abhalten es anzuziehen, aber es ist die letzte Chance diesen Krieg endlich zu beenden. Sollte ich mich als nicht würdig erweisen, werde ich sterben, doch was wäre ich für ein Anführer, wenn ich es nicht zumindest versuchen würde?

1. Januar 1915

Die entscheidende Schlacht steht kurz bevor. Ich habe Ryo, Leo und Luciant vorgeschickt. Wenn alles nach Plan läuft, schwächen sie ihre Verteidigung von innen heraus. Sobald sie mir das Signal geben, führe ich unsere Truppen in den alles entscheidenden Kampf. Schon morgen öffnen wir die Portale nach Nova Lux. Es ist unsere einzige Chance. Ich weiß nicht, ob ich das Gewand des Königs überleben werde. Wenn ja, gewinnen wir den Krieg, da bin ich mir sicher. Sollte ich es nicht überleben, übertrage ich Luciant das Kommando. Er ist stark, weise und besitzt die Geduld, die man als Anführer benötigt. Das Volk liebt ihn und ich bin mir sicher, er wird seine Sachen gut machen. Sollte ich diesen Krieg nicht überleben, lege ich das Schicksal der Nexus in seine Hände.

05. Januar 1915

Der Krieg ist vorbei, endlich. Das Gewand funktionierte. Mich durchfloss so eine unglaubliche Kraft, doch es kostete auch einiges. Es sollte nicht dauerhaft getragen werden, zumindest nicht von mir, aber ich bin mir sicher, eines Tages wird jemand kommen, der es kann.
Ryo und Leo haben uns verlassen. Sie verstehen, dass ich den Tod ihrer Eltern nicht wollte und nur das tat, was ich für richtig hielt. Dennoch, vollkommen verziehen haben sie mir nicht. Ich verliere mit den Beiden nicht nur zwei der besten Meister die wir haben, sondern vor allem zwei Freunde. Ich weiß nicht, wo sie jetzt hingehen werden, aber ich bin mir sicher, dass sie ihren Weg finden werden. Möge der Connector sie schützen und ihnen den Weg weisen.
Da der Krieg nun vorbei ist, gibt es noch eine Sache, die ich zu erledigen habe. Ich werde Aliya bitten, mich zu heiraten. Ich kann nur hoffen, dass sie Ja sagen wird, und wenn sie es tut, war es das alles vielleicht sogar wert.

30. Januar 1915

Sie hat JA gesagt. Wir konnten nicht warten und brannten durch, an einen magischen Ort. Es war perfekt. Sie ist perfekt.
Der Krieg ist jetzt schon fast einen Monat vorbei und es fühlt sich immer noch surreal an.
Da König Domi der letzte Nexus seiner Familie war, ist die Zeit gekommen einen neuen König zu krönen. Luciant, ein Mann namens Winston und ich sind die nächsten in der Thronfolge.

87

Das Volk fordert mich als neuen König. Luciant aber gibt so leicht nicht auf. Ich will es unbedingt, und dass ausgerechnet mein bester Freund derjenige ist, der mir meinen Traum nun streitig machen könnte... Verrückt, aber ich bin bereit es mit jedem aufzunehmen. Der Kampf beginnt bereits morgen. Jeder gegen jeden. Wer am Ende übrig bleibt, gewinnt und wird zum König. So etwas gab es schon seit etlichen Generationen nicht mehr. Ich habe etwas Angst, doch ich vertraue auf die Kraft in mir. Der Connector wird mir meinen Weg weisen. Möge der beste gewinnen.

01. Februar 1915

Der Kampf ist vorbei. Ich habe es tatsächlich geschafft. Am gestrigen Tag wurde ich zum König gekrönt. Ich bin tatsächlich der neue König der Nexus. Die anderen haben ehrenhaft gekämpft. Vor allem Luciant und Winston lieferten mir einen erbitterten Kampf. Es war ein Kopf an Kopf Rennen, doch während Luciant sich zu sehr auf seine Stärke verließ, so verließ Winston sich zu sehr auf seinen Intellekt. So konnte ich ihre Stärke zu einer Schwäche machen.
Dennoch ist Luciant einer der kompetentesten Nexus, die wir haben. Ich werde ihn zu meinem engsten Berater machen, und auch Winston werde ich weiter im Auge behalten. Ich denke, zusammen können wir viel
Gutes für die Nexus und Fatum tun. Nein, ich bin mir sicher, dass wir es können.

1. Mai 1915

Schon seit einigen Tagen sorgt einer meiner Schüler für Unruhen auf Fatum. Sein Name ist Grant Hawl. Er zweifelt stark an unserem Glauben. Viele vor ihm haben bereits die Existenz des Connectors in Frage gestellt, doch dieses Mal ist es etwas anderes. Er stammt von einer fortschrittlicheren Erde. Sein Verstand war bereits durch die Wissenschaft vergiftet, als er hier ankam. Ihm gelang es, viele von seinen Gedanken zu überzeugen. Er sieht uns als eine Laune der Natur, als eine logische Entwicklung durch Millionen von Generationen. Er gründete im Untergrund von Fatum eine Sekte. Zuerst schenkte ich ihm keine Aufmerksamkeit. Es war nicht der erste Verrückte der auf Fatum herumlief, aber heute hatte ich eine Vision. Ich habe seine Zukunft gesehen, auch, wenn er kurz vor dem Abschluss seiner Ausbildung zum Großmeister steht. Ich habe keine Wahl. Ich habe gesehen, was er in der Zukunft tun wird. Ich muss ihn verbannen. Ein für alle Mal. Er darf nie wieder hierher zurückkommen. Nur so kann ich Fatum schützen.

„Ich habe etwas! Ja, das ist es!", rief Maggs voller Euphorie. Emely legte ihr Buch zur Seite und schaute zu Maggs.
„Mein Vater verbannte vor 100 Jahren einen seiner Schüler. Grant Hawl. Er war kurz davor ein Großmeister zu werden. Er könnte lange genug fort sein, um von Osiris nicht weiter verfolgt zu werden."
„Er ist aber auch lange genug fort, um eventuell schon tot zu sein."
Maggs senkte seinen Blick etwas, aber er war sich sicher.
„Nein, das glaube ich einfach nicht. Er ist noch irgendwo da draußen. Wir müssen ihn finden!"
„Selbst, wenn er noch leben sollte, er ist seit 100 Jahren verbannt und wir haben keine Ahnung, wo er sein könnte. Wie sollen wir ihn bitte finden?"
Maggs grübelte etwas. Emely hatte recht. Wie sollten sie jemanden finden, der seit über 100 Jahren verschwunden war?
„Du hast Recht, das könnt ihr nicht", sprach Leo, der offenbar schon die ganze Zeit dem Gespräch von Maggs und Emely lauschte.
„Aber ich kenne jemanden, der es könnte."

Maggs und Emely schauten ihn nur verwundert an.

„Grant Hawl war zur gleichen Zeit auf Fatum wie wir. Er war der Schüler von Maggs, also ich meine Cornelius Maggs. Ryo und ich haben etwas Zeit mit ihm verbracht und wissen vielleicht, wo wir ihn finden könnten, aber Ted, wunderst du dich nicht, warum ihr erst jetzt in den Tagebüchern von ihm lest?!"

„Was willst du mir damit sagen?!"

„Ryo und ich haben das Tagebuch gelesen, als wir es gefunden haben. Wir haben uns dagegen entschieden, dir von ihm zu erzählen."

„Ihr habt was?!"

„Ted... Dieser Mann ist wirklich verrückt. Er stellte alles infrage und hielt nicht besonders viel von den Nexus. Selbst wenn wir ihn finden sollten, ist es nicht gesagt, dass er uns auch helfen wird. Er ist gefährlich und dein Vater wusste es. Er könnte alles beenden, wofür die Nexus stehen."

„Die Nexus stehen bereits am Abgrund und wir brauchen einen Großmeister! Du hast kein Recht zu entscheiden, wer uns hilft und wer nicht!"

„Ach, und du schon?! Nur weil du der Sohn des Königs bist, der bereits seit fünf Jahren tot ist?!"

„Wage es ja nicht, meinen Vater da mit reinzuziehen!"

„Sonst was?! Ich habe die ganzen Jahre nichts gesagt, weil du wirklich ein guter Anführer warst, aber einen Verbannten und Gefährlichen zu rekrutieren, nur, weil du den Jungen nicht allein ausbilden willst?! Dein Vater würde sich für dich schämen!!!"

„DAS REICHT", rief Emely dazwischen.

„Ihr kommt jetzt beide mal wieder runter. Ted ist unser Anführer, das haben wir alle so beschlossen. Es gibt keinen Grund, das jetzt infrage zu stellen. Vielleicht sollten wir erst einmal überlegen, wie wir Grant finden können. Danach können wir noch immer entscheiden, ob er Jay ausbilden soll oder nicht, okay?"

„OKAY?", fragte sie noch einmal.

„Okay", murmelten die beiden.
„Also Leo, wo finden wir diesen Grant Hawl?"

Am Abend als Jay eingeschlafen war, versammelte sich der Rest der Gruppe um ihren Tisch in der Küche. Maggs breitete eine Landkarte über den gesamten Tisch aus.
„Also gut. Wir haben genau zwei Monate bis sich das Portal nach Mystico das nächste Mal öffnet. Es ist unsere einzige Chance unentdeckt zurück zum Widerstand zu kommen. Winston macht seine Sache dort gut, doch ohne unsere Unterstützung fehlt dem Widerstand einiges an Feuerkraft. Sollte Osiris ihn finden und wir sind nicht da... Das können wir uns nicht erlauben!"
„Ich dachte, wir konzentrieren uns darauf den Jungen zu trainieren", warf Emely fragend in die Runde.
„Dafür haben wir zwei Monate. Danach wird hoffentlich Grant Hawl sein Training übernehmen", antwortete Maggs.
„Wenn wir ihn finden..."
„Das werden wir", entgegnete Ryo ihr. „Grant Hawl kam zur selben Zeit auf Fatum an wie wir. Wir haben unsere Ausbildung gemeinsam mit ihm, deinem Vater und Luciant begonnen. Daher wissen wir, wo er herkommt. Vielleicht finden wir dort einen Hinweis auf seinen Verbleib."
„Wenn er nicht nach Hause zurückgekehrt ist, ist es bereits über 100 Jahre her, seit er das letzte Mal dort war. Warum denkt ihr, dass ihr dort etwas finden werdet?", fragte Emely skeptisch.
„Jeder geht irgendwann zurück nach Hause. Sie dir doch nur mich und Ryo an", antwortete Leo. „Das ist jedoch unser geringstes Problem."
Emely und Ryo schauten ihn fragend an.
„Leo und ich haben mit Winston darüber gesprochen", sagte Maggs.
„Genau, und neben der Tatsache, dass er es für eine dumme Idee hält, Jay von einem Psychopaten ausbilden zu lassen, wie ich übrigens auch, haben wir erfahren, dass Grants Heimatwelt, Duran, bereits von den Andeda eingenommen wurde."

Emely schaute etwas verdutzt. „Das kann nicht euer Ernst sein. Ihr könnt unmöglich dieses Risiko eingehen wollen."

„Das ist noch nicht alles. Das Portal nach Mystico befindet sich genau hier und öffnet sich in zwei Monaten", sagte Maggs und zeigte auf einen Punkt außen auf der Karte.

„Das ist altes Lions Gebiet", reagierte Ryo.

„Ich weiß", antwortete Maggs mit gedämpfter Stimme.

„Das kann unmöglich dein Ernst sein. Nicht nur, dass du erst in die Höhle des Löwen willst, um irgendeinen Verrückten zu finden. Du willst danach wortwörtlich in die Höhlen der Löwen? Die abtrünnigen und zurückgebliebenen Lions dort sind immer noch der Meinung, dass sie allen Rassen überlegen sind. Sie werden uns töten, wenn wir in ihr Reich eindringen", kritisierte Emely.

„Versuchen. Sie werden versuchen uns zu töten. Wir haben keine Wahl. Wir wissen nicht, wann sich das nächste Mal ein Portal nach Mystico öffnet. Es könnte Monate, vielleicht sogar Jahre dauern", antwortete Maggs.

„Dann nehmen wir einen Umweg über eine andere Erde", schlug Ryo vor.

„Dafür ist keine Zeit! Dieses Portal ist der schnellste Weg. Wenn wir es nicht erreichen bevor es sich schließt, könnte der Widerstand zerbrechen, noch bevor wir ihn erreichen. Jeden Tag erleiden wir Verluste und immer weniger Menschen haben den Mut sich uns anzuschließen. Das hast du selbst gesagt, Emely."

„Da ging es darum einen Jungen ein paar Kopfschmerzen zu bereiten und nicht unser Leben aufs Spiel zu setzen."

„Wir haben keine Wahl. Wir haben schon genug Zeit verloren. Ich weiß es ist riskant, doch wir werden es schaffen. Das tun wir immer. Also, einer von uns bleibt hier und die restlichen von uns reisen nach Duran und suchen nach Grant."

„Laut meines Kontakts ist Duran, seit Osiris es übernommen hat, Mitglied des multiversellen Handelsabkommens. Ryo und ich haben einen alten Freund in Luxtra, der uns noch einen Gefallen schuldet. Er wird uns unentdeckt nach Duran bringen können."

Auch wenn Emely es immer noch für sehr riskant hielt, willigte sie in diese Mission ein.

„In Ordnung. Dann gehe ich mit Ryo und Leo und suche diesen Verrückten."

Maggs schaute sie nur fragend an, denn für ihn war eigentlich klar, dass er mit Ryo und Leo gehen würde und Emely diejenige wäre, die mit Jay hierbleibt.

„Was? Ehe wir Jay unsere Fähigkeiten beibringen können, muss er sowieso erst lernen, wie er mit seinen Kräften umgeht. Von wem könnte er das bitte besser lernen als von dir?"

Maggs war verärgert. Noch nie zuvor musste er bei einer riskanten Mission zurückbleiben. Geschweige denn dafür, den Babysitter zu spielen, aber er wusste auch, dass sie Recht hatte. Es lag an ihm den Jungen auf sein kommendes Leben vorzubereiten.

„In Ordnung", sagte er und nickte Emely zu.

„Also begebt ihr Drei euch morgen nach Luxtra. Ihr müsst in zwei Monaten wieder zurück sein und ihr müsst ihn gefunden haben. Sollte das nicht der Fall sein, wirft uns das in der Planung um Monate zurück. Monate, in denen Osiris weitere Welten erobert und stärker wird. Wir dürfen uns jetzt keine Fehler mehr leisten... Für die Nexus."

„Für die Nexus", erwiderten die anderen im Chor.

Am nächsten Morgen war es soweit und Emely, Ryo und Leo machten sich zum Aufbruch bereit. Sie packten ihre Sachen und verabschiedeten sich von Maggs und Jay. Zu Jays Verwunderung kam ein Wesen angeflogen, das offenbar Teil der Gruppe war. Es sah aus wie ein kleiner Fuchs mit hellblauem Fell und Flügeln auf seinem Rücken.

„Luna!", rief Emely voller Freude und schloss das Wesen in ihre Arme. Das Wesen schaute sich Jay genauer an und ging langsam auf ihn zu.

„Oh, Jay, das hier ist meine Partnerin Luna. Sie wird dir und Maggs hier ein wenig Gesellschaft leisten, während wir weg sind. Keine Angst, sie kümmert sich schon um sich selbst, also

wunder dich nicht solltest du sie mal ein paar Tage nicht sehen. Sie geht öfter mal auf Reisen. Nicht wahr, meine Kleine?"
Jay beugte sich zu Luna runter und kraulte sie am Kinn. Sie schien ihn zu mögen.
„Also, sollte irgendetwas sein, zögert nicht, mich um Hilfe zu rufen. Lieber findet Osiris uns, als dass ich euch auf dieser Mission verliere."
„Mach dir mal keinen Kopf. Teddy, Ryo und ich haben solche Missionen schon gemeistert, als du noch an deinem großen Zeh genuckelt hast."
Alle guckten Leo nur komisch an.
„Was? Och kommt schon Leute, jetzt sagt mir nicht, dass ihr das nicht auch gemacht hättet."
Leo schmiss sich voller Verärgerung seinen kleinen Rucksack über die Schultern und ging schon einmal los. Er war sowieso etwas langsamer als die Anderen. Immerhin war Ryos Bein schon fast so groß wie er. Emely zog sich noch um und stieß erst jetzt zu ihnen.
„Wow", sagte Jay nur, als er Emely in ihrem Outfit sah. Sie trug nicht länger diese alten Lumpen, sondern ein dunkelblau und rotes Outfit, dass ihre kurzen, hellen Haare noch einmal mehr zur Geltung brachten. Ihr Outfit bestand aus einer Hose mit roten Stiefeln und einer Art Jacke, die nahtlos in einen vorne offenen Rock überging. Der Rock selbst, sowie die Schultern, waren in einem edlen Dunkelrot eingefärbt. Auch wenn es schon etwas mitgenommen aussah, machte es doch etwas her. Ihre zwei Doppelschwerter schnallte sie sich auf ihren Rücken. Darüber trug auch sie eine kleine Tasche und einen langen Umhang mit Kapuze. Ryo hatte nur eine kleine Umhängetasche dabei. Er hatte sich auch nicht umgezogen. Er trug dieselben alten Lumpen wie immer und hatte nicht einmal seinen Gehstock bei sich. Jay fand es schade, dass die Drei sie jetzt verließen, zumal alles, was er als Grund gesagt bekam, war:
„Sie gehen auf eine geheime Mission."
Womit er überhaupt nichts anfangen konnte. Er fing gerade an, sich an die Gruppe zu gewöhnen, und war traurig, dass sie schon

jetzt wieder getrennt wurden, aber er wusste auch, dass sie wohl nicht gehen würden, wenn es nicht wichtig wäre. Besonders begeistert über die Tatsache, dass Maggs derjenige war, der mit ihm hierblieb, war er auch nicht. Er redete sowieso kaum mit ihm, und wenn, war es nur ein sehr kurzes Gespräch, aber gut, er wusste, dass er in erster Linie nicht hier war, um neue Freunde zu finden, sondern um zu lernen, wie er mit seinen Kräften umgehen kann.

Zum Abschied umarmte Emely ihn und wünschte ihm viel Glück mit Maggs, er würde es brauchen, was seine Annahme nur bestätigte, dass ihm nicht die besten Wochen bevorstanden, doch er habe ja immerhin noch Luna, fügte Emely hinzu. Ein kleiner Trost.

Auch Maggs und Emely umarmten sich zum Abschied.

„Versuch nicht ein allzu großer Arsch zu sein, während wir weg sind", sagte sie zu ihm. Mit einem leichten Lachen, was bei Maggs wahrlich nicht häufig vorkam, schaute er sie an und sagte: „Pass auf dich auf."

Emely zwinkerte ihm nur zu und ging.

„Also, was machen wir jetzt?", fragte Jay ihn neugierig.

„Wir trainieren. Zieh dir schon einmal deine Laufschuhe an."

Seufz

Bereits an diesem Morgen, ging das Training weiter und Jay war entschlossen, es heute besser zu machen. Er nahm sich Leos Rat zu Herzen und wollte nicht gleich nach seinem ersten Rückschlag aufgeben. Leo hatte recht, es würden mit Sicherheit noch viele Rückschläge auf ihn zukommen.

„Fangen wir an", sagte Maggs, als Jay sich fertig umgezogen hatte. Jay folgte ihm und wieder begannen sie mit einem Lauf. Es war dieselbe Strecke, und wieder war Jay einfach nur beeindruckt von der Umgebung, hing jedoch wieder etwas hinterher, doch zumindest konnte er den Abstand etwas verkürzen. Maggs blieb wieder an derselben Stelle stehen und schloss seine Augen. Seine Arme verschränkte er hinter seinem Rücken und atmete tief durch. Jay wusste immer noch nicht, was das sollte, doch er machte es ihm nach. Er ließ seinen Gedanken freien Lauf und dachte dabei vor allem an Julien. Was wohl aus ihm geworden war, ob es ihm gut ginge? Jay hatte so viele Fragen und war gewillt, die Antworten zu finden...Eines Tages zumindest.

Nach dem Lauf machten sie mit dem Kampftraining weiter. Maggs stellte Jay wieder auf die Probe. Er wollte wissen, ob er seine Lehren aus der gestrigen Einheit gezogen hatte. Dieses Mal schlug Jay so fest zu, wie er konnte. Er hatte keine Angst seine Kräfte zu aktivieren. Er wollte es sogar und er wollte sie kontrollieren. Seine Schläge wurden schneller und fester, dann war wieder ein kurzes Leuchten zu sehen. Maggs wollte ihn gerade unterbrechen, als er kurz durchatmete und das Leuchten wieder verschwand. Er schlug weiter auf die Puppe ein, und das ohne seine Kräfte. Maggs war mehr als zufrieden, doch zeigen wollte er Jay das noch nicht.

„Deine Technik ist schlecht", sagte er nur. Er ging zu ihm und korrigierte seine Fußstellung, seine Körperhaltung und zeigte ihm aus welchem Winkel er am besten zuschlagen sollte, und siehe da, Jay konnte gleich mehr Kraft in seinen Schlägen aufbringen. Jetzt hatte er das Gefühl, dass Maggs ihm etwas beibringen wollte, auch, wenn er dabei noch sehr streng zu ihm war. Jay durfte das eine halbe Ewigkeit machen, bis es Maggs irgendwann genug war.

„Genug für heute. Das war schon gar nicht so schlecht. Wir machen morgen weiter", sagte Maggs und ließ Jay mit einem lächeln zurück.

Am Abend bereitete Maggs eine Suppe über einem Feuer für die beiden und Luna zu. Als Jay sich zu ihm setzte und einen Blick in den Kessel riskierte, kam es ihm ein wenig hoch, denn genauso sah, was Maggs auch immer da zubereitete, aus, und besser riechen tat es auch nicht, doch der Manti, den er zuvor gegessen hatte, sah ja auch nicht sehr appetitlich aus, also entschloss Jay sich auch etwas von dieser Suppe zu probieren. Maggs verschlang seine Portion nur so, Jay wagte sich langsam vor. Er roch erst einmal an dieser eklig aussehenden Brühe. Bäh, ein ekliger Geruch, doch er probierte es und schob sich einen Löffel in den Mund. Es schmeckte grausam, aber Jay wollte auf keinen Fall Maggs verärgern und schluckte es irgendwie runter. „Wie schmeckt es dir?", fragte Maggs ihn.

„Hmhm", antwortete Jay nur, während er versuchte, die Suppe irgendwie runter zu würgen.

„Ich weiß, nicht so gut wie von Ryo, aber es freut mich, dass sie dir schmeckt."

Nicht einmal Luna rührte ihre Suppenschüssel an und schob sie mit ihrer Pfote zur Seite.

„Also...", begann Jay und stellte seine Schüssel unauffällig zur Seite.

„Wo sind Ryo, Leo und Emely hingegangen und warum haben sie nicht einfach eines dieser Portale benutzt?"

Genervt hörte Maggs auf zu essen und legte seine Schüssel ebenfalls zur Seite. Er wollte mit Jay eigentlich nicht darüber sprechen, doch er wusste, er konnte ihn auch nicht auf ewig im Dunkeln lassen.

„Sie sind auf der Suche nach jemand bestimmten, und sie konnten kein Portal nutzen."

„Nach wem suchen sie? Und warum konnten sie das nicht?"

Genervt von dieser ganzen Fragerei, antwortete er weiter: „Sie suchen nach jemandem mit dem Namen, Grant Hawl. Er wird hoffentlich eine Bereicherung für unser Team."

Jay war überrascht. Er hatte keine Ahnung, dass das Team nach einer weiteren Verstärkung suchte. Er hoffte nur, dass es nicht wegen ihm war. Er wollte dem Team auf keinen Fall irgendwelche Probleme verursachen.

„Und sie konnten kein Portal benutzen, weil..."

Jay lauschte gespannt seiner Antwort.

„Jedes Mal, wenn wir eines dieser Portale öffnen, besteht die Möglichkeit, dass Osiris uns dadurch findet."

„Und wieso dann hast du eines der Portale geöffnet, als du mich von meiner Erde geholt hast?"

„Die Anexus öffneten selbst Portale auf deiner Welt, dadurch ist es für Osiris schwieriger, meines zu spüren."

„Also bleiben die drei auf dieser Erde?"

„Nein…"

„Und wie können sie dann auf eine andere Erde kommen?"

„Sie gehen durch ein festes Portal in Luxtra."

„Was ist ein festes Portal?"

„*Seufz* Ich hatte gehofft Ryo hätte dir das bereits erklärt… Neben den temporären Portalen, die von einigen Nexus erschaffen werden können, erschuf der Connector einige solcher Portale auf den verschiedensten Welten. Einige dieser Portale erscheinen nur zu bestimmten Zeiten, an bestimmten Orten. Andere, wie das in Luxtra, stehen uns permanent zur Verfügung. So haben wir die Möglichkeit auch unentdeckt zwischen den Welten zu reisen. Wir sollten uns jetzt lieber ausruhen. Wir machen morgen früh mit dem Training weiter."

Jay war noch nicht müde, aber er war einfach froh, dass er endlich mal ein paar Antworten von Maggs bekam und wollte Maggs auf keinen Fall widersprechen, also legte er sich in sein Bett. Er träumte noch so ein wenig vor sich hin. Dachte über alles nach. Wie sein Leben mittlerweile aussah, und wie es wohl noch aussehen wird, was sein Vater wohl von all dem halten würde, wie es wohl seiner Erde gehen würde, ob seine Mutter noch am Leben war. Wann immer Jay auch nur einen Moment zur Ruhe kam, taten sich immer wieder all diese Fragen auf, doch er musste wohl akzeptieren, dass diese Fragen ihn nun bei jedem seiner Schritte begleiten und vielleicht sogar unbeantwortet bleiben würden.

Kapitel 6
Der schwarze Tag

Es vergingen Wochen an denen Jay Tag für Tag ein hartes, körperliches Training absolvierte. Auch wenn es ihm nicht wirklich gefiel, er verbesserte sich dennoch jeden Tag, verkürzte den Abstand beim morgendlichen Lauf, bis er schließlich mit Maggs Schritt halten konnte, verbesserte seine Schlagtechnik soweit, dass er schon mit Maggs, statt der Puppe, trainieren konnte. Jeden Tag lernte er etwas Neues dazu. Seine Kräfte konnte er immer wieder erfolgreich unterdrücken, doch gelernt wie er sie einsetzen konnte, hatte er immer noch nicht. So langsam verlor er die Hoffnung, dass er es überhaupt irgendwann lernen würde. Auch mit Maggs machte er nur wenig Fortschritte. Sie unterhielten sich eigentlich kaum. Maggs distanzierte sich weites gehend von ihm und bevorzugte es offenbar allein zu sein. Auch Jay hatte damit nicht wirklich ein Problem, außerdem hatte er Luna, mit der er sich anfreundete. Natürlich war sie nicht sehr unterhaltsam, da sie, anders als die anderen, nicht sprechen konnte, aber so hatte Jay zumindest jemanden, der ihm zuhörte.

Auch dieser Tag begann für Jay wie jeder andere auch. Mit den ersten Sonnenstrahlen stand er auf und machte sich für den Lauf bereit. Mittlerweile machte er Jay auch keine Probleme mehr, mal abgesehen davon, dass er ihn sehr langweilte, war er für Jay schon etwas wie eine morgendliche Routine geworden. Jay und Maggs liefen gemeinsam los und blieben wie immer auf halber Strecke stehen. Jay wusste noch immer nicht warum. Jedes Mal aufs Neue sah er Maggs zu, wie er mit verschränkten Armen hinter dem Rücken auf den See blickte und rein gar nichts sagte. Anfangs hatte Jay noch versucht zu verstehen, worauf er da blickte, doch das entpuppte sich als Zeitverschwendung. Es war eine recht schöne Aussicht, aber Jay sah daran nichts Besonderes. Sie standen erst kurz da, als Maggs sagte: „Wir beginnen mit dem Training deiner Kräfte", und Jay damit vollkommen überraschte. Er war völlig außer sich. Seit Wochen wünschte er sich nichts sehnlicher.

„Okay, womit fangen wir an?", fragte er.

Jay hatte an etwas Mächtiges gehofft, wie einem der Schläge, die er vor einigen Wochen noch unfreiwillig gegen die Saren einsetzte.

„Schließe deine Augen."

Jay konnte vor Aufregung kaum stillstehen, aber er schloss sie.

„Und jetzt konzentriere dich auf die Sonne."

Wieder hatte Jay keine Ahnung warum, doch auch das tat er.

„Ich will, dass du alles andere um dich herum ausblendest. Deine Gedanken werden frei. Es gibt nur noch dich und die Sonne. Spüre ihre Wärme... spüre... ihr Licht."

Jay spürte jedoch nichts.

„Es passiert nichts", sagte er enttäuscht.

„Habe Geduld. Konzentriere dich."

Er spürte, wie die Sonnenstrahlen seinen Körper erreichten und ihn wärmten, doch ein Licht sah oder spürte er nicht.

„Immer noch nichts..."

„Probieren wir es anders", fügte Maggs hinzu. „Konzentriere dich auf einen Moment, in dem du glücklich warst. Konzentriere dich auf die Menschen, die du liebst."

Jay dachte an den letzten Tag, den er mit Julien verbrachte. Wie sie glücklich bei ihm zu Hause saßen und Videospiele spielten. Frei von all dem, was danach geschah. Langsam fing er an etwas zu spüren. Eine Kraft, doch sie war sehr schwach, und irgendwie fühlte sie sich dieses Mal anders an. Maggs sah zu ihm rüber und sah, wie er langsam zu seiner Kraft fand, doch wann immer Jay zurück an Julien dachte, musste er auch immer wieder daran denken, wie er ihn zurückgelassen hat. Sein Licht verblasste wieder und das Gefühl dieser Kraft verschwand. Enttäuscht öffnete Jay wieder seine Augen.

„Nochmal", sagte Maggs.

Als Jay sich noch einmal daran zu erinnern versuchte, wie er sich vor all dem hier gefühlt hatte, wurde ihm eines bewusst. Wirklich glücklich war er seit jenem Tag nicht mehr gewesen.

„Ich kann nicht…"

„Doch, du kannst es. Denke einfach an irgendetwas oder irgendjemanden, der dich glücklich macht!"

„Es geht nicht. Ich kann nicht."

„Jay, du musst dich konzentrieren!"

Jay strengte sich an. Versuchte sich an seinen Vater zu erinnern, an seine Mutter, doch immer wieder sah er vor sich, wie er Julien im Stich gelassen hatte.

Jay wurde wütend. Er versuchte auf Krampf irgendwie seine Kräfte zum Vorschein zu bringen, und es funktionierte. Jay kochte vor Wut. Vor Wut auf sich, auf die Andeda, auf alles. Seine Augen begannen weiß zu leuchten und seine Hände schimmerten, doch Maggs bremste ihn aus.

„Nicht so! Du sollst lernen deine Kräfte durch positive Gefühle zu aktivieren. Aus dir wird nie ein guter Krieger, wenn du dich von deiner Wut leiten lässt!"

Jay fuhr wieder runter und war am Verzweifeln. Offenbar konnte er gar nichts richtig machen.

„Warum?", fragte er. „Ich habe es geschafft meine Kräfte zu nutzen. warum nicht aus meiner Wut heraus?!"

„Beruhige dich, Jay. Du musst auch in hitzigen Situationen einen kühlen Kopf bewahren können. Unsere Kräfte werden durch unsere Gefühle verstärkt und du kannst deine Kräfte noch nicht kontrollieren. Du könntest dich nicht kontrollieren, wenn deine Wut dich übermannt. Also, noch einmal."

Jay versuchte es weiter, doch jedes Mal endete es auf die gleiche Art und Weise. Mit einer Träne, die seine Wange herunterlief, gab er es auf.

„Jedes Mal, wenn ich zurückblicke, sehe ich nur, wie ich meinen besten Freund zum Sterben zurücklasse."

„Es tut mir leid was deinem Freund widerfahren ist… Aber du musst es hinter dir lassen. Du darfst dir dafür nicht die Schuld geben."

„Das sagt sich so leicht. Julien war wie ein Bruder für mich. Ich habe ihn geliebt. Kannst du dir vorstellen, wie hart es ist, seinen eigenen Bruder zum Sterben zurück zu lassen?!"

Jay hatte genug. Er konnte seine Trauer nicht länger zurückhalten und lief zurück zum Haus.

„Ja, das kann ich...", sagte Maggs noch, als er weglief, doch Jay konnte ihn schon nicht mehr hören.

Maggs wusste, wie er ihn davon überzeugen konnte den Schmerz hinter sich zu lassen. Er wusste, er müsste ihm nur zeigen, dass er damit nicht allein war, doch wusste er nicht, ob er selbst schon dafür bereit war, aber er hatte nicht wirklich eine Wahl. Außer ihm war niemand sonst da für den Jungen und er hatte keine Zeit zu warten, bis er darüber hinweggekommen war. Maggs wusste, was er zu tun hatte.

Als er zur Hütte zurücklief, sah er Jay am Klippenvorsprung sitzen. Luna lag neben ihm und versuchte ihm offenbar etwas Trost zu spenden. Er ging hin und stellte sich hinter ihn. Jay bemerkte es, aber es war ihm egal. Er wollte jetzt lieber allein sein.

„Geh weg!"

„Jay... Ich weiß ich gehe nicht immer sehr... einfühlsam mit dir um, und das tut mir leid, aber ich würde dir gerne etwas zeigen", sagte er und seufzte leicht.

Jay war immer noch wütend und traurig, doch er wusste es zu schätzen, dass Maggs sich bei ihm entschuldigte, also ging er mit ihm in die Hütte. Sie gingen in das hinterste Zimmer, in dem Jay seine erste "Reise" hatte. Maggs nahm sich ein paar Gläser aus dem Regal und schmiss ein paar Zutaten in den Kessel.

„Du willst mir eine weitere Vision zeigen? Nichts für ungut, aber das letzte Mal hatte ich den schlimmsten Kater meines Lebens danach. Ich kann gut darauf verzichten."

„Nicht ganz. Dieses Mal wird es schlimmer. Ich werde dir keine Geschichtsstunde, wie Leo, geben. Die Auswirkungen können verheerend sein, aber, wenn es funktioniert, könnte es dir helfen das Licht in dir zu erreichen."

„Gut, versuchen wir es."

„Ich weiß, ich habe dich in den Wochen nie wie ein Teammitglied behandelt. Habe dich im Dunkeln gelassen. Das muss sich ändern, das weiß ich. Dafür müssen wir uns gegenseitig vertrauen. Also, vertraust du mir?", fragte er ihn und reichte ihm eine Schüssel der fertigen Flüssigkeit.

Er zögerte, doch er nickte und nahm die Schüssel an sich.

„Also, was passiert jetzt?"

„Wir reichen uns die Hand und trinken. Es ist wichtig, dass du alles in der Schüssel trinkst."

„Warte mal, wäre das beim ersten Mal auch möglich gewesen?"

„Wäre es, ja. Aber Leo hatte Recht. So ist es weniger lustig, und jetzt trink!"

Die beiden tranken und verschwanden in der Welt der Gedanken. Sie landeten an einem Ort, den Jay schon einmal gesehen hatte. Maggs und Jay standen vor einer Gruppe aus drei Leuten, die am trainieren waren, doch sowie Maggs neben ihm stand, so trainierte er auch mit zwei anderen direkt vor ihnen.

„Wo sind wir?", fragte Jay

„In meiner Erinnerung. Das hier ist der Tag, an dem alles begann. Der schwarze Tag."

Es war ein warmer Sommerabend auf Fatum und Maggs trainierte wie gewöhnlich mit seinem Bruder John und dessen Freundin Emely im Innenhof des Palastes. Jay erkannte sie erst gar nicht, da sie früher offenbar lange und dunkle Haare hatte. Er war beeindruckt, als er sah, mit was für einer Geschwindigkeit Ted und der andere Mann mit ihren Schwertern kämpften.

„Wer ist das?"

„John. Mein Bruder."

Jay war überrascht.

„Du hast nicht erwähnt, dass du einen Bruder hast."

„Ich rede nicht gerne über ihn. Zu dieser Zeit   konkurrierten John und ich um das Erbe meines Vaters."

„Zumindest im Kampf schien er dir überlegen", sagte Jay, als er sah, wie sein Bruder ihn zu Boden warf.

„Das war er, ja."

John reichte seinem Bruder die Hand und half ihm wieder auf.

„Na komm, steh auf."

Verärgert von dieser Provokation, rappelte Ted sich auf und schlug mit seinem hölzernen Trainingsschwert immer wieder auf John ein, doch dieser parierte jeden einzelnen Schlag. Nur dem letzten wich er aus, um Ted ein weiteres Mal ins Leere laufen zu lassen.

„Wie machst du das nur immer?", fragte Ted.

„Verschaff dir einen Überblick und vertraue auf dein Gefühl, nicht auf deine Sinne. Trainiere immer fleißig weiter, kleiner Bruder, und eines Tages wirst du es sein, der mir überlegen ist", munterte er ihn auf und fasste ihn dabei an die Schulter.

„Zumindest wenn du beschließt, dass dir das Kämpfen doch besser als das Feiern gefällt."

„Ich denke, wir wissen beide, dass es dazu niemals kommen wird."

„Sag niemals nie, Bruder."

„Wo wir schon davon sprechen, könntest du mich bei Vater heute Abend decken? Ich weiß, er wollte mit uns zusammen Essen, aber ein paar Freunde und ich wollen noch auf Malax."

„Malax? Wirklich? Diese Erde ist ein reines Chaos", antwortete John.

„Ich weiß, aber die Partys sind gut."

„Ich sag Vater, dass du beim Training warst und dich irgendwie verletzt hast."

„Danke dir, Bruder."

„Ihr habt genug gespielt Jungs, jetzt bin ich an der Reihe", warf Emely ein. Sie gab John einen Kuss und holte zwei Holzstäbe hinter ihrem Rücken hervor.

„Warte. Emely und dein Bruder waren …?"

„Sie waren verlobt, ja."

„Oh. Ich dachte immer, du und Emely wären…"

Maggs schaute ihn nur mit finsterer Miene an.

Ted und John warfen sich einen Blick zu und gingen gemeinsam auf Emely los. In einem enormen Tempo knallten Holzstab und Holzschwert aufeinander. Ein Schlag nach dem nächsten wurde abgewehrt, doch in dem Moment, in dem die Sonne vollständig untergegangen war, wurde er unterbrochen. Aufgrund heftiger Kopfschmerzen fasste Emely sich an ihre Stirn.

„Emely, was ist los?", fragte John sie besorgt. „Irgendetwas stimmt nicht", stöhnte sie nur. In diesem Moment flog eine Schar Vögel über die Stadt einher. Verdutzt guckten John und Ted in den Himmel. Es war Vollmond. Vermutlich spielten die Vögel daher ein bisschen verrückt, dachten sich die Beiden, doch im nächsten Moment überzog sich der klare Nachthimmel mit dunklen Wolken und es begann zu regnen. Die Brüder schauten sich fragend an.

„Ein neuer Meister in der Stadt?", fragte John.

„Einer, der das Wetter kontrolliert? Schon möglich", erwiderte Ted, doch nicht nur in Emelys Kopf machte sich ein ungutes Gefühl breit, als würde irgendetwas nicht stimmen.

„Am besten wir fragen Vater, was es damit auf sich hat", fügte John hinzu.

„Gute Idee. Ich werde ihn fragen. Du und Emely solltet euch am besten etwas ausruhen."

„Nein… Es geht schon, wir kommen mit dir", widersprach Emely. Ted nickte nur und wollte sich gerade auf den Weg zu seinem Vater in den Palast machen, als er außerhalb der Stadt etwas Merkwürdiges entdeckte.

„Was ist los? Was ist mit ihr?", fragte Jay.

Maggs drehte sich nur um und zeigte auf etwas am Horizont. Jay erkannte eine Dunkelheit. Eine Dunkelheit, die er bereits von dem Angriff auf seine Erde kannte.

Der junge Ted starrte einen Moment in die Ferne, sodass auch John darauf aufmerksam wurde.

„Anexus? So spät noch, außerhalb der Mauern?", fragte er ironisch.

„Ich weiß, ungewöhnlich…"

Im nächsten Moment flogen unzählige, brennende Pfeile auf das Zentrum der Stadt zu.

Die drei schauten sich panisch an. John versuchte auf die schnelle ein Portal zu öffnen, um möglichst viele aus dem Stadtzentrum zu retten, doch es funktionierte nicht. Über Fatum legte sich ein Schleier der Dunkelheit, der ihre Kräfte zu dämpfen schien.

„Ich versuche es", sagte Ted, doch auch er schaffte es nicht. So schnell sie konnten, liefen die Drei in das Stadtzentrum.

Die meisten der Häuser auf Fatum waren sehr alt und aus Holz. Jay fühlte sich, als hätte Maggs ihn bis ins Mittelalter zurückgebracht.

Bereits auf dem Weg hörten sie die ersten Schreie und sahen die ersten Brände. Sie versuchten so viele es ging aus der Schusslinie zu nehmen. Jeder Nexus setzte seine Fähigkeiten ein, um sich zu schützen, doch die in Dunkelheit getränkten Pfeile überraschten sie.

Als Ted an einem der brennenden Häuser vorbei lief, hörte er eine Stimme aus diesem Haus.

„Hilfe…Hilfe", rief sie immer wieder. Maggs blieb stehen und hörte genauer hin. John drehte sich zu ihm um und sah ihn an.

„Geht, ich komme gleich nach", sagte Ted und rannte in das brennende Haus. Er konnte kaum etwas sehen vor lauter Flammen, geschweige denn atmen. Er hielt sich das oberste Ende seines Gewands vor sein Gesicht und versuchte dadurch den Rauch rauszufiltern. Er versuchte, neben all dem knisterndem Holz, sich auf die Stimme zu konzentrieren.

„Hilfe! Hilfe!"

Die Rufe kamen aus dem oberen Stockwerk. Ted suchte nach einer Treppe, doch sie brach ein, als er sie fand. Er sah sich um. Einen anderen Weg nach oben gab es nicht. Er nahm Anlauf und sprang die Bruchteile der Treppe hinauf. Mit einer Hand gelang es ihm, sich an der obersten Stufe hinaufzuziehen. Er durchsuchte das obere Stockwerk und fand ein kleines Mädchen. Es war unter einer Holzdiele des Dachs eingeklemmt. Ted rannte zu ihr und versuchte sie zu befreien. Das Haus drohte jeden Moment einzustürzen, doch Ted dachte nur daran, das kleine Mädchen zu retten.

„Bitte, hilf mir!", flehte das Mädchen ihn an.

„Keine Angst. Ich hole dich hier raus. Das könnte gleich etwas weh tun, aber du kannst dich einfach ganz doll an mir festhalten, okay?"

„Okay", antwortete sie ängstlich und klammerte sich um ihn. Mit all seiner Kraft versuchte er den Balken anzuheben. Doch je mehr er ihn bewegte, desto instabiler wurde das Dach. Er war sich sicher, wenn er diesen Balken jetzt anheben würde, würde das Dach direkt über ihnen einstürzen. Ted schloss seine Augen und atmete. Er tat nichts als atmen. Als er seine Augen kurz darauf öffnete, strahlten sie in einem hellen weiß. Er hob den Balken von dem kleinen Mädchen und beugte sich über sie, um sie zu schützen. Das Dach prasselte ungehemmt auf die beiden ein.

Wenn Jay es nicht besser wüsste, würde er denken, dass es das für Maggs gewesen ist.

Mit einem kraftvollen stöhnen, kletterte Ted aus den Trümmern empor. In seinem Arm trug er das kleine Mädchen. Das Haus drohte komplett einzustürzen, und er sprang mit dem Mädchen im Arm aus dem ersten Stock hinunter. Er landete genau vor Jay. Er setzte das Mädchen ab und übergab sie an einen der vorbeilaufenden Flüchtigen. Er zwinkerte ihr zum Abschied zu und rannte so schnell er konnte zu seinem Bruder.

Jay ließ er mit offenem Mund zurück. Er konnte nicht fassen, dass das wirklich Maggs war.

„Das bist wirklich du?"

„Ja. Das war ich."

„Aber, du warst nett."

Wieder schaute Maggs ihn nur mit finsterer Miene an.

„Du hast ihr das Leben gerettet. Du hättest dabei sterben können."

„Ich weiß. Ich denke oft daran zurück. Es ist eines der wenigen Leben, die ich an diesem Tag retten konnte."

Ted rannte weiter und musste dabei immer wieder Pfeilen ausweichen, ehe er seinen Bruder und Emely erreichte. Sie waren im Stadtzentrum und versorgten die Verwundeten. So viele Opfer. Einige verbrannte Leichen lagen vor den Häusern.

Auf den Straßen lagen Leute, denen ein Pfeil im Körper steckte. Es war ein furchtbarer Anblick.

„Ted, Ted. Hier rüber!", rief John ihn zu sich.

Maggs war schockiert von all den Toten und konnte seine Blicke nicht davon abwenden.

„Ted! Wir müssen die Truppen vor den Toren versammeln. Sie dürfen nicht in die Stadt eindringen!"

Ted war immer noch in seinen Gedanken vertieft. Er konnte gar nicht realisieren, was hier vor sich geht. John packte ihn an seinem Arm und schaute ihm in die Augen.

„Ted! Das ist der Tag. Das ist der Tag vor dem Vater uns immer gewarnt hat. Er verlässt sich auf uns."

Er kam langsam wieder zu sich.

„Ja... Ja... Du hast recht. Aber wenn das der Tag ist, müssen wir Vater retten!"

„Er wird sicher gleich hier sein, doch solange müssen wir seine Stadt verteidigen. Zumindest, bis wir alle in Sicherheit bringen konnten."

„O... Okay. In Ordnung. Ich vertraue dir."

„Dann los. Wir schaffen das!"

Maggs, John und Emely liefen so schnell sie konnten zur äußeren Stadtmauer und begaben sich auf einen der Wachtürme. Die Mauer war riesig und stabil gebaut, es würde jede Armee Stunden kosten sie einzureißen. Sie trafen sich am Aussichtspunkt mit ihren wenigen Offizieren. Sie alle trugen eine schwarzweiße Uniform mit dem Symbol der Sonne und des Mondes auf der Brust.

„Leutnant Konrad! Wie ist die Lage?", fragte John einen der Männer, die um eine Karte herumstanden.

„Sir Maggs! Gut, dass sie hier sind. Das solltet ihr euch selbst ansehen", antwortete der Mann und zeigte auf einen Punkt außerhalb der Stadtmauern. Als John und Ted es sahen, konnten sie ihren Augen nicht trauen.

„Das ist unmöglich."

Vor ihren Toren stand eine riesige Armee von Untoten. Skelette, Geister, Andeda, die aussahen wie Zombies in Rüstung. Sie alle trieften nur so vor Dunkelheit.

„Ich dachte, die Andeda wären nur ein Mythos", sagte Ted.

„Nun, offenbar sind sie es nicht, und jetzt sind sie hier, warum? Und warum greifen sie nicht weiter an?", erwiderte Leutnant Konrad.

„Sie warten auf irgendetwas", stellte Ted fest.

„Oder auf jemanden", fügte John hinzu. „Wie dem auch sei. Es gibt uns die Chance uns zu formieren."

„Bei allem Respekt Sir, wir sind nicht auf einen Krieg vorbereitet. Sie sind uns zahlenmäßig überlegen", äußerte Konrad bedenklich.

„Sie mögen uns zahlenmäßig überlegen sein, aber das ist unsere Heimat. Wir werden sie verteidigen so gut wir können", antwortete John.

John drehte sich von ihnen weg und ging auf die andere Seite des Turms. Er schaute hinab auf all die Nexus, die sich den Kampf um ihre Heimatwelt anschließen wollten.

„Meine Brüder und Schwestern", sprach er zu ihnen.

„Der Feind steht draußen vor unseren Toren. Ein weiteres Mal nach so langer Zeit bedroht wieder jemand die Existenz der Nexus. Die Andeda. Ich will euch nicht anlügen. Ihre Armee ist der unseren zahlenmäßig deutlich überlegen, doch das hier ist unsere Heimat und wir werden unsere Heimat nicht aufgeben! Jeder, der kämpfen kann, soll sich bereit machen. Jeder, der es nicht kann, sollte sich in Sicherheit bringen. Ich weiß nicht, wie der heutige Tag enden wird, doch was ich weiß ist, dass wir heute nicht nur für uns selbst kämpfen. Wir kämpfen für die Zukunft der Nexus. Wir kämpfen für das Multiversum. Für den Connector. Für die Nexus!"

„Für die Nexus!", hallte es immer wieder von den anderen Nexus zurück.

„John...", rief Emely ihren Freund.

Sie schaute immer noch auf die Armee der Andeda. Nachdem John seine Leute motivierte, trat jemand aus der Menge hervor.

Es war ein Mann in einer goldenen, schwarzen Rüstung. Als Jay diesen Mann sah, erinnerte ihn die Rüstung stark an das alte Ägypten seiner Erde.

Mit einem ironischen Klatschen näherte sich der Mann den Toren im Alleingang.

Er trug einen goldenen Helm, der sein Gesicht jedoch nicht bedeckte. Als John den Mann in dieser Rüstung erkannte, war er nicht überrascht.

„Eine wirklich inspirierende Rede, Johnny. Es wundert mich nicht, dass sie dich als Nachfolger deines Vaters sehen. Nur zu Schade, dass daraus nichts werden wird", sagte der Mann und blieb dabei direkt vor den Toren stehen.

„Luciant Herax. Natürlich. Wer sonst wäre in der Lage, unser Volk zu verraten?!", erwiderte John, während er den Bogenschützen mit seiner Hand ein Zeichen gab. Die Schützen spannten ihren Bogen und zielten auf Luciant.

„Ich, ein Verräter? Wenn jemand die Nexus verriet, dann war es dein Vater. Er hat uns eingesperrt auf dieser Welt. Unser wahres Potenzial zurückgehalten. Die Nexus sind nicht dafür da, um auf einem Planeten zu verweilen. Der Connector hat uns diese Kräfte nicht gegeben, um damit zu Hause rum zu sitzen und auf den nächsten Angriff zu warten. Es ist unsere Pflicht für Zucht und Ordnung in allen Welten zu sorgen. Der Connector erschuf uns, um seine Kreation zu schützen und nicht um mit anzusehen, wie Krieg und Leid sich auf den Welten verbreiten! Also, wage es ja nicht zu behaupten, ich wäre ein Verräter."

„Die Aufgabe der Nexus ist es das Multiversum zusammen zu halten, nicht es zu kontrollieren!"

John gab ein weiteres Handzeichen und alle Schützen ließen ihre Pfeile auf Luciant los. Unbeeindruckt hob er seine rechte Hand und erschuf ein Kraftfeld aus Dunkelheit, womit er sie abwehrte. Erneut gab John seinen Schützen ein Zeichen und wieder feuerten sie auf ihn, doch wieder wehrte er sie alle ab.

„John, bitte, du langweilst mich. Jetzt öffne schon das Tor… oder ich werde es öffnen."

Ted wurde wütend. Er konnte es nicht fassen, dass er alle Schüsse abwehrte. Er schnappte sich Pfeil und Bogen von einem der Schützen und nahm es selbst in die Hand. Er atmete und ließ den Pfeil weiß leuchten. All sein Licht steckte er in diesen Pfeil und feuerte ihn auf Luciant. Auch davon war er nicht beeindruckt. Er beugte seinen Oberkörper zur Seite und fing den Pfeil mit seiner bloßen Hand.

„Unmöglich...", flüsterte Ted.

Genervt von den vielen Pfeilen, kümmerte Luciant sich um die Schützen. Er schloss seine Augen und hob seine Hand. Es bildete sich eine schwarze Aura um Luciant, sowie um die Schützen. Sie waren nicht länger Herr ihrer selbst. Mit einer einfachen Handbewegung warf er sie von der Mauer. Ted und John konnten es nicht glauben. Noch nie hatten sie einen Nexus mit einer solchen Kraft gesehen.

„Wie ihr seht, habe ich ein paar neue Tricks auf Lager. Ich bin stärker als jeder andere Nexus vor mir. Sogar stärker als euer Vater. Ich bin kein Nexus mehr... Ich bin ein Gott!"

Luciant hob seine Hände an und riss das Tor gewaltsam aus der Stadtmauer heraus. Die Mauer stürzte ein und der Turm begann zu wackeln. Ted, John und Emely brachten die Männer in Sicherheit und sprangen aus dem Turm, ehe er zerbrach. Luciant drehte sich wieder zur Armee und befiehl sie auf die Stadt los.

„Meine Freunde, der Tag ist gekommen. Jetzt tötet die Verräter und wir werden unseren rechtmäßigen Platz als Herrscher des Multiversums einnehmen!"

Seine Armee stürmte an ihm vorbei und nahm den Kampf mit den Nexus auf.

Neben all diesen Kriegern sah Jay auch die Bestien, die seine Welt angriffen.

Es war ein erbitternder Kampf, und erst jetzt sah Jay, wie viel Kraft ein Nexus wirklich hatte.

John und Ted kämpften Seite an Seite mit Emely und töteten unzählige der Andeda, doch es kamen immer mehr. Kurz darauf bekamen sie ein weiteres Problem. Einige der Anexus auf ihrer Seite wandten sich gegen sie und griffen sie von innen heraus an. Wie aus dem nichts, zückte Leutnant Konrad ein Messer aus seiner Tasche und ging auf Ted los. Seine Augen begannen schwarz zu schimmern...Ted weichte seinen Angriffen aus und bat ihn immer wieder zu sich zu kommen.

„Leutnant Konrad! Ich bin es, Ted! Sie müssen wieder zu sich kommen. Ich bin nicht ihr Feind. Ich bin ihr Prinz. Ich befehle ihnen damit aufzuhören!"

Immer weiter versuchte er Ted anzugreifen.

„Es tut mir leid, mein "Prinz", aber Osiris hat Recht. Deine Familie ist für den Untergang der Nexus verantwortlich."

Er konterte seine Schläge und Ted schnitt ihm mit seinem Schwert in den Bauch. Das Blut strömte nur so hinaus, doch er kämpfte weiter, als wäre nichts gewesen. Ted wusste er hatte keine Chance. Er wich einem Angriff aus, drehte sich in Konrad ein, nahm seinen Kopf in seine Zwänge und sagte: „Bitte Konrad, zwinge mich nicht dazu..."

Konrad hörte nicht auf sich weiter zu wehren. Ted sah keinen anderen Ausweg und brach ihm das Genick. Voller Anstrengung und schockiert von seiner Tat musste Ted erst einmal tief durchatmen. Er sah, wie ein schwarzer Rauch aus Konrads totem Körper emporstieg.

„Wo ist Luciant? Wir müssen ihn aufhalten!", rief John.

Ted schaute sich auf dem Schlachtfeld um, doch von Luciant war keine Spur.

„Er ist nicht mehr hier!"

John dachte darüber nach, was Luciant vorhatte. Warum griff er die Stadt an, um dann wieder zu verschwinden?

„John! Vater ist immer noch nicht hier! Er wird nicht mehr kommen. Wir müssen uns zurückziehen!"

Da wurde es John klar. Wenn Luciant Fatum einnehmen wollte, musste er seinen Vater aus dem Weg räumen.

„Tesch, halten sie sie so lange außerhalb der Stadt wie möglich!", befahl er einem der Conexus.

„Was haben sie vor, Sir?"

„Wir retten unseren Vater!"

John gab Emely einen schnellen Abschiedskuss.

„Wenn es soweit ist, musst du von hier verschwinden. Du hast jetzt das Kommando. Egal was passiert, ich liebe dich."
„Ich liebe dich auch", erwiderte sie und küsste ihn noch einmal zum Abschied.
Ted und John liefen so schnell sie konnten zurück zum Schloss. Jay war beeindruckt von diesem riesigen Gebäude.
Als Ted und John dort ankamen, mussten sie jedoch feststellen, dass die Andeda schneller waren als sie. Sie hatten die Wachen des Schlosses bereits getötet und belagerten es. John und Ted blickten hinter einem Baum hervor und versuchten ihre Chancen einzuschätzen.
„Das sind vielleicht zwei Dutzend", sagte Maggs.
„Klingt ja schon fast fair", erwiderte John nur.
Sie zückten ihre Schwerter und rannten auf sie zu. Auf ihrem Weg stellten sich ihnen weitere dieser hundeähnlichen Bestien in den Weg. Sie töteten eine nach der anderen. John und Ted waren ein so eingespieltes Team, dass Jay das Gefühl bekam, sie hatten ihr ganzes Leben nichts anderes getan.
Ted und John wurden umzingelt von diesen Bestien, bevor sie den Schlosseingang erreichten. Rücken an Rücken standen sie da und sahen der Gefahr entgegen. Sie waren umzingelt von diesen, aus der Dunkelheit zehrenden, Kreaturen, doch sie wussten genau, was sie zu tun hatten. Die Kreaturen kamen immer näher und die Schwerter von John und Ted begannen zu leuchten. Sie konzentrierten sich voll und ganz auf das Licht in ihnen, hoben ihre Schwerter und schauten sich mit einem Lächeln an. Sie rammten ihre Schwerter in den Boden, als die Kreaturen direkt vor ihnen waren. Sie nutzten den Schaft, sprangen auf deren Köpfe und zogen ihre Schwerter wieder mit sich. Von Kreatur zu Kreatur sprangen sie immer höher, dann stießen sie sich von einer der Kreaturen ab. Sie holten Schwung für einen Rückwärtssalto, konzentrierten all ihre Kraft auf ihre Klingen, flogen aneinander vorbei und rammten ihre Schwerter gleichzeitig in den Boden. Sie erzeugten eine riesige Druckwelle aus Licht und schleuderten die Gegner von sich weg.

„Wow. Das war unglaublich. Ich wusste nicht, dass Nexus über eine solche Kraft verfügen...", sagte Jay, während er den jungen Maggs und seinen Bruder bewunderte.

Ted und John liefen so schnell sie konnten hoch in den Thronsaal. Das Schloss war riesig mit riesigen Räumen und goldenen Verzierungen.

Es war genauso, wie Jay sich ein Schloss vorgestellt hatte. Beeindruckend.

Auf dem Weg töten sie weitere Andeda, die sich ihnen in den Weg stellten. Die Klingen ihrer Schwerter waren bereits voller Blut, doch es hielt sie nicht davon ab, den Thronsaal zu erreichen, aber sie waren zu spät. Sie sahen gerade noch wie zwei von Luciants Leuten ihren Vater durch ein Portal wegbrachten.

„Dad!", rief Ted verzweifelt, doch er zeigte keine Reaktion und verschwand in dem Portal.

„Oh. Ted, John. Ihr habt es ja doch noch zur Party geschafft. Ich dachte schon meine neuen Freunde hätten euch zu große Probleme bereitet", begrüßte Luciant die Beiden.

„Es ist vorbei, Luciant! Du kannst uns nicht Beide besiegen!"

„Oh, ihr Narren. Ihr habt keine Ahnung, wozu ich in der Lage bin!", erwiderte Luciant und zwang sie mit einer einfachen Handbewegung auf die Knie.

„Ich bin nicht länger Luciant. Mein Name ist Osiris und ICH BIN EIN GOTT!"

Er erzwang das Leuchten in ihren Augen und ließ das Licht wieder verblassen. Aus dem Portal hinter ihm traten drei Gestalten hervor. Eine von ihnen, eine Andeda mit blasser Haut. Sie führte eine Lanze mit sich. Neben ihr eines dieser Skelette. Von innen heraus schimmerte es schwarz, wie die anderen. Es trug jedoch eine andere Uniform. Eine Dunkle mit einem Umhang. In seiner rechten, knochigen Hand, ein Schwert. Zuletzt ein riesiger Hybrid aus Mensch und Hai. Noch größer, als Ryo es war. Bei sich trug er ein großes, doppelseitiges Schwert.

„Wer sind diese Typen?", fragte Jay

„Drei von Osiris fünf Generälen. Umbra, Mortuus und Squalus. Er bildete sie zu Meistern der Anexus aus."
„Wer sind die anderen Generäle?"
„Shivana hast du ja bereits kennen gelernt. Der Letzte ist Anubis. Er ist ein Mythos, hinterlässt nichts als eine Spur von Leichen. Niemand weiß, ob er wirklich existiert. Selbst wir sind ihm noch nicht begegnet."
Osiris zwang Ted und John zu Boden und befahl seinen Generälen sie zu töten, darauf verschwand er in dem Portal.
Die beiden rappelten sich langsam wieder auf und wollten sich auf den Kampf vorbereiten. Sie wollten ihre Kräfte benutzen, doch es gelang ihnen nicht, ihr Licht einzusetzen.
„Was ist los?", fragte Ted irritiert.
„Ich kann sie auch nicht einsetzen. Ich schätze dann machen wir es auf die altmodische Weise."
John hob sein Schwert und nahm es mit der Andeda und dem Skelett auf. Ted folgte seinem Beispiel und kämpfte gegen den Hai-Menschen Squalus. Sie waren weitaus stärker, als die beiden es annahmen. Sie nutzten die Dunkelheit auf eine Weise, wie sie es noch nie zuvor gesehen hatten. Es war, als würde die Dunkelheit sie verzehren, und im Gegensatz zu John und Ted, konnten sie ihre Kräfte weiterhin einsetzen. Squalus war ein Meister des Raumes. Er konnte selbst in einem schnellen Kampf ein Portal öffnen und seinen Gegner so überraschen. Stand er in einem Moment noch vor Ted, so tauchte er im nächsten Moment hinter ihm auf. Er war Ted klar überlegen. Landete einen Schlag nach dem anderen, schnitt ihm mit seinem großen Schwert in die Schulter und warf ihn zu Boden. Verzweifelt schaute Ted zu seinem Bruder, und der zeigte ihm den Weg um Squalus aufzuhalten. John blickte ihn an und klopfte auf sein Herz. Ted wusste genau, was damit gemeint war.
Er schloss seine Augen und stand wieder auf. Er kämpfte, ohne seinen Gegner überhaupt zu sehen, doch dieses Mal gelang es dem Meister des Raumes nicht mehr ihn zu überraschen. Ted

folgte dem Rat seines Bruders und vertraute nicht länger auf seine Sinne. Er vertraute sein Gefühl.

John hingegen hatte es etwas schwieriger. Die Andeda Umbra war eine Meisterin des Schattens. Sie konnte sich buchstäblich in Luft auflösen und selbst zum Schatten werden. Sie mit einer normalen Klinge zu treffen, schien fast unmöglich, aber John war clever. Er wusste, dass die Dunkelheit ihr schaden könnte und positionierte sich stets so, dass das Skelett sie traf.

Jay war von den Tricks der Beiden sehr beeindruckt. Einen Moment lang sah es wirklich gut für sie aus. Geblendet von ihrer Zuversicht, wurden sie überheblich. Ted und John hatten sie zurückgeschlagen. Die Generäle lagen am Boden und sammelten sich.

Sie standen ihnen gegenüber, als sie mit ansehen mussten, wie die Dunkelheit sie vollständig übernahm. Es war erschreckend. Aus ihnen strömte die Dunkelheit nur so heraus, als hätte sie gewusst, dass sie diese extra Stärke benötigten. Danach hatten sie keine Chance mehr. Es schien je stärker sie wurden, desto schwächer wurden Ted und John. Es war, als würde ihre Dunkelheit an ihrem Licht zerren. Aufgeben war für sie dennoch keine Option. Ein großer Fehler. Sie machten kurzen Prozess mit den Beiden. Solch einer Stärke standen sie noch nicht gegenüber.

Sie entwaffneten sie und warfen sie gegen eine Wand. John und Ted blickten ihrer Niederlage entgegen. Sie konnten sich kaum noch aufrappeln, geschweige denn weiterkämpfen. Sie blickten Richtung Ausgang und wollten darin entfliehen. Verzweifelt rüttelten sie am Ausgang, doch er ließ sich nicht öffnen. Squalus nahm sie von der Tür und warf sie quer durch den Raum.

Da lagen sie nun, direkt vor dem Thron ihres Vaters, und waren verloren. Dann ertönte ein Horn. Dasselbe, das zu Beginn des Angriffs der Nexus geblasen wurde. Dass es ein zweites Mal ertönte, konnte nur eines bedeuten. Der Angriff war vorbei, doch das ergab für Ted und John keinen Sinn, außer sie waren diejenigen, die verloren hatten.

John wollte nicht aufgeben. Er konnte einfach nicht. Er schaute sich nach einer Lösung im Raum um und bekam eine Idee, als er auf das Selbstporträt seines Vaters blickte. Mortuus ließ sein Schwert langsam auf dem Boden schleifen und ging auf die Beiden zu.

„Ted... Was auch immer passiert, nimm Emely und bringt euch in Sicherheit. Erinnere daran, was Vater uns immer erzählt hat."

„Was redest du da? Wir bringen sie gemeinsam in Sicherheit."

„Auf mein Zeichen rennst du zu dem Gemälde, okay?"

„Was ist mit dir?", fragte Ted.

„Ich werde genau hinter dir sein", antwortete John.

Die beiden lagen am Boden und warteten auf ihre Erlösung durch das Schwert ihres Feindes. Mortuus holte aus und wollte John töten.

„Jetzt!", rief er, drehte sich um die Klinge des Schwertes und nahm es Mortuus ab. Ted lief so schnell er konnte. John öffnete eine Armlehne des Throns seines Vaters und deckte einen Hebel auf. Er zog daran und sah, wie sich eine geheime Tür hinter dem Gemälde öffnete. Ted lief rein und drehte sich um, da sah er, dass John noch immer am Thron war. Ted wollte zurücklaufen und ihm helfen, doch John nahm all seine Kraft zusammen und es gelang ihm, Ted mit einem Stoß seines Lichts zurück zu werfen. Mit letzter Kraft nahm John das Schwert und zerstörte damit den Hebel. Ted stand wieder auf, sah wie Squalus und Umbra zu ihm liefen und sich die Tür vor ihm langsam schloss. Sein letzter Blick galt John, der mit einem Lächeln zu Boden sackte. Noch ein letztes Mal klopfte er sich auf sein Herz. Im nächsten Moment sah er, wie Mortuus sein Schwert aufnahm und es ihm durch seine Brust stach.

„Neeeiiiinnnn!", rief Ted, ehe sich die Tür endgültig schloss. Mit Tränen in den Augen sackte er zu Boden.

Jetzt, da er den jungen Ted weinend am Boden sah, hatte Jay verstanden, was Maggs ihm eigentlich zeigen wollte.

„Auch ich weiß, wie es sich anfühlt, wenn sich dein
Bruder opfert, damit du Leben kannst. Jeden Tag frage ich mich, warum er das getan hat und ich habe mich lange für

seinen Tod verantwortlich gefühlt, aber Jay... Dir muss bewusst werden, sie haben sich nicht geopfert, damit wir uns den Rest unseres Lebens schlecht fühlen. Sie haben sich für uns geopfert, weil sie an uns glauben. Sie sahen etwas in uns, von dem wir niemals dachten, dass wir es in uns tragen. Wir ehren die Opfer, indem wir ihnen zeigen, Tag für Tag, dass wir die Menschen sind, die sie in uns sahen. Wir ehren ihr Opfer, indem wir diesen Krieg beenden und sie Gerechtigkeit erfahren. Der Gedanke an John nimmt mir nicht meine Kraft, weil ich mich schuldig fühle... Er gibt mir die Kraft, weil ich das alles hier für ihn tue. Also Jay... Wir versuchen es noch einmal. Denk an etwas, dass dich glücklich macht und löse dich von deinen Schuldgefühlen."

Jay, der zu Tränen gerührt war, schloss seine Augen und dachte wieder zurück an einen Tag, den er mit Julien verbrachte. Sie saßen gemeinsam auf seinem Bett und spielten Videospiele, doch im nächsten Moment sah er sich wieder im Wald. Vor ihm stand Julien, der im Bann der dunklen Hand stand, doch dieses Mal war es anders. Er konzentrierte sich und sagte: „Es tut mir leid, Julien, aber ich weiß jetzt, was ich zu tun habe. Dein Opfer war nicht umsonst. Ich werde alles daransetzen, dich zu retten, also bitte Julien... gib mir die Stärke, das alles hier durchzustehen."

Julien verschwand in der Dunkelheit, doch Jay sah sich zurück in seinem Zimmer. Julien reichte ihm seine Hand. Als Jay sie nahm, geschah es endlich. Alles um Maggs und Jay herum wurde weiß. Sie waren zurück in der Holzhütte und als Jay seine Augen wieder öffnete, strahlten sie weiß.

„Geschafft!", rief er vor Freude. Er fühlte noch einmal diese unglaubliche Stärke.

„Es fühlt sich... anders an. So rein. Als wäre es schon immer ein Teil von mir gewesen, der jetzt aus seinem Schlaf erwacht ist. Es ist...

„Unglaublich", beendete Maggs seinen Satz.

„Ja..."

„Gut. Jetzt bist du bereit mit dem Training deiner Kräfte zu beginnen", sagte Maggs und ging.

„Ach, und Jay", fuhr er fort, bevor er zur Tür hinaus ging.

„Ja?"

„Wenn du irgendjemanden von dem Ganzen hier erzählst, töte ich dich."

Jay lachte nur, doch das Lachen verschwand, als er Maggs ernste Miene sah.

„Verstanden, und danke Maggs."

Kapitel 7
Auf den Spuren eines Helden

Während Maggs Jay endlich lehrte seine Kräfte einzusetzen und ihn in den Fertigkeiten des Schwertkampfes unterrichtete, machten Ryo, Leo und Emely sich auf nach Luxtra.

Es dauerte ein paar Stunden, ehe sie in der großen Stadt eintrafen und Leo war dementsprechend etwas genervt. Wenn es nach ihm gegangen wäre, wären sie ja auch schließlich nicht zu Fuß hergekommen, doch ein Portal zu öffnen war einfach zu riskant und ein geeignetes Reittier für Ryo zu finden war nicht unbedingt einfach. Immerhin war er über zwei Meter groß und wog auch fast eine Tonne. In all den Welten, die die zwei bereisten, haben sie noch kein Pferd gefunden, das Ryo standhalten konnte.

Bevor die Drei die Stadt erreichten, zogen sie sich einen Umhang samt Kapuze über, dann galt es für sie die erste Hürde zu nehmen. Das Tor der Stadt. Sie mussten erst einmal an den dort positionierten Wachen vorbeikommen, denn auch wenn in Luxtra jeder willkommen war und sie noch nicht unter Osiris Kontrolle stand, einen Nexus wollte niemand mehr in seinen Reihen wissen. Es war einfach viel zu riskant damit Osiris und seinen Zorn auf sich zu ziehen, außerdem gaben die meisten den Nexus im Allgemeinen die Schuld für Osiris.

Auf der Brücke zur Stadt wurden die Drei von zwei Wachen in einer ritterlichen Rüstung kontrolliert. Bei den Wachen handelte es sich um zwei Lions. Es waren humanoide Löwen, auf die Ryo und Leo seit den Rassenkriegen nicht sehr gut zu sprechen waren, daher versuchten sie sich etwas zurück zu halten.

„Waios resentus ai yeur aanrivee sus?", fragte ein Wächter. Leo wollte gerade antworten, als Emely ihm zuvorkam.

„Wos oi eos pasí. Wos vesque vonhoy", antwortete sie der Wache. Die drei nahmen kurz ihre Kapuzen ab, um ihr Gesicht zu zeigen. Die Wache gab seinen Kollegen ein Zeichen und das

Tor zur Stadt öffnete sich. Leo war etwas überrascht und als sie hindurchgingen fragte er Emely: „Du sprichst Luxen?"

„John und ich waren oft auf Nova Lux. Das ein oder andere Mal haben wir auch einen Abstecher in diese Stadt hier gemacht. Setzt eure Kapuzen wieder auf, wir dürfen das Risiko nicht eingehen, von jemanden erkannt zu werden."

Leo und Ryo waren jedes Mal fasziniert, wenn sie diese Stadt sahen. Luxtra war riesig und in verschiedene Ringe aufgeteilt. Im Zentrum des Ganzen stand ein riesiger Palast. Ähnlich wie die restlichen Gebäude, wurde er aus einem alten Sandstein erbaut.

In dieser Stadt versammelten sich die verschiedensten Spezien aus allen Welten. Im Laufe der Jahre wurde diese Stadt zu einem multiversellen Zufluchtsort. Jeder war hier willkommen, egal, was für eine Herkunft oder Vergangenheit man hatte und so vergrößerte sich die Stadt Jahr um Jahr.

Die Drei blieben im äußersten Ring der Stadt. Neben der Hauptstraße, die in die nächsten Ringe führte, war dieser Ring geplagt von Armut und Kriminalität. Jeder der neu nach Luxtra kam, kam erst einmal dorthin. Ryo, Leo und Emely versuchten daher keinerlei Aufsehen zu erregen. Mit ihren Umhängen drängelten sie sich durch die Menschenmengen.

„Hast du ein paar Links?", wurden sie immer wieder von diversen Obdachlosen gefragt. Leo und Emely ließen sich davon nicht beeindrucken. Während Emely noch höflich blieb und gewöhnlich: „Nein, tut mir leid", antwortete, ging Leo etwas forscher zur Sache.

„Nein, verschwinde", sagte er immer wieder.

Ryo hingegen fiel das sehr schwer. Ihm taten die armen Leute einfach zu leid, also gab er jedem, der ihn fragte, einen Link, bis sie ihm irgendwann ausgingen.

„Hast du ein paar Links?"

Ryo kramte in seinen Taschen, doch er fand keine mehr.

„Tut mir leid, mir sind die Links ausgegangen."

Als Leo das hörte, wurde er wieder etwas sauer.

„Ryo, bitte sag mir nicht, dass du wirklich all deine Links weggegeben hast…"

„Ähm", antwortete Ryo nur.

Verzweifelt schlug Leo sich mit seiner Hand auf die Stirn.

An der sehr heruntergekommen aussehenden Lagerhalle angekommen, sahen sie sich einer weiteren Wache gegenüber, doch als Leo seine Kapuze absetzte und sagte: „Ich bin ein Freund von Yuri", schaute der echsenartige Mann auf sein Brett und fragte: „Leo und Ryo?"

Auch Ryo setzte seine Kapuze ab und bestätigte seine Annahme. Der Türsteher sperrte die Tür hinter sich auf und ließ die Drei rein.

Die Lagerhalle war vollgestellt mit großen Kisten aus Holz. Einige dieser echsenartigen Männer luden diese Kisten auf ein riesiges U-Boot, doch ein Gewässer war hier nicht zu sehen.

„Ah, Ryo und Leo meine Freunde. Schön euch wieder zu sehen", begrüßte sie ein etwas dickerer Echsen-Mann.

„Yuri. Es ist auch schön dich wieder zu sehen. Danke nochmal, dass du uns hilfst."

„Ich bitte dich Leo, das ist doch das Mindeste nachdem du mich aus diesem Drecksloch befreit hast. Ich sollte aber vielleicht noch erwähnen, dass Duran noch nicht allzu lang Handel mit anderen Welten betreibt. Die einzigen anderen Wesen, die die meisten Menschen dort kennen… naja, sind Osiris Armeen. Es könnte also etwas schwierig für euch werden, dort nicht aufzufallen."

„Hättest du mir das nicht sagen können, bevor ich diese riesige Piñata hier mitnehme?", erwiderte Leo, auf Ryo zeigend.

„Naja, dich können wir ja in Emelys Rucksack verstecken", entgegnete Ryo ihm.

Leo hob seinen Finger gen Ryo und schaute ihn mit ernstem Blick an, doch dieser lachte nur.

„Wir werden das schon schaffen. Also Yuri, wie kommen wir nun nach Duran?", fragte Emely.

„Na mit meinem Boot hier."

„Äh ja, kurze Frage dazu. Wie willst du bitte ein U-Boot benutzen ohne Wasser? Ich dachte dein Portal wäre hier."
„Ah, Leo. Setzt seinem Verstand immer noch Grenzen, hm?!"
Yuri ging ein paar Schritte und zog an einem großen Hebel. Als er daran zog, öffnete sich der Boden unter dem U-Boot. An Seilen befestigt, hing es nun über dem Portal, das sie suchten.
„Das Wasser ist auf der anderen Seite des Portals. Also bitte macht es euch bequem."
Die drei begaben sich auf das U-Boot und suchten sich einen Platz zwischen all den Kisten im Lagerraum. Als es losging, spürten sie einen kurzen Fall, im nächsten Moment befanden sie sich in einem Ozean von Duran.
Leo war etwas neugierig und öffnete eine der Kisten im Lagerraum. Er holte eine der vielen
Flaschen hinaus und sagte: „Oh mein Gott…Ryo…Die transportieren hier Kistenweise den edlen Flatana Whisky."
„Ehrlich?"
Er nahm die Flasche mit sich und zeigte sie Ryo.
„Da kommen Erinnerungen hoch…", sagte er nur.
„Oh, ja. Weißt du noch das eine Mal an der Akademie, wo ich mich so mit dem Zeug betrunken habe, dass ich am nächsten Morgen beim Rektor aufgewacht bin?! Haha."
„Oh, ja… Das war ein Abend."
„Oder das eine Mal, als du so betrunken warst, dass du uns doch tatsächlich erzählen wolltest, dass Rock und Hose ein und dieselbe Sache sind."
„Da war ich doch gar nicht betrunken…"
„Ach ja, richtig… So dumm warst du ja wirklich…"
Eine Sirene ertönte, als das U-Boot begann aufzutauchen. Leo nahm die Flasche und füllte den Inhalt in den Flachmann, den er aus seiner Tasche holte. Emely schaute ihn fragend an.
„Was? Man muss immer auf alles vorbereitet sein."
Die Drei versteckten sich in der Nähe des Ausgangs und warteten bis der Erste von Osiris Männern eintrat, um das Schiff zu inspizieren. Sie ließen ihn weiter reinlaufen und schlichen sich von Bord. Die Stadt, die sie vom Hafen aus sahen, lag in

Trümmern. Die meisten Hochhäuser waren eingestürzt und viele weitere zerstört. Überall hingen die Fahnen mit Osiris Symbol darauf, einem Ankh Kreuz in einem Halbmond. Die Stadt war voller patrouillierender Andeda. Nur wenige der Menschen trauten sich noch auf die Straßen. Auf einigen der noch übrig gebliebenen Werbetafeln, wurde Osiris als neuer Gott dieser Welt angepriesen.

Ryo, Leo und Emely setzten ihre Kapuzen wieder auf und schlichen sich aus dem Hafengebiet.

„Also gut, wo finden wir diesen Verrückten?", fragte Emely

„Er hat uns oft erzählt, dass er in der Nähe einer Bar namens "Tony´s Bar" lebte. Also finden wir diese Bar, finden wir Grant", erklärte Leo.

Somit begaben sich die Drei auf die Suche nach dieser Bar. Dabei sahen sie das Leid, dass Osiris in diese Welt gebracht hatte. Die Menschen hatten Angst und bereits jede Hoffnung verloren. Es fuhren nur noch wenige Autos auf den Straßen und wenn, waren es oft militärische unter Osiris Kommando. Es brach ihnen jedes Mal das Herz, wenn sie eine Welt sahen, die der Dunkelheit Osiris´ zum Opfer fiel. Durch die Tatsache, dass kaum noch Menschen auf den Straßen unterwegs waren, war es schwierig für die Drei nicht aufzufallen. Jeder, der sich traute auf den Straßen frei herumzulaufen, wurde von den Andeda genauestens beobachtet. Es dauerte nicht lange, bis sie das erste Mal von einem Andeda in Uniform angesprochen wurden.

„Hey, ihr da! Stehen bleiben! Ich will eure Ausweise sehen!"

Leo zog bereits langsam ein Messer aus dem Halfter und wollte den Andeda abstechen, doch Emely hatte eine bessere Idee. Sie setzte ihre Kapuze ab und sagte: „Es tut uns leid, Sir. Mein Mann und ich wollten nur unseren kleinen sicher nach Hause bringen."

Sie griff nach Ryos Hand und deutete dabei auf Leo.

„Ich will eure Gesichter sehen, nehmt eure Kapuzen ab!", befahl er ihnen.

„Na gut. Ich habe es im Guten versucht."

Emely drehte den Mann in sich ein, nahm ihn in den Schwitzkasten und brach ihm das Genick. Danach schleppte sie seine Leiche in die nächstgelegene Gasse.

„Hey, das war meiner", beschwerte Leo sich.

„Es wird sicher noch den einen oder anderen mehr geben, die überlasse ich dann dir."

„Oh, wie großzügig du doch wieder bist."

Sie liefen noch ein wenig durch die Straßen, ehe Emely fragte: „Wonach suchen wir eigentlich genau?"

„Nach einer Bar", antworte Ryo.

„Nach was für einer Bar? Wisst ihr wie sie aussieht oder zumindest wie Grants Haus aussieht?"

„Ich schätze, ungefähr so", sagte Leo, als er die heruntergekommene Spielunke mit dem Namen „Tony's Bar" sah. Das rot leuchtende Namensschild an der Tür flackerte bereits und die Fenster waren so verschmutzt, dass man kaum noch hindurchsehen konnte, doch jetzt standen die Drei vor dem nächsten Problem.

„Also, wo genau wohnt Grant?", fragte Emely noch einmal.

„Keine Ahnung."

„Keine Ahnung???"

„Es ist ja nicht so, als wären wir schon einmal bei ihm gewesen. Wir wissen nur, dass er hier irgendwo in der Nähe lebt."

„Das kann doch nicht euer Ernst sein. Hier leben hunderte Menschen um diese Bar herum. Wie habt ihr euch das vorgestellt ihn hier zu finden?"

Während Emely mit Leo diskutierte, ging Ryo bereits zum nächstgelegenen Haus und klopfte an die Tür.

„Wir fragen einfach", sagte Leo abschließend und ging hinüber zu Ryo. Eine ältere Dame öffnete ihnen die Tür.

„Siehst du, die ist mindestens genauso alt wie Grant. Die kennt ihn mit Sicherheit", flüsterte Leo zu Emely, die nur mit dem Kopf schüttelte.

„Entschuldigen sie Ma´am, wir suchen jemandem mit dem Namen Grant Hawl. Wissen sie vielleicht, wo wir ihn finden können?", fragte Ryo.

„Grant Hawl?"

„Ja, kennen sie ihn?", fragte Emely weiter.

„Ob ich ihn kenne? Oh, natürlich kenne ich ihn."

Leo freute sich mal wieder, dass er Recht hatte und gab Emely einen leichten Hieb gegen ihr Bein.

„Ha! Sag ich ja."

„Jeder hier kennt Grant Hawl."

„Warte, was?"

„Sie meinen doch Sagittario, oder nicht?"

„Sagi was?"

„Sagittario. Den Mann mit dem leuchtenden Bogen. Den Beschützer unserer geliebten Stadt Sylar. Ihr meint doch diesen Grant Hawl, oder nicht?!"

Die Drei guckten die nette Dame nur entsetzt an.

„Ihr seid wohl nicht von hier..."

„Ehm, nein. Wir kommen von außerhalb. Wissen sie vielleicht wo wir diesen Sagittario finden können?"

„Tut mir leid, ich kann euch nicht helfen. Bitte, ihr solltet jetzt gehen", sagte die Frau verängstigt und versuchte dir Tür zu schließen, doch Leo stellte sich davor und hielt die Tür offen.

„Nicht so schnell, Oma! Wir müssen ihn finden, also sagen sie uns, was sie wissen."

„Oh, bitte. Ich weiß nichts. Bitte, tun sie mir nichts."

„Sagen sie uns einfach, was sie wissen", sagte Leo und holte ein kleines Messer aus seiner Tasche.

„Leo!", brüllte Emely ihn entsetzt an. „Wir werden keine alte Frau bedrohen!"

„Bitte, ich weiß wirklich nichts... Aber seine Tochter, Mandy. Sie könnte etwas wissen. Und jetzt bitte geht, ihr bedeutet nur Ärger."

„Na geht doch", sagte Leo und steckte sein Messer zurück in seine Westentasche.

Emely und Leo bedankten sich bei der Frau und ließen sie in Ruhe, doch Ryo blieb zurück und entschuldigte sich noch einmal.

„Es tut mir wirklich leid. Wir hätten ihnen nichts getan, wir wollen wirklich nur ihren Sagittario finden."
„Damit sind sie nicht allein", antwortete die Frau.
„Was meinen sie damit?", fragte Ryo sie.
„Sagittario ist schon seit Jahren verschwunden. Schon lange bevor diese Kreaturen hier eintrafen."
Diese Aussage war für Ryo besorgniserregend.
„Ich danke ihnen vielmals. Sie haben dem Multiversum einen großen Dienst erwiesen. Ryo beugte sich etwas herunter um sich respektvoll von der alten Dame zu verabschieden, dabei konnte sie jedoch sein Horn unter der Kapuze sehen und ohne zu zögern, schloss sie die Tür.
„Ryo, jetzt komm endlich", rief Leo ihn.
„Was hat die Alte noch gesagt?", fragte er Ryo.
„Grant Hawl ist wohl schon vor Jahren verschwunden, noch lange bevor die Andeda hier einmarschierten."
„Mit anderen Worten: Er wurde vermutlich wie all die anderen Großmeister am schwarzen Tag getötet. Schade aber auch. Maggs wird sich wohl was Neues einfallen lassen müssen, und jetzt lasst uns gehen. Wir sollten nicht länger hierbleiben als nötig", sagte Leo.
„Warte, Leo", hielt Emely ihn zurück. „Wir wissen noch nicht sicher, ob er getötet wurde. Wir sollten zumindest seine Tochter aufsuchen. Wir haben immer noch genug Zeit, bevor wir zurück nach Nova Lux müssen."
„*seufz*. Okay, ich schätze dann bleiben wir noch. Also was ist der Plan? Hier leben bestimmt eine Millionen Leute in der Stadt. Wie wollen wir Mandy finden?", fragte Leo in die Runde.
„So wie jeder hier in so einer Welt etwas findet. Durch das Internet", antwortete Emely.
Emely zeigte auf ein Café an der Ecke und zog die Jungs mit sich. Zusammen betraten sie das Café und setzten sich an einen Computer in der Ecke, doch um damit ins Internet zu gelangen, benötigten sie etwas Kleingeld und so war es dieses Mal Ryo, der am Nachbartisch nach etwas Kleingeld fragte. Eine junge Frau war so nett ihm etwas zu geben. Als Ryo jedoch seine

riesige Hand hinhielt um das Geld anzunehmen, ließ die Frau es vor Schreck fallen und rannte schreiend aus dem Café. Alle starrten Ryo an und er schämte sich zu Tode, aber Leo wusste mit der Situation umzugehen.

„Keine Angst Leute. Ist nicht das erste Mal, dass eine Frau schreiend vor meinem Freund davonläuft. Alles in Ordnung, hier gibt es nichts zu sehen. Ihr könnt weiter eure Seelen mit euren "Smartphones" vergiften."

Die meisten schüttelten nur den Kopf und wandten ihren Blick von Ryo ab. Er steckte das Kleingeld, dass er aufhob, in den Schlitz und der Computer war somit bereit. Leo wollte wieder einmal sein Können beweisen und setzte sich sofort an den Rechner, er hatte aber keinerlei Ahnung, wie er diesen bedienen konnte. Erst drückte er verzweifelt irgendwelche Tasten auf der Tastatur. Da nichts passierte, versuchte er jetzt die Symbole auf dem Bildschirm zu berühren.

„Leo, du musst den Browser öffnen…"

„Pff, das weiß ich. Ich habe nur… nur…"

„Vergessen wie man ihn bedient?"

„Ganz genau. Ich habe nur vergessen wie man ihn bedient. Das ist es."

„Ich glaube, du musst die Maus nehmen", warf Ryo ein.

„Ryo, hör auf ans Essen zu denken. Das hier ist wichtig."

Emelys Geduld war am Ende und sie stieß Leo von der Tastatur weg, um zu übernehmen. Sie nahm die Maus und öffnete den Browser.

„Ach, die Maus. Ja klar, das wusste ich."

Emely öffnete die Suchmaschine und tippte den Namen „Mandy Hawl" ein, doch dafür brauchte auch sie etwas länger. Sie wusste zumindest wie man einen Computer bediente, aber etwas auf einer Tastatur zu tippen, war schon eine kleine Herausforderung. Auf ihrer Heimatwelt gab es ähnliche Maschinen, doch gehörte sie nie zu den privilegierten, die sie bedienen durften.

„Unglaublich das Grant hier offenbar so eine Art Held für die Menschen ist. Ich habe ihn nie für einen Helden-Typen gehalten. Er war mehr so der Kerl im Stuhl Typ", stellte Leo fest, als er die Bilder von Mandy Hawls Vater, Sagittario sah.

„Kerl im Stuhl?", fragte Emely.

„Du weißt schon. Der, der den Helden eher zuarbeitet, als… naja selbst daraus zu gehen und sein Leben zu riskieren."

„Offenbar kannten wir ihn nicht so gut, wie wir alle dachten…", antwortete Ryo darauf.

Emely öffnete eine Seite mit einem Profil von Mandy und schrieb ihre Adresse auf eine Serviette, "Spooner Street 37".

„Hab sie. Wir können."

In diesem Moment kam eine Bedienung zu ihnen, die ängstlich nach ihren Bestellungen fragte.

„Entschuldigung, kann ich ihnen etwas bringen?"

„Oh, vielen Dank, junge Dame, aber wir wollten gerade gehen", antwortete Leo ihr.

„Oh, tut mir leid. Ich hatte eher auf eine Antwort deiner Eltern gehofft."

Ryo und Emely begannen zu lachen, doch Leo fand diese Situation gar nicht witzig und verließ das Café.

„Schon gut. Wir haben, was wir wollten", sagte Emely zum Abschied.

So unauffällig wie möglich verließen sie das Café und suchten die aufgeschriebene Adresse, doch wann immer sie Leuten begegneten, drehten sie sich nach dem riesigen Ryo um. Ein in schwarz gekleideter Mann jedoch, schien Ryo zu erkennen. Als er an ihnen vorbei ging, fasste er sich ans Ohr und flüsterte: „Sie sind hier. Gebt dem General Bescheid. Ich behalte sie weiter im Auge."

Die Adresse, die sie suchten, war etwas außerhalb der Stadt. Es war ein kleines Einfamilienhaus. Doch es sah verlassen aus. Die Veranda war bereits voller Blätter von den umliegenden Bäumen. Auch der Briefkasten quoll langsam über.

„Spooner Street 37. Hier sind wir richtig", sagte Emely

„Also gut. Dann schauen wir mal, ob die gute Mandy auch zu Hause ist."

Leo ging zur Tür und klopfte.

Er wartete einen Moment, doch es kam niemand.

„Vielleicht solltest du klingeln", schlug Emely vor.

Leo schaute sich um und sah rechts neben der Tür eine Klingel. Darauf der Name „Hawl". Er versuchte sie zu betätigen, doch sie hing zu hoch. Er war zu klein, also versuchte er zu springen um sie zu betätigen, doch es fehlten ein paar Millimeter.

Emely und Ryo standen hinter ihm und mussten lauthals loslachen.

„Ja, haha. Wäre einer von euch so nett... Ich hasse diese Erde..."

Ryo erbarmte sich und betätigte die Klingel. Immer noch öffnete niemand die Tür. Ryo schaute fragend zu Leo rüber.

„Bitte, tu dir keinen Zwang an", bat Leo ihn vor.

Darauf trat Ryo die Tür ein und sie gingen hinein. Emely zückte ihre kurzen Schwerter und rechnete mit dem Schlimmsten.

„Ihr geht nach oben, ich sehe mich unten etwas um."

Sie ging in die Küche und sah, dass noch ein Topf auf einer Herdplatte stand. Kalt. Der Topf schien schon eine ganze Weile hier zu sein. Am Kühlschrank hing ein Foto. Darauf war eine junge Frau, mit einem etwas älterem Mann. Im Wohnzimmer lag eine Zeitung offen auf einem Tisch. Darin ein Artikel von Sagittario. Die Überschrift lautete:

„Sagittario – Wo war unser Held, als wir ihn brauchten?"

Als sie sich weiter umsah, sah sie ein paar Augen unter dem Sofa hervor blitzen.

„Oben ist niemand. Sie muss schon vor langer Zeit gegangen sein. Wir stehen wieder mit nichts da..."

„Das würde ich nicht sagen", antwortete sie Leo und beugte sich runter. Sie schnipste mit ihren Fingern und lockte einen verängstigten Hund unter dem Sofa hervor.

„Oh super, ein Hund. Wir sind gerettet", sagte Leo ironisch.

Emely ließ sich von Leos Gerede nicht beeindrucken. Sie schloss ihre Augen und hielt ihre Hand auf den Kopf des verängstigten Hundes. Durch ihre Kraft, rief sie die Erinnerung des Hundes ab. Sie sah sich selbst in jener wieder.

Eine junge Frau unterhielt sich mit einem Mann ihres Alters.
„Mandy, dein Vater ist schon fast vier Jahre verschwunden. Ich weiß, du bist dir sicher, dass er noch am Leben ist, aber ... du solltest dich darauf gefasst machen, dass er es nicht ist", sprach der Mann.
„Ich weiß, es klingt verrückt, aber irgendetwas in mir sagt mir, dass er noch irgendwo da draußen ist. Wenn er nur wüsste, in welcher Lage wir uns befinden... Er würde die Herrschaft von Osiris nicht einfach hinnehmen. Er würde dagegen ankämpfen."
„Selbst dein Vater könnte es nicht mit einer ganzen Armee aufnehmen."
„Es hätte es zumindest versucht."
„Wie kannst du dir so sicher sein? Wenn dein Vater noch irgendwo da draußen ist, warum kommt er dann nicht zurück?"
„Ich weiß es nicht...", sagte Mandy betrübt.
Im nächsten Moment hörten sie wie jemand die Tür eintrat und hineinstürmte. Es waren die Andeda. Mandy und ihr Freund versuchten vor ihnen zu fliehen. Panisch sahen sie sich an. Sie gingen durch die Hintertür nach draußen und wollten von dort aus fliehen. Ihr Hund folgte ihr, doch als sie draußen waren, wurden sie von den Andeda umstellt. Angeführt von einem Offizier, der ihr eine Klinge an den Hals hielt.
„Mandy Hawl. Ich verhafte sie wegen Verrats am Regime. Es gibt da jemanden, der ein paar Fragen an sie hat."
An ihrem Freund zeigten sie kein Interesse, und so schlugen sie ihm vor ihren Augen den Kopf ab.
„Nein. Nein. NEIN!! Tom, es tut mir so leid. Es tut mir so leid", sagte sie voller Tränen. Der Hund bekam Angst und lief wieder hinein, während Mandy von den Andeda mitgenommen wurde.

Emely erwachte wieder aus dieser Erinnerung und sagte: „Sie haben sie mitgenommen. Kommt schon, wir müssen sie finden."
„Man, ich vergesse jedes Mal, dass sie sowas draufhat", murmelte Leo.
„Emely! Warte!", rief Ryo und lief ihr nach.

„Wie genau ist dein Plan?"

„Die Andeda halten Mandy gefangen. Sie sagten, dass irgendwer Fragen an sie hätte."

„Warte, warte, warte. Du glaubst doch nicht, dass „Er" hier ist, oder?", fragte Leo

„Beten wir, dass das nicht so ist, aber wer auch immer diese Fragen an sie hat, wir müssen hoffen, dass sie noch am Leben ist und sie retten."

„Und wie genau gedenkst du das zu tun? Wir wissen ja nicht einmal, wo sie sie gefangen halten."

„Das stimmt,... aber wir wissen, dass sie sie gefangen halten. Einer von uns wird sich wohl von ihnen gefangen nehmen lassen müssen."

Ryo und Leo schauten sich an und wollten eine Runde Schnick, Schnack, Schnuck darum spielen, doch Emely unterbrach sie sofort.

„Ich muss es tun. Wenn sie einen Otter und ein Nashorn auf dieser Erde sehen, könnten wir nur in noch größere Schwierigkeiten geraten."

„Dich könnten sie genauso erkennen. Der Plan ist ziemlich riskant. Wenn wir Pech haben, finden sie heraus, dass wir hier sind", warf Ryo ein.

„Außerdem wissen wir nicht einmal, ob sie dich dorthin bringen werden, wo sie Mandy festhalten. Und selbst wenn, sobald einer der hochrangigen Andeda dich sieht, werden sie dich erkennen", kritisierte Leo.

„Ich weiß es ist riskant, aber Mandy ist unsere einzige Spur. Finden wir Mandy, finden wir Grant."

Später am Abend patrouillierten in der Innenstadt sechs Skelette in Uniformen. Sie sorgten für Ruhe und Ordnung, aber auch Angst unter den Menschen, die dort vorbeigingen, doch zwischen all den Einkaufsläden trat ein großer Mann im Umhang vor den Brunnen in der Mitte und verkündete eine hoffnungsvolle Botschaft.

„Seht nur! Es ist Sagittario! Er ist zurückgekehrt!"

Dabei zeigte der Mann auf eines der Dächer. Sofort schauten alle auf die Person auf dem Dach. Auch sie trug einen Umhang, aber in ihren Händen einen leuchtenden Bogen.

„Sagittario!"

„Er ist es wirklich!"

„Er ist zurückgekehrt!"

Die Menschen versammelten sich am Marktplatz und zuckten ihre Smartphones. Sie filmten, wie Sagittario einen seiner leuchtenden Pfeile auf eines der Skelette abfeuerte. Sofort zerfiel es in Einzelteile und sackte zu Boden. Die Nachricht über die Rückkehr von Sagittario, verbreitete sich wie ein Lauffeuer, so dauerte es nicht lange, bis es in der Stadt nur so von Andeda wimmelte. Sie bedrohten die Leute und zerstörten ihre Smartphones.

Unzählige der Andeda machten sich auf Sagittario zu fangen. Er lief über die Dächer und feuerte dabei weitere seiner leuchtenden Pfeile ab. Die Leute waren sich sicher, Sagittario war zurück. Sie kamen aus ihren Häusern und bejubelten ihren Helden. Sie gingen auf die Straßen und fanden endlich wieder Hoffnung.

Der Mann in dem Umhang ging zurück zu seinem kleinen Partner.

„So war das aber nicht geplant", sagte Ryo, während er die Aufstände in den Straßen beobachtete.

„Solange ich meinen Bogen wiederbekomme, solls mir Recht sein. Komm, wir dürfen Emely nicht aus den Augen verlieren. Aber vielleicht hätten wir doch etwas anderes tun sollen", sagte Leo.

Ryo und Leo folgten ihr durch die Straßen und beobachteten wie sich die Menschen begannen zu wehren. Sie kämpften gegen die Andeda und lehnten sich gegen sie auf. Einer der Bürger stieg auf ein Auto und motivierte seine Mitmenschen.

„Sagittario ist zurückgekehrt. Er ist zurückgekehrt, um uns zu retten. Er hat uns nicht im Stich gelassen, also lassen wir ihn jetzt auch nicht im Stich! Es ist an der Zeit, dass wir uns endlich wehren! Sie haben uns alles genommen! Es ist an der Zeit, dass wir unsere Stadt von ihnen zurückholen! Es ist an der Zeit zu kämpfen!!!"

Die Menge jubelte und es versammelten sich immer mehr in den Straßen.

„Leo, das gerät hier langsam alles außer Kontrolle."

„Ich bitte dich. Die Leute wehren sich endlich, vielleicht können wir einige von ihnen ja noch im Widerstand gebrau..."

In diesem Moment stolperte Leo über einen Kopf, der auf der Straße lag. Ryo schaute ihn nur vorwurfsvoll an.

„Na gut, vielleicht auch nicht."

„Wir sind dafür verantwortlich, Leo. Diese Menschen leiden wegen uns. Sie sterben wegen uns."

Leo kletterte auf eine Straßenlaterne in der Nähe und hängte sich auf Ryos Höhe.

„Ryo... Wir sind nicht verantwortlich für ihr Leid. Wir sind nicht der Grund für ihren Tod. Osiris trägt die Verantwortung. Ich weiß, dass es nicht einfach ist, aber wir müssen uns an den Plan halten. Wir kommen zurück und befreien die Menschen, doch das ist nicht der Zeitpunkt für uns zu kämpfen. Also los, lass uns weiter", tröstete Leo ihn. Ryo nickte nur schweren Herzens und folgte ihm. Kurz darauf kämpfte sich jedoch einer der Andeda zu Leo durch und wollte ihn angreifen. Leo zuckte sein Messer aus seiner Weste und warf es ihm geradewegs in den Kopf.

„Okay, den ein oder anderen Andeda, können wir vielleicht doch töten", fügte er hinzu.

Auf dem Weg zu Emely mischten sich Leo und Ryo in den einen oder anderen Kampf ein und töteten einige der Andeda. Sie wurden geradezu abgefeiert von den Menschen. Ryo fühlte sich immer noch unwohl, den Menschen Hoffnung zu geben, auch wenn es wahrscheinlich keine für sie gab. Zumindest noch nicht.

Leo hingegen genoss es in vollen Zügen. Er köpfte einen der Andeda und hielt seinen Kopf als Trophäe in die Höhe. Die Menschen waren völlig außer Rand und Band und ließen all den

Frust, all die Angst, die sich bei ihnen angestaut hatte, endlich freien Lauf.

„Leo, wir haben immer noch eine Mission zu erfüllen", bremste er seinen Freund. Leo warf den Kopf des Andedas in die Menge und folgte Ryo.

„Du hast Recht, wir sollten keine Zeit mehr verlieren."

Leo und Ryo versteckten sich hinter einer Ecke, als sie sahen, wie Emely auf ihre Knie gezwungen wurde und von den Andeda Handschellen angelegt bekam. Sie verfrachteten sie in einen ihrer Transporter und fuhren mit ihr davon. Ein Detail, das Ryo und Leo offenbar nicht bedacht hatten.

„Was machen wir jetzt?", fragte Ryo panisch.

„Ganz ruhig Großer, wir haben schon schwierigeres gemeistert."

Leo schaute sich um und versuchte sich auf die Schnelle einen Plan zu überlegen. Zuerst holte er seinen Bogen, den Emely vor einem der Gebäude gelassen hatte. Als er ein vorbeifahrendes Auto sah, sagte er: „Da, wir fahren einfach da mit. Das Auto hielt vor einer Menschenmenge und Ryo und Leo ergriffen diese Chance. Sie öffneten eine der hinteren Türen und stiegen, ohne ein Wort zu sagen, in das Auto.

„Wer seid ihr? Was wollt ihr in meinem Auto??, fragte der Mann am Steuer panisch.

„Bitte beruhigen sie sich. Wir wollen nur hinter dem Transporter da vorne her", antwortete Ryo und setzte dabei seine Kapuze ab.

Der Mann erschreckte sich zu Tode und bekam Angst.

„Ein Monster!", schrie er, als er aus seinem eigenen Auto ausstieg und davonlief.

„Nein, warte! Du musst das scheiß Ding hier doch fahren!", rief Leo ihm nach, doch der Mann lief schreiend weiter.

„Toll gemacht, Ryo. Jetzt hast du unseren Fahrer verscheucht…"

„Tut mir leid."

„*seufz*. Dann mach ich es eben selbst. Ryo und Leo stiegen wieder aus und setzten sich auf die vorderen Sitze. Leo setzte sich dabei auf den Fahrersitz.

„Weißt du wie man so ein Ding fährt?"

„Ich bitte dich. Wir haben schon weitaus schwierigere Fahrzeuge gesteuert, da werde ich das hier ja wohl hinbekommen."

„Okay. Das wird jetzt aber nicht so wie mit dem Computer, oder?"

Leo guckte ihn nur böse an und hob seinen Finger.

„Also, machen wir das scheiß Ding mal an."

Leo suchte nach dem Schlüssel und fand ihn unter dem Lenkrad. Er drehte ihn ein paar Mal hin und her, ehe er die richtige Richtung fand und das Auto ansprang.

„Okay so weit so gut."

Leo schaute sich weiter um und suchte etwas, womit er Gas geben konnte. Er fand einen Hebel und drückte ihn ganz nach vorne, doch nichts passierte.

„Okay, so schon einmal nicht."

Er schaute sich weiter um und fand zwei Pedale auf dem Boden. Für ihn unmöglich zu erreichen.

„Ryo, ich brauche deinen Stab."

„Ähm, okay?!"

Ryo kramte in seiner Tasche nach den Einzelteilen seines Stabs und setzte ihn mit Hilfe seiner Kräfte in seiner Hand zusammen. Leo nahm den Stab und drückte eines der Pedale durch. Offenbar das falsche, denn wieder bewegte sich das Auto kein Stück, also drückte er auf das andere Pedal. Wieder nichts. Ryo schaute sich auch etwas in dem Auto um.

„Verdammte scheiße!" Wütend schlug er mit Ryos Stab auf dieses Pedal ein.

Ryo sah, dass der Hebel, noch auf „P" gestellt war. Er war sich fast sicher, dass „P" für Parken steht. Er überlegte, ob er es Leo sagen sollte, aber er wollte ihn nicht ein weiteres Mal in seinem Stolz verletzen. Als Leo zum letzten Schlag auf das Pedal ausholte, legte Ryo den Hebel von „P" auf „D". Und siehe da, das Auto bewegte sich.

„Ha. Ich habe es. Ich habe es geschafft. Und da soll nochmal einer sagen Gewalt ist keine Lösung, haha."

Leo klemmte sich den Stab zwischen die Beine und versuchte sich irgendwie durch die Menschenmassen zu manövrieren. Mit mäßigem Erfolg. Das ein oder andere Mal hatte er einen der Menschen angefahren. Mal abgesehen von den Andeda, die er absichtlich überfahren hatte.

„Sieh mich an, Ryo. Ich fahre ein Auto. Als nächstes laufe ich noch zur Bank um, einen Kredit für mein Haus zu beantragen, haha."

Ryo und Leo mussten laut loslachen, als Leo vorgab ein Mensch zu sein. Sie kamen dem Transporter wieder näher und verfolgten ihn in einem sicheren Abstand. Sie fuhren einige Kilometer außerhalb der Stadt, bis der Transporter an einer großen Anlage anhielt. Da Leo und Ryo kein Aufsehen erregen wollten, entschieden sie sich den Wagen ein paar Straßen weiter abzustellen. Da Leo aber keine Ahnung hatte, wie er den Wagen anhalten konnte, fuhr er ihn einfach gegen einen Baum.

„Ich verstehe gar nicht, warum sich die Menschen immer über fehlende Parkplätze beschweren. Hier stehen doch eine ganze Menge Bäume", sagte Ryo nachdem sie ausstiegen. Leo wollte ihm ja sagen, dass Menschen ihr Auto normalerweise nicht so parken, aber er hatte wirklich keinen Nerv dafür, also ließ er ihn in dem Glauben und schlug sich wieder vor Verzweiflung mit seiner Handfläche auf die Stirn.

Das Gelände, auf das der Transporter fuhr, war riesig und von einer zu hohen Mauer umgeben. Der einzige Weg hinein führte durch das streng bewachte Tor am Eingang des Geländes. Vier Andeda bewachten den Eingang, doch trugen sie Waffen, mit denen Ryo und Leo nicht gerechnet hatten.

„Sie tragen Schusswaffen?!", stellte Ryo fest.

„Clever. Die Menschen mit ihren eigenen Waffen bekämpfen. Aber nichts, womit wir nicht klarkommen würden."

„Ohne unsere Kräfte zu benutzen?!"

„Du denkst, sie könnten uns spüren?“

„Zumindest, wenn wir unsere Kräfte einsetzen, ja“, gab Ryo zu bedenken.

„Gut möglich, aber die brauchen wir auch nicht. Okay, ich habe einen Plan, aber dafür solltest du deine Kapuze wieder aufsetzen.“

Die Wachen patrouillierten vor dem Tor und sahen einen großen Mann in einem Umhang auf sie zukommen. Sie hoben ihre Waffen und visierten den Mann an.

„Hey, das hier ist Privatgelände. Der Zutritt ist verboten.“

„Tut mir leid, ich habe mich verlaufen. Hat jemand von euch vielleicht ein Feuer?“, sagte Ryo und hob unschuldig seine verdeckten Hände. Die Wachen senkten ihre Waffen.

„Nein. Und jetzt verschwinde!“, wiesen sie ihn ab.

Ryo ging ein Stück näher und wartete auf sein Signal.

Die Wachen hoben wieder ihre Waffen und wiederholten sich noch einmal.

„Verschwinde!“

In diesem Moment erschoss Leo mit seinem Bogen eine der Wachen, die auf der Mauer patrouillierten.

„Oh mein Gott. Seht nur. Er wurde erschossen“, sagte Ryo und zeigte auf ihren Kollegen, der tot von der Mauer fiel. Die Wachen drehten sich um und wollten gerade einen Alarm auslösen, als Ryo den beiden die Kehle durch schnitt. Leo erschoss derweil die letzte Wache und auch sie fiel mit einem Pfeil in der Brust von der Mauer.

„Wirklich? Was besseres fiel dir nicht ein, um sie abzulenken?“, fragte Leo als er zu Ryo aufschloss.

„Hätte ja sein können.“

„Alter, das sind quasi Zombies. Die sind sozusagen tot…“

„Dann haben sie ja nichts mehr zu verlieren.“

„Touché, mein Freund.“

Während Ryo und Leo in die Basis der Andeda eindrangen, wurde Emely in ein Verlies gebracht. Sie brachten all ihre Gliedmaßen an Ketten an und ließen sie allein dort zurück. Es war dunkel und kalt, ganz allein war sie jedoch nicht. Als Emely sich umschaute, sah sie eine Frau in eine der Ecken liegen. Sie war gefesselt und lag einfach da. Ihre Kleider waren zerrissen und ihr Körper war ausgehungert.

„Mandy? Mandy Hawl?", fragte Emely sie. Die Frau bewegte sich etwas, aber antworten konnte sie nicht. Aber Emely war sich sicher, das war die Frau, die sie in der Erinnerung gesehen hatte. Sie hatte dasselbe rote Haar wie Mandy es hatte.

„Keine Angst… Wir holen dich hier raus."

Dann öffnete jemand die Tür und trat hinein.

„Oh, das denke ich nicht, Emely", widersprach die Frau. Emely wusste gleich, mit wem sie es zu tun hatte.

„Umbra? Was suchst du denn hier?"

„Dasselbe wie du. Wir wollen wissen wo Grant Hawl ist. Er ist Osiris lange genug entkommen, doch die Frage ist, warum bist du auf der Suche nach ihm?"

„Das geht dich nichts an!"

„Emely, Emely, Emely. Ich dachte in all den Jahren wären wir so etwas wie Freundinnen geworden. Warum also bist du auf der Suche nach Grant?"

Emely antwortete ihr nicht, sondern spuckte sie nur an.

„Osiris bekommt immer was er will. Also, wir beide wissen, dass Grant Hawl nicht wirklich zurückgekehrt ist. Warum hast du dich als er ausgegeben? Warum wolltest du dich von uns gefangen nehmen lassen? Hm… Wegen ihr nehme ich an?! Ja…. auch wir sind auf die Idee gekommen, seine Tochter zu "fragen", ich bitte dich. Aber ich muss dich enttäuschen, sie weiß leider nichts."

„Was hast du mit ihr gemacht?"

„Dasselbe, was ich mit dir machen werde, wenn du mir nicht sagst, warum du auf der Suche nach Grant Hawl bist."

„Du weißt, ich werde dir nichts verraten. Egal, wie lange du mich folterst."

„Oh, das weiß ich, aber man wird es wohl doch versuchen dürfen, nicht wahr?"

Als sie ihren Satz beendete breitete Umbra ein Tuch aus. In diesem Tuch hatte sie Messer und andere Folterinstrumente.

„Weißt du, die Nexus haben allen Grund die Technik zu verabscheuen. Wenn ich nur sehe, wie die Menschen mit ihren "Handys" herumlaufen, verstehe ich auch, warum sie so schwach sind, aber eines muss man ihnen lassen. Die Folter profitiert von ihrem Fortschritt. Sieh nur hier, ein unglaublicher Handschuh. Sobald du ihn dir anziehst, bohren sich klitzekleine Nadeln unter deine Fingernägel. Ein wirklich unglaublicher Schmerz. Beeindruckend, nicht wahr?!"

„Ein Werkzeug für Feiglinge!"

„Oh ja, da stimme ich dir zu. Es nimmt einen dann doch irgendwie den ganzen Spaß. Es fehlt dabei einfach die Nähe, weißt du, was ich meine?"

Emely rollte nur mit den Augen und schaute immer wieder zur Tür hinüber. Leo und Ryo mussten jeden Moment hier auftauchen und dann konnte sie Umbra endlich ein für alle Mal töten.

„Erwartest du noch jemanden? Etwa Ryo und Leo?"

Emely machte große Augen, als sie ihre Namen erwähnte.

„Emely... Dachtet ihr wirklich ein Otter und ein Nashorn würden auf dieser Erde nicht auffallen? Ich bin mir sicher, meine Männer werden ihnen einen angemessenen Empfang bereiten."

Emely kämpfte und versuchte sich mit aller Kraft von den Ketten zu lösen, doch es brachte nichts. Sie versuchte ihre Kräfte einzusetzen, doch es gelang ihr nicht. Es war, als würde irgendetwas ihr Licht blockieren.

„Du brauchst dich gar nicht zu bemühen. Deine Kräfte funktionieren hier nicht. Shivana belegte dieses Gefängnis mit einem dunklen Zauber. Dein Licht ist hier drin wirkungslos."

Umbra nahm ein Messer und schnitt ihr damit in den Bauch, während sie ironisch fragte: „Also, bist du nun bereit zu reden?"

Emely schrie vor Schmerzen, doch blieb standhaft. Sie war sich sicher, dass Ryo und Leo es schon irgendwie zu ihr schaffen würden.

Die beiden schlichen sich gerade in das Gebäude, als sie von den Andeda überrascht wurden. Die Wachen umzingelten sie und richteten ihre Waffen auf sie.

„Sieht so aus, als schafften wir es wieder einmal nicht ohne unsere Kräfte", sagte Ryo.

„Wir sind immerhin schon weiter gekommen als das letzte Mal", erwiderte Leo.

Ryo versuchte erfolglos seinen Stab aus seiner Tasche zu ziehen. Er schaute noch einmal nach, ob das Holz noch in seiner Tasche war. Es war noch da, nur zusammensetzen konnte er es nicht.

„Also dann", sagte Leo und spannte seinen Bogen. Er versuchte seine Kräfte zu aktivieren, doch auch ihm gelang es nicht. Er bemühte sich zwanghaft, kniff seine Augen zusammen, konzentrierte sich auf sein Licht, doch nichts geschah.

„Oh Mann. Das ist mir ja noch nie passiert."

Ryo schaute ihn nur vorwurfsvoll an.

„Hey, das eine Mal auf Lima zählt nicht, das war nur wegen dem… Zauberer natürlich. Dann machen wir es wohl auf die altmodische Weise."

Leo wollte gerade einen Pfeil auf eine der Wachen abfeuern, als ihm sein Bogen aus der Hand geschossen wurde.

„Aua!", rief er aus Reflex.

„Okay, okay. Wir ergeben uns. Wir ergeben uns", fügte er hinzu und hob seine Hände. Ryo und Leo wurden Handschellen angelegt und in Emelys Zelle gebracht.

Umbra hatte sie in der Zwischenzeit weiter gefoltert, doch Emely verriet ihr nichts. Sie sagte kein Wort, doch Umbra kannte ihre vermeintliche Schwäche und wollte sie gegen sie einsetzen. Ryo und Leo wurden in die Zelle gebracht und auf die Knie vor Emely gezwungen.

„Es tut uns leid, Emely. Es war eine Falle", sagte Ryo zu ihr. Emely litt unter großen Schmerzen und antwortete etwas benebelt: „Schon okay."

Umbra nahm sich eines der Messer und hielt es Ryo an die Kehle.

„Also... Noch einmal. Was wisst ihr über Grant Hawl? Und warum seid ihr auf der Suche nach ihm?"

Die drei schwiegen nur. Leo überlegte, ob er Maggs um Hilfe bitten sollte, doch als er Emely mit diesem Blick anschaute, schüttelte sie leicht den Kopf.

„Niemand? Wirklich? Entweder ihr sagt mir, was ich wissen will, oder ich schneide eurem Freund hier die Kehle durch. Letzte Chance. Drei..."

Sie wurden nervöser. Überlegten was sie tun konnten. Ein Angriff wäre sinnlos. Umbra war ihnen dank ihrer Kräfte überlegen. Sie würde sie alle töten.

„Zwei..."

Sie wurden noch nervöser. Sie konnten ihr nicht die Wahrheit erzählen. Osiris würde sofort alles in Bewegung setzen, um Jay zu finden und zu töten, doch wollten sie wirklich Ryo dafür sterben lassen?

„Eins..."

Sie war kurz davor Ryo zu töten, doch Leo lenkte im letzten Moment ein.

„Warte! Stopp! Ich werde es dir verraten..."

Sie ließ locker und nahm das Messer von Ryos Kehle.

„Gut... Ich höre."

„Wir suchen Grant Hawl, weil uns er uns damals diese Bar hier empfohlen hat und wir sie einfach nicht finden können."

„Leo... Ich weiß es wirklich zu schätzen, dass du mir zumindest eine Antwort gegeben hast. Aber wir wissen beide, dass sie gelogen ist. Also sag Lebewohl zu deinem Ryo."

Sie setze das Messer wieder an und war drauf und dran ihn zu töten.

„Nein! Bitte nicht!", rief Leo, und in diesem Augenblick, stürmten einige Menschen durch die Tür und begannen auf die Andeda zu schießen. Umbra ließ das Messer fallen und griff zu ihrem Schwert. Einer der Männer nahm sich eines der Schwerter der Wachen und kämpfte mit ihr. Immer mehr dieser

Männer stürmten hinein und töteten die Wachen. Umbra sah sich geschlagen und ergriff die Flucht.

„Das hier ist noch nicht vorbei", sagte sie, als sie sich in einen Schatten auflöste und spurlos verschwand.

„Gott sei Dank. Wer seid ihr?", fragte Ryo die Männer, doch anstatt ihnen zu antworten, nahmen sie ihre Waffen und schlugen die drei bewusstlos. Sie befreiten Emely und Mandy von ihren Ketten und nahmen die vier mit sich.

Umbra floh von der Basis und suchte sich etwas außerhalb einen Ort, an dem sie ungestört war. Sie kniete sich auf den Boden und schloss ihre Augen. Ihre Kleidung war zerfetzt und einer der Männer traf sie mit einem Schwert an ihrer Schulter. Es war ein tiefer Schnitt, aus dem schwarzes Blut tropfte, doch Umbra nutzte diesen Schmerz und versuchte sich darauf zu konzentrieren. Kurz darauf öffnete sich vor ihr ein Portal, umhüllt von schwarzem Rauch. Das Portal führte sie direkt nach Fatum. Der Planet war umhüllt von Dunkelheit. Schon seit Jahren hatte es hier kein Sonnenlicht mehr gegeben. Es war trostlos und kalt. Sie stand direkt vor dem Palast, vor dem ein paar der Bestien umher streiften. Mit Hilfe ihrer Kräfte schlüpfte sie durch die Türen und begab sich zum Thronsaal.

Wieder einmal musste sie vor Osiris treten und ihr Versagen beichten. Sie hatte Angst, doch sie hatte keine Wahl. Er wusste mit Sicherheit ohnehin schon Bescheid. Die Türen öffneten sich und sie trat hinein, ging vor den Thron und kniete vor ihrem Meister nieder.

„Vergib mir, mein Herr. Ich habe versagt."

„Versagt?! Erkläre dich...", entgegnete Osiris ihr mit finsterer Stimme.

„Die Conexus. Sie waren auf Duran. Sie suchten dort nach Grant Hawl, wie ihr vermutet hattet. Ich hatte sie bereits, doch sie sind mir entkommen..."

„Enttäuschend... Wahrlich enttäuschend..."

„Es tut mir leid, mein Herr. Es wird nicht wieder vorkommen."

„Nein. Wird es nicht. Anubis wird sich ihrer annehmen. Dich…
erwartet eine Wiedergeburt…"
„Nein. Bitte. Bitte nicht. Es tut mir leid. Ich verspreche mich zu
bessern. Ich… *würg*"
„Osiris bewegte seine Hand ein wenig im Kreis und zog mit
seinen Kräften Umbras Seele aus ihrem Körper. Sie floss
geradewegs in seine Fingerspitzen. Dann fiel sie tot zu Boden.
„Anubis!", rief er.
Wieder öffneten sich die Türen des Thronsaals. Herein trat ein
Mann in schwarzer Rüstung und einem Umhang. Auf seinem
Kopf trug er eine Maske. Die Maske ähnelte einem Hund mit
langer Schnauze und abstehenden, spitzen Ohren. Abgerundet
wurde es durch goldene Verzierungen an seiner gesamten
Rüstung. Auf seiner Brust leuchtete ein Symbol in Gold. Ein
Ankh Kreuz in einem Halbmond. Er trat vor den Thron und
kniete nieder.
„Es ist an der Zeit", sprach Osiris.
„All die Jahre deiner Ausbildung werden sich nun bezahlt
machen. Gehe nach Duran. Finde sie. Du weißt, was du zu tun
hast."
„Wie ihr wünscht, mein Meister", sagte Anubis und öffnete ein
Portal hinter sich. Er wollte dadurch verschwinden, als Osiris
noch etwas hinzufügte.
„Anubis! Wir können uns keine weiteren Fehler erlauben, also
enttäusche mich nicht!"
Anubis nickte nur und verschwand in dem Portal.

Kapitel 8
Der Dragons Circle

Es ist kalt, als Ryo, Leo und Emely wieder zu sich kamen. In Ketten gelegt, öffneten sie nach und nach ihre Augen. Es ist dunkel, nur von oben scheint etwas Licht in den Raum. Es tropfte von der Decke und ein ekliger Gestank lag in der Luft.

„*stöhn*. Geht's allen gut?", fragte Emely.

„Bäh. Was für ein Gestank", stellte Leo fest, als er langsam wieder zu sich kam.

„Das nehme ich dann mal als ein "Ja"", erwiderte Emely.

Ryo zögerte nicht nach seinem Erwachen und löste seine Fesseln. Auch die der anderen wollte er lösen, doch sie hörten Schritte außerhalb des Raumes.

„Ryo, warte! Versteck deine Ketten!"

„Was? Wieso? Wir müssen von hier verschwinden!", warf Emely ein.

„Diese Leute haben uns vor Umbra gerettet. Sie sind also keine Anexus. Mich würde daher brennend interessieren, mit wem wir es hier zu tun haben. Also, wir warten. Lasst sie zu uns kommen", erklärte Leo sich.

Mit einem lauten Knarren öffnete jemand die stählerne Tür zu ihnen. Der Mann nahm sich den Stuhl, der neben der Tür stand und setzte sich vor die Drei.

„Also... Ein Mensch, ein Nashorn und ein Otter gehen in ein Gefängnis der Andeda... Wer von euch will mir verraten, wie der Witz weitergeht?"

„Oh, er ist einer von der Sorte. Ich hätte da einen Vorschlag, Dr. Fun. Warum erzählst du uns nicht wer du bist und was du von uns willst?!", entgegnete Leo ihm.

„An deiner Stelle, Kleiner, wäre ich lieber nicht so vorlaut. Ihr seid diejenigen, die gefesselt sind, also noch einmal. Wer seid ihr und was hattet ihr in diesem Gefängnis zu suchen?!"

„Ich würde dieses kleine Spielchen gerne noch weiterspielen, aber wir haben es wirklich etwas eilig", antwortete Leo und zeigte dem Mann seine kleinen, nicht länger gefesselten Hände.
„Was? Aber wie?"
„Ryo… Wenn du so nett wärst."
Ryo warf seine Ketten quer durch den Raum und nahm sich den Mann zur Brust. Er packte ihn an seinem Hals und drückte ihn hoch gegen die Wand.
Leo drehte sich zu Emely und sagte: „Siehst du? War doch viel lustiger so."
Emely verdrehte ihre Augen.
„Also nochmal. Wer bist du? Und warum hast du uns vor den Andeda gerettet?", fragte Leo weiter.
„Es war nie unser Ziel, euch zu retten… *würg*"
„Warum sonst wart ihr dort?"
Der Mann bekam nur noch schwer Luft, doch er schwieg.
„Ryo…"
Ryo festigte seinen Griff etwas und drückte ihn weiter gegen die Wand.
„Okay, okay", ächzte der Mann. „Ich sage es euch, also lasst mich runter!"
Leo nickte Ryo zu und er ließ locker.
„Du scheinst nicht überrascht, dass ein Otter und ein Nashorn sprechen können. Du kennst das Multiversum bereits, nicht wahr?", fragte Emely ihn.
„Natürlich…", antwortete dieser.
„Woher?", fragte Ryo.
„Nun, sagen wir ich bin ein alter Bekannter von Sagittario. Den Rest habe ich selbst herausgefunden."
„Du kennst Grant Hawl?!"
„Ihr wisst wer er ist?"
„Natürlich wissen wir wer Grant Hawl ist. Wir sind alte Freunde von ihm. Naja, oder so etwas in der Art."
Ryo ließ locker und stellte den Mann wieder auf seine Beine.
„Ihr seid Nexus…? Genau wie er… So konntet ihr euch also von euren Ketten befreien."

„Wer hat dir von den Nexus erzählt?", fragte Emely besorgt.
„Ich denke, wir haben einiges zu bereden. Besser ich bringe
euch zu den anderen."
„Anderen?", fragte Emely noch einmal.
„Ihr werdet schon sehen", antwortete er ihr und führte die Drei
heraus durch die Kanalisation zu einem riesigen Raum. Jetzt
erklärte sich ihnen auch dieser fiese Gestank, der sich Leo
immer wieder in die Nase bohrte.
„Habt ihr Leute mal versucht hier zu lüften? Ist ja widerlich."
„Luft ist ein Luxus, den wir uns in diesen Zeiten nicht leisten
können."
„Ah ja… Schon klar."
Der Raum, zu dem sie gebracht wurden, war voller Zelte und
Leute, die darin zu wohnen schienen.
„Willkommen im Untergrund."
„Was ist das hier?", fragte Emely.
„Die letzte Zuflucht der Leute, die bereit sind gegen die Andeda
zu kämpfen. Wir verstecken uns hier vor ihnen und versuchen
mit gezielten Angriffen ihre Armeen zu schwächen. Erfolglos.
Unglaublich, dass ich das mal sage, aber wir sind die Guten."
„Wir haben definitiv viel zu bereden", murmelte Ryo, als er all
diese Leute sah.
„Das kannst du aber laut sagen, Großer..."
Der Mann führte sie zu einem der größeren Zelte am Ende des
Raumes. In dem Zelt warteten bereits einige auf ihn, doch mit
ihren Gefangenen hatten sie nicht gerechnet. Neben zwei
Männern und einer Frau wartete auch Mandy bei ihnen. Aus
Angst hoben die Männer ihre Schusswaffen und zielten damit
auf die "Gefangenen".
„Schon okay. Sie sagen sie sind alte Freunde von Grant."
„Ich habe es euch gesagt, sie haben versucht mich zu retten",
fügte Mandy hinzu.
Sie senkten ihre Waffen wieder und steckten sie weg.
„Nun gut", sprach einer der Männer.
„Ich schätze, dass wir euch das nun glauben müssen. Mein
Name ist Nick. Das hier sind Octavia und Ray. Euer neuer

Freund da drüben ist James. Und Mandy scheint ihr ja bereits zu kennen."

„Freut mich euch kennen zu lernen. Ich bin Emely. Das hier sind meine Partner, Ryo und Leo."

„Also, ihr sagtet, ihr seid alte Freunde von Grant. Woher kanntet ihr ihn?", fragte Octavia.

„Hat er euch jemals von Fatum erzählt?", fragte Ryo.

„Dort hat er seine Kräfte bekommen..."

„Wir haben dort gelernt unsere Kräfte zu kontrollieren, ja. Er ist ein Conexus, genauso wie wir es sind."

„Ihr habt die gleichen Kräfte wie er? Mit eurer Hilfe könnten wir uns endlich zur Wehr setzen. Wir könnten unseren gesamten Planeten von Osiris Herrschaft befreien. Wir könnten...", plante Ray voller Euphorie.

„Tut mir leid, dass ich euch da enttäuschen muss,... aber wir sind nicht hier um eure Erde zu retten...", unterbrach Emely ihn.

„Warum seid ihr dann hier?", fragte Octavia mit kalter Stimme.

„Ja, warum, wenn nicht um uns zu retten? Ihr habt die Kraft, ihr habt die Macht es zu beenden.", fragte Ray gleich hinterher.

„So einfach ist das leider nicht. Osiris ist nicht irgendein dahergelaufener Schurke, der euren Planeten erobert hat. Er ist vermutlich das mächtigste Wesen im Multiversum, mit einer Armee die von Tag zu Tag wächst. Selbst wenn wir alle Andeda auf dieser Erde töten würden, würde es nichts bewirken...Er würde immer wieder neue schicken, bis er uns alle getötet hat. Es tut mir leid, dass ich euch da enttäuschen muss."

„Also, was du eigentlich sagen willst ist, dass wir ihn nicht besiegen können. Dass dieser ganze Widerstand sinnlos ist und wir uns Osiris geschlagen geben sollen?!", fragte Ray.

„Kein Widerstand gegen Osiris ist sinnlos, doch eure Erde retten könnt ihr nicht, nein."

Die anderen schienen durch diese Antwort sehr verängstigt, doch Octavia reagierte mit Unverständnis. „Nein. Das glaube ich nicht!"

„Octavia. Wann immer wir die Andeda angegriffen haben, kamen sie immer stärker zurück. Wir haben keine Ahnung was in dem Multiversum vor sich geht. Sie offenbar schon. Es ergibt alles einen Sinn", versuchte Ray sie zu beruhigen. Octavia schaute sich um und sah nur Zustimmung in den Gesichtern der Anderen.

„Das kann doch nicht euer Ernst sein. Wir haben schon andere Bedrohungen besiegt, und ihr wollt jetzt aufgeben? Grant würde sich für euch schämen, wenn er noch hier wäre."

„Bei allem Respekt, was auch immer das für Bedrohungen waren. Einem wie Osiris standet ihr noch nie gegenüber", schob Ryo ein.

„Ich brauche etwas Luft", sagte Octavia und stürmte aus dem Zelt.

„Das dürfte schwer werden hier unten", murmelte Leo. Emely schaute ihn mal wieder nur enttäuscht an.

„Tut mir leid…"

„Ich rede mit ihr", sagte Ray und lief ihr nach.

„Also, ihr seid sicher nicht nur hierher gekommen, um uns zu sagen, dass wir verloren sind. Warum seid ihr hier?", fragte James ein letztes Mal.

„Nein", antwortete Emely. Wir sind auf der Suche nach Grant. Wir brauchen seine Hilfe."

„Nun, die brauchen wir alle, aber Grant ist schon seit Jahren verschwunden. Wir wissen leider nicht wo er ist", sagte Nick.

„Wie lange genau ist er bereits verschwunden?"

„Seit fünf Jahren…", antwortete Mandy.

Die Drei wussten, dass es unmöglich ein Zufall sein konnte, dass er um den schwarzen Tag verschwand.

„Was? Sagt euch das etwas?"

„Vor fünf Jahren am schwarzen Tag übernahm Osiris die Macht und ließ die meisten Conexus quer durch das Multiversum töten", erklärte Ryo.

„Ihr denkt, dass mein Vater auch an dem Tag getötet wurde?"

149

Ryo wollte ihr zustimmen, doch Emely war da anderer Meinung.

„Nein. Als Umbra mich verhörte, wollte sie wissen, was ich über Grant weiß. Sie sagte, Osiris sei ebenfalls auf der Suche nach ihm."

„Also ist mein Vater noch am Leben?!", fragte Mandy voller Hoffnung.

„Davon gehe ich aus, ja. Das bedeutet, dass wir ihn vor ihnen finden müssen und dafür brauchen wir eure Hilfe. Hat er vielleicht irgendeinen Hinweis auf seinen Verbleib gegeben, bevor er verschwunden ist?"

„Nein. Er ist einfach verschwunden. Von einen Tag auf den anderen, ohne sich zu verabschieden", antwortete Mandy.

„Euer Sagittario hatte doch sicher ein Team um sich, wissen die vielleicht etwas?", fragte Leo.

„Nick und die anderen hier waren sein Team."

Nick reagierte nicht und hatte sich in einem Gedanken verloren.

„Nick?"

„Tut mir leid, nein. Ich weiß auch nichts…"

Währenddessen ging Octavia zu ihrem Zelt und holte ihre Waffen. Sie nahm sich ein Messer und eine Pistole und wollte davon stürmen.

„Octavia warte! Was hast du vor?"

Sie ging weiter und versuchte Ray abzuwimmeln.

„Lass mich einfach."

„Octavia!"

„Was?"

„Was hast du vor? Da Raus gehen und all die Andeda allein ausschalten?"

„Wenn es sein muss. Offenbar ist dazu ja keiner von euch bereit… Ihr könnt doch nicht wirklich einfach aufgeben wollen, nur weil irgendwelche daher gelaufenen Zirkustiere uns weismachen wollen, dass alles, was wir bisher getan haben, sinnlos war."

„Octavia, sieh dich doch mal um. Wir haben all diese Menschen vor Osiris gerettet. Das allein muss doch schon etwas Wert sein. Wir haben wirklich etwas bewirkt."

„Doch noch nicht genug. Wir können diesen Krieg immer noch gewinnen."

„Das können wir nicht! Sieh dich doch nur um. Die Menschen hier haben sich unserer Sache verschrieben, doch sieh sie dir an. Sie haben bereits jede Hoffnung verloren... Und da zähle ich mich auch dazu... Ja ich weiß. Das, was diese Wesen uns erzählt haben, lässt alles in den vergangenen Jahren so unnötig erscheinen, aber das war es nicht. Wir haben weiter gemacht, so wie Grant es gewollt hätte. Er wäre stolz auf das, was wir geleistet haben. Er wäre stolz auf dich!"

Octavia gingen diese Worte sichtlich nahe.

„Er fehlt mir nur so schrecklich..."

Ray nahm sie tröstend in den Arm und flüsterte ihr ins Ohr: „Ich weiß. Mir fehlt er auch."

„Aber es wird Zeit, dass wir den anderen die Wahrheit über Grant erzählen. Wenn wir eine Chance haben wollen, müssen wir uns vertrauen und mit offenen Karten spielen. Der Otter und das Nashorn scheinen dafür unsere beste Chance zu sein", fügte er lachend hinzu.

Mit einem Lächeln ließ Octavia ihr Messer und ihre Pistole fallen und begleitete Ray zurück zu den anderen.

Ruckartig betrat sie das Zelt, holte einen Zettel aus ihrer Tasche und legte ihn auf den Tisch in der Mitte. Auf diesem Papier war ein länglicher Drache, der einen Kreis formte, zu sehen.

„Okay? Was genau soll das sein?", fragte Leo irritiert.

„Ich habe euch angelogen."

„Euch alle", fügte Octavia hinzu, als sie zu Mandy blickte.

„Schon lange bevor Grant verschwand, hatte er diese Träume.... Zuerst waren sie nur das, Träume. Nach einiger Zeit dann, traten diese Träume auch tagsüber auf. Er sah immer wieder eine Dunkelheit und einen Jungen, der sie aufhalten konnte."

„Jay", murmelte Emely.

„Mit der Zeit wurde es immer schlimmer. Zum Schluss begann er Schlaf zu wandeln und dieses Symbol hier zu malen. Manchmal mit Stiften, doch oft verletzte er sich und malte sie mit seinem Blut. Die ganze Wohnung war voll mit diesem Symbol, aber er konnte sich nie an etwas erinnern. Wir haben versucht alles Mögliche über dieses Symbol herauszufinden, doch ohne Erfolg. Es tut mir leid, dass ich es euch nicht früher gesagt habe,… doch ich wusste einfach nie wie."

Mandy und Octavia begannen beide zu weinen. Sie konnten ihre Trauer, ihre Tränen, nicht mehr zurückhalten. Octavia erwartete Wut. Sie wusste, wie sie in so einer Situation reagiert hätte, doch zu ihrer Überraschung umarmte Mandy sie.

„Ist schon okay… Ich weiß, du hast alles in deiner Macht stehende versucht, um ihn zu finden."

Mit einem stolzen Blick schaute Octavia sie an und wischte ihr eine Träne aus dem Gesicht.

„Dein Vater wäre so stolz auf die unglaubliche Frau, die du geworden bist."

Dann wandte sie sich leicht weinerlich wieder dem Symbol zu und fragte die anderen: „Also… Könnt ihr vielleicht etwas mit dem Symbol anfangen?"

„Tut mir leid, nein", antwortete Emely und schaute zu Ryo und Leo.

„Was siehst du mich so an? Wir haben schon viel gesehen, ja… Aber Drachen fehlen uns noch in unserem Lebenslauf", reagierte Leo.

„Ich kenne es", sagte Ryo

„Warte, was? Woher?", fragte Leo schockiert.

„Ich habe es schon einmal gesehen… Bei Cornelius Maggs."

„Was hat es zu bedeuten?", fragte Octavia.

„Ich… Ich weiß es nicht. Es ist schon zu lange her. Tut mir leid."

„Schon gut, Ryo. Zumindest haben wir jetzt einen Anhaltspunkt, was mit Grant geschehen sein könnte. Vielleicht weiß Ted etwas darüber. Ich denke, es wird Zeit ihn zu kontaktieren", sagte Emely.

Ryo zog einen schwarzen Stein aus seiner Tasche und verschloss ihn in seiner Hand. Es war kein gewöhnlicher Stein. Innerhalb war ein weißer Rauch zu sehen, der zu leuchten begann. Ryo schloss seine Augen und konzentrierte sich auf den Stein. Octavia und die anderen schauten ihn nur verwirrt an. „Würdet ihr uns einen Moment geben?", bat Emely sie. Auch wenn sie nicht sehr begeistert waren aus ihrem eigenen Zelt geworfen zu werden, verließen Octavia, Mandy, Ray, Nick und James das Zelt wieder. In dem Moment, in dem der Letzte von ihnen das Zelt verließ, begann der Stein in Ryos Hand noch stärker zu leuchten. Dann, wie aus dem nichts, stand Theodore Maggs vor ihnen. „Habt ihr etwas gefunden?", fragte er die Drei sofort. „Hey Leute. Schön, dass es euch gut geht. Ich habe mir schon Sorgen gemacht, weil ihr euch so lange nicht gemeldet habt. Oh ja, uns geht es gut soweit. Danke der Nachfrage Ted", entgegnete Leo seiner schnellen Frage ironisch. Maggs schaute ihn nur verwundert an und fragte erneut: „Also, habt ihr etwas?" Emely nahm das Stück Papier mit dem Symbol darauf und zeigte es Maggs. „Was ist das?", fragte er. „Wir hatten gehofft, du könntest uns das verraten."

Es war spät in der Nacht und Jay versuchte gerade zu schlafen, als er Stimmen hinter dem Haus hörte. Er zog sich kurz etwas über und schlich hinaus. Leise schlich er die Hauswand entlang und spähte um die Ecke. Er konnte es gar nicht glauben. Es waren Ryo, Leo und Emely, die mit Maggs dort standen. Mit Sicherheit waren sie gerade erst zurückgekommen. Er wollte sie begrüßen, doch ihre besorgten Gesichter verrieten ihm, dass sie wohl etwas Wichtiges zu besprechen hatten. Jay wartete hinter der Hausecke und lauschte weiter dem Gespräch.

„Grant konnten wir nicht finden, dafür aber einige seiner Freunde. Offenbar war er eine Art Superheld für die Leute hier. Seine... Was auch immer, zeigte uns dieses Symbol. Sie sagte, bevor er verschwand hatte er oft diese Träume von der Dunkelheit und einem Jungen der sie aufhalten kann…“, erklärte Emely.

„Jay…“, murmelte Maggs.

„Das denke ich auch. Außerdem zeichnete er bevor er verschwand dieses Symbol überall hin.“

„Es kommt mir vertraut vor, aber… ich weiß nicht wo ich es schon einmal gesehen habe“, stellte Maggs fest.

„Ich schon“, sagte Ryo.

„Ich habe es schon einmal bei deinem Vater gesehen.“

„Weißt du was es bedeutet?“

„Nein, leider nicht, aber ich weiß, dass es für deinen Vater von großer Bedeutung war.“

„Hm…. Wenn es mit meinem Vater zu tun hat, weiß Winston vielleicht mehr darüber. Ich werde mit ihm sprechen.“

Emely übergab das Papier an Maggs. Er nahm es, faltete es und verstaute es in eine seiner Taschen.

„Wenn Grant bereits Visionen von der Dunkelheit und Jay hatte, weiß er bereits Bescheid. Wir sind auf dem richtigen Weg. Sobald wir ihn finden, bin ich mir sicher, dass er Jay ausbilden wird. Das könnte wirklich der Durchbruch sein, den wir gebraucht haben.“

„Ich hoffe wirklich, dass du Recht hast.“

Jay war schockiert von dem, was er da hörte. Wer war nur dieser Grant und warum sollte er ihn ausbilden? Wollte Maggs ihn etwa nicht mehr als Schüler? Jay wollte Antworten und zwar sofort! Er kam hinter der Ecke hervor und konfrontierte ihn.

„Wann wolltest du mir davon erzählen?!“

Maggs erschreckte sich und Emely, Ryo und Leo verschwanden wieder. Jay war verwirrt, verstand nicht, was da gerade passiert war, doch er wollte sich nicht ablenken lassen.

„Jay…“, murmelte Maggs erneut.

„Ich dachte, du würdest mich ausbilden… Wer ist dieser Grant Hawl?“

„Das… ist kompliziert…“

„Kompliziert? Ich dachte nach unserer gemeinsamen Reise würdest du mich endlich anerkennen und mir vertrauen, aber du verheimlichst immer noch Dinge vor mir. Ich dachte wir wären so etwas wie Freunde..."

„Ich habe kein Interesse daran mir neue Freunde zu machen. Alles was mich interessiert ist Osiris aufzuhalten! Du bist einfach noch nicht bereit für die ganze Wahrheit..."

Jay war erschüttert und wusste nicht mehr, was er sagen sollte. Also ging er.

„Jay, wo willst du hin?!"

„Keine Angst, ich habe nicht vor wegzulaufen. Ich habe dir gesagt, ich helfe dir dabei Osiris aufzuhalten, und anders als du, stehe ich zu meinem Wort... Wir sehen uns morgen früh zum Training..."

Vor lauter Wut, hob Maggs einen Stein vom Boden auf und warf ihn mit voller Wucht den Berg hinunter.

Währenddessen überlegten Octavia, Mandy und die anderen sich ihre nächsten Schritte. In ihrem Zelt aßen sie zu Abend und diskutierten über ihr weiteres Vorgehen.

„Also, wie sieht der Plan aus? Wir helfen ihnen Grant zu finden und dann? Denkt ihr wirklich er schert sich um uns? Um Duran? Wenn es so wäre, hätte er uns niemals verlassen."

„Ich fasse es nicht, dass ich das sage, aber ich stimme James zu", sagte Mandy.

„Was?", fragte Octavia irritiert.

„So gerne ich meinen Vater auch Wiedersehen würde, er hat sich für einen anderen Weg entschieden. Und selbst wenn nicht, wäre durch seine Rückkehr der Krieg noch lange nicht vorbei. Es fällt mir schwer das zu sagen, aber das hier ist einfach eine Nummer zu groß für uns."

„Also, was haben wir jetzt vor?", fragte Ray.

„Ganz ehrlich? Ich weiß es nicht...", antwortete Octavia.

„Ich schon", sagte Emely, als sie leise das Zelt betrat.

„Habt ihr schon etwas über das Symbol herausgefunden?", fragte Octavia sofort.

„Nein, noch nicht. Wir arbeiten noch daran. In der Zwischenzeit, haben wir aber noch etwas zu besprechen."

„Willst du uns wieder erzählen, dass unser Widerstand sinnlos ist und uns unsere Hoffnung nehmen?!", fragte James ironisch.

„Nein. Ich möchte euch welche geben. Vielleicht habe ich mich vorhin etwas unglücklich ausgedrückt. Wie gesagt, kein Widerstand gegen Osiris ist sinnlos. Wir selbst sind Teil eines größeren Widerstandes. Die verschiedensten Wesen von den verschiedensten Planeten haben sich uns bereits angeschlossen. Wir haben Kämpfer überall im Multiversum, doch unser Widerstand verliert an Stärke. Oder viel mehr gewinnt Osiris zu schnell an Stärke, daher könnten wir eure Hilfe gebrauchen."

„Wir hatten sowieso vor, mit euch zu kommen", antwortete Octavia.

„Was?", fragte Emely irritiert.

„Ich nehme an, ihr werdet Grant suchen gehen. Wir werden euch dabei begleiten."

„Das habe ich damit nicht gemeint. Ich weiß, ihr wollt euren Freund retten, doch es ist zu gefährlich. Wir können euch nicht mitnehmen."

„Wir können gut auf uns selbst aufpassen."

„Ich weiß, und genau deswegen werdet ihr hier gebraucht, doch der Tag wird kommen, an dem wir unsere Kräfte vereinen müssen, um Osiris ein für alle Mal zu besiegen und wenn dieser Tag gekommen ist, wäre es schön, wenn wir auf euch zählen können."

„Dieser Junge von dem Grant geträumt hat... Ihr habt ihn gefunden, richtig?", fragte Octavia weiter.

„Jay... Er ist der Erlöser. Er wird uns alle retten und wenn es soweit ist, müssen wir bereit sein."

„Und wie genau denkst du wird das aussehen? Wenn ich euch so ansehe, gehe ich nicht davon aus, dass ihr ein multiverselles Telefon habt, und selbst ich bräuchte etwas, um so etwas zu bauen", bemerkte James skeptisch. Emely holte einen Stein aus einer ihrer Taschen und legte ihn Octavia in die Hände.

„Wann immer der Tag auch kommen mag, wird uns dieser Connector zusammenbringen."

„Wie funktioniert er?"

„Wenn es soweit ist, wirst du es wissen."

Octavia bewunderte den schwarzweißen Stein und steckte ihn in ihre Tasche. Sie bedankte sich bei Emely mit einem Lächeln und fragte sie: „Wo werdet ihr jetzt hingehen?"

„Zurück zu unserem Team. Dann werden wir uns gemeinsam auf die Suche nach Grant machen."

„Wenn ihr ihn findet, dann... sagt ihm bitte, dass seine Familie ihn vermisst und auf ihn wartet."

„Das werden wir", antwortete Emely und schüttelte Octavia zum Abschied die Hand.

Somit begaben sich Emely, Leo und Ryo durch das Portal am Hafen zurück auf Nova Lux und suchten sich eine Unterkunft in Luxtra. Ryo und Leo klopften spät in der Nacht bei einem ihrer alten Freunde und baten ihn um ein Zimmer. Noch in dieser Nacht nahm Ted wieder Kontakt zu ihnen auf. Ryo holte seinen Connector hervor und wieder sahen sie Ted genau vor sich.

„Konntest du bereits Kontakt zu Winston aufnehmen?", fragte Emely ihn.

„Er sollte sich uns jeden Moment anschließen."

„Was ist mit dir und Jay?"

„Er hat uns belauscht, als wir über Grant gesprochen haben. Er weiß, dass wir ihn von Grant ausbilden lassen wollen."

„Ich hoffe, du hast ihm gesagt warum."

Ted senkte nur leicht seinen Kopf.

„Oh Ted..."

„Alter, selbst ich weiß, dass das dumm war", sagte Leo.

„Was hätte ich ihm denn sagen sollen?"

„Die Wahrheit?!"

Ted rollte mit den Augen.

„Ted, ich weiß du magst den Jungen nicht besonders, aber ob es dir gefällt oder nicht, er ist ein Teil unseres Teams. Es wird endlich Zeit, dass du ihn auch so behandelst."

„Ich weiß…", sagte Ted, während eine weitere Person neben ihnen erschien.

Es war Winston. Winston war ein Elf, der vor sehr lange Zeit nach Fatum kam. Anders als andere jedoch entscheid er sich dazu mit Hilfe seiner Kräfte die Magie seiner Heimatwelt in sich zu verstärken. Es war weder ein Meister, noch ein Großmeister, doch das machte ihn so besonders. Er trug eine militärische Uniform, auf dessen Brust das Symbol der Conexus gestickt war.

„Winston, es ist schön euch endlich wieder zu sehen", begrüßte Ted ihn.

„Die Freude ist ganz meinerseits, Theodore. Also, was bringt uns an diesem Abend zusammen?"

„Wir haben Neuigkeiten über Grant Hawl."

„Du hältst also immer noch an diesem Plan fest. Ich möchte dich nur noch einmal daran erinnern, dass Grant ein Verrückter war. Ein Wissenschaftler, der die Existenz des Connectors selbst in Frage stellte und soweit ich mich erinnere, hatte euer Vater ihn verbannt und das nicht ohne Grund."

„Danke", rief Leo, der sich in seiner Annahme ein weiteres Mal von Winston bestätigt sah.

„Wir haben uns auf die Suche nach ihm gemacht und konnten seine Heimatwelt finden, Duran", erzählte Ted weiter, als hätte Winston nie etwas gesagt.

„Was genau erhofft ihr euch davon? Grant ist ein Verrückter, ein Ausgestoßener."

„Dennoch war er drauf und dran ein Großmeister der Conexus zu werden und genau so jemanden brauchen wir, um Jay ausbilden zu können."

„Nachdem er verbannt wurde, kehrte er auf seine Heimatwelt zurück und sorgte mit Hilfe seiner Kräfte für ihre Sicherheit. Er scheint kein schlechter Mensch zu sein", warf Emely ein.

„Da wäre ich mir nicht sicher. Ich hoffe, ihr wisst, worauf ihr euch da einlasst. Also, was für Neuigkeiten habt ihr bezüglich Grant?"

„Wie sich herausgestellt hat, verschwand Grant um den schwarzen Tag. Er verließ seine Freunde, seine Familie, ohne ein Wort zu sagen. Alles, was von ihm zurück blieb, war dieses Symbol."

Maggs holte das Stück Papier aus der Tasche und zeigte es Winston. Seine Pupillen erweiterten sich, als er das Symbol darauf erblickte.

„Ryo hat dieses Symbol schon einmal bei meinem Vater gesehen, wir hatten gehofft, dass du uns sagen könntest, was es bedeutet."

Winston starrte nur so auf dieses Symbol.

„Du erkennst es, oder?"

„Ja... Es ist das Symbol des "Dragon Circle"."

„Der Dragon Circle? Noch nie davon gehört", sagte Leo.

„Zur Zeit der Rassenkriege war Cornelius wie besessen davon...Er war sich sicher, in ihnen den Schlüssel zum Ende des Krieges gefunden zu haben."

„Was ist der Dragon Circle??"

„Es ist eine uralte Sage der Nexus. Ein Orden von abtrünnigen Meistern, der so alt ist wie die Nexus selbst. Der Legende nach prophezeiten sie schon früh das Ende der Welten und der Nexus voraus. Die Gründer des Ordens wurden von den Nexus verbannt, doch ihre Bestimmung gaben sie nicht auf. Sie beschützten die Welten aus dem Schatten heraus. Dein Vater war sich damals sicher, dass wir mit ihrer Hilfe den Krieg ein für alle Mal beenden könnten. Für mich war es nie mehr als eine Geschichte, ein Märchen, doch dass nun auch Grant von diesem Symbol besessen scheint, kann unmöglich ein Zufall sein..."

„Ich habe alle Tagebücher meines Vaters zu dieser Zeit gelesen, er hat nie etwas von dem Dragon Circle erwähnt."

„Das wundert mich nicht... Nicht einmal deiner Mutter erzählte er von seinem Vorhaben. Auch ich habe es erst Jahre später erfahren. Hätte Luciant ihn damals nicht von dem Gewand des Königs überzeugt, dann wäre dein Vater vielleicht..."

„Hat er dir erzählt, wo er nach dem Dragon Circle suchen wollte?"

„Ratava."

„Ratava? Noch nie davon gehört", warf Leo besorgt ein.

„Das habe ich auch nicht. Doch Cornelius erzählte mir, dass er dort nach dem Orden suchen wollte. Mehr Wissen über diese Welt habe ich leider auch nicht", sagte Winston.

„Denkst du, du könntest mit deinen Kräften diese Welt ausfindig machen, Winston?", fragte Ted hoffnungsvoll.

„Sie ausfindig machen? Vielleicht, doch wann immer ich meine Kräfte einsetze, laufen wir Gefahr Osiris in die Karten zu spielen. Sobald ich diese Welt gefunden habe, müssen wir damit rechnen, dass er uns finden wird."

„Dann müssen wir schneller dort sein, als er uns finden kann."

„Ted, das ist zu riskant. Wenn Osiris uns findet, bevor wir Grant finden, oder noch schlimmer, wir ihn direkt zu ihm führen...", warf Emely ein.

„Haben wir denn eine Wahl?!"

Winston streichelte sich mit seiner Hand bedenklich über seinen Kopf.

„Wir haben keine Zeit diese Welt auf eine andere Weise zu finden. So riskant es auch sein mag, es ist unsere einzige Chance", fügte Ted hinzu.

„Ryo, Leo? Was sagt ihr dazu?", fragte Winston.

„Wenn wir aus Angst aufhören Risiken einzugehen, hat Osiris dann nicht bereits gewonnen?", antwortete Ryo.

„Ich hätte es besser nicht sagen können."

„In Ordnung. Ich vertraue darauf, dass ihr wisst, was ihr tut. Ich bereite alles für eure Ankunft nächsten Monat auf Mystico vor."

„Nein. Wir kommen früher. Schon morgen werden Jay und ich nach Luxtra kommen und uns mit den anderen auf den Weg zum Portal begeben."

„Äh... Teddy, dir ist aber schon klar, dass das Portal sich erst in sechs Wochen öffnet, oder? Ich meine, klar, der Weg ist lang und Dank dem Großen hier, müssen wir wohl wieder zu Fuß latschen, aber dafür brauchen wir nicht einmal sechs Tage", sagte Leo.

„Ich weiß, doch Umbra und die Andeda könnten euch bereits gefolgt sein. Wir dürfen keine Zeit verlieren."

„Also, wie hast du vor das Portal zu öffnen?", fragte Emely neugierig.

„Gar nicht. Jay wird es öffnen."

„Sorry, aber hast du zu lange an Karaman Pisse geschnüffelt?!", erwiderte Leo.

„Ich habe mein Leben lang Portale und die Verbindungen der Welten studiert und nicht einmal ich wäre in der Lage es zu öffnen. Nur ein wirklich mächtiger Großmeister wäre zu so etwas fähig", sprach Winston.

„Ich stimme Winston nur ungerne zu, aber er hat Recht. Du selbst sagst doch immer wieder, dass der Junge Zeit braucht und er noch nicht soweit ist. Warum denkst du, dass er dieser Aufgabe gewachsen ist?", fügte Emely hinzu.

„Ganz ehrlich? Ich weiß es nicht… Es ist mehr ein…"

„Gefühl", unterbrach Winston ihn.

„Ja."

„Ich hoffe, dass du mit diesem Gefühl richtig liegst", fuhr Emely fort.

„Nun gut. Ich werde mich sofort an die Arbeit machen und alles für eure Ankunft vorbereiten. Sobald ihr hier eintrefft, werden wir mit dem Widerstand weiterziehen. Seid vorsichtig und gebt gut auf euch Acht. Bis zum nächsten Wiedersehen, meine Freunde."

Emely, Ryo und Leo verbeugten sich leicht und verabschiedeten sich von ihnen. Ted hatte dasselbe vor, doch Winston hielt ihn noch auf.

„Ted. Ich hörte von einer kleinen Auseinandersetzung mit unserem jungen Freund."

„Wie hast du…? Er hörte, wie wir über Grant und seine Ausbildung sprachen."

„Ich will dir nicht vorschreiben, wie du mit dem Jungen umgehen sollst. Ich bin mir sicher, du wirst ein großartiger Lehrmeister, doch eins sollte dir bewusst sein. Sobald Osiris von Jay erfährt, wird er versuchen ihn auf seine Seite zu ziehen. Er wird ihn mit denselben falschen Versprechungen locken wie all die Schüler vor ihm, und wenn dieser Tag gekommen ist, und Jay sich von dir vernachlässigt fühlt… Er ist mehr als nur irgendein Schüler, er ist unsere letzte Hoffnung. Wir dürfen auf gar keinen Fall zulassen, dass er in die falschen Hände gerät."

„Das kann nicht dein Ernst sein…", sagte Ted entsetzt, doch Winston verzog keine weitere Miene.

„Du willst, dass ich den Jungen töte?"

„Natürlich möchte ich nicht, dass du den Jungen tötest. Alles, was ich sage, ist, dass es verheerende Folgen haben könnte, sollte sich der Junge Osiris anschließen. Und wenn es soweit kommen sollte, solltest du dich an deine Pflichten als Nexus erinnern", erklärte Winston.

„Ich verstehe", sagte Ted und beendete das Gespräch umgehend.

Kapitel 9
Der Aufbruch

Als Jay am nächsten Morgen aus einem unruhigen Schlaf erwachte, stellte er fest, dass Maggs dieses Mal nicht draußen auf ihn wartete. Er stand in der Küche und packte die wenigen verbliebenen Lebensmittel in einen großen Rucksack.

„Machst du dich jetzt auch auf die Suche nach diesem Grant?", fragte Jay.

„Nein. *Wir* machen uns auf die Suche. Jay, du hattest Recht. Es wird Zeit, dass ich dich wie ein Mitglied meines Teams behandle. Wir brechen sofort auf. Hier, nimm den Rucksack und pack deine Sachen."

„Wow, du bist wirklich schlecht darin, dich zu entschuldigen."

„Das war keine Entschuldigung", erwiderte er nur und drückte Jay den Rucksack in die Hand.

Jay ging zurück in sein Zimmer und packte ein paar seiner Lumpen in den Rucksack. Das war's. Viel mehr an Besitz hatte er ja auch gar nicht. Noch bevor er sein letztes Hemd in dem Rucksack verstaute, klopfte es an der Tür. Maggs öffnete die Tür, ohne auf eine Antwort zu warten und warf eine Jacke und eine lange Hose vor Jays Füße.

„Da wo wir hingehen, kannst du nicht so rumlaufen."

Jay faltete die Sachen auseinander und schaute sie sich an. Farblich hatte sich nichts verändert. Sie hatten immer noch dieses nichtssagende Beige. Die Jacke hatte eine leichte, etwas dunklere Schulterpolsterung und eine Kapuze. Zusammengehalten wurde sie durch einen Gürtel um seinen Bauch. Dazu eine farblich passende, langweilige Hose. Er zog sich die Sachen über und begab sich nach draußen. Auf seinem Weg sah er Maggs in einem der hinteren Zimmer. Er öffnete die Tür ein bisschen weiter und riskierte einen kleinen Blick.

„Woow", dachte er sich, als er all die Waffen in dem Waffenschrank sah. Maggs nahm sich gerade eines der Schwerter heraus und verstaute es in einer Halterung auf seinem

Rücken. Jay war immer noch begeistert, als er wieder dieses edle Gewand in der Vitrine sah, doch Maggs drängte ihn aus dem Raum und schloss die Tür hinter ihnen.

„Warum trägst du eigentlich diese alten Lumpen und nicht das Gewand deines Vaters?"

„Unwichtig", antwortete er nur.

„Hey, ich dachte du wolltest anfangen, mich als Teammitglied zu sehen."

„*Seufz*. Zum einen brauchen wir diese Lumpen. Mit so einem Gewand würden wir zu leicht auffallen. Zum anderen verleiht es einem Nexus unglaubliche Kraft."

„Und warum trägst du es dann nicht?"

„Es ist nur den mächtigsten Nexus bestimmt. Wer immer dieses Gewand trägt und dessen nicht würdig ist, wird es nicht überleben. So sagt es die Legende."

„Und ich dachte, du und dein Vater hättet nur nicht dieselbe Größe…"

Wieder schaute Maggs ihn nur verwundert an.

„Nicht witzig. Schon verstanden. Also, wo genau gehen wir hin?", fragte Jay kurz nach ihrem Aufbruch.

„Mystico."

„Eine weitere Erde?"

Maggs nickte. „Wir werden die anderen in Luxtra treffen. Von dort aus werden wir uns dann auf den Weg machen."

„Und Luxtra war?"

„Die größte und einzige Stadt hier auf Nova Lux und ein multiverseller Handelsknotenpunkt. Die Wesen unterschiedlichster Welten finden sich dort zusammen."

„Du meinst Wesen wie Ryo und Leo?"

„Glaub mir, es gibt noch ganz andere Wesen da draußen."

Jay und Maggs machten sich gemeinsam mit Luna auf den Weg nach Luxtra. Der Marsch dorthin dauerte bereits mehrere Stunden, doch Jay kam es nicht annähernd solange vor. Da Maggs wie gewöhnlich nicht besonders viel redete, beobachte er umso genauer die neuen Umgebungen. In einem Wald sah er mehrere faszinierende Pflanzen, die wunderschön waren. Er sah

Wesen, die er noch nie gesehen hatte. Er sah einen riesigen weißen Wolf mit Flügeln. Auf einer Wiese sah er große, Schweine ähnliche Wesen, die vom Gesicht jedoch eher einer Kuh ähnelten, aber er sah auch Wesen, die er bereits kannte. Manti, Karamane oder auch einfache Pferde. Als sie nach mehreren Stunden einen Berg hinaufstiegen, hing Jay ein wenig hinterher. Maggs war schon bereits oben auf und blickte in die Ferne. Als Jay oben war, sah er es dann auch. „Willkommen in Luxtra", sagte Maggs.

Sie sahen auf eine riesige Stadt, die von einer gigantischen Mauer umringt war. Umgeben von einem Mauergraben, war eine Zugbrücke der einzige Weg in die Stadt. Im Zentrum der Stadt ragte ein riesiger Palast heraus, der Jay vom Baustil an ältere, asiatische Bauwerke erinnerte.

„Woow", staunte er nur.

„Dann wollen wir mal", sagte Maggs und ging voran.

Jay blieb noch etwas stehen und folgte ihm dann.

„Jay, bevor wir in die Stadt gehen, solltest du noch ein paar Dinge wissen."

„Und was?", fragte er, in der Befürchtung, dass jetzt nichts Gutes folgen würde.

„Nun... Nova Lux war schon immer eine Welt, die sich von den Nexus distanzierte. Sie wollten nie wirklich etwas mit uns zu tun haben. Und jetzt, da die Anexus willkürlich Welten angreifen, geben sie nicht nur ihnen die Schuld, sondern allen Nexus."

„Also auch uns...", unterbrach Jay ihn.

„Ganz genau. Es wäre also von großem Vorteil, wenn niemand weiß, dass wir Conexus sind. Also, egal was passiert, setze auf keinen Fall deine Kräfte ein."

„Ja, verstehe."

An der Brücke angekommen wurden Jay und Maggs von zwei Wachen in einer Rüstung kontrolliert. Jay versuchte dabei nicht komisch zu gucken, denn bei den Wachen handelte es sich um humanoide Löwen, die eine ihm fremde Sprache sprachen.

„Waios resentus ai yeur aanrivee sus?", fragte ein Wächter. Jay verstand kein Wort.

„Wos oi eos pasí. Wos vesque vonhoy", antwortete Maggs.

Jay war überrascht. Niemand hatte ihm gesagt, dass hier eine andere Sprache gesprochen wird, und, dass Maggs sie auch noch konnte, aber er hatte ihm auch nicht wirklich viel über diesen Ort erzählt.

„In Ordnung, öffnet das Tor!", rief die Wache.

Das Tor öffnete sich und Jay war erleichtert, dass er doch noch etwas verstehen konnte.

„Was haben sie gewollt?", fragte Jay.

„Sie haben nur gefragt, warum wir hier sind", antwortete Maggs.

„Was hast du geantwortet?"

„Ich habe gesagt, wir sind nur auf der Durchreise und dass wir heute noch wieder abreisen würden."

Als das Tor sich öffnete, gingen sie über die Brücke in die Stadt. Jays erster Eindruck hatte ihn nicht getäuscht. Die Gebäude sahen alle etwas älter aus und es liefen die unterschiedlichsten Wesen an ihnen vorbei. Nashörner, Löwen, echsenartige Menschen, Elfen mit ihren klassischen, langen und spitzen Ohren, große, breite Wesen mit einem Schweinegesicht, Otter, Bären und er sah sogar ein Wesen mit einem Schnabel, dass sein Gesicht unter einer Kapuze versteckte, jedoch schnell wieder in der Masse verschwand. Auf der anderen Seite des Tors erwarteten Ryo, Leo und Emely sie bereits.

Jay war überrascht, dass sie sich nicht einmal begrüßten und Maggs und Emely gleich zur Sache kamen.

„Wir haben eine Gruppe von Widerstandskämpfern auf Duran getroffen. Ich gab ihnen meinen Connector. Wenn die Zeit reif ist, werden sie uns im Kampf zur Seite stehen", sagte Emely, als Maggs sie bereits fragend anschaute.

„Gut. Wir werden dir einen neuen besorgen. Jay benötigt ohnehin noch einen", erwiderte er.

„Denkst du, wir werden hier noch einen bekommen?"

„Es ist viel zu riskant mit Nexus-Waren zu handeln. Es wird schwierig jemanden zu finden, der uns einen Connector verkaufen würde", warf Ryo ein.

„Nicht, wenn man die richtigen Leute kennt. Sein Name ist Oscar. Er ist ein alter Verbündeter der Nexus. Wenn uns jemand helfen kann, dann ist er es."

„Und wo finden wir diesen Oscar?", fragte Leo.

„Ihr gar nicht. Wir sollten hier keine Zeit verlieren. Emely und ich werden uns um die Steine kümmern und ihr holt die Vorräte. Wir holen nur die Sachen, die wir benötigen, und dann nichts wie weg hier. Je schneller wir hier wegkommen, desto besser", sagte Maggs und ging voran. Die Gruppe folgte ihm bis zur nächsten Kreuzung und teilte sich dann auf.

„Jay, du gehst mit Ryo und Leo und besorgst mit ihnen den Proviant, den wir für die Reise benötigen. Emely und ich sehen uns in einer etwas anderen Gegend um. Sobald wir alles haben, treffen wir uns wieder vor der Stadt."

„In Ordnung, Teddy", sagte Leo und bog an der Kreuzung rechts rein.

„Nehmt Luna mit, falls ihr Verstärkung braucht."

„Oh, ja. Ich bin mir sicher, dass Luna uns eine Riesenhilfe sein wird", erwiderte Leo ironisch.

„Bis später", verabschiedeten Jay und Ryo sich von Maggs und Emely und folgten Leo.

Sie folgten ihm solange, bis sie in eine Straße gelangten, die an einen Wochenmarkt erinnerte. Überall waren Stände mit frischem Obst oder frisch zubereitetem Fleisch. Ryo drehte sich zu Jay und hielt ihm seine Hand mit drei bronzenen Münzen hin.

„Hier, wenn du etwas siehst, das dir gefällt, kauf es ruhig."

Jay empfand das wirklich als nette Geste von Ryo, doch er konnte wenig damit anfangen. Er suchte auf der Münze vergeblich nach einer Zahl, um ihren Wert zu erfahren. Auf der einen Seite war nur ein Löwenkopf abgebildet. Auf der anderen Seite schien der Palast abgebildet zu sein, den Jay schon aus weiter Ferne gesehen hatte. Ryo sah wie Jay die Münzen rätselhaft drehte.

„Das sind drei Links", sagte er ihm.

„Links?", fragte Jay.

„Ja. Links sind die Währung auf Nova Lux. Auf eurer Erde kennt ihr doch Münzgeld, oder?"

„Ehm... Ja, natürlich."

„Gut. Das sollte genug sein, dass du dir hier etwas kaufen kannst, aber bleib in unserer Nähe."

„Und sei vorsichtig. In dieser Stadt tummelt sich der gesamte Abschaum des Multiversums, also sprich am besten mit niemandem und schaue niemanden schräg an", fügte Leo hinzu. Ryo schaute ihn sprachlos an.

„Was denn? Ist doch so. Ich meine, guck dir doch nur mal den Typen da drüben an. Im Gegensatz zu dem bist du ja schlank, haha", sagte Leo und zeigte auf ein fast schon kugelrundes Wesen, mit einem starken Unterbiss.

Jay lief es eiskalt den Rücken runter, als er sich dieses Wesen ansah.

„Okay, verstanden. Niemanden falsch ansehen und mit niemandem sprechen... Ist ja fast, als wäre ich wieder in der Schule."

Jay schaute sich ein wenig um. Neben der Tatsache, dass nirgendwo Preise standen, hatte Jay auch keine Ahnung, wobei es sich bei diesen Früchten handelte. Geschweige denn was welches Fleisch war, also suchte er nach etwas, das ihm vertraut vorkam. Er sah einen Obststand, an dem er eine Frucht zu erkennen schien. Zumindest sah sie aus wie eine Mango, die Jay immer gerne zusammen mit Julien aß. Er stand nur da und musste an die gemeinsame Zeit mit seinem Freund denken, als er einen ganz leisen Hilferuf hörte. Er schaute sich um und sah eine kleine Seitengasse, aus dessen Richtung der Ruf kam. Er schaute sich um, doch offenbar schien niemand sonst den Hilferuf zu hören. Er ging ein paar Schritte und schaute in die Gasse. Dabei sah er zwei Männer, die ein Mädchen mit einem Messer bedrohten und ihr den Mund zu hielten.

Jay wusste, dass er seine Kräfte nicht einsetzen durfte, doch er wusste auch, dass er ihr helfen musste. Er glaubte daran, dass er diese Männer auch ohne seine Kräfte fertig machen könnte. Nachdem er seine Kapuze aufgesetzt hatte, näherte er sich den Männern.

„Lasst sie los", sagte er. Einer von ihnen wandte sich von dem Mädchen ab und drehte sich zu Jay.

„Sonst was?!", fragte der Mann ironisch.

Jay schwieg nur und ging auf ihn zu. Der Mann zückte ein Messer und wirbelte es in seiner Hand. Jay war nervös. Aber er erinnerte sich an sein Training. Er wusste genau, was er zu tun hatte. Seine Augen blitzen kurz weiß auf und er wich den Messerstichen gekonnt aus. Er brauchte nicht lange, um sein Gegenüber zu entwaffnen und das Messer weg zu werfen. Nachdem er ein paar Schläge bei seinem Gegenüber landen konnte, wandte sich auch der zweite Jay zu. Er schlug das Mädchen und sie fiel weinend zu Boden. Jetzt hieß es zwei gegen einen, doch Jay hatte Vertrauen in seine neu gewonnenen Fertigkeiten. Er wich aus, so wie Maggs es ihm beigebracht hatte und schlug zu, ohne dabei seine Kräfte einzusetzen, aber sie gaben nicht auf und schlugen immer weiter auf Jay ein. Bisher hatte er immer nur mit Maggs trainiert. Jetzt gegen gleich zwei anzutreten, war schwieriger, als er es erwartete, doch Jay war immerhin der Erlöser. Er war sich sicher, er würde mit ein paar Gaunern fertig werden. Sie schlugen immer weiter auf ihn ein, bis er am Boden lag. Dann vergriffen sie sich wieder an dem Mädchen, das weiter um Hilfe schrie. Jay dachte nicht lange nach. Auch wenn er seine Kräfte nicht benutzen durfte und damit ihre ganze Mission gefährden könnte, konnte er dieses Mädchen nicht im Stich lassen. Er stand auf und sagte noch einmal: „Lasst sie los!"

Währenddessen begannen seine Augen und Hände weiß zu leuchten. Jay verpasste jeden von ihnen einen Schlag und schleuderte sie aus der Gasse. Er beugte sich runter zu dem weinenden Mädchen und spendete ihr Trost.

„Alles gut. Die Männer sind weg. Sie werden dir nichts tun. Du bist in Sicherheit."

Im nächsten Moment hörte Jay die Männer etwas rufen, das ihn sehr nervös machte.

„NEXUS!", riefen sie lautstark und zeigten in die Gasse. Das Mädchen lief schnell weg und Jay wusste nicht, was er tun sollte. Er wollte zurück zu Leo und Ryo und sie um Hilfe bitten, doch aus deren Richtung kamen bereits die ersten Soldaten auf Jay zu. Humanoide Löwen in eisernen Rüstungen liefen auf ihn zu. Schnell drehte er sich um und lief in die andere Richtung. Raus aus der Gasse sah er rechts weitere Soldaten, die ihn bemerkten. Er lief nach links. Überall hörte er die Leute „NEXUS", vor lauter Angst rufen. Er lief weiter und weiter und rempelte dabei nicht selten andere, merkwürdige Gestalten an. Immer wieder blickte er nervös nach hinten. Er hatte keine Ahnung, wo er jetzt hin, oder was er jetzt tun sollte.

„Verdammt Leute, wo seid ihr, wenn ich euch brauche?!", flüsterte er.

Ryo und Leo bekamen Panik, als sie die ersten Wachen an ihnen vorbeilaufen sahen. Leo hielt gerade eine rote Frucht, die Stachelbombe in der Hand, als er jemanden panisch „NEXUS" rufen hörte. Sofort warf er sie zurück und schaute sich um.

„Ryo, wo ist der Junge?", fragte er panisch.

„ÄH... Gerade war er noch da drüben", antwortete er ängstlich.

Sie schauten sich um, doch konnten ihn nirgends sehen.

„Verdammt, Ryo. Du solltest doch ein Auge auf ihn haben."

„Ich weiß. Tut mir leid, aber hast du gesehen? Die haben hier frische Stachelbomben."

„Ja, ich weiß, aber wir müssen jetzt den Jungen finden, also leg das weg!", sagte Leo und lief in die Richtung, aus der die Schreie kamen. Ryo lief ihm nach und sie sahen bereits viele Soldaten vor sich, da wurde ihnen erst bewusst, in was für Schwierigkeiten Jay eigentlich steckte. Als sie ihn einholten, war es bereits zu spät. Sie sahen gerade mit an, wie Jay von den

Soldaten Handschellen angelegt bekam und abgeführt wurde. Ryo und Leo konnten es gar nicht glauben.

„Was jetzt?", fragte Ryo.

Leo, der selbst ratlos war, blieb sprachlos. Als Jay an ihnen vorbeigeführt wurde, sahen sie förmlich die Angst in seinen Augen.

„Das wars dann wohl mit den Stachelbomben...", sagte Ryo enttäuscht.

In der Zwischenzeit gingen Emely und Maggs in das Schwarzmarktviertel, um sich nach Oscar umzusehen. Maggs kannte sich in dieser Branche bereits bestens aus. Er wusste genau, wo er die besten Chancen hatte ihn zu finden. Nicht selten ist er in seiner Jugend hier gewesen, um sich nach Waffen oder auch Drogen umzusehen. Sie gingen in eine alte Bar, die, wie die gesamte Gegend, sehr herunter gekommen aussah. Maggs und Emely setzten sich an den Tresen und schauten sich vorsichtig um. Hinter dem Tresen arbeitete eine Cuus. Die Cuus waren katzenähnliche Menschen, die neben einem Schwanz auch lange Ohren hatten. „Was darf ich euch bringen?", fragte sie die Zwei.

Maggs sah ihr tief in die Augen und sagte: „Wir sind heute nicht zum Vergnügen hier. Ich würde gerne mit Oscar sprechen. Sage ihm, Maggs ist hier."

„Tut mir leid, aber Oscar ist nicht mehr hier."

„Was soll das heißen, er ist nicht mehr hier? Wo ist er?"

„Red Claw hat jetzt hier das sagen. Wenn ihr wollt, organisiere ich ein Treffen", sagte sie mit kalter Stimme.

Maggs war verwirrt, doch er nickte und stimmte dem Treffen zu. Die Cuus machte sich sofort auf in den Hinterraum und schnappte sich einen alten Kommunikator. Sie drückte auf den Knopf in der Mitte und sprach: „Sie sind hier und wollen dich sehen. Wie soll ich fortfahren?"

„Bring sie zu mir", ertönte es mit tiefer Stimme zurück.

Die Cuus ging zurück in den Vorraum und legte ihre Schürze auf die Theke. Sie klappte die Trennwand hoch, trat vor den

Tresen, ging in eine hintere Ecke der Bar und zog einen Tisch zur Seite. Unter dem Tisch war eine Klappe mit einem Zahlenschloss, das sie gerade öffnete.

„Red-Claw scheint hier einiges geändert zu haben", stellte Maggs fest. Die Cuus öffnete die Klappe und zeigte einen dunklen Schacht hinunter.

„Wenn ihr mir bitte folgen würdet, und bitte lasst eure Schwerter hier. Eine reine Vorsichtsmaßnahme ", sagte sie und kletterte die Leiter hinunter.

„Nach dir", sagte Maggs und legte sein Schwert nieder.

„Danke", erwiderte Emely ironisch.

Als sie schon etwas tiefer runtergeklettert waren, schloss sich die Luke wieder und neben, sowie hinter ihnen, entzündeten sich plötzlich einige Fackeln. Unten angekommen führte die Cuus sie in einen dunklen Raum. Maggs hatte bereits die ganze Zeit ein ungutes Gefühl.

„Dir ist schon klar, dass das eine Falle ist?", flüsterte Emely ihm zu.

„Ich weiß. Ich würde nur gerne herausfinden, wer sie uns stellt", flüsterte er zurück.

„Außerdem würde ich gerne wissen, was sie mit Oscar gemacht haben. Er war ein Mistkerl, aber doch irgendwie ein Freund."

Die Zwei folgten ihr weiter und sahen dabei immer mehr fackeln, die sich selbst entzündeten.

„Hier unten treffen wir also diesen Red Claw?", fragte Maggs die Cuus.

„Er erwartet euch gleich hinter dieser Tür", antwortete sie und bestand darauf, sie vor zu lassen. Maggs zögerte, doch Emely griff nach der Tür und öffnete sie. Quietschend und knarrend öffnete sich die Tür immer weiter. Vorsichtig traten sie ein und schauten sich um. Die Cuus ging ihnen nach und verriegelte die Tür hinter ihnen. Es war stockfinster und sie wollten ihre Kräfte verwenden, um den Raum zu erleuchten, doch zu ihrem Entsetzen funktionierten ihre Kräfte nicht. Irgendetwas blockierte sie. Dann sahen sie vor sich ein rotes Licht erstrahlen. Es sah aus, als würden dort nur zwei Augen und zwei Hände herum schweben. Um sie herum entzündeten sich wieder einige Fackeln. Jetzt erkannten sie die Gestalt. Es war ein Raven. Ein menschenähnlicher Rabe ohne Flügel. Er versteckte sein Gesicht unter einer Kapuze. Nur seine glühenden Augen und sein Schnabel waren zu erkennen. Als sie den Raven sahen, wurde ihnen klar, warum sie ihre Kräfte nicht benutzen konnten. Raven waren sehr selten und im gesamten Multiversum als Magier bekannt. Niemand wusste, woher sie ihre Kräfte beziehen. Man wusste nur, dass sie sehr mächtig war.

„Oh, wie ich Magie hasse", murmelte Maggs.

„Theodore Maggs...", sagte der Raven.

„Es ist mir eine Ehre, dich endlich mal kennen zu lernen."

„Du musst dann wohl Red Claw sein?!"

„Ganz recht, der bin ich."

„Was hast du mit Oscar gemacht?"

„Oh... Oscar... Er hat... zu viele Straftaten begangen und war einfach nicht mehr länger tragbar."

„Was willst du von uns?"

„Oh, ich denke, das weißt du. Man hat mich gut bezahlt, um dich zu töten. Dachtest du, er würde dich nicht finden? Du solltest ihn besser nicht unterschätzen. Seine Macht ist bemerkenswert. Sie gleicht die eines Gottes."

„Osiris ist kein Gott!"

„Oh, haha. Ach… Theodore… Theodore, Theodore, Theodore. Ich rede nicht von Osiris. Er hat besseres zu tun, als irgendeinem Möchtegern Nexus hinterher zu jagen. Nein… Ich spreche von Anubis… Er hat mich mit deinem Tod beauftragt."

In diesem Moment bekam Maggs einen Schreck. Wenn sie bereits wussten, dass er hier ist, waren die anderen auch in Gefahr.

„Es ist zu bedauerlich, dass du ihn niemals kennen lernen wirst", sprach Red-Claw weiter.

Maggs wusste, er musste sich beeilen, um den anderen zur Hilfe zu kommen. Vor allem um Jay machte er sich Sorgen. Das Leuchten um Red Claws Hände wurde stärker und er warf eine Art Magie-Ball auf Maggs. Er wich aus und ging in den Kampf.

Emely drehte sich um und nahm es mit der Cuus auf. Auch wenn sie keine Kräfte und Waffen hatten, kämpften sie.

Maggs musste aufgrund von Red-Claws Kräften einige Schläge einstecken, doch im Nahkampf war er nicht annähernd so geschickt, wie Maggs es war. Er versuchte die magischen Schläge zu unterbinden, bevor Red-Claw sie einsetzen konnte. Er feuerte seine Magie in alle möglichen Richtungen und traf Maggs jedoch einmal.

Die Cuus zog während des Kampfs ein Messer und attackierte Emely damit. Emely war erst darauf bedacht auszuweichen und abzuwarten. Sie wich aus, hielt ihren Arm mit dem Messer fest, brach ihn mit ihrem Ellenbogen und entwaffnete die Cuus. Jetzt war Emely im Vorteil. Sie ging in den Angriff über und traf die Cuus erst an der Schulter. Sie blutete schon leicht und war geschwächt. Emely griff nach ihrem Arm, hielt ihn weg, stach das Messer in ihre Nieren und ließ sie auf den Boden fallen.

Maggs stand wieder auf und wich den auf ihn zufliegenden Magie-Bällen aus, doch seine Magie war einfach zu stark. Er hob Maggs mit seinen Kräften an und warf ihn an die Wand. Emely wollte ihn von hinten angreifen, doch Red-Claw bemerkte sie und wich ihr aus. Im Gegenzug warf er sie quer durch den Raum an die Tür. Die beiden lagen am Boden, doch aufgeben taten sie nicht. Red-Claw stellte sich über Maggs und hielt ihn mit seinem Fuß am Boden.

„Der große Theodore Maggs. Ich muss sagen, ich bin etwas… enttäuscht. Bei allem was Osiris und Anubis von dir erzählten… All die Geschichten deiner "Heldentaten"… Ich hatte etwas mehr erwartet."

Maggs versuchte sich zu wehren, doch Red-Claw war zu stark. Er nutzte seine Magie, um langsam die Lebensessenz aus Maggs Körper zu ziehen. Seine Haut wurde blasser und er bekam kaum noch Luft. Hilferingend suchte er den Blickkontakt zu Emely.

Sie lag hilflos am Boden, doch erblickte sie vor sich das Messer der Cuus. Sie streckte ihren Arm danach aus. Es lag zu weit entfernt, also kroch sie trotz ihrer Schmerzen noch etwas dichter an das Messer und packte es. Sie warf es durch den Raum perfekt in Maggs Hand. Er fing das Messer und stach es in Red-Claws Achillesferse. Red-Claw schrie vor Schmerzen und zog sein Bein von Maggs. Dieser sprang auf und hielt Red-Claw das Messer an die Kehle.

„Jetzt zufrieden?"

Red-Claw lachte. „Du kannst sie nicht aufhalten. Mein Tod wird daran nichts ändern. Schon bald wird Osiris unbesiegbar sein und es gibt nichts, was du dagegen tun kannst, haha."

„Was hat Osiris vor?"

Red-Claw schwieg.

„HAT ER DEN IBONEK GEFUNDEN?!!"

„Hahaha. Denkst du wirklich, ich würde dir ein Wort sagen?"

„Wenn du Leben willst, würde ich es dir empfehlen."

„Ich bin ohnehin schon tot. Ich habe versagt. Es wird nicht mehr lange dauern, bis Anubis... *ächzt*"

Red-Claw bekam keine Luft mehr. Maggs steckte daraufhin das Messer weg und ließ ihn los. Sofort sackte er zu Boden und hielt sich panisch den Hals.

Maggs beugte sich runter zu ihm und nahm ihm seine Kapuze ab. Er blickte ihn in seine roten Augen und fragte ihn noch einmal: „Wo ist Anubis? Wie kann ich ihn aufhalten?"

Mit letzter Stimme antwortete er: „Das kannst du nicht. Niemand kann ihn aufhalten... Nicht einmal..."

Noch bevor er diesen Satz beenden konnte, ging er von ihnen. Schnell eilte Maggs zu Emely, um nach ihr zu sehen.

„Emely? Emely? Bist du okay?"

Emely versuchte wieder ihre Kräfte zu benutzen, dieses Mal mit Erfolg. Ihre Hände strahlten weiß und sie hielt sie auf ihr schmerzendes Bein. Sie heilte ihre Verletzungen selbst, und trotz der riesigen Schmerzen, die sie hatte, versuchte sie ruhig zu bleiben.

„Geht schon", sagte sie und rappelte sich langsam wieder auf.

„Was ist mit ihm passiert?"

„Ich weiß es nicht, aber es kann nichts Gutes bedeuten."

„Ted..."

„Ich weiß. Anubis existiert wirklich und er ist hier. Wir müssen die anderen finden", sagte Maggs ganz außer Atem. Er stützte Emely und schnell gingen sie den Gang zurück zur Leiter. Maggs kletterte mit Emely auf seinem Rücken wieder nach oben. Langsam hob Maggs die Luke an, um zu sehen, ob die Luft rein war. Sie waren allein. Er öffnete die Luke und sie stiegen hinaus.

„Okay, die Luft ist rein", sagte er währenddessen. Sie nahmen ihre Schwerter und Maggs wollte gerade die Tür nach draußen öffnen, als er ein Geräusch von draußen hörte.

„Was ist los?", fragte Emely.

„Da draußen kämpft jemand", antwortete er und öffnete langsam die Tür. Sie gingen davon aus, dass die Anexus sie bereits gefunden hatten und Emely machte sich schon, trotz ihrer Schmerzen, kampfbereit. Maggs öffnete die Tür und stürmte mit seinem Schwert hinaus. Vor der Tür sah er erst niemanden, dann jedoch hörte er eine Stimme sagen: „Verdammt, Alter. Du sagst uns jetzt gefälligst, wo unsere Freunde sind!"

Maggs drehte sich nach rechts und sah Leo, wie er einem normalen Verkäufer bedrohte und anschrie.

„Ich schwöre dir, wenn du nicht gleich anfängst zu reden, dann lass ich meinen großen Freund hier auf dich los!" „Bitte... Bitte. Ich weiß nicht, wo sie sind", sagte der Mann immer wieder.

„Leo", rief Maggs, der nur kopfschüttelnd dastand.

„Nicht jetzt Maggs, ich muss.... Oh verdammt", sagte er, als er realisierte, dass er Maggs gefunden hatte.

„Tut mir wirklich leid", sagte er zu dem Mann und strich seinen Kragen wieder glatt.

„Bist ein guter Mann."

Leo stieg von dem Mann ab und ging zu Maggs und Emely.

Luna rannte sofort zu Emely und merkte, dass sie verletzt war. Vor Schmerzen setzte Emely sich erst einmal hin und hielt sich ihr Bein.

„Ich brauche nur eine kurze Pause", murmelte sie.

„Ryo, kannst du sie hier raustragen?", fragte Maggs, während Luna sich ihr Bein anschaute. Sie starrte förmlich darauf, und gerade als Emely sie dort wegholen wollte, setzte Luna ihren Eis-Atem auf ihr Bein ein. Emely war besorgt, denn normalerweise nutzte Luna diesen nur zum Angriff, doch ihre Schmerzen schienen zu verschwinden. Nach einem kurzen Schmerz der Kälte, versuchte sie langsam wieder aufzustehen, und tatsächlich, ihre Schmerzen waren verschwunden. Sie konnte ihr Bein fast wieder vollständig belasten.

„Wusstest du, dass sie so etwas kann?", fragte Ryo überrascht.

„Nein… Sie überrascht mich doch immer wieder", antwortete Emely, als sie Luna streichelte.

„Wartet, wo ist Jay?", fragte Emely.

„Haha, ja. Das ist eine witzige Geschichte..."

„Leo… Wo ist JAY?", fragte Maggs noch einmal mit wütender Stimme.

„Nun ja... Er wurde irgendwie verhaftet."

„Irgendwie?", fragte Emely

„Okay, er wurde verhaftet", antwortete Leo mit Scham in der Stimme.

„Wie konnte das passieren? Ihr solltet doch auf ihn aufpassen", stellte Emely klar.

„Wenn Ryo nicht so verdammt beschäftigt gewesen wäre, die Früchte zu bestaunen, wäre das alles nicht passiert", erwiderte Leo.

„Jetzt bin ich wieder schuld? Du hast doch genauso wenig auf den Jungen geachtet", sagte Ryo.

„Ja, aber du warst derjenige, der ein Auge auf ihn haben sollte!"

„Du weißt, dass ich leicht abgelenkt werde. Das hättest du auch mal berücksichtigen können."

„Ich lass mir jetzt doch nicht deine Unfähigkeit anlasten, du..."

„LEUTE!", unterbrach Emely sie.

„Wir haben noch ein größeres Problem", fügte sie hinzu.

„Wirklich, was kann denn schlimmer sein, als den Jungen zu verlieren?", fragte Leo lachend.

„Ihn an die Anexus zu verlieren", antwortete Maggs nüchtern und Leo verging das Lachen.

„Sie sind hier und haben uns gerade angegriffen. Wir müssen Jay da so schnell wie möglich rausholen und von hier verschwinden, oder er fällt Anubis in die Hände…"

„Anubis? Der Anubis? Die rechte Hand von Osiris? Der Zerstörer der Welten? Der Anubis, von dem niemand weiß, ob er wirklich existiert?", fragte Leo entsetzt.

„Genau der. Er hat einen Raven beauftragt uns zu töten", antwortete Maggs.

„Gott, wie ich Magie hasse…", erwiderte Leo nur.

Jay wurde mittlerweile von den Soldaten abgeführt und in das Gefängnis am äußersten Rand der Stadt gebracht. Sie brachten ihn in eine Zelle, in der nur ein Holzbett und zwei Eimer standen. Der eine gefüllt mit Wasser und der andere vollkommen leer. Jay hatte genug Filme gesehen, um genau zu wissen, wofür er den leeren Eimer benötigen würde.

„Oh nein, ich muss hier raus", murmelte er.

„Gewöhne dich lieber daran", hörte er aus der Zelle nebenan.

„Von hier gibt es kein Entkommen", sprach er weiter. „Das werden wir ja sehen", sagte Jay und versuchte seine Kräfte zu aktivieren. Er konzentrierte sich auf das Licht in sich und wollte die Gitterstäbe mit seiner Kraft aufbrechen, doch als er gegen die metallischen Stäbe schlug, verletzte er nur seine Hand.

„Au! Ich habe meine Kräfte nicht", stellte Jay schockiert fest. Sein Zellennachbar wurde hellhörig.

„Du bist ein Conexus, habe ich recht?"

Jay gab darauf keine Antwort und versuchte weiter seine Hände zum Leuchten zu bringen.

„Hahaha", hörte er nur.

Doch er versuchte es weiter und schlug wieder gegen die Stäbe. Wieder nichts außer Schmerzen.

„Junge, du kannst es so oft versuchen, wie du willst. Es wird nicht funktionieren. Du kannst hier drin deine Kräfte nicht benutzen."

„Wieso nicht?", fragte Jay.

„Na wegen dem Zauber. Sie wissen doch, welche Kräfte ein Conexus hat."

„Zauber, was für ein Zauber?"

„Dunkle Magie."

„Magier gibt es also wirklich… Und ich dachte die verarschen mich nur…", sagte Jay völlig erstaunt.

„Aber natürlich gibt es Magier. Ich dachte so etwas lernt ihr Nexus schon im Kindergarten."

„Ich bin noch nicht so lange im Geschäft", antwortete Jay und setzte sich dabei verzweifelt gegen die Gitterstäbe.

„Ich bin übrigens Jay", sagte er dann mit betrübter Stimme.

„Oscar", antwortete der Mann neben ihm.

„Oscar? Ich bin ein Freund von Theodore Maggs. Er war auf der Suche nach dir."

„Ted ist hier?"

„Ja. Er und Emely wollten wegen irgendwelcher Steine zu dir."

„Connectoren… ha. Die Letzten sind hier irgendwo in Gewahrsam."

„Würdest du sie uns überlassen, wenn wir hier rauskommen?"

„Junge, wir kommen hier nicht raus."

„Natürlich. Maggs und die anderen sind sicher schon auf der Suche nach mir. Sie würden mich nie zurücklassen."

„Wenn Ted nach mir suchen wollte, ist er mit Sicherheit Red-Claw genau in die Arme gelaufen, und wenn das der Fall ist, ist er mit Sicherheit schon tot."

„Nein… Nein, das glaube ich nicht."

„Glaub es lieber, Junge. Red Claw ist stark. Selbst für jemanden wie Ted."

„Wer ist dieser Red Claw?"

„Ein Raven, ein Magier."

„Er ist der Magier?"

„So ist es. Vor ein paar Wochen tauchte er hier auf und übernahm mein Geschäft. Seitdem sitze ich in dieser Zelle."

„Warum will ein Magier ein Unternehmen übernehmen?"

„Tja, das habe ich mich auch gefragt. Wie es aussieht will er Luxtra vorbereiten."

„Vorbereiten? Für was?"

„Für die Anexus. Sie kommen hierher."

„Wenn die Anexus kommen, muss ich die anderen warnen!"

„Junge, es wird Zeit, dass du es endlich einsiehst. Die anderen sind tot! Die Anexus kommen und niemand kann sie mehr aufhalten…"

„Nein, das glaube ich nicht. Das kann nicht sein. Das kann nicht sein…"

Derweil wurden die restlichen Wachen Luxtras in Alarmbereitschaft gestellt und die Stadt wurde nach flüchtigen Nexus abgesucht.

Maggs, Emely, Luna, Ryo und Leo hatten Luxtra wieder verlassen. Das Risiko entdeckt zu werden, war zu groß. Sie mussten sich zurückziehen. Sie wussten, dass sie Jay so schnell wie möglich befreien mussten, doch Maggs und Emely wussten auch, dass über dem Gefängnis ein Zauber hängen würde, der ihre Kräfte dämpfte. Es war nicht einfach, in ein gut gesichertes Gefängnis einzubrechen, doch die Zeit drängte. Es würde nicht mehr lange dauern, bis die Anexus von ihrer kleinen Auseinandersetzung mit Red Claw Wind bekommen würden und nach Luxtra kämen. Sie begaben sich zu einem der Bäume auf dem Hügel und legten ihre Sachen dort nieder.

„Lasst die Vorräte hier, wir holen sie uns später wieder. Nehmt nur eure Waffen und dann los", sagte Maggs und stürmte zurück in Richtung Stadt.

„Maggs, warte. Das ist doch verrückt. Die Stadt befindet sich in Alarmbereitschaft, nachdem sie Jay gefasst haben. Wir haben es gerade so unbemerkt rausgeschafft. Wir können jetzt nicht einfach wieder reingehen. Wir brauchen einen Plan", rief Emely ihm nach.

Maggs blieb stehen und drehte sich wieder zu ihnen um.

„Wir müssen Jay ja irgendwie befreien, hast du eine bessere Idee?"

„Was, wenn wir nicht durch das Tor gehen?", schlug Ryo vor.
„Wie willst du dann in die Stadt kommen?", fragte Maggs.
Leo warf Ryo einen fragenden Blick zu.
„Du willst doch nicht wirklich durch diesen Titikaka-Weg, oder?"
„Was? Welchen Weg meinst du?"
„Es gibt noch einen anderen Weg in die Stadt", antwortete Leo.
„Wir waren früher gut mit dem ehemaligem Kaiser Marus befreundet. Er zeigte uns ein unterirdisches Tunnelsystem unter der Stadt. Ein Zugang davon liegt in dem Graben um der Mauer."
„WAS?", fragte Emely noch einmal nach.
„Das ist ein Scherz, oder? Warum erzählt ihr uns jetzt erst von diesem Geheimgang?", fragte Maggs weiter.
„Du meinst von dem Geheimgang im Graben, der mit Wasser und gefräßigen Bärfischen gefüllt ist? Diesen Geheimgang? Nun, der ist nicht gerade einfach zu erreichen und eigentlich wollten Ryo und ich diesen Gang auch nie wieder betreten, aber es sieht so aus, als hätten wir dieses Mal keine andere Wahl."
Ryo und Leo gingen, wenn auch widerwillig, voraus und führten sie neben die Stadtmauer bis vor den Graben.
„Hier müsste es sein", sagte Ryo.
Die anderen schauten neugierig ins Wasser und sahen nichts, bis ein Bärfisch aus dem Wasser in ihre Richtung sprang. Es waren hässliche kleine Fische, die einen langen Körper und den Kopf eines Bären hatten.
„Ich geh da nicht rein", sagte Leo und schüttelte entschlossen den Kopf.
„Oh doch, das wirst du", sagte Maggs.
„Ihr solltet auf ihn aufpassen und ihr habt ihn allein gelassen. Also, du wirst mitkommen", fügte er hinzu.
„Am Grund befindet sich eine Luke. Einer von uns muss sie öffnen", erklärte Ryo.
„Das mache ich", meldete sich Maggs.

„Sobald die Luke offen ist, müssen wir uns beeilen. Wenn der Tunnel sich mit zu viel Wasser füllt, müssten wir den Weg in die Stadt tauchen."

„Also dann", sagte Maggs, sprang ins Wasser und gab den anderen keine Chance auch nur zu überlegen, ob sie mitwollen oder nicht.

Emely sprang ihm sofort hinterher und nahm Luna unter ihrem Arm mit sich. Maggs tauchte tief und suchte den Boden nach einer Luke ab. Auf dem Weg schwamm ein Bärfisch auf ihn zu, den er mit einem einfachen Energiestoß aus seinen Händen vertrieb. Am Boden angekommen sah er etwas Ungewöhnliches. Er sah etwas kleines Metallisches. Sofort schwamm er darauf zu und fegte den Sand mit seiner Hand zur Seite. Hervor kam eine Luke mit einem Drehverschluss. Er setzte an und versuchte die Luke zu öffnen. Vergeblich. Langsam wurde die Luft knapp.

Als nächster sprang Ryo ins Wasser, als er sagte: „Nicht vergessen, der letzte macht die Tür zu."

„Haha, findest du das etwa witzig?", rief Leo ihm vergeblich hinterher.

Jetzt fehlte nur noch Leo. Er nahm all seinen Mut zusammen, sprang immer wieder hin und her und sagte zu sich selbst: „Alles gut Leo, das sind nur kleine dicke Fische, nichts, was du nicht schon tausendmal gegessen hast. Also gut, jetzt geht es los. Auf geht's."

Und schon sprang auch Leo in das eiskalte Wasser und tauchte den anderen nach. Maggs versuchte weiter und weiter diese Luke aufzudrehen. Das Rad bewegte sich ein Stück als Maggs all seine Kraft anwandte. Emely kam ihm gerade zur Hilfe und packte mit an. Zusammen bewegten sie es wieder ein Stück mehr, doch Maggs ging die Luft aus. Er schaute Emely an und sah Luna in ihren Armen. Da kam ihm eine Idee. Er hatte keine Möglichkeit, Emely den Plan zu verraten, also zeigte er einfach auf Luna und sprengte die Luke im nächsten Moment mit einem weiterem Energiestoß aus seiner Hand auf. Die Luke zersprang und die Zwei wurden in einen Schacht darunter gezogen.

Gerade so konnte Maggs sich mit einer Hand oben an einer Leiter festhalten, die den Schacht herunter führte. In seiner anderen Hand konnte er Emely gerade noch oben halten. Wartend schauten sie nach oben und ließen die starke Wasserströmung über sich ergehen.

Ryo war gerade unten und quetschte sich an Maggs und Emely vorbei, um sich mit nach unten ziehen zu lassen. Nur noch Leo fehlte, der eigentlich der beste Schwimmer der Gruppe sein sollte, doch er hatte zu großen Respekt vor den Bärfischen, die ihn in seiner Vergangenheit schon einmal angriffen. Dann sah er einen auf sich zu kommen und er schwamm so schnell er konnte durch die Luke. Als Leo, verfolgt von einem Bärfisch, an ihnen vorbei schwamm, gab Maggs ein Zeichen in Richtung Emely und Luna. Emely ließ sich treiben und gab Luna in die Hand von Maggs. Er zog sie gegen die Strömung mit aller Kraft nach oben und hielt sie an die Luke. Ohne zu zögern wusste sie, was zu tun ist. Sie setzte ihre Kräfte ein und eiste die Luke wieder zu. Das Wasser sank hinunter und Maggs holte kräftig Luft. Luna jedoch schien keine Probleme damit zu haben, solange die Luft anzuhalten. Maggs legte Luna auf seine Schultern und kletterte die Leiter runter. Leo, der bereits wie die anderen unten war, hatte eine kleine Panikattacke und schrie immer wieder:

„Ah, mach das weg. MACH DAS WEG!", während hinter ihm ein Bärfisch im flachen Wasser herum planschte. Ryo und Emely bekamen sich gar nicht mehr ein vor Lachen.

„Du hast dein Freund mitgebracht", stellte Maggs fest, als er unten ankam. Sie schüttelten sich alle kurz durch und gingen den dunklen Gang weiter entlang. Es war dunkel und kalt und so entzündete Ryo eine kleine weiße Flamme in seiner Handfläche. Leo drehte sich noch einmal um, um sicher zu gehen, dass der Bärfisch sie wirklich nicht verfolgen würde.

Alles in diesem Tunnel sah schon sehr alt und verrottet aus. Überall war Dreck und Spinnweben. Es passierte nicht nur einmal, dass Ryo durch ein Spinnennetz an der Decke lief, und sich mühsam die Reste aus dem Gesicht ziehen musste. Der Weg gabelte sich und Maggs hielt die Gruppe an.

„Also? Welcher Weg ist der Richtige?

„Der Rechte", „Der Linke", antworteten Ryo und Leo gleichzeitig.

„Wir nehmen den Rechten."

„Hey!", erwiderte Leo.

„Nichts für Ungut, Leo, aber wenn es ums Gedächtnis geht, ist Ryo dir überlegen."

„Oh, tut mir leid, dass ich mir in 130 Jahren nicht jede Gabelung gemerkt habe, an der wir jemals waren."

Maggs schaute ihn wieder nur fragend an.

„Ja, schon gut. Du hast ja recht. Ist ja auch egal, welchen Weg wir gehen, Hauptsache wir kommen irgendwo in der Stadt raus."

„Ja. Wo wir schon davon sprechen. Wie genau sieht unser Plan aus, Jay zu retten?", fragte Emely.

Maggs schwieg nur.

„Sobald sie merken, dass wir in ihr Gefängnis einbrechen, werden sie alle verfügbaren Einheiten zu uns schicken. Das könnten dann selbst für uns zu viele werden", fuhr sie fort.

„Wir werden sie ablenken", antwortete Maggs.

„Oder besser gesagt, Ryo und Leo werden sie ablenken."

„Was? Und wie bitte stellst du dir das vor? Soll ich ein Haus in Brand stecken? Den Palast angreifen? Wie denkst du, soll ich all die Wachen in dieser verdammt riesigen Stadt ablenken, hm?", fragte Leo ironisch.

„Du wirst nicht allein gegen sie sein. Die Bewohner werden euch helfen."

„Sag mal, hat dich dieser Red Claw irgendwie am Kopf getroffen?"

„Die Leute kennen euch, sie werden euch zuhören. Sie vertrauen euch. Ihr seid einer von ihnen", erklärte Maggs.

„Wir waren doch selbst seit Ewigkeiten nicht mehr hier, aber gut, nehmen wir mal an, sie würden uns zuhören, was sollen wir ihnen bitte sagen?"

„Die Wahrheit. Ihr zeigt ihnen eure Kräfte und erzählt ihnen was wirklich im Multiversum los ist.... Die Anexus wissen ohnehin schon, dass wir hier sind. Wir haben nichts mehr zu verlieren. Wenn sie erfahren, dass ihr geliebter Kaiser bereits mit den Anexus zusammenarbeitet, werden sie sich gegen ihn und seine Wächter wenden."

„Der Kaiser arbeitet mit den Anexus zusammen?"

„Keine Ahnung, aber die Leute sollen es zumindest glauben."

„Das ist... gar nicht mal so übel. Warum bin ich da nicht draufgekommen?!"

„Emely, Luna und ich werden in dieser Zeit in das Gefängnis einbrechen und Jay da raus holen."

„Okay, hier müsste es reichen. Das ist wohl unser Weg nach oben", sagte Ryo und blieb vor einer nach oben führenden Leiter stehen. Diese Luke musste nur nach oben gedrückt werden und die Fünf kamen in einer leeren Seitengase wieder an die Oberfläche. Maggs reichte den anderen seine Hand hin und half ihnen raus.

„Okay, ihr wisst was ihr zu tun habt. Wir treffen uns danach wieder hier und verschwinden dann endgültig aus dieser Stadt", befahl Maggs.

Er, Emely und Luna gingen voran. Maggs und Emely setzten sich ihre Kapuzen auf, um nicht aufzufallen. Sie gingen eine Weile zum Gefängnis, das außerhalb vom Stadtzentrum lag. Vor dem Gefängnis begaben sie sich in Sicherheit, um nicht entdeckt zu werden und zu warten, bis Leo und Ryo das Ablenkungsmanöver starteten.

Auch Leo und Ryo machten sich auf den Weg.

„Okay, wo wäre wohl der beste Ort, um möglichst viele Menschen zu erreichen?", fragte Leo.

„Im Kaufmannsviertel?", schlug Ryo vor.

„Nein. Zu viele reiche Schnösel, die uns nicht zuhören."

„Im Park?"

„Hm... nein. Zu ruhige Atmosphäre."

„Vor dem Palast?"

„Direkt vor der Höhle des Löwen... interessant, aber wir brauchen etwas anderes. Etwas wo uns die Leute wirklich zuhören, die nicht zu scheu sind, der Regierung die Meinung zu geigen."

Leo grübelte und grübelte.

„Natürlich, ich weiß den perfekten Ort", murmelte Leo und schlug sich vorwurfsvoll auf die Stirn. Dann machte er sich sofort auf den Weg.

„Wo gehen wir denn hin?", fragte Ryo, der Leo nur hinterherlief.

„Nach Hause, mein Freund. Nach Hause", antwortete Leo.

Da wurde Ryo klar, was er vorhatte. Er wollte zur Akademie und zum Wohnheim. Ein Ort voller heranwachsender, rebellierender Wesen, die Ryo und Leo perfekt erreichen könnten.

„Doch vorher müssen wir noch eine Kleinigkeit besorgen."

Leo ging in das Schwarzmarktviertel, in dem sie Maggs und Emely gefunden hatten.

„Bist du sicher, dass es eine gute Idee ist hier her zu kommen? Hier würden sie doch als Erstes nach uns suchen", sagte Ryo.

„Ich weiß, aber wir brauchen noch etwas. Einen Beweis. Wir können bei den Leuten nicht einfach mit leeren Händen aufkreuzen."

Leo ging zu der Bar, aus der Maggs kam, und öffnete vorsichtig die Tür. Die Bar war noch vollständig leer.

„Okay, die Luft ist rein", sagte Leo und gab Ryo ein Handzeichen. Leo schaute sich um, und sah, dass der Boden unter einem Tisch ein wenig herausragte. Er schnappte sich eine Decke vom Tresen, nahm sie mit und bat Ryo den Tisch in der Ecke anzuheben. Darunter wurde ein noch von den Fackeln beleuchteter Schacht nach unten sichtbar.

„Bitte nach dir, mein Großer", sagte Leo, aus Angst, dass Ryo ihm auf den Kopf fallen könnte. Mit einem unguten Gefühl gingen sie den Tunnel bis zu einem Raum, in dem zwei Leichen lagen.

„Was genau wollen wir jetzt hier?", fragte Ryo.

„Ihn", antwortete Leo und zeigte auf Red Claws Leiche.
Er näherte sich ihm und zog seinen Ärmel hoch. Auf seinem
Unterarm fand er unter seinen Federn, wie vermutet, das
Zeichen von Osiris. Ein Halbmond mit einem Ankh Kreuz
darin. Er zupfte die Federn, damit das Zeichen gut zu sehen war,
warf Ryo die Decke zu und sagte: „Pack ihn ein und nimm ihn
mit."
Ryo verstand immer noch nicht ganz wofür sie Red-Claw
brauchten und Leo sah ihm das genau an. Leo seufzte und zeigte
Ryo noch einmal die Handfläche des Raven und das darin
eingebrannte Anexus Zeichen. Ryo ging ein Licht auf und er
packte Red-Claw in die Decke und warf ihn sich, wie einen
Sack, über seine Schulter.
Dann begaben sie sich wieder nach draußen und machten sich
auf den Weg zur Akademie. Hier wurden die verschiedensten
Wesen, auf dem höchsten Niveau, in den verschiedensten
Bereichen unterrichtet. Auch viele Anexus und Conexus kamen
früher an diese Akademie, um sich weiter zu bilden und ein
"normales" Leben führen zu können. So auch Leo und Ryo.
Durch diese Gemeinsamkeit und ihre Erfahrung, hofften sie die
jungen Leute auf ihre Seite ziehen zu können. An der Akademie
stellten sich die Zwei auf eine Mauer und versammelten ein paar
Leute um sich.
„Hört mir alle zu, wir haben euch allen etwas Wichtiges
mitzuteilen. Ich bitte um eure Aufmerksamkeit", rief Leo in die
Menge von Wesen. Viele versammelten sich, doch nur die
Wenigsten konnten sie aus dieser Entfernung verstehen.
„Ein Megafon wäre gut gewesen", murmelte er. Er schaute sich
um und sah einen Blecheimer vor den Türen der Akademie.
„Ryo, wärst du so nett?"
Ryo konzentrierte sich und formte mit Hilfe seiner Kräfte ein
Megafon und ließ es zu sich schweben. Die Menge war
geschockt.
„Seht nur!"
„Er ist ein Nexus!"
„Ein Nexus?!", war von Überall zu hören.

Ein Soldat, der an der Akademie patrouillierte, wurde auf sie aufmerksam und wollte sie festnehmen. Leo wollte gerade etwas ins Mikrofon rufen, als Ryo von der Mauer stieg und den Soldaten wegstieß.

„Danke, Ryo", sagte Leo durch das Mikrofon.

„Ihr braucht keine Angst zu haben. Wir werden euch nichts tun. Wir sind nur hier, um euch die Wahrheit zu erzählen."

„Die Wahrheit?"

„Was für eine Wahrheit?", tuschelten die meisten und schenkten Leo wieder ihre Aufmerksamkeit.

„Ja, ich bin ein Conexus, aber ich bin nicht, was ihr glaubt. Ihr wurdet angelogen. Euer ach so geliebter Kaiser hat euch angelogen! Auch Ryo und mich. Wir waren auch einst auf dieser Akademie und wussten noch nicht, was der Kaiser für Machenschaften trieb.

Es ist wahr, im Multiversum herrscht Krieg. Wir haben es selbst gesehen und wir sind sogar ein Teil davon. Wir sind Mitglieder eines Widerstandes, der es sich zur Aufgabe gemacht hat, andere Wesen zu helfen und zu beschützen! Es waren die Anexus, die die Conexus verraten haben und dem Multiversum den Krieg erklärten."

Es versammelten sich immer mehr Leute um Leo und hörten gespannt auf das, was er zu sagen hatte.

„Ein Mann namens Osiris nahm die Macht über Fatum an sich und tötete einen Großteil der Conexus. Ganze Familien kamen bei diesem Massaker ums Leben. Jetzt sind wir auf der Flucht vor den Anexus und dachten in der unabhängigen Stadt Luxtra wären wir in Sicherheit, so wie viele andere auch, aber da haben wir uns geirrt! Euer wunderbarer Kaiser hat uns alle verraten. Er arbeitet mit den Anexus zusammen!!"

Entsetzen machte sich in den Gesichtern der Beteiligten breit.

„Ich erwarte nicht, dass ihr mir einfach so glaubt. Das wäre naiv. Heute Morgen wurden wir in dieser Stadt angegriffen!"

Ryo packte langsam Red Claw aus der Decke aus und hielt ihn vor die Masse. Ein Staunen ging durch die Menge.

„Dieser Raven war es, der uns ohne einen Grund angriff. Ein Angestellter des Kaisers, wie ihr wisst. Die Raven sollten diese Stadt mit ihrer Magie verteidigen."
Ryo hob seine Hand und zeigte den vorderen Leuten, das Symbol in Red Claws Handfläche. Dieses Symbol hatten offenbar schon einige zuvor gesehen. Sie erschraken und konnten es nicht glauben.
„Das Zeichen der Anexus. Das Zeichen der Verräter in der Hand eines eures Beschützers?! Der Kaiser hat euch verraten. Euch für dumm verkauft. Luxtra ist nicht die Stadt des Friedens und der Zuflucht. Die Wahrheit ist, dass euer Kaiser diese wunderschöne Stadt in den Krieg gestürzt hat! Genau in diesem Moment sind vermutlich tausende von Osiris Soldaten auf den Weg hierher, um uns unsere geliebte Stadt wegzunehmen!!!"

Die Menge glaubte Leo und war überzeugt von dem, was er sagte. Sie wandte sich gegen den Kaiser und schrie immer wieder: „Nieder mit dem Kaiser!"
Zu diesem Zeitpunkt tauchten weitere Soldaten auf, und versuchten die Menge zum Schweigen zu bringen. Sie wollten Ryo und Leo verhaften, doch die Menge ließ sie nicht durch.
„Sehr gut! Wehrt euch dagegen! Niemand wird uns diese Stadt hier wegnehmen! Die Anexus werden schon bald hier sein. Zeigt eurem Kaiser, was ihr davon haltet! Das hier ist unsere Stadt!!!"
Leo legte das Megafon beiseite und genoss den Kampf zwischen Akademikern und Soldaten.
„So, wir sollten langsam los", sagte er zu Ryo und stieg von der Mauer.
„Was mach ich jetzt mit ihm?", fragte Ryo und hielt Red Claw dabei hoch.
„Lass ihn hier. Iss ihn auf. Ist mir doch egal."
Ryo überlegte kurz, schmiss ihn dann auf den Boden und folgte Leo. Die wütende Menge breitete sich immer weiter aus und überzeugte immer mehr Menschen vom Verrat des Kaisers.

„Wirklich clever von dir den Raven als Gesandten des Kaisers hinzustellen."

„Danke. Ich hätte wirklich nicht gedacht, dass die so dumm sind und das glauben. Wie naiv junge Leute doch sein können…" Schon nach kurzer Zeit waren es nicht mehr nur die Schüler, die sich gegen den Kaiser auflehnten. Die Nachricht eines bevorstehenden Krieges verbreitete sich wie ein Lauffeuer in der Stadt. Die Bevölkerung bekam Angst. Einige versuchten zu fliehen und so dauerte es nicht lange, bis die Tore der Stadt eingerannt wurden. Andere schlossen sich den Protesten an und zogen auf die Straßen. Die Wachen versuchten die Mengen zu beruhigen, doch sie machten auch sie dafür verantwortlich. Die Torwachen wurden von wütenden Zwergen abgestochen. Häuser wurden in Brand gesteckt und die meisten versammelten sich vor den Toren des Palasts. So dauerte es nicht lange, bis alle Soldaten in Alarmbereitschaft waren und sich um die immer größer werdende Gruppe von Protestanten kümmern sollten. Auch überschüssige Wachen aus dem Gefängnis wurden auf die bis dahin Stadtweite Katastrophe angesetzt. Das war das Zeichen für Maggs und Emely die Befreiungsaktion zu starten.

Während die Fünf sich einen Plan überlegten Jay aus dem Gefängnis zu holen, arbeitete dieser selbst daran zu entkommen.

„Also, dieser Red Claw hat dich hier eingesperrt?! Wie ist das passiert?", fragte er Oscar, während er mit seinen Fingern an den Gitterstäben herum klimperte.

„Ich wurde verraten. Wir alle wurden verraten."

„Wie meinst du das?", fragte Jay.

„Der Kaiser... Er hat uns weis gemacht, dass Conexus, sowie Anexus uns verraten haben und unsere Feinde sind. Dabei machte er nur gemeinsame Sache mit diesem Osiris, um auch die restlichen, verbleibenden Nexus aus dem Multiversum zu fassen. So wie dich nehme ich an."

Da lief es Jay eiskalt den Rücken runter. Wenn er wirklich ein Gefangener von Osiris wäre, würde er in noch größeren Schwierigkeiten stecken, als er zuerst annahm. „Ich muss hier weg", dachte er sich. Jay schaute sich noch einmal in seiner Zelle um, in der Hoffnung, doch noch irgendwie einen Ausweg zu finden, aber bis auf ein Bett und die Eimer war da nichts. Aufgeben kam für Jay aber überhaupt nicht in Frage. Immerhin war er doch der Erlöser. Derjenige, der Osiris stürzen sollte und den Frieden im Multiversum wiederherstellt. Da würde er es doch mit Sicherheit auch schaffen, den Zauber zu überwinden und aus dieser Zelle auszubrechen.

Er setzte sich noch einmal im Schneidersitz vor die Gitterstäbe und begann zu meditieren. Er erinnerte sich an das Training mit Maggs.

"Konzentriere dich auf einen Moment, in dem du glücklich warst. Konzentriere dich auf die Menschen, die du liebst", hörte Jay ihn in seinem Kopf. Er konzentrierte sich auf Julien. Darauf, ihn mit seinen neuen Fähigkeiten zu retten und ihn wieder nach Hause zu bringen. Er konzentrierte sich auf das Licht in ihm. Es geschah nichts, doch Jay glaubte fest daran, dass er es schaffen könnte. Er versuchte das Licht in sich zu fühlen und strengte sich dabei sichtlich an. Oscar achtete erst gar nicht drauf. Für ihn war klar, dass er es nicht schaffen konnte. Er hatte schon viele Nexus in diesem Gefängnis gesehen und noch keiner hat es geschafft daraus auszubrechen, doch Jay war nun einmal kein normaler Nexus. Er konzentrierte sich weiter auf das Licht in sich. Es war, als könnte er die Blockade des Zaubers genau vor sich sehen. Mit aller Kraft versuchte er diese Blockade zu durchbrechen. Er strengte sich an, hatte schmerzen und nicht nur Oscar wurde auf ihn aufmerksam.

Währenddessen sahen Emely und Maggs die perfekte Gelegenheit, um in das Gefängnis einzubrechen. Die Stadt war im Ausnahmezustand und die meisten Wachen wurden vor den Palast verlegt. Nur einer bewachte noch die erste Eingangstür zum Gefängnis. Maggs wollte gerade losstürmen, um diese auszuschalten, doch Emely hatte eine bessere Idee und hielt ihn zurück. Sie schaute Maggs mit einem Lächeln an und schickte Luna zu dem Wachmann. Maggs war im ersten Moment enttäuscht, da er gerne seine Wut über diese Situation an dieser Wache ausgelassen hätte, doch dafür hatte er wohl noch genug Gelegenheiten. Er erkannte schnell, dass Emelys Plan der Bessere und Klügere war. Luna spazierte einfach vor den Wachmann und schlängelte sich um seine Beine. Der Lion-Wachmann hatte wohl noch nie zuvor einen Eisfuchs gesehen und bückte sich zu ihr runter, um sie zu streicheln. In dem Moment traf Luna ihn mit ihrem eisigen Atem und fror ihn ein. Emely und Maggs stürmten vor und traten die Tür zum Gefängnis ein. Schnell wurden die Wachen auf sie aufmerksam und gingen auf sie los.

Jay versuchte weiter die Blockade durch den Zauber zu durchbrechen und ließ sich dabei nicht durch den Lärm ablenken. Oscar hingegen bekam Panik, da eine Wache auf den Weg zu Jays Zelle war. Oscar war sich sicher: Die Anexus waren hier und wollten Jay holen.

Emely und Maggs zogen ihre Schwerter und nahmen es mit jeder Wache auf, die sich ihnen in den Weg stellte, doch auch wenn viele Wachen verlegt worden waren, waren es immer noch zu viele. Maggs gefiel die Idee nicht, doch er wusste, wenn sie alle Wachen ausschalten wollen, musste er ein paar der Gefangenen befreien. Mit einem Schlüssel, den er einer Wache abgenommen hatte, schloss er mehrere Zellen auf und bat die Insassen ihnen zu helfen. Viele flüchteten schnell doch in einer vergrößerten Zelle saß ein Grall. Er befreite ihn von seinen Ketten und ließ ihn auf die Wachen los. Den Grall zu überreden ihnen zu helfen war gar nicht erst nötig. Er stieg aus seiner Zelle und drosch mit seinen riesigen Fäusten auf die Wachen ein und beschäftigte sie fürs Erste allein. Emely und Maggs machten sich dann auf die Suche und durchsuchten Zelle für Zelle nach

Jay. Als sie an einer Treppe vorbeigingen, hörten sie Schreie aus einem unterem Stockwert. Es hörte sich nach einer menschlichen Stimme an und sofort liefen die Zwei nach unten. Vor ihnen lief ein Wachmann in Richtung der Zelle, aus der die Geräusche kamen. Maggs wollte ihn gerade ausschalten, als plötzlich die Gitterstäbe der Zelle aufsprengten und eine in weiß strahlende Gestalt hervortrat. Es war Jay, der es endlich geschafft hatte, die Blockade des Zaubers zu durchbrechen.

„Da seid ihr ja endlich", sagte er, als sein Leuchten verschwand. Sofort lief er auf Maggs zu und umarmte ihn. Er fühlte sich sichtlich unwohl dabei und stoß ihn leicht von sich weg.

„Ich wollte gerade zu euch. Das hier tut mir wirklich alles sehr leid", fügte Jay hinzu.

„Jaja. Hebe dir das für später auf. Jetzt lass uns von hier verschwinden", antwortete Maggs darauf.

„Einen Moment", sagte Jay und brachte seine Hände zum Leuchten. Er drehte sich zu der Zelle neben seiner und sprengte auch da die Stäbe auf. Er ging in die Zelle und half Oscar aus der hinaus.

„Oscar?", fragte Maggs, der es nicht glauben konnte. „Maggs, mein alter Freund", sagte Oscar, der sichtlich geschwächt war und wohl einiges einstecken musste. Maggs griff ihm unter die Arme und stützte ihn.

„Ich dachte schon, du wärst tot."

„Das gleiche kann ich auch von dir behaupten."

Jay ließ Oscar los und streichelte Luna, die ihn herzlich begrüßte.

„Ist er es?", flüsterte Oscar Maggs zu.

„Du weißt von der Prophezeiung?", flüsterte er zurück. „Natürlich weiß ich davon, schon damals war dein Vater überzeugt von dieser Prophezeiung. Ich habe wirklich noch nie zuvor einen so starken Nexus gesehen. Nicht einmal Cornelius war in der Lage, diese Art von Zauber zu durchbrechen."

„Ich weiß. Nur Osiris hat das bisher geschafft. Er ist unsere beste Chance gegen ihn." Sie unterhielten sich weiter, während sie sich in Richtung Ausgang begaben.

„Oh, warte. Der Junge meinte, ihr seid wegen der Connectoren hier."

„Das können wir auch noch später besprechen."

„Ich habe sie hier. Sie müssten in der Asservatenkammer in meiner Jacke sein. Sie ist gleich am Eingang des Gefängnisses."

Als sie die Treppe wieder rauf gingen, sahen sie am Ende des Flurs den Grall, der immer noch am Wüten war.

„Du hast den Grall befreit, wirklich?", fragte Oscar ironisch. „Gott, du musst wirklich wütend auf diese Stadt sein."

„Gibt es noch einen anderen Ausgang?", fragte Maggs.

„Keinen, bei dem ihr eure Steine bekommt."

Auch Jay sah noch mal in Richtung des Gralls und war sprachlos. Es war ein riesiges, gorillaähnliches Monster, dass eine schweineähnliche Haut hatte und nur an Kopf und Gliedmaßen stark beharrt war. Er sah, wie er eine Wache nach der anderen mit seinen riesigen, beharrten Fäusten durch die Gegend warf.

Maggs schaute sich um und suchte einen anderen Weg.

„Was ist mit den Zellen? Wenn wir da durch gehen, sieht uns der Grall nicht und wir bekommen deine Sachen zurück."

„Und wie willst du das machen? Die Zellen haben nur einen Ein- und Ausgang."

„Nicht, wenn wir ein Loch in die Wand schlagen. Wie willst du das ohne deine Kräfte... Oh."

Oscar, wusste worauf Maggs hinauswollte.

Sie liefen unauffällig in eine der Zellen, die sie geöffnet hatten, und standen nun vor einer weißen Wand.

„Okay, wir müssen durch genau vier Wände durch, um in die Asservatenkammer zu kommen. So können wir dem Grall aus dem Weg gehen."

Maggs stützte Oscar an die Wand und wandte sich Jay zu. Jay wusste schon genau, was er von ihm wollte. Immerhin standen sie einfach vor einer Wand und nur er hatte seine Kräfte.

„Ich will..."

„Dass ich die Wand einreiße... Schon klar", unterbrach Jay ihn.

Wieder konzentrierte Jay sich auf seine Kräfte und diesmal war es, als ob die Blockade, die seine Kräfte dämpften, wie weggeblasen war. Seine Hände begannen zu leuchten und er schlug mit voller Kraft die Wand vor ihnen ein. Ein lauter Knall hallte durch den Gang und der Grall wurde auf sie aufmerksam. Schnell stiegen sie durch das Loch in der Wand und standen in der nächsten Zelle. In dieser Zelle lag noch eine humanoide Echse in ihrem Bett und las entspannt ein Buch. Die anderen bemerkten ihn gar nicht und schlugen sich durch die nächste Wand. Durch die Nächste und die Nächste, bis sie in der Kammer ankamen. In der Kammer suchten sie nach einer Kiste mit Oscars Namen darauf und liefen dann so schnell sie konnten dem Ausgang entgegen. Sie liefen davon und brachten sich eine Straße weiter in Sicherheit. Emely schaute zurück, um zu sehen, ob die Luft rein war. Sie schaute vor das Gefängnis, doch es war keine Wache zu sehen. Nur der Grall, der sich auf den Weg in die Stadtmitte machte. Er kletterte auf eines der Gebäude und sprang von Dach zu Dach.

„Was zur Hölle war das für ein Ding?"

„Ein Grall", antwortete Oscar ihm.

Jay guckte ihn weiter fragend an.

„Glaub mir, mehr willst du nicht wissen."

Emely ging um die Ecke und schaute noch einmal genauer. Es war immer noch niemand zu sehen.

„Ist die Luft rein?", fragte Jay.

„Es… Es ist niemand hier.", antwortete Emely verwundert. Auch die anderen schauten sich jetzt um. Für einen Gefängnisausbruch war es ziemlich ruhig, und auch Maggs spürte, dass etwas nicht stimmte.

Langsam tasteten sie sich immer weiter zum Gefängniseingang vor, um nachzusehen, wo alle waren. Sie standen vor dem Gefängnis und weit und breit war, bis auf die entflohenen Häftlinge, niemand zu sehen. Plötzlich hörten sie eine Stimme hinter ihnen.

„Verdammt, habt ihr etwa schon alle umgebracht?" Es war Leo, der mit Ryo zu ihnen stoß.

„Ich weiß nicht, was hier passiert ist,… aber wir sollten schnellstmöglich von hier verschwinden", antwortete Emely. Sie gingen in Richtung des Geheimtunnels, doch Maggs blieb stehen und ging nicht mit ihnen. Ryo bemerkte es sofort und drehte sich zu ihm um.

„Ted, was ist los?"

„Sie sind hier…", antwortete er, als er sich an den Kopf fasste und zu Boden ging.

„Was meinst du? Wer ist hier? Die Anexus?", fragte Jay.

Die anderen wussten bereits, wen Maggs meinte. In diesem Moment hörten sie die ersten Schreie. Sie kamen aus Richtung des Palastes. Jay erschrak. Er wollte wissen, woher diese Schreie kamen und was hier los war. Auch, wenn er es sich bereits denken konnte, doch die anderen waren nur darauf bedacht so schnell wie möglich von hier zu verschwinden.

„Wir müssen ihnen helfen!", rief Jay.

„Das können wir nicht… Es werden zu viele sein", enttäuschte Maggs ihn. Plötzlich öffneten sich mehrere Portale am Himmel, aus denen Krieger auf schwarzen Pferden mit Flügeln hervorkamen. Sie sahen aus wie Pegasus, das Jay aus der griechischen Mythologie kannte. Jetzt war auch er sich sicher, dass es wirklich die Anexus waren, die die Stadt überrannten, doch das änderte seine Meinung nicht. Ganz im Gegenteil.

„Sie sind unseretwegen hier. Wir können sie nicht einfach alle im Stich lassen. Wir müssen ihnen helfen!", sagte er und lief in Richtung Palast.

„Jaaayy!!", rief Emely ihm nach.

„Verdammt…", murmelte Maggs.

„Geht ihr zum Tunnel. Ich hole den Jungen. Wir treffen uns dort", fügte er hinzu.

Schnell liefen Maggs und Emely Jay hinterher, um ihn davon abzuhalten etwas Dummes zu tun.

Die Schreie um Jay wurden immer lauter. Er sah Häuser brennen. Andeda, die in Häuser einbrachen. Kleine Kinder, die um ihr Leben rannten. Es war fürchterlich. Jay wurde langsamer und tastete sich nur noch langsam vor. Auch er wusste, dass es verrückt wäre sich allein mit einer Armee anzulegen, doch... einfach zurücklassen konnte er die Leute hier auch nicht. Durch die Gassen der Häuser schaute Jay auf den Palast. Unzählige der Andeda strömten aus den Portalen in diese Welt. All die Protestanten, die sich vor dem Palast versammelt hatten und sich gegen die Anexus wehren wollten, wurden wie Tiere hingerichtet. Sie schrieen, liefen davon,... doch sie hatten keine Chance. Diese Bilder erinnerten Jay stark an den Tag, als die Andeda seine Welt angriffen, doch das erschien ihm, im Gegensatz zu jetzt, harmlos gewesen zu sein. Noch nie zuvor hatte er so etwas Schreckliches mit ansehen müssen, doch neben all den Toten und Untoten, sah er noch etwas anderes. Die Stufen hinauf, direkt vor dem Eingang des Palasts, stand jemand, der den Angriff zu koordinieren schien. Breitbeinig und mit den Armen hinter seinem Rücken verschränkt, stand er da und schaute auf die Menge hinab. Sein Gesicht war verdeckt von der Kapuze seines Umhangs, doch ragte daraus eine hundeähnliche Schnauze. Er trug eine schwarze Rüstung mit einem goldenen Symbol auf seiner Brust. Ein Symbol, das Jay bereits aus seiner Reise kannte. Ein Halbmond mit einem Ankh-Kreuz darin. Jay war sich sicher, dass es sich um einen von Osiris Generälen handelte, doch von diesem hatten die anderen ihm nichts erzählt. Irgendetwas war komisch an diesem Anexus. Jay hatte so ein eigenartiges Gefühl, das er nicht beschreiben konnte. Er schien mächtiger als alles, was Jay bisher gesehen hatte. Maggs und Emely hatten ihn jetzt eingeholt und sahen ihn an einer Hauswand sitzen.

„Wer ist das?", fragte er Maggs.

„Das muss Anubis sein…"

„Anubis? Einer der Generäle von Osiris, richtig?"

„Red Claw erwähnte, dass er hier sein würde. Ich hätte nie gedacht ihn mal zu Gesicht zu bekommen."

„Du hast Red Claw getroffen?"

„Eine Geschichte für einen anderen Zeitpunkt. Jetzt müssen wir von hier verschwinden!"

Jay wusste tief im Innersten, dass er recht hatte, doch als er sich umschaute und sah, wie die unschuldigen Bewohner terrorisiert wurden, brach es ihm das Herz.

„All diese Leute hier, sie leiden nur, weil wir hier sind, ist es nicht so?", fragte er während ihm eine Träne über das Gesicht kullerte.

„Früher oder später wäre diese Stadt so oder so gefallen. Wir sind nicht für Osiris Taten verantwortlich."

„Es ist aber unsere Verantwortung, sie vor Osiris zu beschützen. Ich meine, das ist es doch, was ihr tut, oder? Deswegen habt ihr mich rekrutiert, um den Opfern zu helfen. Und jetzt, wo sie unsere Hilfe brauchen, wollt ihr sie im Stich lassen?!"

„Wir haben es hier mit einer ganzen Armee zu tun. Jetzt ist nicht die Zeit, um Helden zu spielen!! Wir dienen einem höheren Ziel! Wenn wir heute sterben, werden alle Welten dieses Schicksal erleiden! Es ist unsere Aufgabe alle Welten zu retten und nicht nur eine Stadt!"

Jay drehte sich noch einmal zum Palast um und wischte sich entschlossen seine Tränen aus dem Gesicht. Dann drehte er sich wieder um und ging an Maggs und Emely vorbei.

„Ich hoffe, es gibt dann noch genügend Welten, die gerettet werden können", sagte er im Vorbeigehen.

So wie die Gruppe durch den Tunnel aus der Stadt verschwand, so verschwand Anubis in dem Palast des Kaisers. Verzierungen an Decken und Wänden waren aus purem Gold. Es war ein riesiger Palast mit dutzenden Wachen, doch sie griffen Anubis nicht an, sie ließen ihn passieren. Geradewegs spazierte der Anexus zum Kaiser, der alles andere als zufrieden mit der Situation seiner Stadt war. Panisch lief er vor seinen Bediensteten auf und ab. Er war geradezu erleichtert, als Anubis zur Tür hereintrat.

„Anubis, da seid Ihr ja endlich. Das alles hier war nicht Teil unserer Abmachung. Ihr sagtet, ihr würdet die Stadt friedlich übernehmen. Das ist alles andere als friedlich!"

Anubis war verärgert und warf den Kaiser mit seinen Kräften an eine Wand.

„Die Abmachung war, die Conexus gegen eine friedliche Übernahme! Du warst derjenige, der seinen Teil nicht erfüllen konnte! Im Gegenteil, sie haben deine ganze Bevölkerung gegen dich aufgehetzt und sind entkommen!"

„Ich hätte nur etwas mehr Zeit gebraucht. Ich kann sie immer noch finden. Ich setze all meine Männer darauf an. Ich verspreche dir, wir finden sie."

„Du hattest deine Chance..."

„Nein, bitte. Osiris und ich sind alte Freunde. Er hat mir versprochen, dass ich Kaiser bleiben darf. Bitte."

„Osiris ist nicht hier. Das hier ist jetzt die Stadt der Anexus. Versagen wird nicht toleriert!"

Anubis erschuf ein Schwert aus dem nichts in seiner Hand und schlug, ohne zu zögern, Kaiser Savar den Kopf ab.

Am Abend erst nahmen die Kämpfe in der Stadt ein Ende. Unzählige der Bewohner versuchten sich zu wehren. Viele verloren ihr Leben und noch mehr wurden von den Anexus weggesperrt.

Anubis trat vor seine Leute und ließ sich von ihnen für diesen Sieg feiern. Die Stadt lag in Trümmern, wurde abgeriegelt und der Wille der Einwohner, die noch verblieben, war gebrochen."

„Andeda! Das hier ist ein entscheidender Tag für die Anexus! Die große Macht Luxtra ist gefallen!"

Die Menge jubelte ihm zu.

„Doch trotz allem, was wir heute erreicht haben, mussten wir eine weitere Niederlage hinnehmen. Die Gesuchten Verräter konnten entkommen. Sie sind noch auf diesem Planeten. Es ist unsere Aufgabe, sie zu finden und sie Osiris zu übergeben. Also meine Freunde, findet sie und bringt sie zu mir!"

Kapitel 10
Das Schicksal bahnt sich seinen Weg

Die Gruppe entfernte sich soweit sie konnten von Luxtra und schlugen zur Nacht ein Lager inmitten eines Waldes auf. Sie saßen gemütlich am Lagerfeuer und verspeisten einige der Vorräte, die sie am Tag geholt hatten, doch die Stimmung war bis dahin getrübt. Es wurde kaum ein Wort gesagt. Nicht einmal Leo war in der Stimmung eine seiner Geschichten zu erzählen. Jay war immer noch wütend und vor allem enttäuscht, dass er der Stadt nicht helfen konnte. Seitdem hatte er kein Wort mehr gesagt.

Maggs war gerade dabei Oscar zu verabschieden.

„Du bist sicher, dass du uns nicht begleiten willst?"

„Ich bin nicht gemacht für den Krieg. Außerdem braucht ihr mich doch gar nicht", antwortete Oscar und warf seinen Blick auf Jay.

„Wann hat mein Vater dir von dieser Prophezeiung erzählt?"

„Das ist schon lange her. Während der Rassenkriege suchte dein Vater verzweifelt nach einer Möglichkeit diesen Krieg zu beenden und klammerte sich dabei an jeden Strohhalm. Er las von dem Dragons Circle und einer Prophezeiung. Diese Prophezeiung sollte nicht nur das Ende der Welten vorhersagen, sondern auch ihre Erlösung."

„Du weißt von dem Dragons Circle? Winston sagte uns, dass er nur Osiris und ihm davon erzählte."

„Oh, dein Vater erzählte mir erst Jahre später davon. Ich kann mich gar nicht mehr erinnern, wann das war, oder was er von mir wollte, aber es war Jahre nach dem Krieg. Dein Vater war damals sogar schon König. Er wäre wirklich stolz auf den Anführer, der du geworden bist."

„Da wäre ich mir nicht so sicher…"

„Du gibst dir die Schuld für Luxtra, nicht wahr? Du bist deinem Vater sehr ähnlich. Du hast die richtige Entscheidung getroffen. Ihr hättet gegen Anubis und seine Armee nichts ausrichten können. Die Ausbildung des Jungen hat Priorität. Es war die einzig logische Entscheidung und ich bin mir sicher, wenn dein Vater an deiner Stelle gewesen wäre, hätte er genauso gehandelt."

„Danke... Ich mache mir nur sorgen um Jay."

„Die erste Schlacht ist immer die Schlimmste. Er wird darüber hinwegkommen. Er ist stark. Er erinnert mich ein wenig an John."

„Ja, mich auch... Wo wirst du jetzt hingehen?"

„Ach, hier und da. Das Multiversum steht mir offen. Hier hält mich nichts mehr. Vielleicht such ich mir einen netten Planeten, auf dem es nur Frauen gibt, wer weiß", antwortete er mit einem Lachen.

Maggs schmunzelte.

„Pass auf dich auf, Oscar."

Er verabschiedete sich mit einem festen Händedruck und zog los.

Die Nacht war bereits angebrochen. Ryo und Leo legten sich bereits nach dem Essen schlafen, so versuchte es auch Jay, doch neben Ryo's extrem lautem Schnarchen, hielten ihn seine Gedanken noch wach. Er wusste, dass er sich auf einen Krieg eingelassen hatte, doch was er an diesem Tag gesehen hatte... Es war schrecklich. Erst jetzt wurde ihm wirklich bewusst, dass er hierbei wirklich sterben konnte. Erst jetzt wurde ihm die Verantwortung bewusste, die er trug.

„Wie soll ich das alles nur schaffen? Wie soll ich nur so mächtige Wesen aufhalten? Ich? Ich bin ein Niemand, der keine Ahnung von all dem hat. Der es nicht einmal mit zwei Straßengangstern aufnehmen kann. Was ist, wenn ich versage? All diese Wesen, die auf mich angewiesen sind. Warum nur auf mich?! Ich darf nicht versagen... Komme was da wolle. Ich muss es schaffen."

All diese Gedanken kreisten Jay noch stundenlang in seinem Kopf herum.

Maggs hatte sich an eine Klippe nah ihres Lagers gesetzt und beobachtete die Sterne.

„Wunderschön, nicht wahr?", fragte Emely ironisch, als sie sich zu ihm setzte.

Maggs schaute in den Himmel und lächelte etwas. Sie schwiegen und lauschten den Geräuschen der Natur. Vögel zwitscherten, Wolfseulen heulten den Vollmond an und der Wind pfiff durch die Blätter der Bäume. Dann unterbrach Maggs das Schweigen.

„Der Junge hatte recht."

„Was meinst du?"

„Wann haben wir aufgehört, den Unschuldigen zu helfen?"

„Du weißt, dass wir heute keine Wahl hatten. Sie hätten uns getötet, oder schlimmer, Osiris hätte uns seinem Willen unterzogen. Wir hätten Jay verlieren können und damit den Krieg. Die Mission hat Vorrang. Auch, wenn es manchmal nicht so scheint… Es war die richtige Entscheidung", antwortete Emely.

„Oscar hat dasselbe gesagt. Ich weiß, ihr habt recht, aber dennoch klebt das Blut dieser Wesen auch an unseren Händen."

„Deine Familie war schon immer gut darin, sich die Schuld für die Taten der anderen zu geben."

„Ich weiß, dass es nicht meine Schuld war, aber es ist meine Verantwortung. Wie der Junge gesagt hat, wir sind da, um den Opfern dieses Krieges zu helfen."

„Eines Tages werden wir das, und der Tag wird schon bald da sein", munterte sie ihn wieder auf.

Mit den ersten Sonnenstrahlen wachte die Gruppe auf, packte ihre Sachen und zog los.

„Gehen wir jetzt zum Portal?", fragte Jay.

„Ja", antwortet Maggs.

Jay blieb stehen. Er war genervt davon, immer nur so kurze, nichts-sagende Antworten zu bekommen.

„Jay, was ist los? Warum bleibst du stehen?", fragte ihn Emely.

„Ich kann damit leben, dass wir vielleicht nicht allen und jeden helfen können, aber wenn ich mich von dir anführen lasse, dann nur, wenn ich dir vertraue. Es wird Zeit, dass du mir endlich alles erzählst!"

„In Ordnung."

„In Ordnung?"

„In Ordnung. Du hast recht. Wenn wir als Team funktionieren wollen, müssen wir einander vertrauen. Also, was willst du wissen?"

„Dieser Grant Hawl, er soll mich ausbilden, richtig?"

„Richtig", antwortete Maggs.

„Aber warum? Ich dachte, du würdest mich ausbilden?"

„Das werde ich. Genau wie die anderen. Wir werden dir alles beibringen, was wir können, aber es wird nicht reichen. Um Osiris gegenübertreten zu können, musst du ein Großmeister der Conexus werden."

„Ein Großmeister?"

„Ganz genau. Nur die stärksten der Conexus sind fähig zu Großmeistern aufzusteigen. Anders als Meister, so wie wir es sind, haben sie sich nicht nur auf ein Gebiet spezialisiert. Sie nutzen das Licht nicht nur, um eine Verbindung mit anderen Dingen einzugehen... Sie haben eine Verbindung zum Licht selbst. Nur ein Großmeister kann einen anderen Großmeister ausbilden. Diejenigen, die Osiris nicht auf seine Seite gezogen hat, tötete er am schwarzen Tag. Bis auf..."

„Grant. Aber warum? Wie konnte er überleben?", fragte Jay weiter.

„Vor ca. 100 Jahren verbannte mein Vater ihn aus Fatum. Er verbrachte viele Jahre auf seiner Erde Duran, doch noch vor dem schwarzen Tag verschwand er. Wir denken, er hat sich einer Gruppe namens "Dragons Circle" angeschlossen. Sobald wir beim Widerstand eingetroffen sind, wird ein Mann namens Winston uns helfen diese Gruppe zu finden."

„Und dieser Winston ist auch kein Großmeister?"

„Nein, er ist ein Warlock."

„Ein Hexenmeister?"

„Ganz genau. Er verwendet das Licht auf eine Weise, die nur die Wenigsten verstehen."

„Okay, aber wenn dieser Grant schon vor über 100 Jahre gelebt hat, dann ist er doch entweder steinalt oder schon längst tot, oder nicht?"

„Du hast es ihm noch nicht erzählt?", warf Ryo fragend ein.

„Dazu sind wir nicht gekommen."

„Mir was nicht erzählt?"

„Nun ja. Nexus altern etwas langsamer als Normalsterbliche."

„Was? Und wie alt seid ihr?"

„137.", antwortete Leo, als wäre es nichts Besonderes.

Jay blieb der Mund offen stehen.

„Oh, und bevor ich es vergesse. Hier", sagte Maggs und gab Jay einen schwarz-weißen Stein in die Hand.

„Was ist das?"

„Ein Connector. Sollten wir einmal getrennt werden, kannst du uns damit kontaktieren."

„Wie funktioniert er?"

„Wenn du uns erreichen willst, musst du nur den Stein in die Hand nehmen. Die Steine sind verbunden. Wir merken es, wenn du uns kontaktierst."

„Etwa mit einem Klingelton? Also wie bei einem Handy?!"

„Eher wie die Vibrationsfunktion."

Alle schauten Leo verwundert an.

„Was denn? Ryo und ich waren auf vielen Erden, wo die diesen Scheiß benutzen."

„Du kennst Handys, aber weißt nicht, wie man einen Computer bedient?", fragte Emely.

„Ich habe dir doch gesagt, ich hatte es nur vergessen!"

„Wo wir schon davon sprechen, warum genau lebt ihr mit den technischen Fortschritten des Mittelalters, wenn ihr Zugang zu jeder Erde habt?"

„Kleiner, vertrau mir. Wir haben schon oft genug gesehen, wie Technik sich gegen ihre Anwender gestellt hat. Wir sind besser ohne sie dran", erklärte Leo ihm.

„Können wir dann weiter?", fragte Maggs drängend.

„Können wir. Wie lange gehen wir denn zum Portal?"
„Nicht mehr als ein paar Tage."
„Tage?"
„Ha. Ja, ich weiß. Manchmal wünschte ich mir wirklich, Ryo und ich hätten die fliegende Schildkröte behalten können", antwortete Leo.
Wieder war Jay überrascht, doch er hatte dieses Mal keine Lust, wegen einer "fliegenden Schildkröte" weiter nach zu fragen. Er würde es ja doch nur nicht verstehen.
Den ganzen Tag lang wanderte die Gruppe in Richtung Portal. Durch finstere Waldgebiete und Berglandschaften marschierten sie, ehe sie am Abend Rast einlegten. Umgeben von riesigen Bäumen legte die Gruppe in einer Lichtung ihre Sachen nieder. Alle waren erschöpft und sackten förmlich zu Boden. Einen Moment herrschte Totenstille. Nur das Flattern der gelb leuchtenden Schmetterlinge um sie herum war zu hören. Während Jay nur noch darauf bedacht war sich zu erholen, hatte Maggs andere Pläne für ihn.
„Emely, du übernimmst die erste Schicht. Ryo, Leo, ihr sammelt Feuerholz und besorgt uns etwas zu essen."
„Alles klar", erwiderten die beiden genervt und machten sich auf den Weg in den Wald. Jay war erleichtert, dass er seinen Namen nicht hörte und machte sich schon einmal daran seinen Schlafplatz vorzubereiten.
„Jay!", rief Maggs lautstark und erschreckte ihn zu Tode.
„Was hast du vor?", fügte er hinzu.
„Schlafen?!"
„Du kannst später schlafen. Das Training wartet auf dich."
„Training? Wir waren den ganzen Tag auf den Beinen. Ich bin fix und fertig und möchte einfach nur noch schlafen. Ich brauche eine Pause…"
„In wenigen Tagen schon erreichen wir das Portal. Wenn wir Grant finden, musst du vorbereitet sein, ansonsten wird er dich nie ausbilden."
Jay war zu erschöpft, um weiter mit Maggs zu diskutieren, also rappelte er sich noch einmal auf.

„Emely wird heute mit dir trainieren."

Jay war zumindest etwas positiv überrascht, dass er nicht wieder mit Maggs trainieren musste, denn so lehrreich das auch Training war, die Kraft dafür hatte er nun wirklich nicht mehr. Zusammen gingen Emely und Jay etwas tiefer in den Wald, um ihre Ruhe zu haben.

„Nimm es nicht persönlich. Ted meint es nur gut mit dir. Er macht sich sorgen, zumindest auf seine Art und Weise."

Beruhigt hatten Jay diese Worte nicht wirklich. Die Tatsache, dass Maggs sich darüber Sorgen machte, dass Grant ihn nicht ausbilden würde, warf nur noch mehr Fragen bei ihm auf.

„Wer genau ist eigentlich dieser Grant Hawl? Und warum wurde er verbannt? Warum sollte er mich nicht ausbilden wollen?"

„Und ich dachte wir hätten all deine Fragen bereits beantwortet…"

„Ich glaube, das wird niemals der Fall sein."

„Ich kannte Grant nicht, wie Ryo und Leo es taten, aber verbannt wurde er, weil er den Glauben der Nexus in Frage stellte."

„Deswegen wird man verbannt?"

„Zunächst nicht. Grant war ein Mann der Wissenschaft. Er stellte Nachforschungen über die Nexus an und stellte die wildesten Theorien auf. Mit der Zeit begann er Leute von seinen Gedanken zu überzeugen. Die anderen hielten ihn für verrückt und eine Bedrohung. Erst recht nachdem er… zum Großmeister ausgebildet wurde. So sah Cornelius sich gezwungen ihn zu verbannen."

„Und deswegen denkt ihr, dass er mich nicht ausbilden wird?"

„Schon möglich. Seitdem sind 100 Jahre vergangen. Wir wissen nicht, wie er jetzt zu den Nexus steht, doch darüber sollten wir uns jetzt keine Gedanken machen. Also gut, setz dich. Lass uns anfangen."

Emely fegte mit ihren Füßen das Laub zur Seite und setzte sich zusammen mit Jay auf den kalten Waldboden.

„Wie viel hat Ted dir von den Nexus-Meistern erzählt?"

206

„Nicht viel. Nur, dass sie sehr mächtig sind und sich auf ein Gebiet spezialisiert haben."

„Er hat dir also nicht erzählt, was für Meister wir sind?"

„Nein…"

„Nun gut. Ted ist ein Meister des Kampfes. Er nutzt das Licht, um eine bessere Verbindung zu sich und seinem Körper herzustellen. Das ermöglicht ihm eine enorme Kraft anzuwenden."

„So wie ich?!"

„Ganz genau. Er ist eins mit seinem Körper und stößt immer wieder über seine Grenzen hinaus."

„Oh… Also hat nicht jeder Nexus diese unglaubliche Stärke?"

„Nein. Ryo und Leo zum Beispiel nicht."

„Was ist mit dir?"

„Ich auch nicht, nein. Ich bin eine Meisterin des Lebens. Mit Hilfe des Lichts stelle ich eine Verbindung zu allen Lebewesen her. Egal ob Mensch, Tier oder Pflanze."

„Also kontrollierst du Lebewesen?"

„Haha, nein. Ich kontrolliere sie nicht. Ich kommuniziere mit ihnen, berühre das Licht in ihnen, bringe das Beste in ihnen zum Vorschein und so mache ich mir diese Verbindung im Kampf zum Vorteil. Oft helfen sie mir, doch kontrollieren tue ich sie nicht."

„Und Leo und Ryo?"

„Das wirst du sehen, sobald sie an der Reihe sind."

„Also bildet jeder von euch mich in seinem Gebiet aus?"

„Ganz genau."

„Und wurde jeder Großmeister in jedem Gebiet ausgebildet?"

„Natürlich nicht. Dafür gibt es viel zu viele. Ein Großmeister lernt nicht jedes einzelne Gebiet, er lernt mit Hilfe des Lichts sich jede Kraft zu Nutze machen zu können."

„Und warum lerne ich es dann von euch, wenn ich es bald sowieso schon kann."

„Nun, du hast zu wenig Erfahrung mit deinen Kräften. Nur, wenn du sie vollständig verstehst, kannst du zu einem Großmeister werden. Also, sollen wir anfangen?"

Jay nickte. Emely setzte sich in den Schneidersitz und legte ihre flachen Hände auf ihre Knie ab. Jay wusste nicht, ob er sich auch so hinsetzten sollte, also tat er es einfach. Es konnte ja nicht schaden.

„Schließe deine Augen. Konzentriere dich. Konzentriere dich auf deine Ohren und die Geräusche, die du mit ihnen wahrnimmst", erklärte sie ihm und schloss dabei auch ihre Augen, doch als Jay seine Augen schloss, konnte er sich nicht konzentrieren. Auch, wenn er darin mittlerweile sehr viel Übung hatte, war er an diesem Tag einfach zu müde. Ein stummes Gähnen konnte er sich nicht verkneifen.

„Nicht gähnen! Konzentrieren."

„Wie konntest du…?"

Das sehen, wollte er fragen, doch Emely zeigte ihm, dass er leise sein sollte. Wieder schloss Jay seine Augen und versuchte sich zu konzentrieren. Er konzentrierte sich auf die Geräusche um ihn herum. Er hörte den Wind, der die Äste der Bäume bewegte, doch sonst war Stille. Nichts war zu hören.

„Atme", fügte Emely hinzu.

Jay atmete tief ein und wieder aus. Genau wie Maggs es ihm lehrte. Er konzentrierte sich voll und ganz auf sein Gehör. Er wollte so sehr, dass es funktioniert, doch was eigentlich funktionieren soll, das wusste er nicht, doch dann hörte er ein Geräusch. Er hörte ein leises Rascheln in einem der Büsche um sie herum.

„Hast du es gehört?", fragte Emely.

„Ja…"

„Konzentriere dich auf dieses Geräusch. Blende alles aus. Es gibt nur noch dich und dieses Geräusch… Jetzt stelle dir vor, wie es langsam immer näher kommt. Je näher es kommt, desto deutlicher kannst du es hören."

Ganz fest glaubte Jay daran, dass dieses Geräusch immer näher kam, auch wenn es ihm komisch erschien. Es wurde immer lauter und lauter, bis es irgendwann genau neben ihm zu sein schien, doch dann, wie aus dem nichts, war das Geräusch verschwunden.

Enttäuscht öffnete Jay langsam seine Augen.

„Es ist weg."

„Dreh dich um", antwortete Emely mit einem breiten Grinsen, und als Jay sich umdrehte, sah er ein kleines Tier vor dem Gebüsch sitzen. Mit seinen großen Kulleraugen schaute es Jay an. Es sah aus wie eine Maus auf zwei Beinen mit einer kleinen Beuteltasche an ihrem Bauch.

„Oh… Was ist das?"

„Ein Bauts."

Ganz vorsichtig näherte es sich Jay und zog mit seinen winzigen Händen etwas aus seiner Tasche. Es war eine kleine Nuss, die sie ihm direkt vor die Füße legte.

„Für mich?", fragte Jay ohne Erwartung auf eine Antwort, doch obwohl es eigentlich unmöglich war, sah er ein kleines Nicken. Begeistert fragte Jay ironisch: „Ich kann mit Tieren sprechen?!"

„Du kannst mit Tieren sprechen."

„Unglaublich…"

„Spürst du die Verbindung zwischen euch?"

„Ja", murmelte Jay und streckte langsam seine Hand nach dem Bauts aus, doch plötzlich schoss ein Pfeil aus dem Gebüsch hervor. Er traf genau in seinen Nacken und heftete den Bauts an einen Baum.

„Au", schrie Jay und fasste sich reflexartig an den Nacken. Danach war die Verbindung zu ihm wie weggeblasen. Leo trat aus dem Gebüsch hervor und zog die verärgerten Blicke von Emely und Jay auf sich.

„Was? Wolltet ihr den etwa für euch allein haben?"

Emely schüttelte den Kopf und fasste sich fassungslos an die Stirn.

„Wir hatten nicht vor ihn zu essen…", sagte sie und befreite den Bauts von dem Pfeil. In Windeseile huschte er zurück in die Büsche, aus denen er gekommen war, und ließ einen enttäuschten Jay zurück. Verärgert reichte Emely Leo seinen Pfeil und schaute ihn weiter fassungslos an.

„Okay, okay. Dann gehen wir halt alle hungrig ins Bett. Beim Connector, nie kann man es euch recht machen", sagte Leo im Weggehen.

„Es tut mir leid, Jay, aber es war gut für dich zu sehen, dass die Verbindungen in beide Richtungen funktioniert. Du musst noch lernen dich abzugrenzen, sonst können solche Verbindungen im Kampf gegen dich verwendet werden. Dein Vorteil würde zu einem Nachteil werden."

Jay nickte nur.

„Das reicht fürs Erste. Wir machen morgen weiter. Ruhe dich jetzt lieber aus."

„Danke", sagte Jay erschöpft und folgte ihr zurück zu den anderen. Am Lager angekommen, sahen sie die anderen um ein Feuer herumsitzen. Sie hielten einen Spieß, an dessen Ende ein Stück Fleisch über das Feuer hing. Jay und Emely setzten sich zu ihnen und sie aßen gemeinsam. Ryo reichte Jay einen Teller mit einem großen Stück Fleisch und einer ekelig aussehenden Brühe. Anders als sonst, fasste er das Fleisch an diesem Abend nicht an. Wann immer er es ansah, musste er an den Schmerz denken, den Leo dem Bauts zugefügt hatte. Als Maggs sah, dass er sein Essen kaum anrührte, wollte er ihn darauf ansprechen, doch Emely gab ihm zu verstehen, dass dies keine gute Idee sei. Er vertraute ihr und schwieg.

Nachdem Jay seinen ekeligen Brei aufgegessen hatte, legte er sich in seinen Schlafsack und schlief sofort ein, doch es war ein unruhiger Schlaf. Mitten in der Nacht hörte er eine flüsternde Stimme.

„Jay...Jay...", sprach sie immer wieder. Panisch sprang er auf und schaute sich um.

„Wer ist da?"

Doch niemand antwortete. Niemand war zu sehen. Die anderen schliefen, doch Maggs drehte sich gerade zu ihm um.

„Jay? Was ist los?"

Noch einmal schaute er sich genau um. Niemand. Weit und breit war niemand zu sehen.

„Nichts. Nichts, ich hatte nur... einen schlechten Traum."

Die verzerrte Stimme verstummte und er legte sich wieder hin, doch gefüllt von Angst, fiel es ihm umso schwerer, wieder einzuschlafen. Die Stimme kam ihm bekannt vor, doch zuordnen konnte er sie nicht. Er überlegte und überlegte, doch er kam einfach nicht drauf. Es dauerte eine ganze Weile, bis er diese Gedanken losließ und endlich einschlafen konnte. Auch Maggs legte sich mit Bedenken wieder schlafen. Er hoffte, dass es nur die jüngsten Ereignisse waren, die Jay zu schaffen machten.

Als Maggs am nächsten Morgen Jay zu seinem morgendlichen Training wecken wollte, musste er entsetzt feststellen, dass sein Schlafsack leer war. Er erinnerte sich an die Nacht zurück und wurde schnell panisch. Er schaute sich um und rief nach ihm. „Jay?!"
Keine Antwort.
„Er ist bestimmt weggelaufen", dachte er sich.
„Ich wusste, das ist alles zu viel für ein Kind."
Doch in diesem Moment hörte er eine Stimme aus dem Wald sagen: „Suchst du mich?"
Maggs war erleichtert, als er Jay zwischen den Bäumen hervorkommen sah. Noch nie war er so froh ihn zu sehen, doch sagen konnte er ihm das nicht.
„Gut, du bist schon auf", sagte er stattdessen.
„Wir müssen dein Training fortsetzen."
„Ich weiß. Ich habe schon einmal Beeren im Wald gesammelt. Ich hoffe, man kann die auch essen", sagte er und breitete ein paar rote Beeren auf einem Tuch aus. Wie aus dem nichts tauchte Ryo hinter ihm auf und schnappte sich einige dieser Beeren.
„Hmmm… Sinabeeren… köstlich."
Schon fast krampfartig lobte Maggs Jay mit einem „Gut gemacht."
„Und jetzt ans Training", fügte er hinzu.
Jay war überrascht. Ein Lob von Maggs hatte er nicht oft zu hören bekommen. Wenn er an diesem Morgen nicht ohnehin

schon gut gelaunt gewesen wäre, dann spätestens zu diesem Zeitpunkt.

Das Training lief für Jay an diesem Morgen besonders gut. In einem Trainingskampf gelang es Jay immer wieder einige Treffer bei Maggs zu landen. Vom Blocken und Kontern ganz zu schweigen. Auch wenn Maggs bei diesem Kampf nicht alles gab, war er angenehm überrascht, welche Fortschritte Jay bereits machte. Er sah ihm genau an, wie sehr er sich bemühte. Zum ersten Mal hatte er nicht das Gefühl, dass er ein leichtsinniges Kind vor sich hatte.

„Gut, das reicht für heute", sagte Maggs, als er Jay ein letztes Mal zu Boden warf.

„Nein, ich kann noch weiter machen."

„Ich weiß deinen Einsatz zu schätzen, aber du solltest lernen dir deine Kräfte einzuteilen. Wir haben einen weiteren Tagesmarsch vor uns. Emely wird heute Abend mit dir weiter trainieren."

Doch Jay hörte nicht auf ihn und versuchte einen weiteren Angriff. Maggs konterte ihn gekonnt und legte ihn auf den Boden. Mit einem Knall landete Jay auf seinem Rücken.

„Ah…"

Maggs schaute ihn nur wütend an.

„Okay, jetzt können wir aufhören", stöhnte Jay vor Schmerzen. Maggs Mundwinkel bewegten sich leicht nach oben und er half Jay wieder auf die Beine.

„Nächstes mal solltest du besser gleich auf mich hören."

Zurück am Lager zog Jay sich um und packte seine wenigen Sachen zurück in seine Tasche. Er wollte sich gerade ein paar seiner frisch gesammelten Beeren gönnen, als er feststellen musste, dass nur noch einige Wenige übrig geblieben waren, also nahm er sich die Letzten und probierte sie. Sie waren sehr süßlich und schmeckten nach einer Mischung aus Himbeeren und Pfirsichen. Sehr lecker, wie Jay fand. Das sah offenbar auch Ryo so, der zwei Dutzend dieser Beeren gefuttert hatte.

„Vielen Dank, Jay, *rülps*. Sinabeeren sind wirklich köstliche Beeren. Meine Mutter hat daraus früher köstliche Kuchen gezaubert."

„Mhh. Mama Mias Kuchen... Wie ich ihn vermisse", fügte Leo hinzu.

„Du hast Ryos Mutter aber nicht Mama Mia genannt, oder?"

„Manchmal... Wieso?"

„Ach, nur so."

„Wenn das alles hier vorbei ist, laden wir dich mal auf ein Stück ein, Jay", sagte Ryo und klopfte ihm dabei, für seine Verhältnisse sanft, auf die Schulter.

„Kommt schon, Leute. Wir müssen los", rief Maggs.

Ryo und Leo gingen schon einmal, während Jay zurückblieb und Emely dabei half, ihre letzten Sachen zusammen zu packen.

„Danke. Wie war euer Training heute?"

„Sehr gut", antwortete er. „Aber ich hatte das Gefühl, dass Maggs mich etwas geschont hat."

„Er weiß, was er tut. Du musst ihm da einfach ein Stück weit vertrauen. Er konnte mehr als einmal beobachten, wie sein Vater Schüler unter seine Fittiche nahm."

„Er selbst hat noch niemanden ausgebildet? Muss man dafür auch ein Großmeister sein?"

„Nein. Ted war nicht immer der verantwortungsvolle Anführer, der er heute ist. Als er jung war, wollte er wenig mit den Pflichten seiner Familie zu tun haben. Er war immer mehr am Spaß des Lebens interessiert."

„Wow." Jay wunderte es nicht, dass er sein erster Schüler war. Das ein oder andere Mal hatte er sogar das Gefühl, dass Maggs noch nie zuvor mit einem anderen Individuum kommuniziert hätte, aber ein verantwortungsloser, lebenslustiger Maggs... Das konnte er sich gar nicht vorstellen. Von vorne unterbrach ein lautes Lachen seine Gedanken. Ryo und Leo bekamen sich vor lauter Lachen gar nicht mehr ein. Leo drehte sich zu ihnen um und sagte: „J...Ja...hahaha...Jay."

„Was ist denn so lustig?"

„Ryo hat mich da gerade an etwas erinnert, als wir diese ekelige Nacktschnecke hier gesehen haben."

Am Ende festhaltend hielt er sie genau vor Jays Gesicht und warf sie dann weg.

„Haha. Einmal mussten wir auf Loóc reisen. Ein riesiger Eisplanet. Fürchterlich, also wirklich fürchterlich kalt. Selbst Ryo mit seinen 24 Fettschichten hat da gefroren. Also, wenn du einmal ein Nashorn in Winterjacke sehen willst, empfehle ich dir dort Urlaub mit Ryo zu machen. Ein wirklich sehenswerter Anblick. Wie dem auch sei, so ein extrem reicher Schnösel, ich glaube sein Name war Siegbert oder so, hat uns extrem viel Geld gezahlt, damit wir ihm die Haut eines Arjen bringen. Das sind riiiiesiige Seeungeheuer, die unter der Eisschicht leben. Aus ihrer Haut kann man wirklich hervorragende Mäntel machen, aber so ein Fisch zu fangen... Das war vielleicht ein Abenteuer. Wir gingen also in ein kleines Dorf auf Loóc und fragten dort, wo man am besten so ein Arjen fangen kann. Erstmal war es verdammt schwer sich mit diesen Leuten zu verständigen, wirklich ein seltsames Volk diese Betgin. Naja schlussendlich, haben wir uns den Ältesten im Dorf gesucht und ihn gefragt. Und siehe da, wie jeder alte Mann hatte er die ein oder andere Geschichte über Arjen auf Lager. Er brachte uns zu einem riesigen Loch in der meterdicken Eisschicht. Wir standen davor und der alte Mann in seinem dickem Schneeanzug und seiner eisigen Haut zeigte auf das Loch und sagte "da". Wie wir das Ding jetzt fangen konnten, wussten wir aber immer noch nicht, und als wir ihn gefragt haben, hat er nur "Lag ir ned olgi" geantwortet. Was übersetzt so viel heißt wie "Geh mit den Fischen". Im ersten Moment hatten wir natürlich keine Ahnung, was er damit meinte, und ich schonmal gar nicht, aber Ryo war irgendwann soweit, dass er wirklich wollte, dass wir in dieses Loch springen und schwimmen. Für mich war das Thema damit eigentlich erledigt, aber Ryo musste ja unbedingt das Gold erwähnen."

„Du warst doch derjenige, der das Gold vor Augen hatte", warf Ryo ein.

„Ist ja auch irrelevant. Also, wir waren beide so verrückt und sprangen in das Eiswasser. Wir schwammen dort und nichts passierte. Während wir uns den Arsch abfroren, rief er immer nur, dass wir warten sollen und noch irgendwas, was wir nicht verstanden haben. Dann plötzlich rief er: ‚jetzt' und Ryo und ich hatten keine Ahnung, was er damit meinte, bis der Schlauberger hier auf die Idee gekommen ist, dass wir beide jetzt aus dem Wasser sollten. Ich bin natürlich etwas lauter geworden, weil er das nicht früher gesagt hatte, und was hast du als Entschuldigung gesagt?"

„Ich war mir nicht sicher, haha, ob er ‚bei jetzt aus dem Wasser' oder ‚bei jetzt Wasser trinken' gesagt hat."

Jay und Emely lachten.

„Genau. Was auch immer das Letzte für einen Sinn ergeben hätte. Also, lange Rede, kurzer Sinn. Wir waren im Wasser und der Arjen genau unter uns. Mit einem Affenzahn schoss er aus dem Wasser und schleuderte uns zurück aufs Eis. Ein riesiges Monster mit riesigen Flossen und scharfen Zähnen. Alles, was Ryo und ich hatten, waren unsere Waffen. Ein Seil und ein Netz. Also nahmen wir die Sachen... und liefen so schnell wir konnten zurück in das Dorf. Was wir natürlich nicht wissen konnten, ist, dass Arjen sich auch auf dem Eis super schnell fortbewegen können, also hatten wir keine Wahl. Es hieß wir gegen das Seeungeheuer. Ryo nahm mich mit samt meiner Waffen und warf mich auf den Kopf der Bestie. Ich habe das Seil um seinen Kopf gewickelt und versucht es zu zügeln."

„Und, hat es funktioniert?", fragte Jay.

„Sagen wir mal so, es hat schon einmal besser funktioniert. Das Ding wurde wütend und ist durch die Eisschicht wieder abgetaucht."

„Mit dir drauf?"

„Mit mir drauf. Ich habe das Ding nicht losgelassen. Auch wenn es mit der Luft langsam knapp wurde. Das Ding schoss gerade noch rechtzeitig wieder hoch. Und verdammt, Ryo war unglaublich. Er stand genau richtig und schlitzte dem Ding im Sprung mit seinem leuchtenden Stab den Magen auf."

„Woow. Woher wusstest du, wo es wieder hochkommen würde?"

„Glück", antwortete Ryo mit einem Zwinkern.

„Ja, das war schon echt cool... Was er leider nicht bedacht hatte, war, dass wenn der Arjen mit offenem Bauch hochfliegt, fliegt er so auch wieder runter."

„Oh, bitte erzähl es nicht weiter", unterbrach Ryo ihn.

„Also... Haha... landete dieses riesige und verdammt schwere Ding also auf Ryo. Haha. Ich dachte erst, das wars jetzt... Ich war mir sicher, dass der Arjen ihn plattgedrückt hätte. Dann... Haha... kam er aus dem Ding raus gekrochen. Überzogen mit Schleim und Innereien, fast so ekelig wie diese Nacktschnecke, und dann... hahaha... sagt er: „Der Arjen hat ja gar keine Zähne in seinem Maul." Haha in diesem Moment konnte ich nicht mehr. Niemals werde ich den Augenblick vergessen, als er realisiert hat, wo er wirklich raus gekrochen ist."

„iiii...haha."

Während Ryo sich ein bisschen schämte, lachten die anderen lauthals, doch etwas schmunzeln, musste er auch.

„Ihr scheint ja wirklich viel erlebt zu haben", stellte Jay fest.

„Wir sind in den Jahren schon etwas rumgekommen, ja..."

Ryo und Leo unterhielten Jay mit weiteren Geschichten, so verging die Zeit bis zum Abend wie im Fluge.

Einen weiteren Tag Fußmarsch hatte die Gruppe somit hinter sich gebracht. In einem dicht bewachsenen Waldgebiet schnitt Maggs ihnen mit seinem Schwert einen Weg frei, bis sie einen kleinen See erreichten. Der See war umrahmt von riesigen Bäumen und gut geschützt. Am Rande des Sees stand eine kleine Holzhütte. Sie schien verlassen, doch Maggs wollte kein Risiko eingehen.

„Ihr wartet hier", flüsterte er und näherte sich vorsichtig der Eingangstür. Er schaute durch das kleine Fenster links daneben. Nichts. Er ging weiter zur Tür und zückte sein Schwert. Er gab Emely ein kurzes Handzeichen. Sie nickte nur, dann trat er die Tür ein. Bis auf einen Bauts, der vor Schreck davonlief, war die Hütte leer. Nur ein Bett und ein Tisch standen darin.

„Na super... Die Tür hast du umsonst kaputt gemacht", sagte Leo, als er eintrat.

„Hier rasten wir", sagte Maggs. „Ryo? Wärst du so freundlich?", fragte er.

Ryo zögerte nicht lang und hob die Tür, ohne sie zu berühren, zurück in ihren Rahmen.

„So gut wie neu", lobte er sich.

„Also, was liegt jetzt an, Teddy?", fragte Leo.

„Teddy?", fragte Jay lachend.

Maggs schaute ihn nur ernst an. Sofort verstummte Jays Lachen.

„Wir sollte uns erst einmal ausruhen", antwortete Maggs.

Ryo und Leo zögerten nicht lange. Sie rissen sich ihre Klamotten von ihren Leibern und sprangen in den See. Das Wasser war glasklar und schimmerte durch die am Grund wachsenden Pflanzen etwas lila. Während bei Leo nur ein leichtes *Platsch* zu hören war, wurde es bei Ryos Arschbombe etwas lauter. Das Wasser spritzte so hoch und weit, dass selbst Maggs und die anderen etwas abbekamen. Leo tauchte wieder auf und rief den anderen zu: „Kommt rein, Leute. Das Wasser ist fantastisch!"

Auch Jay und Emely zogen sich bis auf ihre Unterwäsche aus und sprangen in das angenehm warme Wasser. Auch Luna folgte ihnen und planschte etwas.

„Komm schon, Ted!", rief Emely ihm zu.

„Wir haben uns eine Pause verdient!"

Ted wusste, dass sie recht hatte... doch er zögerte. Früher hätte er das nicht. Nicht eine Sekunde hätte er gezögert, in einen See zu springen und sich einfach mal zu amüsieren, sich zu entspannen, doch mittlerweile wusste er nicht einmal, ob er dazu noch in der Lage war.

Ryo, Leo und Jay hingegen amüsierten sich riesig. Mit seinen Kräften erschuf Ryo einige Wasserbälle mit denen er Jay und Leo bewarf. Sie lachten und hatten Spaß, doch Emely bemerkte Teds zögern. Sie ging wieder raus, packte Ted an seinem Arm und zog ihn Richtung Wasser.

217

„Komm schon, Ted... Du musst mal etwas abschalten. Den Kopf frei bekommen."
„Ich habe keine Zeit für sowas. Es gibt noch so viel zu tun."
„Das kannst du auch später machen."
„Ich sollte noch einmal Kontakt zu Winston aufnehmen. Fragen wie weit er mit der Suche ist."
„Das kannst du auch später machen", antwortete sie erneut und warf Ted im nächsten Augenblick mit samt seiner Klamotten in den See.
„Emely!!", rief er im Fall.
„Oh, das wirst du noch bereuen!", fügte er nach seinem Auftauchen hinzu. Er umhüllte seine Faust mit Wasser und schoss es im nächsten Moment mitten in Emelys Gesicht.
„Huh... Du setzt die Wasserfaust gegen mich ein?!"
Nach einem kurzen Moment der Stille fingen beide an zu lachen und Emely sprang zurück ins Wasser. Gegenseitig spritzten die beiden sich Wasser ins Gesicht und versuchten den Kopf des anderen unter Wasser zu halten. Dabei lachten sie immer weiter und kamen sich näher. Sie rangelten weiter, und durch Zufall landete Emely in seinen Armen. Sie schauten sich tief in die Augen und ihr Lachen verstummte.
„Siehst du, ist doch gar nicht so schlimm, mal etwas Spaß zu haben, oder?", fragte sie ironisch. Ted belächelte es nur und schaute ihr weiter in ihre wunderschönen blauen Augen, doch noch bevor die beiden sich noch näher kommen konnten, hörten sie Ryo hoch oben von einem der Bäume rufen: „Arschbombe!!!"
Mit einem gewaltigen Platschen tauchte er in das Wasser ein und im nächsten Moment schwappte eine riesige Welle zu den beiden herüber. Getrennt von der Welle, schauten sich die beiden erneut an und sagten gleichzeitig: „Genug Spaß für heute."
Leo und Jay feierten Ryo derweil für die riesige Welle, die er mit seiner Arschbombe kreiert hatte.
„Wow, Ryo. Das war der Wahnsinn", rief Jay ihm zu. „Aber wie bist du überhaupt auf den Baum gekommen?!", fügte er hinzu.

„Ein Magier verrät nie seine Tricks", sagte er nur.
„Gott, ich hasse Magie", murmelte Leo daraufhin.

Später am Abend setzten Emely und Jay ihr Training weiter fort, doch dieses Mal waren sie nicht allein. Luna leistete ihnen ebenfalls Gesellschaft, jedoch aus einem Grund, den Jay bis dahin nicht kannte.
„Und, was lerne ich heute?", fragte Jay neugierig.
„Ich will, dass du das gestern Gelernte an Luna anwendest."
„An Luna? Wieso?"
„Sie ist ein Teil unseres Teams. Du hattest von Anfang an einen guten Draht zu ihr, so kannst du eure Verbindung weiter vertiefen."
„Na gut…"
„Im Kampf müssen wir als ein Team agieren. Mit Luna an unserer Seite haben wir immer ein Ass im Ärmel. Wäre doch besser, wenn zwei Leute diese Karte ausspielen können."
„Gut zu wissen, dass es Kartenspiele auch auf anderen Erden gibt."
„Ich denke, Kartenspiele sind multiversell. Also, sollen wir?"
Jay setzte sich wieder in den Schneidersitz und schloss seine Augen. Er atmete tief ein… und wieder aus. Ein, und wieder aus. Luna setzte sich genau vor ihn. Ab jetzt gab es nur noch ihn und den Eisfuchs. Er blendete alles andere aus. Kein rauschendes Wasser, kein Ryo, der das Essen über dem Feuer zubereitete. Kein Wind, der durch die Bäume pfiff. Nur er und Luna, und mit einem Mal sah er sie weißstrahlend vor seinem inneren Auge. Langsam streckte er seine weißleuchtende Hand nach ihr aus. Als er sie mit seinen Fingerspitzen berührte, sah er unglaublich viele Bilder vor sich vorbeiziehen. Fast so, als hätte Ryo ihn wieder auf eine Reise geschickt. Er sah viele kleine Babyfüchse. Eine Mutter, die ihre Jungen pflegte. Er sah ein kleines Mädchen, sie erinnerte ihn an Emely. Sie lief allein in einem Wald herum und fand eines der Babyfüchse. Es war Luna. Er sah wie Emely und Luna zusammen aufwuchsen, wie sie eine Heimat in dem Wald schufen, wie sie zusammen nach

Fatum kamen und mit dem Training begannen. Er sah Emely trainieren mit Ted und John. Er sah wie glücklich Emely und John waren. Er sah Emely und Luna an warmen Tagen entspannen und sich an kalten Tagen wärmen. All diese Momente, all diese Gefühle prasselten auf ihn ein und gaben ihm… ein unglaubliches Gefühl. Er öffnete seine Augen und schaute Luna an. Sie erwiderte seinen Blick und schleckte ihm,mit ihrer Eiskalten Zunge über das Gesicht. Emely war sichtlich begeistert.

„Sehr gut. Spürst du die Kraft, die sie dir gibt?"

Nickend antwortete er: „Das ist es, was einen Meister der Lebewesen ausmacht, nicht wahr? Es fühlt sich unglaublich an. Solch eine Kraft… Aber es ist nicht nur das Licht in mir… Es ist…"

„Luna…"

„Ja", murmelte er.

„Was hast du gesehen?"

„Maggs, aber auch seinen Bruder. Ihr wart zusammen, oder?"

„John. Wir waren verlobt."

Mit einem Mal konnte man Emely ansehen, dass ihre Stimmung sich änderte.

„Über viele Jahre hinweg wurden wir zusammen ausgebildet. Es war Liebe auf den ersten Blick. Wir hatten sogar schon Pläne für die Zukunft. Wir wollten durchbrennen, Fatum verlassen."

„Maggs hat mir ein wenig von ihm erzählt. Er sollte der neue König werden, oder? Und er wollte Fatum dennoch verlassen?"

„Jeder hatte ihn schon als neuen König gesehen, aber während Ted alle als Enttäuschung und… schwierig sahen, sah John etwas mehr in ihm. Er war sich sicher, dass Ted dieser Aufgabe gewachsen war. Er wollte sein eigenes Leben. Seinen Vater und seinen Bruder verlassen, nur um mit mir ein neues Leben zu beginnen."

„Es muss sicher hart für dich gewesen sein, ihn kurz vor eurem Happy End zu verlieren."

„Den Schmerz trage ich bis heute noch in mir."

„Ich weiß, wie es ist, einen geliebten Menschen zu verlieren…"

220

„Dein Vater?"

„Ich vermisse ihn jeden einzelnen Tag. Manchmal bilde ich mir sogar ein, dass ich mit ihm rede. Verrückt, ich weiß... Er mag gestorben sein, aber so habe ich das Gefühl, dass er nie wirklich weg war."

„Er wäre sicher stolz auf dich, wenn er sehen würde, was aus dir geworden ist."

„Das hoffe ich, ja. Wie war er eigentlich so? Ihr redet nicht viel über ihn..."

„John? John war... der beste Mensch, den ich je getroffen habe. Ein wundervoller Mann, mit einem großen Herzen. Er hatte immer nur das Glück der anderen im Sinn. Ein vorbildlicher Prinz und Nexus. Trotz seines Ansehens war er nie überheblich. Humorvoll und etwas zu enthusiastisch. Du erinnerst mich manchmal ein wenig an ihn. Er war unglaublich nett und war bereit alles für die Personen, die er liebte, zu geben."

„Er schien ein wirklich guter Kerl zu sein. Ich wünschte, ich hätte ihn kennenlernen können."

„Das war er, und ich bin mir sicher, dieser Wunsch beruht auf Gegenseitigkeit. Was hast du noch gesehen?"

„Dich und Luna. In einem Wald. Ihr scheint noch sehr jung gewesen zu sein."

„Unsere erste Begegnung. Ich war gerade einmal neun Jahre alt..."

„Ihr habt von dort an in diesem Wald gelebt, oder? Was war mit deiner Familie?"

„Ich hatte nie eine... aufgewachsen bin ich auf einer Erde namens Banos. Ein Schandfleck auf der Karte des Multiversums. Er ist bekannt für seine Sklaverei. Meine Eltern verkauften mich gleich nach meiner Geburt. Von da an stand ich im Dienst eines Schwarzmarkthändlers."

„Oh, das tut mir leid... Ich hatte ja keine Ahnung."

„Schon okay. Ich habe diese Zeit hinter mir gelassen."

„Es muss sicher schrecklich gewesen sein dort aufzuwachsen, doch wie bist du auf Luna getroffen?"

„In den Gassen von Banos wurden die schmutzigsten Geschäfte abgeschlossen. Die Sklaven wurden wie Tiere behandelt. Ich kämpfte jeden Tag um mein Überleben, bis es mir eines Tages gelang zu entkommen. Ich schaffte es durch die Mauern der Stadt und lief in einen Wald. Ich hatte keine Ahnung, wo ich war, oder wie ich überleben sollte, doch dann traf ich Luna. Ohne sie wäre ich heute sicher nicht mehr hier. Wir lebten ein paar Jahre in dem Wald, bis wir eines Tages ein Portal entdeckten. Wir gingen hindurch und landeten auf Fatum... letztendlich ist alles so gekommen, wie es kommen sollte. Ich schätze, dass ich zu einem Nexus werde, war einfach mein..."

„Schicksal."

„Ja, genau."

„Unglaublich, wie sich das Schicksal seinen Weg bahnt."

„Du glaubst an das Schicksal?"

„Schon lange bevor ich ein... Naja, also bevor das alles hier passierte. Ich suche immer in allen Dingen einen Sinn. Es ist wie du gesagt hast, all die Dinge passieren, um uns zu unserem Schicksal zu führen. So furchtbar diese Dinge auch sein können."

Einen Moment lang herrschte Stille zwischen den beiden, ehe Jay begann zu gähnen.

„Sind wir fertig für heute? Ich bin langsam wirklich müde."

„Ja, sind wir. Ruhe dich aus. Wir haben morgen einen langen Tag vor uns."

„Wie immer", sagte Jay und holte sich vor dem Schlafen noch einen kleinen Snack von Ryo.

Am nächsten Morgen ging alles seinen gewohnten Lauf. Jay und Maggs trainierten und Ryo bereitete ein herzhaftes Frühstück zu. Emely fing bereits an, ihre Sachen wieder zusammen zu packen und Leo... der schlief wie jeden Morgen etwas länger.

„Du wirkst gelassener", stellte Maggs während des Trainings fest.

„Das Training mit Emely scheint dir gut zu tun."

„Was soll ich sagen", schnaubte er. „Sie ist einfach eine gute Lehrerin."

„Ja, das ist sie… Das ist sie", murmelte Maggs.

„Jungs! Wir müssen los. Kommt langsam zum End…"

Und noch bevor Emely aussprechen konnte, warf Maggs Jay wieder einmal zu Boden, doch dieses Mal reichte er ihm seine Hand und half ihm auf.

„Lasse dich niemals im Kampf ablenken."

Geschockt von seinem Sturz nahm er seine Hand und stand wieder auf.

„Wie lange gehen wir noch zum Portal? Wir sind jetzt schon drei Tage unterwegs."

„Das wissen wir selbst nicht genau…", antwortete Ryo.

„Wie? Was soll das heißen, ihr wisst es nicht genau. Ihr wisst doch, wo wir hingehen, oder?"

„Ja, aber wir sind im alten Lions Gebiet. Ab hier kennen wir uns nicht mehr wirklich aus."

„Lions Gebiet? Aber ihr habt doch zumindest eine Karte, oder?"

„Natürlich haben wir eine Karte, die ist nur nicht sehr genau. Oh, und die Lions sind humanoide Löwen, so wie du sie in Luxtra gesehen hast. Sie waren für den Rassenkrieg vor über 100 Jahren verantwortlich."

„Oh, okay. Aber jetzt sind sie nicht mehr gefährlich, oder?"

„Nein. Naja, zumindest die meisten von ihnen. Begegnen würde ich ihnen trotzdem lieber nicht", erklärte Leo ihm.

„Und ihr wisst, wie wir ihnen aus dem Weg gehen können?"

„Natürlich nicht. Wie gesagt, wir haben keine Ahnung, wo wir sind."

„Ich dachte, das hier wäre eure Heimat?!"

„Kennst du etwa jeden Weg auf deiner Erde? Hm?"

„Gutes Argument."

Nur ein paar Kilometer später schon endete der Pfad für die Gruppe. Sie standen vor einer Klippe und blickten auf ein kleines Dorf, mitten auf einem See. Jay merkte erst gar nicht, dass die Gruppe stehenblieb, doch Ryo schob noch im letzten

Moment seine Hand vor ihn. Erst jetzt sah auch er die kleinen Holzhütten, die mit Stegen verbunden waren.

„WoW... Wer lebt da?", fragte Jay.

„Keine Ahnung. Auf der Karte ist nichts eingezeichnet", antwortete Leo.

„Welch eine Überraschung", bemerkte Jay.

„Hey! Jetzt werde mir hier bloß nicht frech, Kleiner."

Maggs zögerte nicht weiter und ging die Klippe weiter entlang.

„Wo willst du hin?", rief Leo ihm nach.

„Herausfinden, wer dort lebt. Vielleicht können sie uns bei unserer Reise behilflich sein."

Leo schüttelte den Kopf, doch die anderen folgten Maggs.

„Wirklich? Da könnte sonst wer leben und wir gehen ihm einfach nach?!"

„Komm schon, Leo. Du willst doch genauso wissen, wer dort lebt", rief Ryo.

„Ah", stöhnte er nur und ging den anderen nach.

Zwischen Wald und Klippe gingen sie einen schmalen Weg entlang, der hinunter ins Tal führte. Der Weg war so schmal, dass sie alle hintereinander gehen mussten. Ryo, der eine große Höhenangst hatte, mochte gar nicht über seine linke Schulter gucken. Seine Blicke verharrten im Wald. Dabei wurde er das Gefühl nicht los, dass sie jemand beobachten würde, doch er ging weiter. Plötzlich schossen klitzekleine Pfeile aus den Bäumen, die sie umwarfen. Maggs reagierte noch rechtzeitig und werte einen Pfeil ab, doch ein Zweiter steckte ebenso schnell in seinem Bein. Ihm wurde schwarz vor Augen, und wie die anderen, fiel auch er zu Boden. Mit seinem letzten Blick sah er kleine, pelzige Wesen vor sich stehen.

Kapitel 11
Die Kraft der Zeit

Es war ruhig, als Maggs wieder zu sich kam. Alles, was er hörte, war rauschendes Wasser. Er öffnete seine Augen und sah Emely gefesselt an einen Holzbalken vor sich. Er erinnerte sich an das, was passiert war. Voller Wut wollte er Emely losbinden, doch musste er feststellen, dass auch er gefesselt war. Als er sich umdrehte, sah er eine große Zelle, in der Ryo, Leo und Luna lagen. Daneben lag Jay, der langsam wieder zu sich kam.
„W…Was ist passiert? Waren das die Anexus? Haben sie uns gefunden?"
„Das bezweifle ich. Sie würden uns nicht in eine so kleine Holzhütte bringen… Geschweige denn uns einfache Fesseln anlegen. Ich schätze, wir finden sehr bald heraus, wer in dem Dorf auf dem See lebt."
Auch die anderen wachten langsam wieder auf. Maggs wollte sich gerade aus seiner Gefangenschaft befreien, als jemand mit einem kräftigen Ruck die Tür öffnete. Das Sonnenlicht blendete die Gruppe und alles, was sie sahen, war eine kleine Kreatur. Als sie einen Schritt näher kam, erkannten sie erst, um was es sich handelte. Die Kreatur war ein Otter. Er hatte ein silbergraues Fell und einen Gürtel um sein schwarzes Shirt geschnürt. Links und rechts hatte er jeweils einen Dolch stecken. Die Gruppe war überrascht. Nach allem was Leo ihnen erzählt hatte, gingen sie davon aus, dass es keine Otter mehr auf Nova Lux geben würde. Jay konnte es sich nicht anders erklären und fragte daher: „Leo?"
„Ey du Rassist! Ich bin hier drüben!", erwiderte dieser.
Mit breiter Brust trat der Otter vor und knallte mit seinem Fuß die Tür hinter sich wieder zu.
„Mein Name ist York. Ich bin der Sheriff dieser Stadt. Und wer seid ihr Landeier?"
„Mein Name ist Theodore Maggs. Sohn des Königs Cornelius Maggs."

„König? Wer schickt euch? Etwa die Abmis?"

„Die Abmis?", fragte Jay.

„Ich habe Luvar doch bereits seine Vorräte gegeben. Mehr haben wir nicht, das schwöre ich."

„Wir sind nicht von den Lions", erklärte Ryo.

„Seid ihr nicht? Was bringt euch dann in unser abgelegenes Dorf? Und woher habt ihr den Otter? Hm?"

„Hör zu Bieber, mein Name ist Leo und das hier ist alles nur ein riesiges Missverständnis."

„Leo? Der Leo? Der vermisste Sohn von Zane?"

„Du kennst meinen Vater?"

„Kannte. Jeder hier kannte ihn, immerhin hat er dieses Dorf hier gegründet."

„Er hat bitte was?"

York nahm seinen Schlüssel und befreite die Gruppe von ihren Fesseln.

„Ich fass es nicht, dass wir dich tatsächlich gefunden haben. Der verschwundene Leo... wirklich unglaublich. Ich habe so viele Fragen an dich. Ich habe so viel, dass ich dir erzählen muss."

Als die Gruppe die Hütte verließ, fanden sie sich in dem Dorf wieder, das sie aus der Ferne gesehen hatten. Ein Dorf voller Otter und noch immer konnten sie sich nicht erklären, wie dies möglich war, doch etwas war seltsam. Die Stimmung war getrübt. Von allen Seiten wurden sie angestarrt. Einige der Hütten waren zerstört. Die Wände eingerissen und Dächer eingestürzt.

„Was ist hier passiert?", murmelte Jay.

An einer der wenigen heilen Hütten, machte York halt und öffnete die Tür, jedoch waren die Hütten für Otter konstruiert, so duckten sich die anderen und Ryo schaffte es gerade so sich rein zu zwingen. Sie setzten sich auf die kleinen Stühle um den langen Tisch, nur Ryo musste sich auf den Boden setzen.

„Du erwähntest vorhin die Abmis. Heißt das, sie sind hier?", fragte Maggs.

„Die Abmis, ja. Die schlimmsten der Lions. Einmal im Monat statten sie uns einen Besuch ab und nehmen uns aus."

„Ich habe bisher nur Geschichten über die Abmis gehört. Ich hätte nie gedacht, dass sie skrupellos sind und ein einfaches Dorf ausnehmen", sagte Ryo.

„Leider ja…"

„Wie lange…"

„Nehmen sie uns schon aus? Ein paar Jahre bereits."

„Warum flieht ihr nicht?", fragte Emely.

„Das hier ist unsere Heimat. Wir können sie nicht einfach so verlassen. Wo sollten wir auch hin."

„Dann müsst ihr euch gegen sie wehren", schlug Maggs vor.

„Haha. Keiner von uns wäre dazu in der Lage. Ein Dolch benutzen die meisten nur um ihre Fische zu präparieren. Wir haben keine Kämpfer, aber genug über die Lions. Leo, du musst sicher viele Fragen haben."

„Nur eine. Wie ist das hier, überhaupt möglich? Ich dachte, alle Otter wären von den Lions getötet worden…"

„Nicht alle. Dank deinem Vater. Ihm gelang es mit ein paar weiteren Ottern zu fliehen. Dein Vater führte die überlebenden hierher und gründete dieses Dorf."

„Und dabei vergaß er wohl seinen eigenen Sohn…"

„So würde ich das nicht sagen. Er schickte dich und deine Mutter vor. Er wollte euch in Sicherheit bringen, doch ihr kamt nie am abgemachten Treffpunkt an. Dein Vater lief zurück um euch zu suchen, doch als er zurückkam, fand er nur deine Mutter. Sie wurde bei ihrer Flucht von einem der Lions getötet. Und du… warst verschwunden."

„Woher weißt du das alles so genau?", fragte Ryo.

„Zane verbrachte Jahrzehnte damit seiner Familie nachzutrauern. Es dauerte, bis er wieder nach vorne blicken konnte und ein neues Leben begann. Er lernte seine neue Frau kennen. Einige Jahre später bekamen sie einen Sohn… mich."

Jay war überrascht. „Warte, das heißt du bist sein…"

„Halbbruder, ja", beendete York seinen Satz.

Leo wusste nicht, was er sagen sollte. All die Jahre glaubte er, dass seine Eltern gestorben sein und er der letzte seiner Art auf Nova Lux war. Doch nicht nur, dass sein Vater überlebt hatte…

offenbar hatte er nicht einmal nach ihm gesucht und ihn ersetzt. Es war alles zu viel für ihn.

„Ich brauche etwas Luft", sagte er und ging.

Ryo wollte ihm nachgehen, doch Jay kam ihm zuvor.

„Ich rede mit ihm."

In der Zwischenzeit redeten die anderen weiter.

„Ihr habt mir aber immer noch nicht verraten, was ihr hier verloren habt."

„Wir sind auf dem Weg zu einem Portal. Wisst ihr, wo es ist?", fragte Maggs.

„Natürlich. Jeder weiß, wo es ist. Im alten Lions Gebiet", antwortete York.

„Im Alten?"

„Ja. Ein alter Tempel der Lions, der schon seit Wochen still steht."

„Sie haben den Tempel und das Portal zurückgelassen? Warum?", fragte Emely verwundert.

„Das weiß niemand. Wir wissen nur, dass sie von einem auf den anderen Tag von dort verschwunden sind. Gott weiß wohin. Nur die Abmis blieben zurück. Wo genau soll euch dieses Portal hinbringen?"

„Zum Widerstand. Mehr brauchst du nicht zu wissen", antwortete Maggs.

„Widerstand? Was für ein Widerstand?"

„Der Widerstand gegen die Anexus, gegen Osiris, gegen den Krieg natürlich", erklärte Ryo ihm.

„Krieg? Ihr bringt mir doch wohl keinen Ärger in unser geliebtes Dorf?!"

„Ihr habt noch nichts von dem Krieg gehört?", fragte Emely überrascht.

„Nein. Wir bekommen hier draußen nicht wirklich viel mit…"

„Vor Fünf Jahren haben uns die Anexus verraten. Ein Mann, der sich selbst Osiris nennt, führte sie und seine Armee von Andeda in den Krieg. Wir sind Teil des letzten Widerstands im Multiversum", antwortete Maggs.

„Ihr seid Nexus. Ich habe schon seit... Ewigkeiten keinen Nexus mehr gesehen."

„Das ist vermutlich auch besser so. Die meisten von uns wurden getötet, die restlichen schlossen sich Osiris an", sagte Ryo.

„Ich hatte ja keine Ahnung... Wenn es irgendwas gibt, wobei wir euch helfen können, dann sagt es uns. Leos Freunde sind auch meine Freunde", sagte er, als würde er Leo schon länger als 5 Minuten kennen.

„Danke, aber wir werden nicht lange bleiben", erwiderte Maggs.

Währenddessen setzte Leo sich an das Ende eines Stegs und hielt seine kurzen Beine in das Wasser. Lustlos nahm er sich seinen Flachmann aus seiner Weste und nahm einen kräftigen Schluck des köstlichen Whiskys. Er drehte ihn wieder zu und stellte ihn neben sich. Lustlos hob er einen herumliegenden Stein auf und warf ihn auf das Wasser.

„Wenn du ihn flippen lassen willst, musst du deinen Ellenbogen ein bisschen tiefer halten", sagte Jay.

„Bist du etwa hier, um mir zu sagen, dass mein Vater alles Erdenkliche getan hat, um mich zu finden und er eigentlich gar kein schlechter Kerl ist?!"

„Nein."

„Nein?"

„Ich kannte deinen Vater nicht. Schon möglich, dass er ein guter Kerl war, wer weiß. Immerhin hat er vielen Ottern an diesem Tag das Leben gerettet. Er war vielleicht kein guter Vater, aber er war ein guter Otter. Wenn man das so sagen kann."

Leo schwieg und nahm noch einen Schluck aus seinem Flachmann.

„Wirklich? Wir sind dabei die Welt zu retten und du nimmst Alkohol mit?"

„Hey, niemand hat gesagt, dass ich das nicht auch betrunken machen kann. Und sollten wir es nicht schaffen, die Welten zu retten, werde ich ganz bestimmt den Untergang der Welt nicht nüchtern mitmachen."

„Du wirst schon wissen, was du tust..."

„Willst du vielleicht auch einen Schluck?"

Normalerweise hätte Jay auf jeden Fall dankend abgelehnt, doch jetzt überlegte er tatsächlich.

„Ich trinke normalerweise nicht..."

„Besondere Zeiten erfordern besondere Maßnahmen."

„Ich denke, da hast du recht", sagte Jay und nahm sich den Flachmann aus Leos Hand. Er drehte den Deckel auf und nahm einen großen Schluck. Sein Gesicht verzog sich, als er in den Genuss des Geschmacks kam.

„Bäh! Wie kannst du nur so etwas trinken."

„Gott, ihr Menschen seid wirklich alles Weicheier. Hier, nimm das zum Runterspülen", sagte er und reichte ihm ein kleines Fläschchen. Jay ging davon aus, dass es Wasser sei und trank das Fläschchen auf einem Mal aus.

Sofort spuckte er es wieder aus.

„Bäh, das ist ja Wodka!"

„Was denn jetzt?! Ich dachte, ihr Menschen trinkt sowas?!"

„Leo!"

Leo lachte nur.

„Trinkst du auch mal etwas ohne Alkohol?!"

„Wenn es geht nicht, nein."

Jay konnte den Nachgeschmack nicht länger ertragen, er tauchte seine Hände schalenförmig in den See und nahm einen Schluck des Wassers.

„Ach, Alkohol trinkst du nicht, aber Fischpisse schon?!"

Jay hörte nicht mehr auf Leos Worte und trank weiter. Er wischte sich seinen Mund weiter ab und versuchte das Thema wieder zurück zu lenken.

„Ich hatte gestern eine interessante Unterhaltung mit Emely."

„Worüber?"

„Über das Schicksal und wie verrückt es manchmal sein kann. Du hast mir erzählt, wie es war, bei einem Haufen Nashörnern aufzuwachsen. Wie schwer es für dich war, doch heute macht es aus, wer du bist. Ich kann mir nicht vorstellen, wie ich mich fühlen würde, wenn ich erfahren würde, dass mein Vater noch am Leben wäre und eine neue Familie gegründet hat, aber der Tod meines Vaters hat mich zu dem Menschen gemacht, der ich heute bin. Das Schicksal wollte es offenbar so. Vielleicht musste mein Vater sterben, damit ich der Mann werden kann, dem es bestimmt ist, Osiris zu stoppen... Zumindest finde ich so einen Sinn in all dem."

„Ein gesunder Optimismus. Also, du denkst, es war mein Schicksal ohne eine Familie aufzuwachsen?"

„Naja... Sonst würden wir vielleicht nicht hier sitzen. Du hättest nie Ryo kennen gelernt. Wärst vielleicht nie ein Conexus geworden."

„Da hast du wohl Recht, Kleiner... Weißt du, für einen Knirps hast du ganz schön was in der Birne. Das ist gut, wird uns das Training heute erleichtern."

„Training?"

„Emely sagte, du machst sehr gute Fortschritte, also ja. Heute trainiere ich mit dir. Dann lernst du mal was anderes, als mit Sackratten zu sprechen."

„Ich bin immer noch sauer auf dich wegen des Bauts."

„Komm drüber weg, Kleiner. So ist das Leben."

„Und was genau trainieren wir?"

„Die Zeit wird es zeigen. Komm lass uns zurück gehen. Die anderen sterben sonst an ihrer eigenen Dummheit, wenn ich zu lange weg bin."

„Also...", begann Leo, als er zurück in die Hütte kam.

„Ich schätze, dann nenne ich dich jetzt wohl Bruder."

„Schon komisch, hm? Ich meine, ich dachte, du wärst seit über 100 Jahren tot und jetzt stehst du hier vor mir. Ich schätze da kommst du ganz nach unserem Vater", sagte York.

„Was meinst du damit?", fragte Leo.

Ryo hatte schon länger das Gefühl, dass mit Yorks Geschichte etwas nicht stimmen kann. Es war eigentlich unmöglich, dass Leos Vater alt genug werden konnte, um einen Sohn zu haben, der noch am Leben ist, doch nach Yorks Aussage ergab es einen Sinn.

„Vater wurde genau wie du über 100 Jahre alt", antwortete York auf Leos Frage.

„Ich dachte Otter werden nur um die 50 Jahre alt?!", warf Emely fragend ein.

Ryo schaute zu Leo rüber und klärte es auf. „Dein Vater war ein Nexus…"

„Ha!", erwiderte York. „Vater hatte keine Kräfte. Er war ganz sicher kein Nexus."

Leo wusste nicht, was er glauben sollte, doch Ryo sprach weiter: „Überlege doch. Es ist der einzige Weg, wie ein Otter so alt werden kann und es würde erklären, woher du deine Kräfte hast."

„Zane war auch mein Vater und ich habe keine Kräfte. Ich bin kein Nexus", sagte York.

„Dass die Kräfte der Nexus vererbt werden, ist nur eine Möglichkeit, keine Garantie", erklärte Ryo weiter.

„Als ich noch jünger war, hat mein Vater mir erzählt, dass es in den Welten unzählige Nexus gibt, die nichts von ihren Kräften wissen. Vielleicht war dein Vater einer davon", fügte Maggs hinzu.

Leo brachte seine Hände zum Leuchten und schaute sich sie genau an. „Ich schätze, mein Vater war all die Jahre doch irgendwie an meiner Seite…", murmelte Leo.

Aufmunternd legte Ryo vorsichtig zwei seiner Finger auf Leos Schulter. Leo griff nach ihnen, doch ließ sie schnell wieder los. Das ganze wurde ihm zu emotional, also wechselte er das Thema. „Also gut, Leute. Wir haben immer noch einen Job zu erledigen. Also Chef, wie sieht unser nächster Schritt aus?"

„York hat uns gerade erzählt, dass das Portal in einem verlassenen Tempel der Lions liegt", antwortete Maggs.

„Gut. Verlassen hört sich gut an. Was ist der schnellste Weg?", fragte Leo weiter.

Maggs wusste darauf noch keine Antwort und schaute fragend zu York herüber. York wusste darauf eine klare Antwort, doch wollte er sie ihnen nicht geben, also erzählte er ihnen eine Lüge. „Wir können euch ein kleines Boot überlassen. Wenn ihr damit an das andere Ufer fahrt, müsst ihr noch nach Süden über die Berge."

„Hab Dank, York. Wenn du uns das Boot zeigen würdest, machen wir uns gleich auf den Weg", bedankte Ryo sich.

„Ihr wollt sicher schon aufbrechen? Ihr könnt solange hierbleiben, wie ihr wollt", fragte York in Leos Richtung.

„Wir wissen deine Hilfe zu schätzen, York, aber die Anexus sind hinter uns her. Wir haben keine Zeit mehr zu verlieren", erklärte Maggs.

York nickte und zeigte der Gruppe ein kleines hölzernes Boot am Ende eines Steges und verabschiedete sich von ihnen. Leo reichte ihm die Hand und sagte: „Ich muss mich wohl daran gewöhnen, dich jetzt Bruder zu nennen, ha."

„Du bist sicher, dass du nicht länger bleiben willst? Einen Otter wie dich könnte ich hier gut gebrauchen."

„Ich kann diese Knalltüten hier nicht allein lassen. Ohne mich wären sie nichts."

York lachte.

„Aber wenn das alles hier vorbei ist…", fügte Leo hinzu.

„Wirst du immer einen Platz bei uns haben. Vater wäre sicher froh uns zusammen zu sehen", beendete York seinen Satz. Mit einem Lächeln stieg Leo in das Boot, das die Gruppe von York bekommen hatte. York winkte ihnen zum Abschied, als ein anderer Otter neben ihn trat.

„Wir hätten sie um Hilfe bitten sollen", sagte er nachdem das Boot abgelegt hatte.

„Sie haben auch ohne uns genug Probleme" erwiderte York.

„Dann hoffe ich mal, dass sie nicht wegen ihnen kommen."

„Sie sind hier?"

„Ja."

„Ich rede mit ihnen."

York ging zurück, als plötzlich drei Löwen vor ihm standen. An ihren pelzigen Körpern trugen sie zerfetzte Lumpen und einige Messer.

„Was kann ich für euch tun, Luvar?"

Mit tiefer Stimme antwortete er: „Mir ist zu Ohren gekommen, dass du Gefangene hier hältst."
„Wir haben hier keine Gefangenen."
„Oh, ich bitte dich. Wo hast du die Nexus versteckt?"
„Nexus? Hier waren keine Nexus."

Währenddessen ließ Leo sich die Dinge noch einmal durch den Kopf gehen. All diese Jahrzehnte dachte er, er wäre der letzte Überlebende seines Volkes. Der letzte Otter, der die Rassenkriege überlebt hatte. Jetzt war er nicht länger alleine und hatte sogar einen Bruder. Als er an York dachte, bekam Leo ein ungutes Gefühl.
„Irgendetwas stimmt nicht."

Luvar verlor derweil die Geduld und würgte York.
„Durchsucht das Dorf! Findet die Nexus! Anubis will sie lebend!", befahl er den anderen Löwen.
Mit einem Mal steuerten weitere Boote, voller Löwen vom Ufer auf das Dorf der Otter zu. Als Jay zurückblickte, sah er einen Löwen, der einen der Otter hochnahm und ihn ins Wasser schmiss.
„Leute...! Die Otter werden angegriffen."
„Wir müssen ihnen helfen", sagte Leo.
„Das können wir nicht", erwiderte Emely.
„Ich habe gerade erst herausgefunden, dass ich eine Familie habe, ich habe nicht vor sie gleich wieder zu verlieren", argumentierte Leo.
„Selbst wenn wir ihnen jetzt helfen, die Lions werden noch stärker zurückkommen. York sagte sie werden schon seit Jahren von ihnen terrorisiert. Ihnen jetzt zu helfen, wird ihre Lage nur verschlimmern", erklärte Emely.
„Dann bringen wir sie eben in Sicherheit! Wir müssen ihnen helfen!"
Leo und Emely schauten Maggs fragend an. Er überlegte genau, was er tun sollte, doch als er Jay anblickte, war ihm klar, was er zu tun hatte.

„Jay, was sagst du?"

„Ich sage, wir sollten Leos Familie nicht im Stich lassen."

„Gut, wir drehen um."

„Was?!", fragte Emely überrascht.

„Leo hat recht, wir müssen ihnen helfen. Die Lions sind vermutlich wegen uns dort. Es ist unsere Pflicht ihnen zu helfen."

Jay nickte ihm zustimmend zu. Ryo hielt seine Hand in das Wasser und sorgte für einen kleinen extra Schub. Binnen weniger Sekunden erreichten sie das Dorf und nahmen es mit den Lions auf.

Maggs erblickte gleich welcher von ihnen der Anführer war und nahm ihn sich vor. Er zog sein Schwert und lieferte sich ein Duell. Luvar war groß und stark, ein akribischer Kämpfer mit jahrelanger Erfahrung. Es war ein Kampf auf Augenhöhe.

Leo eilte sofort zu seinem Bruder und unterstütze ihn gegen die Lions. Ryo und Emely griffen die restlichen Lions an, während Jay darauf bedacht war, die Otter in Sicherheit zu bringen, doch während der Kämpfe mussten sie feststellen, dass dies keine gewöhnlichen Lions waren. Sie sahen... die Dunkelheit in ihren Augen.

„Ihr seid Anexus?!", stellte Maggs fest, als Luvar sein Licht, mit Dunkelheit konterte.

„Ein kleines Geschenk von unserem neuen Freund... Anubis. Er ist auf der Suche nach dir."

„Er muss sich schon etwas Besseres einfallen lassen, als eine aufgeblasene Katze, um mich zu kriegen."

Vor Wut brüllte Luvar und schlug mit allem was er hatte auf Maggs ein. Er blockte die Schläge mit seinem Schwert. Immer weiter schlug er auf ihn ein, bis Maggs ihm auswich und ins Leere schlagen ließ. Er drehte sich um ihn herum, verpasste ihm dabei einen Schlag auf seinen Unterarm und zog ihm sein Schwert aus der Hand. Er kreuzte die Schwerter um Luvars Hals und köpfte ihn.

Jay rettete eine kleine Familie aus einem der Häuser. Er wollte sie in eines der Boote am Ende des Steges bringen, doch auf dem Weg stellte sich einer der Lions in ihren Weg. „Geht", sagte er zu der Familie und machte sich kampfbereit. Er wandte sein gelerntes Wissen an und kämpfte. Und wie, der Lion hatte keine Chance. Jay entwaffnete ihn und warf ihn zu Boden. Er nahm seinen Dolch und hielt ihn an seine Kehle, doch von da an wusste er nicht weiter. Er konnte ihn nicht einfach töten. Jay überlegte. Er wollte ihn bewusstlos schlagen, doch er zögerte zu lange. Der Lion sprang wieder auf und warf Jay zurück. Er ließ den Dolch fallen. Der Lion nahm ihn sich wieder und ging auf Jay los. Er wollte seine Kräfte einsetzen, doch sie versagten. Der Lion holte aus und Jay bekam Angst, doch noch bevor er seinen Arm wieder senken konnte, blieb er wie erstarrt stehen. Im nächsten Moment fiel er nach vorne um. Dabei sah Jay, dass ein Messer in seinem Rücken steckte. Hinter ihm erkannte er Maggs, der ihn enttäuscht anblickte. Er wandte sich wieder von Jay ab und half den anderen die restlichen Lions zu vertreiben.

Die Otter jubelten, als die Gruppe die letzten Lions endlich vertrieben hatte. Leo und York umarmten sich vor Freude, doch merkten sie gleich, wie unangenehm die Situation für sie war. Die Otter schwammen zurück zum Dorf und begannen die Trümmer zu beseitigen.
„Habt vielen Dank, Nexus. Ohne eure Hilfe hätten sie uns sicher getötet. Sie waren anders als sonst, viel aggressiver", stellte einer der Otter fest.
„Das war die Dunkelheit. Osiris hat sie auf seine Seite gezogen", erklärte Ryo.
„Wenn die Lions bereits zu den Anexus gehören, bedeutet das, dass Osiris Nova Lux entweder schneller einnimmt als üblich, oder…"
„Oder, dass er schon lange vorher hier war", beendete Emely Leos Satz.

„So oder so ist es kein gutes Zeichen. Wir müssen so schnell von hier verschwinden wie möglich und das Gleiche gilt auch für euch", sagte Maggs.

„Wo sollen wir hin? Und vor allem, wie?", fragte York.

„Owaho", murmelte Leo.

„Bitte was?"

„Unser Heimatdorf. Es liegt drei Tage nord-östlich von hier. Dort sind Ryo und ich aufgewachsen. Die Nashörner wissen sich zu wehren. Wenn es einen sicheren Ort auf Nova Lux gibt, dann Owaho", fügte er hinzu.

„Da stimme ich Leo zu. Sie würden euch sicher bei sich aufnehmen. Wir Nashörner helfen, wo wir können."

„Dann ist es beschlossen. Ihr solltet euch sofort auf den Weg machen. Hier ist es nicht mehr sicher. Sobald Osiris erfährt, was hier vorgefallen ist, wird er weitere Männer nach uns schicken."

„Danke für alles, Theodore Maggs, Sohn des Königs."

„Bitte, nenn mich Ted", erwiderte er und verabschiedete York mit einem Händedruck.

„Vielleicht sollte ich euch sagen, dass es noch einen schnelleren... ach, wisst ihr was, vergesst es lieber. Es ist zu gefährlich", sagte York.

„Was ist zu gefährlich?", fragte Jay neugierig.

„Es gibt noch einen anderen Weg zu eurem Portal."

„Und der wäre schneller?", fragte Leo.

„Ja... Nicht einmal die Lions trauten sich diesen Weg zu nehmen, aber nachdem ich gesehen habe, wie problemlos ihr mit den Lions umgesprungen seid... Vielleicht hättet ihr wirklich eine Chance, aber es ist sehr gefährlich."

„Warum? Was macht ihn so gefährlich?"

„Eine Krake."

„Der Weg ist so gefährlich wegen einer einzigen Krake?", fragte Jay verwundert.

„Ignorier ihn. Er ist nicht von hier", sagte Leo nur.

„Kraken existieren noch? Ich dachte sie wären schon längst ausgestorben", warf Ryo ein.

„Alle, bis auf die Eine", antwortete York.

„Okay, wo ist der Weg?", fragte Maggs.

„Wowow, warte. Bist du völlig verrückt geworden? Kraken sind mit die gefährlichsten Seeungeheuer überhaupt. Wenn uns das Ding sieht, dann sind wir am...", bremste Leo ihn.

„Dann lassen wir uns eben nicht sehen. Anubis und seine Leute sind uns auf den Fersen. Das ist unsere beste Chance das Portal zu erreichen, bevor sie uns finden."

Leo fehlte jegliches Verständnis für die Aussage. Er nahm seinen Flachmann aus seinem Rucksack und nahm einen großen Schluck.

„Wie viel Zeit sparen wir damit ein?", fragte Jay.

„Hm... Ihr müsstet über eine ganze Gebirgskette, also ich schätze, ungefähr zwei Tage", antwortete York.

„Also so wie ich das sehe, haben wir die Wahl in den Bergen von den Anexus und ihren fliegenden Pferden eingeholt zu werden, oder wir versuchen unser Glück bei der Krake. Ich würde die Krake bevorzugen", stellte Jay klar.

„Natürlich würdest du das, du weißt ja nicht einmal, was eine Krake ist", erwiderte Leo genervt, als er seinen Flachmann wieder wegsteckte, doch die anderen schienen Jay zuzustimmen und schauten auf Leo. Sie sagten nichts und einen Moment lang herrschte Stille.

„Okay, okay!", unterbrach Leo das Schweigen. „Dann segeln wir eben in Richtung Untergang."

„Ihr könnt unser größtes Schiff nehmen. Damit könntet ihr es bis zum Portal schaffen. Ihr müsst einfach nur dem Fluss am Ende des Sees dorthin folgen. Der Tempel der Lions ist dann nicht zu übersehen."

„Habe vielen Dank, York."

„Viel Glück. Ihr werdet es brauchen...", murmelte er im Weggehen.

Die Gruppe begab sich zum großen Schiff hinter dem Dorf und hisste die Segel Richtung Portal.

Für ein Schiff der Otter war es riesig. So riesig, dass sogar Ryo darauf genügend Platz hatte. In einer kleinen Kabine unter dem Deck, war genug Stauraum für ihre Vorräte und Waffen.

Ryo und Leo übernahmen das Segeln und führten das Schiff den Fluss am Ende des Sees hinunter.

„Also MAGGS... Wollen wir darüber reden, warum ein fremder Otter dich Ted nennen darf und ich nicht, oder...", unterbrach Jay das Schweigen.

„Warum reden wir nicht darüber, was mit dir los war. Du hast gezögert. Ich habe dir oft genug gesagt, dass du im Kampf nicht zögern darfst. Hier heißt es töten oder getötet werden. Wäre ich nicht da gewesen, wäre das dein Ende gewesen und damit das Ende aller Welten! Ist dir eigentlich bewusst, was für eine Verantwortung du trägst?!"

„Ja, das weiß ich! Aber als ihr mich rekrutiert habt, war nie die Rede davon jemanden zu töten! Ich sollte Leuten helfen und nicht sie umbringen. Ich bin kein Killer..."

„Es geht hier nicht darum, ein Killer zu sein. Es geht darum, das zu tun, was notwendig ist, um zu überleben. Was gedenkst du zu tun, wenn du Osiris eines Tages gegenüberstehst? Ihn einsperren? Leute wie Osiris sind zu gefährlich, um am Leben gelassen zu werden! Es ist unsere Pflicht, diese Bedrohungen zu eliminieren."

„Es ist vielleicht eure Pflicht, aber sicher nicht meine."

„Wenn du einer von uns werden willst, gilt das auch für dich!"

„Ich werde niemandem das Leben nehmen..."

„Du hast offensichtlich den Ernst der Lage noch nicht verstanden!"

„Oh doch, das habe ich! Und zwar als du entschieden hast all diese Leute in Luxtra sterben zu lassen!"

Wütend ging Jay in die Kammer zu den Vorräten und schloss hinter sich die Tür. Am liebsten wäre Jay noch weiter weggelaufen, doch auf so einem Schiff, hatte er keine Wahl.

„Findest du nicht, dass du etwas zu hart zu dem Jungen warst?", fragte Ryo.

„Er hätte sterben können. Wäre ich nicht da gewesen, hätte dieser Lion ihn umgebracht und wir werden nicht immer da sein können, wenn es ernst wird. Er muss sich selbst verteidigen können. Wenn es gegen die Andeda geht, gibt es nun einmal nur töten oder getötet werden. Es wird Zeit, dass er endlich begreift, dass das hier kein Spiel ist."

„Denkst du, das hat er nicht? Du hast selbst gesagt, was er für beindruckende Fortschritte bei dir im Training gemacht hat und bei mir genau das Gleiche. Jay bemüht sich, wo er nur kann."

„Ich weiß, ich weiß."

„Er hat noch nie zuvor ein Leben genommen. Das erste Mal ist nie einfach."

„Dann wird es Zeit, dass er es hinter sich bringt…"

Bis zum Abend verbrachte Jay die Zeit allein in dieser Kammer. Er wollte einfach nur noch allein sein. Mit niemandem mehr reden und niemanden mehr sehen. Maggs Worte machten ihm stark zu schaffen, doch er konnte es drehen und wenden wie er wollte, er war einfach kein Killer und er wollte auch keiner sein. Zum Abend störte jemand seine Ruhe. Es klopfte an der Tür.

„Geh weg!", rief Jay nur, doch Leo nahm es als Einladung hereinzukommen.

„Hey, Kleiner. Ryo hat wieder was leckeres zu Essen gezaubert."

„Ich habe keinen Hunger."

„Puh. Immer muss ich den Mist ausbügeln", sagte Leo zu sich selbst.

„War ganz schön heftig vorhin, hm?"

Jay beachtete Leo nicht weiter und starrte weiter an die Wand.

„Was dagegen, wenn ich mich zu dir setze?"

Wieder reagierte Jay nicht und so setzte Leo sich zu ihm auf den Boden.

„Was Ted vorhin gesagt hat…"

„Er hat recht… Ich weiß. Wäre er nicht gewesen, hätte dieser Lion mich umgebracht. Weißt du, ich hatte nie wirklich ein Problem mit dem Tod. Ich musste mich schon früh damit abfinden, dass Menschen sterben, doch als ich in meiner Schule und in Luxtra gesehen habe, wie diese Leute umgebracht wurden… Wie könnte ich jemals jemanden so etwas antun…"

„Ja, den Tod realisiert man erst, wenn man ihm begegnet. Niemand von uns tötet gerne, aber womit wir es hier zu tun haben… Die Dunkelheit, sie verändert einen. Diese Wesen sind korrumpiert. Nachdem die Dunkelheit sie eingenommen hat, sind sie nicht länger sie selbst. Sie kennen keinen Schmerz. Haben keine Seele mehr. Es gibt nur diesen einen Weg sie zu stoppen."

„Es gibt immer einen anderen Weg. Was, wenn wir sie von der Dunkelheit befreien? Wir können die Dunkelheit in ihnen mit unserem Licht vertreiben."

„Denkst du, das hätten wir nicht versucht? Glaub mir, wir haben es versucht. Die Nexus, die Osiris am schwarzen Tag für sich einnahm… Sie waren unsere Freunde. Denkst du nicht, wir hätten alles Mögliche versucht sie zu retten?!"

„Doch, natürlich… Es ist nur…"

„Niemand erwartet von dir ein Serienmörder zu werden. Du sollst nicht aus Lust und Laune jemanden den Kopf abschlagen, doch wenn es heißt, du oder dein Gegner, dann darfst du nicht zögern, okay?"

Jay nickte, obwohl es für ihn alles andere als "okay" war.

„Also, können wir jetzt mit unserem Training beginnen, oder was?"

Wieder nickte er und folgte Leo zurück an Deck, auch, wenn sich das Thema für ihn immer noch nicht erledigt hatte. Jay setzte sich zu den anderen. Als er sah, wie Ryo sich mit einem winzigen Löffel die Nudeln in seinen Mund schaufelte, hob es gleich seine Stimmung. Dann bekam er von Leo eins seiner Stirnbänder in die Hand gedrückt.

„Was soll ich damit?"

„Binde es dir um die Augen."

„Es ist etwas klein, findest du nicht?"

„Es ist elastisch und jetzt setz es auf."

Jay tat, was er sagte, setzte sich das Stirnband auf und zog es über seine Augen.

„Es riecht nach nassem Hund."

„Ich zeig dir gleich mal einen nassen Hund und jetzt sei leise!"

„Okay, okay."

„Ach, streichele meinen Schweif", murmelte Leo.

„Was?"

„Ach, nichts. Lass uns anfangen."

„Womit genau fangen wir denn an? Du hast mir immer noch nicht gesagt, was deine Kraft ist."

„Einige würden sagen Zeit, andere würden sagen vorausschauendes Denken, andere wiederum würden sagen Intuition."

„Wow, danke. Jetzt weiß ich ganz genau, was du meinst."

„Hey, die Ironie kannst du dir sparen!"

„Also gut, okay. Was genau machen wir?"

„Kämpfen."

„Aber ich kann nichts sehen."

„Genau das ist der Punkt."

„Lerne ich auch noch einmal etwas, bei dem ich meine Augen geöffnet lassen darf?!"

Mit vollem Mund schmatzte Ryo: „Warte ab, bis wir beide trainieren."

„Also, wie genau soll ich, ohne etwas zu sehen, kämpfen?"

„Oh, du wirst etwas sehen. Konzentriere dich auf dein inneres Auge. Lass dich von deinem Instinkt führen."

„Und wie genau soll ich das anstellen?"

„Hoffen wir, dass du das bald herausfindest, ansonsten erkältest du dich noch", antwortete Leo ihm und gab Ryo ein Zeichen. Er schluckte den letzten Happen seiner Nudeln runter und machte sich bereit.

„Warum sollte ich mich erkält…"

Wie aus dem nichts warf Ryo einen kleinen Ball geformt aus Wasser auf Jay.

„erkälten", beendete er seinen Satz.

„Nochmal!", rief Leo.

Und wieder warf Ryo einen Ball aus Wasser auf Jay. Er duckte sich und versuchte dem Ball auszuweichen, jedoch ohne Erfolg. Mit einem Lächeln rief Leo erneut: „Nochmal!"

Es ging noch ein paar Minuten so weiter, ehe Maggs Leos Lehrmethode in Frage stellte.

„Denkst du wirklich, dass er es so lernen wird?"

Lachend antwortete er: „Nein. Es ist nur einfach immer wieder lustig, wenn Ryo ihm einen dieser Bälle ins Gesicht wirft."

Ryo ließ seinen Wasserball fallen und drehte sich schockiert zu Leo um. Während er weiter lachte, blickten ihn die anderen verwundert und wütend an.

„Leo, wir haben keine Zeit für so einen Unsinn. Schon morgen erreichen wir das Portal, also bitte, reiß dich zusammen."

„Okay, ist ja gut. Ihr gönnt mir aber auch gar keinen Spaß. Okay, Jay! Wir probieren es auf eine andere Weise. Was hast du gesehen?"

„Bis auf eines deiner Haare, das mir seit zehn Minuten im Auge hängt, nicht viel."

„Auch ohne deine Augen kannst du sehen. Konzentriere dich auf Ryo. Stelle dir vor, wie er einen der Bälle nach dir wirft. Verlasse dich auf deinen Instinkt. Fühlen, nicht denken."

„Okay, ich versuche es."

„Nein. Versuchen heißt, du denkst darüber nach. Nicht denken, tue es einfach."

„Oh, oh. Könntest du sagen ‚tue es oder tue es nicht. Es gibt kein Versuchen'?"

„Nein was zur… Warum sollte ich so etwas sagen?! Und jetzt weiter."

Wieder warf Ryo einen der Bälle nach ihm und wieder schaffte er es nicht auszuweichen.

„Nochmal."

Jay konzentrierte sich auf Ryo. Er versuchte seinen Kopf von seinen Gedanken zu befreien und stellte sich vor, wie Ryo vor ihm stand, den Wasserball formte und auf ihn warf. Er konnte es genau sehen. Er sah ganz genau, wie der Ball auf ihn zu flog. Er machte einen Schritt nach links, in dem Moment, als Ryo den Ball geworfen hatte. Und tatsächlich. Der Wasserball flog an ihm vorbei.

Euphorisch riss er sich das Stirnband von seinem Gesicht und sagte: „Geschafft! Ich habe es geschafft! Es war unglaublich, ich habe genau gesehen, wie Ryo den Ball nach mir geworfen hat. Ich wusste genau, wo Ryo hinwerfen würde. Warte... Habe ich gerade in die Zukunft gesehen?"

„Zeit ist eine komplexe Angelegenheit,... aber ja. Du hast zumindest vorausgesehen, wie Ryo dich angreifen würde. Sehr gut, Kleiner", lobte Leo ihn.

Jay lächelte. Er war stolz auf sich, doch im nächsten Moment warf Ryo einen weiteren Wasserball in sein Gesicht. Leo und Ryo lachten.

„Gut, das reicht für heute. Ihr solltet morgen weiter trainieren. Ich übernehme die erste Nachtwache. Ihr wisst, wann ihr dran seid. Ruht euch jetzt aus. Morgen sollten wir den Tempel erreichen", unterbrach Maggs sie.

„Wann bin ich dran?", fragte Jay.

„Was?"

„Die Nachtwache. Du sagtest, wir wüssten, wann wir dran seien. Wann bin ich an der Reihe?"

„Gar nicht. Du musst dich ausruhen. Morgen früh wirst du mit Leo trainieren, dafür solltest du fit sein."

„Okay", sagte Jay verwundert und legte seinen Schlafsack auf einer freien Stelle des Schiffes aus.

In dieser Nacht hatte Jay keinerlei Probleme einzuschlafen. Schon immer machten ihn Schifffahrten schläfrig, doch nachdem er eingeschlafen war, hörte er wieder diese Stimme.

„Jay, Jay", rief sie immer wieder.

Er ignorierte diese Stimme und schlief weiter. Die Stimme verstummte, doch einige Zeit später hörte er sie wieder flüstern: „Jay, Jay."

Ruckartig öffnete er die Augen und schaute sich um. Jay war schockiert. Als er sich umblickte, war er nicht länger auf dem Boot bei den anderen. Er fand sich selbst in dem Wald hinter seiner Schule wieder.

„Jay", hörte er jemanden sagen. Er drehte sich um und konnte nicht glauben, wen er dort am Boden sah.

„Julien?"

„Jay... Bitte hilf mir."

„Das ist nicht real. Du bist nicht real. Ich muss träumen."

„Das ist kein Traum... Jay...Bitte...Hilf mir."

„Nein, wir sind nicht wirklich hier..."

„Warum hast du mich im Stich gelassen? Du hättest mich retten können..."

Langsam näherte er sich Julien, und erkannte, dass er aus dem Bauch heraus blutete.

„Julien?"

„Wie konntest du das nur tun? Du hast mich umgebracht!"

„Nein... Julien. Es tut mir leid. Ich..."

Er stockte, als er sich seine Hände ansah. In seiner rechten Hand hielt er ein Blut verschmiertes Messer. Es fühlte sich alles so real an. Er schaute an sich hinab. Überall hatte er Flecken von Juliens Blut. Er schmiss das Messer beiseite und ging zu Julien. Er nahm seine Hände und presste sie auf seine Wunde.

„Es tut mir leid. Julien... Bitte bleib bei mir."

„Wieso Jay? Wieso?"

„Es tut mir so leid. Ich wollte das alles nicht. Ich wollte dich nicht zurücklassen. Es tut mir so unendlich leid."

„Ich dachte... Wir wollten die Welt verändern. Etwas bewirken, zusammen..."

„Das können wir noch. Ich habe einen Weg gefunden. Ich verspreche dir, ich werde dich nicht enttäuschen. Ich werde ein Held werden, wie wir es als Kinder immer geträumt haben, und dann werde ich dich retten. Ich finde einen Weg!"

„Du... Du bist kein Held. Du bist ein Mörder...", sagte Julien mit seinem letzten Atemzug. Die Worte verletzten Jay zutiefst. Er hielt Julien fest in seinen Armen und weinte.

„Nein. Nein. Julien, es tut mir so leid. Bitte, bleib bei mir. Verlass mich nicht. Bitte Julien. Ich brauche dich."

Er sah seinen besten Freund vor sich sterben, doch nach kurzer Zeit färbten sich seine Augen schwarz und er erwachte wieder zum Leben.

„Mörder!", rief er ihm mit finsterer Stimme ins Gesicht.

Plötzlich spürte er eine Hand an seiner Schulter.

„Jay", sagte Emely und weckte ihn auf.

„Was? Was... Wo bin ich? Was ist passiert? Wo ist Julien?"

„Du hattest einen Traum, Jay. Julien ist nicht hier. Du bist auf dem Schiff. In Sicherheit."

„Es fühlte sich... so real an. Als wäre ich wirklich bei ihm gewesen."

„Du hast im Schlaf gesprochen... Möchtest du darüber reden?"

Jay senkte seinen Kopf und erinnerte sich an das, was passiert war.

„Ich... Ich war zurück auf meiner Erde. In dem Wald in dem... Dort habe ich Julien das letzte Mal gesehen. Er war dort, aber er lag im Sterben. Ich... Ich habe ihn getötet. Sein Blut klebt an meinen Händen. Er... er nannte mich einen Mörder."

Wieder rollte Jay eine Träne über die Wange.

„Jay, es war nur ein Traum."

„Ich weiß, aber es fühlte sich nicht an wie einer und er hat recht... Ich habe ihn dort zum Sterben zurückgelassen. Die ganze Zeit mache ich mir Sorgen ein Mörder zu werden... dabei bin ich schon längst einer.

„Was mit Julien passiert ist, ist nicht deine Schuld. Du bist kein Mörder. Du hast es doch selbst gesagt."

„Vielleicht lag ich falsch. Ich hätte ihn niemals zurücklassen dürfen."

„All das, was passiert ist. Der Angriff auf Nova Lux. Der Angriff auf deine Schule. Die Begegnung mit den Lions. Dein Verstand versucht das alles noch zu verarbeiten. Es ist normal, dass du Gewissensbisse hast, aber es ist wichtig, dass du weißt, es war nicht deine Schuld. Nichts davon. Eines Tages werden die, die dafür verantwortlich sind, bezahlen. Wir werden sie... Du wirst sie ihrer gerechten Strafe zuführen. Wie auch immer die aussehen mag."

„Ich weiß nicht... ich hoffe, du hast Recht...ist es okay, wenn ich noch ein wenig mit dir wach bleibe?"

„Natürlich, Komm, setz dich zu mir. Es ist eine wundervolle Nacht."

Jay und Emely setzten sich an den Bootsrand, streckten ihre Füße in das kalte Wasser und bewunderten den klaren Sternenhimmel.

Kapitel 12
Der Tempel der... Lions?

Als Jay am Morgen wieder aufwachte, hatte die Gruppe ihr Ziel fast erreicht. Sie fuhren den Fluss weiter hinab in Richtung eines großen Sees, doch bevor sie diesen erreichten, setzten Leo und Jay ihr Training fort.

„Alles klar, Kleiner. Ich hoffe, du hast gut geschlafen, denn das wird dich einiges an deiner Kraft kosten."

Er blickte kurz zu Emely rüber und antwortete: „Ich bin bereit."

„Also gut. Ryo, wenn du wieder so nett wärst."

„Wirft er mich wieder mit seinen Wasserbällen ab?"

„Nein, nein. Heute nicht. Du wirst gegen ihn auf die gute alte Art und Weise kämpfen, mit deinen Fäusten."

„Du willst, dass ich kämpfe? Gegen Ryo? Er ist ungefähr das Dreifache von mir."

„Ich weiß, aber Größe spielt in einem Kampf keine Rolle. Wenn du dich clever anstellst, kann seine Größe ein Vorteil für dich werden, doch darum soll es heute gar nicht gehen. Ich will, dass du so vielen Schlägen von Ryo ausweichst, wie du kannst, und wenn du es schaffst, lande einen Schlag. Hier, leg das an."

„Oh man. Schon wieder das Stirnband?"

„Glaub mir, das macht es für dich um einiges leichter."

„Wenn du das sagst. Also gut, fangen wir an."

Jay stülpte sich das Stirnband wieder über seine Augen und stellte sich Ryo gegenüber.

Einen Moment lang standen sie da, bis Jay fragen wollte: „Wann genau fangen wir a...?", doch dann von einem Schlag von Ryo unterbrochen wurde.

„Au. Langsam ist das nicht mehr witzig."

„Das siehst auch nur du so, haha."

Fragend schaute Ryo Leo an, der ihm zunickte. Und wieder schlug Ryo zu, doch Jay duckte sich weg.

„Gut, weiter so."

Wieder versuchte Ryo einen Treffer zu landen, ohne Erfolg. Immer wieder wich Jay ihm aus.

„Er ist unglaublich", flüsterte Leo zu Maggs.

„Ja... Ja, das ist er."

„Okay, und jetzt kontere seine Schläge."

Jay nickte. Er sah genau, wie Ryo ihn angreifen würde, duckte seinen Kopf weg, schlug Ryos Arm zur Seite und schlug ihn in den Magen. Zumindest versuchte er es. Mit seiner linken Hand hielt er Jays Faust fest. Jay war überrascht. Er hatte nicht damit gerechnet, dass Ryo auch seine Schläge voraussehen könnte.

„Kräfte sind nichts im Gegenzug zu Erfahrung", sagte Ryo mit einem Zwinkern. Sie trainierten weiter und mit jedem Durchgang wurde Jay besser. Er wurde sicherer in seinen Aktionen. Ryo schaffte es kein einziges Mal mehr ihn zu treffen. Sie trainierten, bis sie einen See am Ende des Flusses erreichten. Ryo unterbrach das Training und hielt das Boot mit seinen Kräften an.

„Was ist los?", fragte Jay, und nahm das Stirnband ab. Er war begeistert, als er am Ende des Sees zwei riesige Statuen, vor den Bergen sah. Es waren zwei Lions mit einem Schwert in der einen und einem Schild in der anderen Hand. Wie Wächter, bewachten sie einen Weg zwischen den Bergen.

„Warum halten wir?", fragte Maggs.

„Das ist er. Der See, in dem die Krake lebt", antwortete Ryo.

„Ich weiß, aber warum halten wir?"

„Wir brauchen einen Plan. Wir können nicht einfach den See überqueren und hoffen, dass uns die Krake nicht sieht", erklärte Ryo.

„Hast du eine bessere Idee?", fragte Maggs weiter.

Ryo schüttelte mit dem Kopf.

„Also. Lass uns weiterfahren."

„Warum gehen wir nicht einfach außen herum?", warf Jay ein.

„Über die Berge? Es würde Tage dauern, bis wir so den Tempel erreichen würden. Wir haben keine Zeit dafür. Also Ryo... Wir fahren weiter."

„In Ordnung, doch sag nicht, wir hätten dich nicht gewarnt."

Ryo setzte seine Kräfte ein und bewegte das Schiff auf dem See. Geradewegs fuhren sie in Richtung der Statue in der Hoffnung, der Krake aus dem Weg gehen zu können. Es war ruhig und die Gruppe beobachtete das Wasser ganz genau, doch weit und breit war nichts zu sehen. Nicht einmal Fische schwammen in diesem See. Ungewöhnlich. Maggs hatte kein gutes Gefühl bei der Sache. Das Schiff begann leicht zu wackeln. Weiter schauten sie sich um, doch es war nichts Außergewöhnliches zu sehen. Sie segelten weiter und weiter, bis sie die Mitte des Sees erreichen.
„So weit, so gut", sagte Leo.
Doch dann erneut. Das Schiff wackelte. Diesmal stärker.
Jay bekam Angst und hielt sich an dem Schiff fest.
„War ja klar…", murmelte Leo weiter.
Vor ihrem Schiff sahen sie, wie das Wasser sich bewegte. Blasen traten auf. Plötzlich schoss eine gewaltige Krake aus dem Wasser. Eine Welle traf das Schiff und warf sie zurück.
„Alle gut festhalten!", rief Maggs.
Mit Angst erfüllt sagte Jay: „Ach du heilige… Krake. Die ist ja wirklich…"
„Riesig?", beendete Leo seinen Satz. „Ja. Denkst du, wir haben das nur aus Spaß gesagt?"
„Ich dachte, ihr würdet übertreiben, aber ihr habt maßlos untertrieben."
„Also, Ted. Wie sieht dein Plan jetzt aus?"
„Ryo, gib Gas. Wir werden es umfahren."
„Was? Wir können doch nicht einfach die Krake… Oh, du meinst drum herum fahren… Ja, das ergibt Sinn", stellte Jay fest.
Ryo hielt seine Hand ins Wasser und sorgte für einen kleinen extra Schub.
„Alle man gut festhalten!"
„Was ein brillanter Plan Ted. Die Krake wird uns sicher einfach in Ruhe lassen, wenn wir sie umfahren."
Ted warf Leo einen genervten Blick zu.
So fest sie konnten, hielt die Gruppe sich an dem Schiff fest. Die Krake bewegte ihre riesigen Tentakel hin und her und sorgte

für einen heftigen Wellengang. Das Schiff schaukelte auf und ab. Bei jeder Welle dachte Jay sich:
„Das war's…".
Immer wieder versuchte die Krake das Schiff mit seinen Tentakeln zu treffen. Sie entkamen knapp, doch bevor sie das Ufer erreichten, erwischte die Krake sie mit einem ihrer überdimensionalen Tentakel. Das Schiff wurde zerstört, und die Gruppe fiel ins Wasser.
Luna klammerte sich an Emely, Maggs tauchte nach seinem Schwert, Jay versuchte sich irgendwie über Wasser zu halten, die anderen jedoch tauchten ab. Sie tauchten bis auf den Grund des Sees. Zusammen aktivierten sie ihre Kräfte und errichteten ein Schild aus Licht um sie herum. Sie verdrängten das Wasser und schafften eine Blase, in der sie atmen konnten. Ihre Hände leuchteten weiß. Sie wanden all ihre Kraft auf, um diese Barriere aufrecht zu erhalten.
„Wo ist Jay?", fragte Maggs.
Emely blickte nach oben und sah zwei Beine wild im Wasser umher strampeln.
„Er ist noch oben!"
„Ich werde ihn holen."
„Ted! Wir können es ohne dich nicht aufrechterhalten", widersprach Emely ihm.
„Ted, geh! Leo und ich schaffen das, aber beeil dich!", rief Ryo.
Maggs senkte seine Hände und das Leuchten verschwand. Er trat aus der Blase und schwamm so schnell er konnte zu Jay. Leo und Ryo setzten all ihre Kraft ein. Ihre Augen begannen zu leuchten und das Leuchten wurde immer stärker.
Jay verließ langsam die Kraft. Er konnte sich kaum noch über dem Wasser halten. Immer wieder tauchte er unter. Er verschluckte immer mehr von dem Wasser. Hustend rief er nach seinen Freunden.
„Maggs?! Emely?! Wo seid ihr?! Hilfe!!"
Die Kraft verließ ihn und er begann unter zu gehen, doch in diesem Moment spürte er, wie etwas seine Beine packte. Es zog ihn weiter runter. Er war sich sicher, dass es die Krake war, doch

dann konnte er plötzlich wieder atmen. Er hustete das Wasser aus seiner Lunge und war erleichtert, als er die anderen sah.
„Oh, Gott sei Dank. Ich dachte schon, das wäre mein Ende gewesen."
„Freue dich lieber nicht zu früh", sagte Leo, als er sah, dass die Krake geradewegs auf ihre Kuppel zu schwamm.
„Ted, wenn du so nett wärst", bat Ryo ihn vor lauter Anstrengung.
Wieder nutzte Maggs seine Kräfte, um die Blase um sie herum aufrecht zu erhalten.
„Äh, Leute. Sie schwimmt genau auf uns zu", stellte Jay fest.
„Ich weiß", antwortete Maggs.
„Sag mir, was ich tun soll. Ich kann euch helfen!"
„Nicht jetzt, Jay. Wir müssen die Blase verstärken!"
„Willst du mich verarschen? Das schaffen wir niemals!", warf Leo ein.
„Doch, das schaffen wir. Wir müssen! Macht euch bereit..."
Die Krake kam immer näher und näher. Sie drehte sich vor ihnen und wollte sie mit einem ihrer Tentakel zerquetschen.
„Jetzt!", rief Maggs.
Aus ihren Händen schossen sie einen weißen Strahl, der die Kuppel stärkte. Sie gaben alles, was sie hatten. Ihre Augen strahlten, ihre Hände glühten. Der Tentakel krachte auf die Kuppel, doch sie hielt stand. Die Krake umhüllte sie und schlängelte sich um sie herum.
„Weiter! Nicht aufhören!", motivierte Maggs sie immer wieder.
„Was ist der Plan? Wir können sie nicht ewig weghalten!", rief Emely.
„Wir töten dieses Monster!"
Jay fühlte sich nutzlos. Er stand nur da und sah wie die anderen sich abmühten. Wie sie alles gaben, um sich zu schützen. Um ihn zu beschützen. Er wusste, er musste was unternehmen. Emely hatte recht, die Krake würde schließlich nicht von selbst verschwinden. Jay nahm all seinen Mut zusammen und stürmte durch die Kuppel nach draußen.

„Jay!", riefen sie ihm nach, doch er ignorierte sie. Er klammerte sich an einen der Tentakel und krabbelte ihn langsam hoch. Die Krake spürte ein leichtes Kribbeln und versuchte Jay abzuschütteln. Wie wild wedelte sie ihren Tentakel hin und her, doch Jay ließ nicht los.

Die Krake löste ihren Griff um die Kuppel, tauchte wieder auf und zog Jay mit sich. All das Wasser strömte gegen ihn und drückte ihn runter, doch Jay ließ nicht los.

Er atmete tief ein, als er das Wasser verließ. Die Krake hielt sich den Tentakel genau vor ihr Gesicht um zu sehen, was sie gepackt hatte.

Langsam versuchte Jay sich auf diesem glitschigen Tentakel hinzustellen.

„Hey, Mr. Krake! Ich will nur reden, okay?"

Die Krake wandte ihren Blick auf Jay. Er wollte Jay zerquetschen, doch kurz vorher stoppte sie ihren Tentakel. Jay drehte sich weg, kniff die Augen zusammen, doch als er sie öffnete, leuchteten sie kurz auf und die Krake senkte ihren Tentakel wieder.

„Ich weiß, das hier ist dein Zuhause", begann Jay und näherte sich langsam dem Kopf der Krake.

„Ganz ehrlich… Ich wäre auch sauer, wenn jemand einfach so in mein Zuhause kommt."

Maggs und die anderen begannen sich Sorgen zu machen.

„Ryo, kannst du uns hoch bringen?!"

„Nicht ohne die Kuppel los zu lassen."

„Egal. Wir müssen zu ihm! Haltet euch einfach gut fest!"

„Okay. Auf dein Zeichen, Ted."

Die Gruppe suchte sich etwas am Grund des Meeres, um sich festzuhalten. Maggs nickte Ryo zu. Die Kuppel um sie herum verschwand. Das Wasser strömte zu ihnen. Geradeso konnten sie sich an Steinen und Pflanzen festhalten. Luna fuhr ihre Krallen aus und krallte sich in Emelys Rücken fest. Vor Schmerz wollte sie schreien, doch sie unterdrückte es. Ryo zog die Einzelteile seines Stabs aus seiner Tasche und setzte sie zusammen. Er rammte ihn in den Boden und drehte ihn im Uhrzeigersinn. Der Boden unter ihnen bewegte sich und wie in einem Aufzug brachte sie der Boden unter ihren Füßen an die Wasseroberfläche.

Maggs traute seinen Augen nicht, als er Jay vor der Krake sah. „Jay!!", rief er lautstark, doch dieser ignorierte ihn.

„Es tut mir leid, dass wir in dein Zuhause eingedrungen sind", fuhr Jay fort. „Wirklich, das musst du mir glauben. Keiner von uns wollte das hier, doch wir hatten keine Wahl. Wir haben eine Aufgabe zu erfüllen und dafür müssen wir auf diese Seite des Sees."

Jay tastete sich vor, bis er genau vor dem Gesicht der Krake stand. Er sah in seine orangen Augen und was er sah, war Furcht. Vorsichtig streckte er seine Hand nach ihrem Kopf aus. Die Krake schloss ihre Augen und ließ Jay gewähren. In dem Moment, in dem er sie berührte, begann seine Hand zu leuchten. Er schloss seine Augen und sah die Vergangenheit der Krake.

Er sah eine ganze Schar von Kraken. Sie lebten gemeinsam in einem riesigen Meer. Er sah kleine Babykraken, die herumspielten, doch all das verschwand ebenso schnell, wie es kam.

„Du hattest eine Familie", murmelte Jay. „Was ist mit ihnen passiert?"

Die Krake drehte sich und zeigte Jay die Statuen der Lions.

„Die Lions? Sie haben dir das angetan?"

Die Krake blinzelte.

„Nun ich kann dir deine Familie nicht zurückbringen... Aber ich verspreche dir, die Lions werden dafür bezahlen, was sie dir angetan haben, doch dafür müssen wir ihren Tempel erreichen."

Die Krake blinzelte erneut und schaute hinüber zu Maggs und den anderen.

„Auch ich habe meine Familie verloren. Ich bin hier, um die aufzuhalten, die mir das angetan haben, doch dafür brauche ich deine Hilfe. Ich bitte dich, bring uns auf die andere Seite und ich verspreche dir, die Lions werden ihre gerechte Strafe bekommen."

Mit einem ihrer Tentakel umklammerte sie die Fünf und nahm sie mit sich. Sie setzte Jay auf ihren Kopf und brachte die Gruppe auf die andere Seite des Sees.

Sie setzte sie am Ufer ab und ebnete Jay einen Weg zu ihnen. Jay sah der Krake noch einmal in die Augen und bedankte sich bei ihr. Sie schien zu nicken und tauchte zurück in ihre Gewässer.

„Wow Jay, das war unglaublich. Woher wusstest du, dass du sie erreichen würdest??", fragte Ryo erstaunt.

„Das wusste ich nicht, aber es ist wie ich gesagt habe. Es gibt immer einen anderen Weg…"

„Heute hast du uns gerettet. Heute warst du der Held", lobte Ryo ihn.

„Ihr habt dasselbe doch auch für mich getan."

„Das hast du wirklich gut gemacht, Jay. Ich könnte nicht stolzer auf dich sein."

„Ich hatte eine gute Lehrerin", sagte Jay, als Emely ihn umarmte. Luna sprang auf ihre Schultern und kuschelte sich an Jay. Auch sie schien begeistert.

Nun stand er vor Maggs und wartete nur darauf wieder von ihm kritisiert zu werden.

„Du hättest dabei drauf gehen können…"

„Ich weiß…"

„Aber… Wenn du nicht gewesen wärst… Nun, ich schätze ich schulde dir eine Entschuldigung. Vielleicht gibt es ja doch manchmal einen anderen Weg…"

Jay lächelte. Ein Eingeständnis von Maggs hörte er sogar noch lieber als das Lob der anderen.

„Kommt Leute, wir sollten keine Zeit mehr verlieren."

„Was ist mit unseren Vorräten? Euren Waffen?", fragte Jay.

„Dafür haben wir keine Zeit. Vielleicht solltest du heute dein Training mit Ryo beginnen und ihm helfen uns neue Waffen zu fertigen."

„Du kannst sowas? Ich kann sowas?"

„Wollen wir es hoffen", antwortete Ryo lächelnd.

Ohne ihre Vorräte, ihre Schlafsäcke, ihre Zelte, ihre Waffen, passierte die Gruppe den engen Pass zwischen den Bergen. Nur Ryo hatte seine Umhängetasche behalten können.

„Denkt ihr, wir könnten nochmal umkehren und die Krake fragen, ob sie mir meinen Flachmann vom Grund des Sees holen könnte?"

Leo bekam, wie so häufig, keine Antwort darauf.

„Jay, denkst du nicht, dass du ihr nochmal schöne Augen machen könntest, um sie zu überreden?!"

„Ich denke nicht, dass das so funktioniert."

„Gut, vielleicht führst du sie dieses Mal einfach zum Essen aus?!"

Wieder bekam er keine Antwort.

„Nein? Okay... Dann werde ich mir wohl einen neuen Flachmann zulegen müssen... Schade, der Alte war echt gut."

Der Weg war lang, doch er war es wert. Am Horizont sahen sie bereits den Tempel. Inmitten eines Waldes ragte ein Berg hinaus, in dem die Lions den Tempel gebaut hatten.

„Wir haben es fast geschafft", stellte Emely fest.

Ryo war begeistert. „Das ist er. Der Tempel Sulos. Nach all den Geschichten, die wir gehört haben, sind wir endlich hier."

Noch einige Stunden marschierten sie in Richtung Tempel. In dem Wald fanden sie einige Dörfer der Lions, doch alle waren verlassen. Niemand war mehr dort.

Emely machte sich Sorgen. „Was ist hier nur passiert? Warum sind sie gegangen?"

„Ich weiß es nicht, doch was auch immer es ist, es kann nichts Gutes bedeuten", antwortete Maggs.

Sie schauten sich in den Dörfern um, doch fanden nichts. Keinerlei Anhaltspunkte für ihr verschwinden. Keine Spuren von einem Kampf oder irgendwelchen Leichen. Sie schienen ihr Zuhause einfach verlassen zu haben.

„Vielleicht wollten sie einfach nur mal umziehen...", sagte Jay. Die anderen schauten ihn irritiert an.

„Ja, ich weiß. Ich glaube es ja selbst nicht."

Maggs hatte ein ungutes Gefühl bei der Sache. Es musste einen Grund dafür gegeben haben, dass die Lions von hier verschwanden und seine Vorahnung bestätigte sich, als sie den Tempel erreichten. Der Weg nahm ein Ende. Sie standen vor einem riesigen Berg. Der Weg hinein war gepflastert. Vor dem Eingang standen wieder zwei der riesigen Statuen. Erleuchtet wurde der Weg von riesigen Fackeln, doch das war nicht alles, was sie sahen. Der Eingang wurde bewacht von... Anexus. Zwei von der Dunkelheit zehrenden Andeda bewachten den Eingang.

„Ich wusste es", murmelte Maggs.

„Wie ist das möglich? Wie konnten sie so schnell hier sein?", fragte Jay.

„Konnten sie nicht. Unmöglich, dass sie die Lions innerhalb von drei Tagen von hier vertrieben haben. Sie waren tatsächlich schon viel länger hier... Natürlich. Sie wussten die ganze Zeit, dass wir auf Nova Lux waren. Deswegen erwarteten sie uns bereits in Luxtra. Die ganze Zeit waren sie uns einen Schritt voraus", sagte Emely.

„Schade, dann müssen wir wohl einen anderen Weg finden", erwiderte Leo.

„Nein..."

„Nein? Ted, wenn wir das Portal benutzen und die Anexus uns sehen..."

„Könnten sie uns folgen. Ich weiß."

„Sie würden den Widerstand finden. Sie würden alles daransetzen, ihn in kürzester Zeit zu zerstören. Es wäre alles verloren", sagte Emely.

„Ich weiß, aber es gibt keinen anderen Weg."

„Es muss einen anderen Weg geben."

„Welchen?! Ein eigenes Portal öffnen, wäre genauso riskant. Nur dieses Portal bringt uns nach Mystico."

„Wir gehen zurück nach Luxtra. Dort wird uns schon jemand helfen können. Wir finden ein anderes Portal. Gehen einen Umweg über eine andere Erde" schlug Ryo vor.

„Dafür haben wir keine Zeit. Wir sagen Winston Bescheid. Er soll die Evakuierung des Widerstands vorbereiten. Wir treffen sie dort und verschwinden dann gemeinsam."

„Ted, wenn sie uns erwischen…"

„Werden sie nicht. Wir gehen rein, öffnen das Portal und gehen durch, ohne, dass uns jemand bemerkt. Wir müssen es nur schließen, bevor sie uns folgen können."

„Ich hoffe, du hast recht."

„Habe ich."

Wir werden unsere Waffen brauchen. Ihr solltet euch besser gleich an die Arbeit machen", sagte er zu Ryo und Jay. „Wir kümmern uns um den Rest."

„Also gut, Jay. Lass uns keine Zeit verlieren."

„Wo gehen wir hin?", fragte Jay, als er Ryo folgte.

„In eines der Dörfer", antwortete Ryo.

„Und die Waffen stellen wir dort her?"

„Wo wir sie herstellen, ist eigentlich egal. Wir brauchen jedoch einige Materialien, um sie herzustellen."

„Hast du nicht noch etwas in deiner Tasche?"

„Nur das Holz für meinen Stab und Leos Bogen und Pfeile."

Gemeinsam gingen sie in eines der verlassenen Dörfer der Lions und schauten sich in den Häusern um.

„Wonach genau suchen wir denn?"

Ryo hob eine der Holzdielen in dem Haus an und nahm eine Kiste hinaus.

„Woher wusstest du das?"

„In vielen Punkten sind die Nashörner und die Lions sich doch sehr ähnlich. Mein Vater hatte ein ähnliches Versteck für seine Waffen."

„Waffen?", fragte Jay verwundert.

Ryo öffnete die Kiste und holte ein Paar große Schwerter dort raus.

„Wusste ich es doch, feinster Stahl. Genau das, was wir brauchen."

„Wenn wir schon Waffen haben, brauchen wir ja keine mehr herstellen, oder?"

„Haha. Aber natürlich müssen wir das. Eine Waffe ist nicht gleich eine Waffe. Jedes Schwert, jede Klinge ist einzigartig."

„Also stellen wir genau die Schwerter her, die Maggs und Emely verloren haben?"

„Ganz genau. Schon seit vielen Jahren kämpfen sie mit ihren Waffen. Sollten wir ungenau arbeiten, kann dieser kleine Unterschied zwischen Sieg und Niederlage entscheiden."

„Und du bist dir sicher, dass du mich das machen lassen möchtest?"

„Oh nein, natürlich nicht. Ich werde die Schwerter für Ted und Emely fertigen."

„Und was soll ich dann machen?"

„Na dein eigenes Schwert."

„Ich bekomme ein Schwert?!"

„Aber natürlich. Wir wollten dir schon in Luxtra ein passendes besorgen, aber… Vielleicht ist es ganz gut, dass du dein erstes Schwert selbst herstellst. Ted hat doch den Schwertkampf mit dir trainiert?!"

„Wir haben mit Stöckern trainiert, nicht mit Schwertern."

„Jeder von uns hat mit Stöckern angefangen."

„Und bist du deswegen bei einem Stock geblieben?"

„Stab, wenn ich bitten darf. Aber ja, das war mit einer der Gründe."

„Was, wenn ich nicht der Schwert Typ bin? Was, wenn ich wie Leo mehr der Bogen Typ bin? Oder wie Emely lieber Doppelschwerter benutze? Oder warum kann ich nicht einfach eine Schusswaffe von meiner Erde bekommen?"

„Das sind Waffen für Feiglinge. Außerdem richtest du bei den Andeda mehr Schaden mit einem Schwert an. Du hast genug Zeit, um das für dich selbst herauszufinden, doch auch wenn jeder von uns unterschiedliche Favoriten hat, jeder von uns kann mit einem Schwert kämpfen. Das solltest du auch können."

„Also gut. Was machen wir jetzt? Brauchen wir nicht eine Schmiede, um den Stahl einzuschmelzen?"

„Nicht, wenn wir unsere Kräfte benutzen. Komm, wir sollten dafür nach draußen gehen."

Ryo nahm die Kiste mit sich und schüttete die Waffen draußen auf den Boden.

„Okay, also was genau ist deine Kraft? Du kannst Stahl einschmelzen? Und Schränke zusammenbauen?"

„Oh, tut mir leid. Das hätte ich doch beinahe vergessen. Ich bin ein Meister der Materie. Ich nutze das Licht, um die Strukturen gewisser Dinge zu verändern. So kann ich zum Beispiel diesen Stahl verflüssigen."

„Also veränderst du den Aggregatzustand?"

„Nein. Viel mehr manipuliere ich den Raum innerhalb der Materialien. So kann ich die Form eines Gegenstandes verändern."

„Also Leo hat mir die Kraft der Zeit gezeigt und du mir die Kraft des Raumes?! Ihr seid also wie die Meister von Raum und Zeit...", stellte Jay erstaunt fest.

„Bitte... nenne uns nicht so."

„Okay", antwortete Jay verwundert.

„Also gut, fangen wir an. Schau gut hin und lerne."

Ryo kniete sich auf den Boden vor die Waffen. Für einen kurzen Moment schloss er seine Augen. Als er sie wieder öffnete, leuchteten sie weiß auf. Seine Hände schimmerten weiß und eines der Schwerter begann zu schweben. Ryo formte seine Hand zu einer Faust und Jay sah, wie der Stahl sich verflüssigte. Ryo öffnete seine Hand wieder und lenkte den Stahl in seine richtige Form. Der aus Massivholz gefertigte Griff zerbrach in einzelne Splitter. Ryo setzte sie wieder in einer anderen Form zusammen. Ein edler Griff mit einer Spitze aus Stahl am unteren Ende. Darüber eine Parierstange. Diesen Griff kannte Jay bereits. Er sah genauso aus wie der von Maggs vorherigem Schwert. Jay war begeistert. Ryo vervollständigte das Schwert mit einer edlen Klinge. Langsam senkte er es wieder zu Boden. Ohne es auch nur zu berühren, erschuf Ryo ein neues Schwert.

„Perfekt. Ted wird den Unterschied gar nicht merken."

„Wow... Das war unglaublich. Wie hast du das gemacht?"

„Alles, was du benötigst, ist eine Menge Fantasie. Wenn ich das Schwert zerlege, stelle ich mir genau vor, wie es danach aussehen soll. Als hätte ich den Bauplan vor meinen Augen. So lenke ich die einzelnen Teile in die richtige Position und schon ist es fertig. Ich zeige es dir noch einmal. Dieses Mal mit zwei Schwertern."

Wieder blitzen seine Augen weiß auf. Seine Hände schimmerten und zwei Schwerter begannen zu schweben. Ryo zerlegte sie und formte zwei Doppelschwerter. Sie waren nahezu identisch. Ein kurzer Griff mit einer langen, dünnen Klinge. Vorsichtig setzte er auch diese Schwerter wieder zu Boden. Erneut konnte Jay nur staunen.

„Also Jay... willst du es versuchen?"

Jay nickte. Er kniete sich neben Ryo vor das letzte übrig gebliebene Schwert und schloss für einen kurzen Moment seine Augen. Er fühlte, wie die Kraft des Lichts durch seinen Körper strömte. Seine Augen begannen weiß zu leuchten.

„Gut, und jetzt stelle dir vor, wie du das Schwert in seine Einzelteile zerlegst. Wie der Griff sich aufsplittert. Wie das Eisen sich verflüssigt."

Jay versuchte es sich vorzustellen. Das Schwert begann langsam auseinander zu brechen. Es bildeten sich erste Risse in Klinge und Griff. Einige Teile bröselten zu Boden. Jay war frustriert, dass es bei ihm nicht so funktionierte wie bei Ryo. Er konzentrierte sich verstärkt auf sein Licht. Verstärkte seine Kräfte immer weiter, bis das Schwert auf einmal in seine Einzelteile platzte. Vor lauter Schreck verschwanden Jays Kräfte wieder und die Teile fielen zu Boden.

„Verdammt!"

„Ha. Schon okay, Jay. Das war schon mal ein guter Anfang. Du darfst nur nicht so verbissen sein. Geh locker an die Sache heran."

Ryo sammelte mit seinen Kräften wieder alles zusammen und übergab es Jay.

„Also nochmal…", sagte er und legte die Splitter in Jays Hände. Wieder schloss er seine Augen und ließ dem Licht freien Lauf. Seine Hände schimmerten und die Teile begannen zu schweben.

„Gut so. Jetzt stelle dir dein Schwert vor."

Jay stellte sich sein Schwert vor. Auch, wenn er noch nicht sehr viele gesehen hatte, er wusste ganz genau, wie es aussehen sollte. Die Holzsplitter formte er zu einem Knauf am unteren Ende und einem runden Griff. Darüber formte er eine Scheibe aus Stahl, aus der die dünne Klinge sich hervorstreckte, doch als er das flüssige Stahl zusammensetzen wollte, funktionierte es nicht wie erwartet. Es blieb flüssig. Jay wollte es absetzen, doch der Stahl drohte auf den Boden zu tropfen. Schnell hielt Ryo seine Hand darunter und ließ es weiter schweben.

„Wow! Nicht so schnell! Der Stahl braucht Zeit um sich zu verfestigen. Hier, halt du es und versuch es noch einmal, aber dieses Mal habe Geduld. Wenn du zu ungeduldig bist, fuschst du. Die Waffe könnte kleine Risse aufweisen oder krumm werden. Hierbei geht es um Geduld und Konzentration."

„Ich dachte, es geht um Fantasie…"

„Genau. Geduld, Konzentration und Fantasie… Also noch einmal."

„Woher weiß ich, wann es fertig ist? Woher weiß ich, dass es nicht mehr auseinanderfallen kann?"

„Gefühl. Dein Gefühl verrät es dir, vertrau mir."

„Okay", murmelte Jay und versuchte erneut die Teile zusammenzufügen. Er setzte die dünne und spitze Klinge auf den Griff. Er zog den Stahl zusammen und verfestigte ihn so gut er konnte, wartete bis er das Gefühl hatte, dass es fertig war und senkte es langsam herunter in seine Hand. Er packte es am Griff und hob es an. Seine Kräfte ließ er los und nun hielt er sein Schwert in seinen Händen.

„Geschafft! Ich habe es geschafft!"

„Sehr gut, Jay. Sehr gut. Die anderen hatten recht, du bist wirklich ein Naturtalent."

Voller Freude hielt er sein Schwert in die Luft und fuchtelte damit herum.

„Jetzt musst du nur noch lernen damit richtig umzugehen, aber auch das dürfte kein Problem für dich werden. Schon bald wirst du ein richtiger Nexus werden, genau wie wir."

„Danke, Ryo..."

In der Zwischenzeit, kontaktierten Maggs, Leo und Emely ihren alten Freund Winston. Maggs kramte seinen Connector aus seiner Tasche und legte ihn vor sich hin. Es dauerte keine Minute, ehe Winston genau vor ihnen stand.

„Ted. Emely. Leo", begrüßte er die drei und verbeugte sich leicht.

„Schön euch zu sehen, Winston", erwiderte Maggs.

„Da ihr mich kontaktiert, nehme ich an, dass nicht alles nach Plan verläuft."

„Das kannst du aber laut sagen, Winni."

„Leo... Wann hörst du endlich auf mich so zu nennen... Also, was ist los?"

„Wir haben es bis zum Portal geschafft. Das Gute ist, die Lions haben es wohl schon vor Wochen verlassen. Das Schlechte ist, die Anexus haben sie von hier vertrieben", erklärte Maggs ihm.

„Also sind die Anexus schon seit Wochen auf Nova Lux..."

„Vermutlich ja. Irgendwie müssen sie gewusst haben, dass wir durch dieses Portal wollen..."

„Wenn das wahr ist, werden sie euch erwarten. Das könnte eine Falle sein."

„Ich weiß. Aus diesem Grund musst du sofort mit der Evakuierung des Widerstands beginnen. Nur für den Fall der Fälle."

„In Ordnung. Ich mache mich sofort an die Arbeit. Wir sind ohnehin schon zu lange auf Mystico. Wir werden eines der Portale nutzen. Eines ist hier ganz in der Nähe. Schon Morgen öffnet es sich. Wir werden dort auf euch warten."

„Wo wir schon von Portalen sprechen. Hast du schon etwas über unsere vermisste Welt herausfinden können?"

„Möglicherweise. Ich habe all die alten Bücher deines Vaters durchwühlt und nichts außer Mythen und Sagen gefunden."

„Ich dachte, wir hätten alle Bücher meines Vaters auf Nova Lux?!"

„Darum habe ich seiner Bibliothek noch einmal einen Besuch abgestattet", antwortete Winston.

„Du hast was?!", fragte Maggs wütend.

„Ich wusste, du wärest nicht sehr begeistert, darum habe ich es dir nicht schon früher mitgeteilt, aber keine Sorge. Kein Andeda hat mich gesehen."

„Das war riskant…"

„Ich weiß, doch wenn wir die Welt finden wollen, schien es mir die beste Option zu sein und zumindest wissen wir ein wenig mehr."

„Was hast du gefunden?", fragte Emely.

„Eines kann ich sicher sagen, Ratava scheint nicht über die herkömmlichen Wege erreichbar zu sein. Der Legende nach gibt es ein Tor in eine andere Welt. An diesem Punkt sollen sich 14 Ley-Linien treffen."

„Ley-Linien?", fragte Emely.

„Eine Art Netzwerk der Magier. Sie verstärken unsere Kräfte."

„Uh… Magie…", warf Leo genervt ein.

„Sobald ich diesen Ort gefunden habe…"

„Finden wir auch Ratava."

„Davon gehe ich aus, ja, doch ich habe keine Ahnung, wo dieser Ort sein soll. In den Büchern konnte ich darüber nichts finden."

„Ich weiß, wo dieser Ort ist", rief Jay, der mit Ryo zurückkam.

„Schon fertig?"

„Was soll ich sagen…? Der Junge hat es einfach drauf", antwortete Ryo.

„Also gut. Du sagtest, du weißt, wo dieser Ort ist."

„Ja. In der 8. Klasse, mussten Julien und ich ein Referat, über Stonehenge halten."

„Der Steinkreis…", murmelte Leo.

„Ganz genau. Auf meiner Erde ist das der Ort, an dem sich 14 Ley-Linien treffen. Es ist in der Nähe von Amesbury, England. Ich weiß nicht, ob es auf anderen Erden auch so ist, oder ob es euch was bringt…"

„Das bringt mir sehr viel. Danke, Jay. Übrigens, mein Name ist Winston. Ich freue mich dich endlich kennen zu lernen."

„Die Freude ist ganz meinerseits. Stonehenge ist also wirklich ein Portal in eine andere Welt?"

„Nach dem, was ich herausgefunden habe, ist es möglich, ja. Der Legende nach errichteten die ersten Mitglieder des Dragon Circles verschiedene Tore auf den unterschiedlichsten Welten. Stonehenge, wie du es genannt hast, scheint offenbar eines dieser Tore zu sein. Also gut. Dank Jay weiß ich nun, wo ich nach dem Portal suchen muss. Ich werde alles für eure Ankunft vorbereiten."

„Verrückt, wie sich alles zusammensetzt", fügte Jay hinzu.

„Gut. Dann sehen wir uns schon morgen…"

„Viel Glück, meine Freunde."

Und mit einem Mal, verschwand Winston wieder. Maggs hob den Stein auf und steckte ihn zurück in seine Tasche.

„Also gut, wie sieht unser Plan aus, um in den Portalraum zu kommen?", fragte Emely.

Skeptisch nahm Maggs sein Schwert aus der Kiste heraus. Vorsichtig testete er, ob es seinem alten ebenbürtig war.

„Sehr gut. Vielen Dank, Ryo… und Jay."

„Gerne, aber Ryo hat deins gefertigt. Ich hätte es mit Sicherheit ruiniert. Für mein Eigenes habe ich schon mehrere Anläufe benötigt."

„Zeig mal her."

Jay übergab Maggs sein Schwert. Er bewunderte, wie leicht es war und wie gut es sich führen ließ.

„Sehr gut. Wir sollten gleich testen, ob es auch kampffähig ist."

„Jetzt?!", fragte Emely verwundert. „Sollten wir uns nicht erst einmal einen Plan überlegen?"

„Habe ich bereits. Wir gehen zum Anbruch der Dunkelheit. Solange trainieren wir."

Kapitel 13
„Ich glaube an dich, Jay"

Die Nacht begann und die Gruppe bereitete ihren Angriff vor. Die Sonne war untergegangen und es war stockfinster in dem Wald, in dem sie sich versteckten. Nur die Fackeln vor dem Tempel brachten ein wenig Licht. Die zwei Tempelwachen ahnten nichts, als plötzlich ein Pfeil aus dem Bäumen in ihre Richtung flog. Er verfehlte den Kopf eines der Andeda nur knapp und so schlugen die beiden Alarm. Es dauerte nicht lange, ehe weitere Wachen aus dem Inneren des Tempels hervorstürmten. Leo und Ryo stellten sich furchtlos vor den Tempel. Die Andeda bemerkten sie.

„Halt, ihr! Ihr habt hier nichts verloren!", rief eines der Skelette. Erneut spannte Leo einen leuchtenden Pfeil und schoss den Kopf des Skeletts ab.

„Ups… Entschuldigung", rief Leo ihm nach.

„Conexus!! Schnappt sie euch!", rief der Kopf des Skeletts.

„Jetzt?'", fragte Ryo.

„Jetzt!", antwortete Leo.

So schnell sie konnten, liefen die beiden zurück in den Wald. Die Wachen folgten ihnen, nur einer blieb zurück um den Eingang zu bewachen.

Immer wieder drehte Leo sich um, um einen seiner Pfeile auf die Andeda zu schießen, doch um sie alle zu töten, waren es zu viele. Immer weiter liefen die beiden, weiter und weiter. Sie liefen, bis Ryo über eine der Wurzeln im Boden stolperte.

Leo drehte sich panisch zu ihm um.

„Aaah, mein Knie", rief Ryo. „Leo, du musst mir aufhelfen."

„Ja… Nicht mal vielleicht, sieh dich doch mal an. Wie soll ich dir bitte aufhelfen?"

Ryo schüttelte den Kopf und stand langsam auf, doch um sie herum standen bereits ein Dutzend Andedas, begleitet von ihren Bestien.

„Ihr kommt mit uns, Conexus! Anubis wird sich sicher freuen euch zu sehen."

„Anubis?!", fragte Ryo.

„Na das lief ja großartig", erwiderte Leo.

Während Ryo und Leo, von den Anexus gefangen genommen wurden, schlichen sich Maggs, Emely, Jay und Luna auf den Berg. Emely zog ihre Doppelschwerter und sprang von oben auf die letzte Wache, die vor dem Tempel stand. Sie stach ihre Schwerter quer durch seinen Hals. Luna und Maggs sprangen ihr nach. Emely nahm die Leiche auf und versteckte sie abseits des Eingangs.

„Komm, Jay!", flüsterte Maggs.

„Das hätte ich vielleicht früher erwähnen sollen, aber Höhe war noch nie meine Stärke."

„Jay... Du brauchst keine Angst zu haben. Dir passiert nichts. Du hast es bei uns gesehen. Du musst nur in die Hocke gehen, sobald du den Boden berührst." Es waren bestimmt fünf Meter, die Jay herunterspringen musste. Jay nahm sich seinen Mut zusammen, schloss seine Augen und sprang. Er freute sich kurz und folgte den anderen sofort in den Tempel. Von innen heraus war er mit weiteren Fackeln beleuchtet. Sie kamen in einen riesigen Raum, der sich in mehrere Wege unterteilte.

„Also gut... Welcher führt uns zu dem Portalraum?", fragte Emely, als sie sich umschaute.

„Finden wir es heraus", antwortete Maggs.

Zusammen gingen sie den linken Weg, in der Hoffnung, die richtige Entscheidung getroffen zu haben.

Kurz darauf wurden Ryo und Leo als Gefangene in den Tempel gebracht. Die Andeda brachten sie in die untersten Katakomben. Sie sperrten sie in eine Zelle und legten sie in Ketten. Sie entzündeten zwei Fackeln neben der Tür und sperrten die beiden weg.

Ryo und Leo versuchten sich mit ihren Kräften zu befreien, doch wie auch schon auf Duran, waren sie blockiert.

„Natürlich. Habe ich eigentlich schon einmal erwähnt, wie sehr ich Magier hasse?"

„Das ein oder andere Mal, ja", antwortete Ryo. „Doch gerade spürte ich noch das Licht. Es muss an den Ketten liegen, nicht an der Zelle."

Schon bald darauf öffnete jemand die Tür zu ihrem Verlies. Sie hofften auf einen ihrer Freunde, doch es war Anubis, der sich ihrer annäherte.

„Ihr seid also die berühmt berüchtigten Ryo und Leo. Es wurde auch Zeit, dass wir uns endlich kennen lernen. Mein Meister hat mir schon viel von euch erzählt", sprach Anubis mit tiefer, verzerrter Stimme.

„Und du bist also der berühmt berüchtigte Anubis. Ich bin ehrlich. Ich dachte, du wärst ein Mythos", erwiderte Leo.

„Ist es wahr, dass du wirklich jeden tötest, dem du begegnest?"

„Wenn ihr mir nicht verratet, was ich wissen will, werdet ihr es herausfinden…"

„Okay… Ja, also ich muss wirklich sagen, diese Maske geht wirklich gar nicht und dein Outfit lässt dich schon etwas dick aussehen. Ich hatte mir dich eigentlich etwas angsteinflößender vorgestellt."

Anubis lachte ironisch. „Osiris erzählte mir schon, was für ein Witzbold du bist."

„Oh, ich wärme mich gerade erst auf."

Anubis verlor die Geduld und verpasste Leo eine.

„Also, meine "Freunde"… Warum erzählt ihr mir nicht, wo die anderen sind?"

„Welche anderen?"

„Verkauft mich nicht für dumm! Ich bin mir durchaus bewusst, dass ihr ein Ablenkungsmanöver seid. Also, wo sind die anderen? Wo ist Theodore Maggs?", fragte er die beiden, während er sein Schwert in Ryos linke Schulter bohrte. Vor lauter Schmerz schrie er auf.

Anubis ließ das Schwert in seiner Schulter und fragte erneut: „Wo ist Theodore Maggs?"

Wieder gaben ihm die beiden keine Antwort. Anubis nahm das Schwert und bohrte es weiter in Ryos Schulter.

„AAAhhhhh!" Wieder schrie er vor Schmerzen, doch Ryo schwieg weiter. Leo jedoch nicht.

„Okay, okay. Bitte, lass ihn in Ruhe. Ich sage es dir."

„Na geht doch. Umbra erzählt mir schon, dass ich dich zum Reden bringen könnte."

„Nach dem Angriff auf Luxtra haben wir uns von Ted und den anderen getrennt. Ryo und ich wollten von hier verschwinden und wir dachten, das Portal hier wäre unsere letzte Chance. Ich schwöre, das ist die Wahrheit."

„Leo... Du bist wahrlich kein guter Lügner und ein Narr noch dazu. Das Portal öffnet sich erst in ein paar Wochen, wie wolltet ihr von hier verschwinden, hm? Nur ein Großmeister wie ich wäre in der Lage... Ha. Oh, das kann doch nicht euer Ernst sein. Ihr glaubt doch nicht wirklich, dass Jay euch das Portal öffnen kann, oder? Haha. Er ist noch ein Kind. Von zwei so erfahrenen Nexus Meistern, hatte ich wirklich etwas mehr erwartet. Wo wolltet ihr überhaupt hin? Doch nicht etwa zu eurem lächerlichen Widerstand?"

Leo und Ryo schauten sich verwundert an.

Woher wusste er nur, dass sie auf dem Weg zum Widerstand waren? Und woher wusste er nur von Jay?

„Irgendwie ist euch gelungen seinen Aufenthaltsort geheim zu halten, doch schon bald werden wir wissen, wo er ist. Ihr dachtet doch nicht, dass ihr euch ewig vor Osiris verstecken könnt, oder einen Jungen, der Osiris vernichten soll, vor ihm geheim halten könnt? Er ist ein GOTT!!! Er weiß alles. Er sieht alles. Es gibt kein entkommen. Ihr könnt ihn nicht besiegen. Niemand kann das. Ihr zögert das Unvermeidliche nur hinaus. Schon bald werden alle Welten unter Osiris Kontrolle stehen. Schon bald wird er unsterblich sein. Ihr könnt diesen Krieg nicht gewinnen."

„Unsterblich? Und wie genau will er das anstellen?", fragte Leo.

Dieses Mal war es Anubis der keine Antwort gab.

269

„Der Ibonek", murmelte Ryo.

„Ryo… Du bist ja gar nicht so dumm, wie immer alle sagen."

„Das ist ein Witz, oder? Der Ibonek ist das Heiligste der Nexus Artefakte. Wir wussten, dass er den Stein braucht… aber wenn er ihn für seine Zwecke missbraucht, dann…"

„Dann was?! Wird der Connector ihn bestrafen?! Der Connector ist kein Gott! Er ist ein Feigling, der sich lieber versteckt, als sich einem Kampf zu stellen. Nicht einmal er wäre stark genug, um Osiris dann noch aufzuhalten. Sobald er den Ibonek hat, wird er der Herrscher des gesamten Multiversums sein! Die Leute werden ihn anbeten! Sie werden vor ihm knien! Und dann endlich wird es wahren Frieden im Multiversum geben."

„Ich knie vor niemandem", erwiderte Leo.

„Nein… Natürlich nicht. Also gut, ich frage noch einmal: Wo sind Jay und Maggs in diesem Moment?"

„Wenn dein Gott doch so allwissend ist, warum fragst du dann nicht ihn?!", antwortete Ryo.

Mit einem kurzen Ruck zog Anubis das Schwert aus seiner Schulter und schlug wie wild auf ihn ein.

Maggs und die anderen schlichen derweil durch den Tempel auf der Suche nach dem Portal. Sie hatten eine starke Vermutung, wo sich der Portalraum befinden könnte, doch auf dem Weg kamen sie immer wieder an einigen Wachen vorbei. Maggs und Emely schlichen sich von hinten an zwei Wachen an und schlitzten ihnen die Kehle auf. Sie kamen an einer Tür vorbei, die einen Spalt offen stand. Maggs und Emely gingen vorbei, doch Jay blieb stehen, als er seinen Namen hörte. Er spähte durch den Türspalt und sah eine Frau vor jemanden in goldener Rüstung und schwarzen Umhang knien. Als Jay etwas genauer hinsah, erkannte er die beiden. Es waren Umbra und Osiris.

„Jay, komm schon", flüsterte Maggs. Jay legte seinen Finger auf den Mund und winkte Maggs und Emely zu sich heran. Sie hockten sich neben Jay und schauten in den Raum. Sie konnten es kaum glauben, als sie Osiris sahen.

„Jay, Maggs und die anderen, sie sind hier. Wir konnten eure alten Freunde Ryo und Leo gefangen nehmen."

„Eine Ablenkung. Findet die Conexus. Anubis soll sich ihrer annehmen."

„Sehr wohl, Osiris."

Umbra hörte ein leises Geräusch und drehte sich zu Jay um. Gerade noch rechtzeitig, zog Maggs ihn und Emely von der Tür weg. Schnell gingen sie weiter.

„Anubis... Er ist hier. Ihr müsst es allein zum Portal schaffen", sagte Maggs.

„Was hast du vor?", fragte Emely.

„Wenn Anubis hier ist, sind Ryo und Leo in größeren Schwierigkeiten als angenommen. Ich befreie sie jetzt. Ihr sorgt dafür, dass das Portal bereit ist, wenn wir zu euch stoßen."

Emely nickte und sagte: „Viel Glück", während sie ihm in die Augen guckte. „Nimm Luna mit. Du wirst sie dringender brauchen als wir."

Maggs nickte und drehte sich wieder um. Auf direktem Weg machte er sich auf in die unteren Katakomben. Er war es satt umher zu schleichen und zog die Aufmerksamkeit der Wachen auf sich. Sie schlugen Alarm und schon bald wusste jeder in diesem Tempel, dass Maggs und die anderen hier waren.

„Was ist das für ein Lärm?", fragte Osiris.

„Sie sind hier. Hier in diesem Tempel. Ich mache mich sofort auf den Weg..."

„Nein! Wir verfolgen weiter unseren Plan. Der Junge soll das Portal ruhig öffnen. Vielleicht ist er erfolgreich, wo Anubis versagt hat. Danach sollte dann selbst Anubis in der Lage sein es zu öffnen. Sobald es soweit ist, werde ich zu euch stoßen. Dieser Widerstand hat uns lange genug beschäftigt. Es wird Zeit, dass ich dem ein Ende setze. Bereite die Truppen vor."

„Bei allem Respekt, ich bin nicht ihr Anführer..."

„Hast du mir etwas zu sagen, Umbra?"

„Warum bringt ihr ihn nicht zurück? Mortuus? Es ist seine Armee. Er hat sie euch zur Verfügung gestellt. Er wollte mit euch das Multiversum erobern. Ihr hattet eine Abmachung…"

„Eine Abmachung?! Ich habe ihm versprochen, dass die Andeda die Welten erobern werden… und genau das tun sie! Mortuus hat seinen Zweck erfüllt. Zu seinem Bedauern hat er mich einmal zu oft enttäuscht. Er hatte nur eine Aufgabe: Theodore Maggs zu töten. Stattdessen tötete er ihn. Ich hoffe sein Versagen ist dir eine Lehre, ansonsten teilst du sein Schicksal."

„Ich verstehe."

„Jetzt gehe. Bereite den Angriff vor und es wäre besser, wenn du dieses Mal nicht versagen würdest."

Umbra erhob sich und Osiris verschwand. Sie hob ihren Connector vom Boden auf und machte sich auf zu "ihren" Truppen.

Auf dem Weg zu den Verliesen tötete Maggs einen Andeda nach dem anderen. Sie alle waren getränkt in Dunkelheit und Maggs zeigte keinerlei Gnade.

Ryo und Leo erlitten derweil weitere Schmerzen. Anubis versuchte die Antworten regelrecht aus ihnen heraus zu prügeln. „Wo sind sie? Wo sind Maggs und Jay?", fragte er sie immer wieder, doch Ryo und Leo schwiegen weiter. Nach all den Jahren hatten sie gelernt den ein oder anderen Schlag einzustecken. Folter war für sie nichts Neues.

„Ihr Narren. Ihr hättet euch ihm anschließen können. Ihr hättet Seite an Seite mit einem Gott herrschen können. Ihr hättet wirklich etwas bewirken können. Stattdessen… seht euch nur an. Die großen Ryo und Leo…Die Meister von Raum und Zeit…"

„Es gibt nur einen Gott… und der ist mit Sicherheit nicht Osiris", erwiderte Ryo.

„Wo…sind…Maggs…und… die…anderen?", fragte er, während er Leo immer wieder schlug.

Leo spuckte das Blut aus seinem Mund und antwortete:

„Hinter dir..."

Anubis drehte sich um und sah Maggs, der gerade die Tür des Verlieses eintrat.

„Theodore Maggs..."

„Ich habe gehört, du bist auf der Suche nach mir?! Hier bin ich."

„Es war ein Fehler hierher zu kommen. Ein Fehler, den du mit deinem Leben bezahlen wirst."

Anubis schmiss das rostige Schwert, mit dem er Ryo und Leo folterte, zur Seite. Er ging auf Maggs zu und wie aus dem Nichts erschuf er ein schwarz schimmerndes Schwert in seiner Hand. Maggs hob sein Schwert und ging auf Anubis los. Anubis nutzte seine Dunkelheit und schoss Maggs aus dem Verlies. Während die beiden sich einen Kampf mit ihren Schwertern lieferten, spazierte Luna unentdeckt in das Verlies zu Ryo und Leo.

„Oh, Luna. Hier drüben", rief Leo.

„Ja genau. Komm her, du kleiner pelziger Fuchs", fügte er hinzu. Unbekümmert spazierte Luna zu ihnen und setzte sich vor ihnen hin.

„Braves Mädchen. Und jetzt mach uns los. Nutz dein Eis-Atem, oder wie auch immer du das nennen willst", befahl er ihr und pustete dabei demonstrierend.

Luna schaute auf die Ketten, doch bewegte sich nicht.

„Ja, genau die. Jetzt mach dein Ding!", befahl er ihr weiter, doch sie guckte Leo nur weiter an.

„Oh mein Gott, wir werden hier drin sterben...", sagte Leo enttäuscht. Ryo stöhnte weiter vor Schmerzen. Als Luna die tiefe Wunde in Ryos Schulter sah, vereiste sie seine Ketten und befreite ihn daraus. Der Zauber der Ketten ließ nach und Ryo spürte, wie das Licht wieder durch seinen Körper strömte. Er zögerte nicht lange und befreite auch Leo von seinen Ketten.

„Ah... Danke, Ryo. Und danke für nichts, Luna."

Geschwächt von der Folter nahm Ryo seine Tasche aus der Ecke. Er setzte die Teile von Leos Bogen zusammen und übergab ihn ihm samt seiner Pfeile. Er zog die Teile seines Stabes heraus und setzte auch ihn zusammen.

„Schon viel besser", stellte Ryo fest.

„Also gut, lass uns einen paar Anexus in den Arsch treten."
Leo spannte seinen Bogen und stürmte mit Ryo aus dem Verlies.
Sie wollten Maggs im Kampf gegen Anubis unterstützen, doch
als er die beiden sah, befahl er ihnen:
„Geht. Findet Jay. Ich kümmere mich um Anubis."
Widerwillig gingen die beiden und machten sich auf die Suche
nach dem Portalraum.

„Jay ist also wirklich hier…", sagte Anubis und nahm Abstand
von Maggs.
„Nicht mehr lange."
„Oh, richtig… Nur bis er das Portal geöffnet hat."
Maggs erschrak.
„Wer sonst sollte es öffnen. Keiner von euch ist stark genug, um
ein Weltenportal zu öffnen. Er muss schon viel gelernt haben,
wenn du ihm so etwas zutraust. Er muss wahrlich der Erlöser
sein."
Wieder zuckte Maggs leicht zusammen.
„Dachtest du Osiris wüsste nicht von der Prophezeiung? Dein
Vater war es doch, der ihm davon erzählte. Ihr hattet nur Glück,
dass ihr den Erlöser vor uns gefunden habt, aber es spielt keine
Rolle, wie viel er gelernt hat oder noch lernen wird. Er wird
niemals stark genug sein, um Osiris zu stürzen!"
„Das wird sich noch zeigen."
Wieder stürzten die beiden sich in den Kampf. Anubis war stark.
Stärker als jeder andere von Osiris Schülern. Ihre Augen
verfärbten sich schwarz und weiß und auch Maggs Schwert
begann nun weiß zu schimmern. Die Zwei waren sich auf allen
Ebenen ebenbürtig. Die Klingen von Licht und Dunkelheit
schlugen immer wieder aufeinander. Maggs duckte sich,
schnellte mit seinem Schwert nach oben und entwaffnete
Anubis. Anubis setzte einen Schritt zurück, doch er dachte nicht
einmal an einen Rückzug. Er nutzte das Feuer in den Fackeln
um sie herum, und warf einige Flammen auf Maggs. Mit seinem
Schwert versuchte er das Feuer abzuwehren, doch es bahnte
sich seinen Weg. Es verbrannte ihn auf seiner Schulter, doch

Maggs ignorierte den Schmerz. Er konzentrierte sich wieder auf den Angriff, wollte den wehrlosen Anubis ausnutzen, doch noch bevor er einen Schlag landen konnte, zog Anubis sein Schwert mit seinen Kräften zurück und parierte den Schlag.

„Ich sehe schon, Osiris hat dich gut ausgebildet", stellte Maggs fest.

„Ich bin während des Trainings durch die Hölle gegangen. Ein Möchtegern Prinz wie du ist kein Gegner für mich."

Aggressiv schlug Anubis immer wieder auf ihn ein. Nur knapp verfehlte er dabei den Kopf seines Gegenspielers.

Anubis Schwert löste sich in Luft auf, er hielt einen kurzen Moment inne und seine Hände begannen schwarz zu schimmern. Er formte einen Ball aus Dunkelheit in seinen Händen. Aus diesem Ball schoss er einen Strahl aus Dunkelheit auf Maggs. Er hob sein Schwert und setzte all sein Licht in es. Mit seinem Licht blockte er die Dunkelheit, doch Anubis war stark. Mit all seiner Kraft hielt Maggs dagegen. Seine Füße schliffen langsam zurück, doch Maggs ließ nicht nach. Noch einmal gab Anubis alles. Maggs Schwert entglitt ihm aus seiner Hand und flog weg. Erneut schoss Anubis einen Strahl aus Dunkelheit auf Maggs. Maggs hielt sich seine Hände vor seinen Körper und blockte die Dunkelheit. Aus seinen Händen schoss auch er einen Strahl, der Anubis zurückdrängte. Das Licht und die Dunkelheit trafen aufeinander. Ihre Kräfte waren ausgeglichen. Beide gaben alles, doch lange hielten sie es nicht aus. Mit einem letzten Kraftschub endete ihre Begegnung in einem lauten Knall. Die Decke und Wende über ihnen brachen zusammen. Maggs lief so schnell er konnte, doch Anubis wurde unter den Trümmern begraben. Der Tempel verlor an Stabilität und immer mehr Wände stürzten ein. Zwischen den Trümmern machte Maggs sich auf zum Portal.

Währenddessen fanden Emely und Jay den Portalraum. In den Raum war nichts weiter außer einem aus dunklem Stein errichtetem Tor. In die Steine waren verschiedene Symbole gemeißelt, die Jay noch nie zuvor gesehen hatte, doch von einem Portal war in diesem Tor weit und breit nichts zu sehen. „Das Portal scheint nicht offen zu sein... Was sollen wir jetzt tun?"

„Du wirst es öffnen..."

„Was? Nein. Ich kann kein Portal öffnen. Ich habe so etwas noch nie zuvor gemacht."

„Du kannst es schaffen. Ich weiß, dass du es schaffen kannst."

„W...Wa... Das ergibt doch überhaupt keinen Sinn. Ich dachte Osiris würde es merken, wenn wir ein Portal öffnen. Und warum muss ich es öffnen? Ich dachte, Maggs kann sowas auch."

„Er kann ein Nexus-Portal öffnen, ja, doch gehen wir durch eines dieser Portale, wird Osiris uns finden. Das hier ist ein Weltenportal. Osiris hat keinen Einfluss darauf, doch nur du kannst es öffnen."

„Ich verstehe das nicht. Ich dachte, wir sind so schnell gereist, weil das Portal sich nur jetzt öffnet... Ihr wusstet von Anfang an, dass es sich nicht öffnen würde, oder?"

„Ja... Das Portal öffnet sich erst in ein paar Wochen, doch wir können nicht so lange warten."

Jay war entsetzt. „Ich dachte, wir spielen mit offenen Karten. Ich dachte, ihr würdet mich endlich wie ein Teammitglied behandeln, stattdessen verheimlicht ihr weiter Dinge vor mir."

„Es tut mir leid. Wir hätten es dir sagen sollen, aber Maggs hielt es nicht für notwendig..."

„Ha. Nein. Natürlich nicht."

„Er war und ist sich sicher, dass du es schaffen kannst. Wir wollten dich nicht unnötig beunruhigen. Wir haben nur versucht dich zu beschützen."

Jay konnte es immer noch nicht glauben, dass er seinen neugewonnen Freunden offenbar immer noch nicht vertrauen konnte, doch er wusste, dass er jetzt keine Zeit hatte sich damit auseinander zu setzen.

„Okay... Was muss ich tun?"

„Du..."

Plötzlich wurde sie von einem lauten Knall unterbrochen. Darauf begann der Tempel Stück für Stück in sich zusammen zu brechen. Ryo und Leo stießen genau in diesem Moment zu ihnen.

„Wir sollten schleunigst von hier verschwinden", sagte Ryo.

„Ryo, Leo, ihr seid hier", stellte Jay erfreut fest.

„Dank Luna hier. Dieses Mädchen wird mir wirklich von Tag zu Tag sympathischer."

„Ja, dir vielleicht...", fügte Leo hinzu.

„Aber wo ist Maggs?"

„Er kämpft mit Anubis. Er ist hier."

„Wir müssen ihm helfen!", befahl Emely.

„Nein. Wir bereiten das Portal vor. Maggs schafft das. Außerdem haben wir noch ein anderes Problem", sprach Leo. Er drehte sich kurz um, schoss einen seiner Pfeile genau in den Kopf eines Andeda und sprach weiter: „Sie kommen hierher."

„Dann verbarrikadieren wir die Tür", schlug Jay vor.

„Das können wir nicht. Maggs würde dann auch nicht mehr durchkommen... Nein, wir müssen sie von hier fernhalten", widersprach Emely.

„Geht. Ich bleibe hier bei Jay und bereite alles vor. Du und Leo haltet uns die Andeda vom Leib."

Leo und Emely nickten und stürmten aus dem Portalraum den Gang herunter.

„Also, was genau muss ich jetzt tun, Ryo?"

„Fühle die Energie um dich herum. Die Energie, die die Universen miteinander verbindet. Fühle sie, spüre sie und dann forme sie zu einem Portal."

„Klingt ja eigentlich ganz einfach."

„Glaub mir, das ist es nicht. Erinnere dich an dein Training. Fühlen, nicht denken. Ich glaube an dich, Jay. Du kannst es schaffen."

Jay nickte und kniete sich vor das steinerne Tor. Er nahm einen tiefen Atemzug und begann zu leuchten. Er spürte, dass sein

Licht stärker war als gewöhnlich, doch von irgendwelchen Energien fühlte er rein gar nichts.

Enttäuscht verschwand sein Leuchten wieder.

„Nichts. Es tut mir leid. Ich spüre nichts."

„Schon okay, Jay. Probiere es einfach weiter. Du schaffst es, ich weiß es."

„Ich weiß dein Vertrauen in mich zu schätzen, aber was ist, wenn ich einfach nicht stark genug bin? Ich bin noch kein Nexus wie ihr. Vielleicht spüre ich nichts, weil ich es einfach nicht kann."

Maggs lief derweil eine der Treppen zum Portalraum hinauf. Verfolgt von unzähligen Andeda, brachte er die Treppe mit einem gezielten Schlag hinter sich zum Einsturz. Er tötete jeden, der sich ihm in den Weg stellte. Mit gezücktem Schwert lief er um die Ecke, als er in Emely reinrannte.

„Ted! Gott sei Dank, dir geht es gut", sagte sie erfreut und umarmte ihn.

Maggs erwiderte die Umarmung und fragte: „Jay?"

„Er ist bei Ryo im Portalraum", antwortete Leo.

„Wir sollten keine Zeit verlieren. Der Tempel könnte jeden Moment zusammenbrechen."

Schnell liefen die Drei zurück in den Portalraum und töteten dabei noch einige Andeda.

„Luna!", rief Emely mit leuchtenden Augen, als sie zurückkam. Luna eilte zur Tür und nutzte ihren Eis-Atem, um sie zu versperren.

„Das sollte sie für einen Moment aufhalten."

„Wie weit sind wir?", fragte Maggs.

„Es tut mir leid… Ich kann das nicht. Ich bin einfach nicht stark genug. Ich kann nicht einfach so ein Weltenportal öffnen. Wenn ihr es schon nicht könnt, wie sollte ich es dann schaffen?!"

„Jay…", begann Maggs zu erzählen. „Du kannst es, weil du besser bist als wir. Du bist der Erlöser. Du bist stärker als jeder von uns."

„Das ist das, was irgendeine Prophezeiung sagt. Wer sagt, dass ich dieser Erlöser bin?!"

„Noch nie zuvor, habe ich einen Nexus gesehen, der in wenigen Wochen solche Fortschritte gemacht hat wie du. Es tut mir leid, falls ich dir dieses Gefühl nicht vermitteln konnte. Du bist etwas Besonderes, Jay. Du hast schon so viel gelernt. Du bist jeden Tag stärker geworden. Du warst es, der uns vor dieser Krake gerettet hat. Was auch immer passiert, für mich bist du schon jetzt ein Held. Also los... sei der Held, der du schon immer sein wolltest. Sei der Held, den wir alle in dir sehen. Ich weiß, dass du es schaffen kannst. Ich glaube an dich, Jay."

Mit seiner neu gewonnenen Motivation kniete er sich wieder vor das Tor. Er legte seine Hände auf seine Beine, schloss seine Augen und atmete. Sein ganzer Körper begann weiß zu strahlen. Jetzt fühlte er die Energie, die ihn umgab. Er fühlte regelrecht den Riss in eine andere Welt. Er konzentrierte sich voll und ganz auf diese Energie und versuchte sie in ein Portal zu formen.

Die Symbole auf dem Tor begannen weiß zu leuchten und die Gruppe sah, wie sich inmitten des Tores ein kleiner Funken auftat.

„Sehr gut, Jay. Weiter so. Du hast es fast geschafft", motivierte Emely weiter. Während Jay sich darauf konzentrierte ein Portal zu formen, versuchten die Andeda durch die Eisschicht zu brechen. Immer wieder rannten sie gegen das Eis und stoßen ihre Schwerter hinein. Das Eis begann zu brechen.

„Wir kümmern uns darum", sagte Leo, als das Eis vollständig brach. Ryo schnappte sich seinen Stab und drängte die Andeda zurück. Den Bestien, die in den Raum stürmten, verpasste Leo einen Pfeil nach dem anderen. Das Portal nahm immer weiter Form an. In dem Tor entstand etwas blau Leuchtendes. Jay konzentrierte sich weiter auf das Portal, bis er es vollständig zusammenstellte. Er öffnete seine Augen, sein Leuchten verblasste und das Portal... blieb bestehen.

„Es ist offen!", rief Jay. „Dann hoffen wir mal, dass es funktioniert", murmelte er und ging hindurch. Emely und Luna folgten ihm. Ryo und Leo waren weiter damit beschäftigt, die Andeda abzuwehren.

„Ryo!", rief Maggs. „Der Tempel ist instabil, wir müssen ihn zum Einstürzen bringen!"

Ryo wandte sich von Leo ab und stellte sich gegenüber von Maggs auf die andere Seite des Raumes.

„Auf Drei, okay? Danach lauft in das Portal so schnell ihr könnt!"

„Okay!", erwiderten die beiden.

„Eins..." Die Andeda, stürmten immer weiter in den Raum hinein. Leo konnte sie nicht mehr lange aufhalten.

„Zwei..." Ryo und Maggs holten aus und brachten ihre Hände zum Leuchten.

„Drei!" Mit all ihrer Kraft schlugen Maggs und Ryo gegen die Wände und brachten den Portalraum zum Einsturz. So schnell sie konnten liefen die beiden durch das Portal. Leo verschoss seine letzten Pfeile und schaffte es ins Portal, bevor die Decke über ihm einstürzte. Das Portal schloss sich wieder und das Tor wurde zerstört.

Als Jay sah, dass sie es alle durch das Portal, das tatsächlich funktionierte, geschafft hatten, freute er sich ungemein.

„Geschafft! Wir haben es wirklich geschafft!"

„Nein... Du hast es geschafft, Jay. Du, ganz allein", lobte Maggs ihn weiter.

Winston wartete bereits auf der anderen Seite auf sie und hieß sie herzlich willkommen.

„Willkommen auf Mystico."

Kapitel 14
Osiris wahre Kraft

Nachdem von dem Tempel nur noch Trümmer übrig waren und Maggs und die anderen durch das Portal entkommen konnten, war es an Anubis und Umbra Bericht zu erstatten. Anubis kämpfte sich seinen Weg aus den Trümmern und erreichte Umbra in der Eingangshalle des Tempels. Ohne etwas zu sagen, legte er seinen Connector vor sie auf den Boden und kniete nieder. Auch Umbra kniete vor ihrem Meister. Osiris war entsetzt, als er sah, was mit dem Tempel geschehen war.

„Euer Auftrag war es den Jungen das Portal öffnen zu lassen, nicht es zu zerstören."

Anubis entschuldigte sich umgehend bei seinem Meister.

„Vergebt mir, mein Meister. Ich habe euch enttäuscht."

„Sag mir Anubis, wie konnte das geschehen?"

„Theodore Maggs… Er ist stärker, als ich es angenommen hatte. Ich habe ihn unterschätzt. Diesen Fehler werde ich nicht noch einmal machen."

„Euer Versagen kostet uns Zeit, die wir nicht haben. Ich habe euch gesagt, dass wir uns keine Fehler erlauben können."

„Ich weiß, es tut mir leid, doch ihr habt mir gesagt, dass Maggs nichts weiter als ein verwöhnter Prinz ist…"

„Ich habe dir auch gesagt, dass du seine Kraft auf keinen Fall unterschätzen darfst! Heute hast du versagt, Anubis, doch schon bald wirst du deinen Fehler wieder gut machen können. Du kannst ihnen zeigen, wie mächtig Anubis wirklich ist."

Anubis nickte zustimmend.

„Ihr solltet euch sofort an die Reparatur des Portals machen. Danach solltest auch du in der Lage sein das Portal wieder zu öffnen, nachdem Jay dir den Großteil der Arbeit abgenommen hat."

„Sehr wohl, Osiris…"

„Sobald ihr wisst, wo sich der Widerstand versteckt, kontaktiert mich. Ich werde mich ihrer annehmen."

„Wir melden uns, sobald das Portal fertig ist."
„Gut…"

Jay und Emely waren die Einzigen, die jubelten, nachdem sie erfolgreich das Portal durchquerten.
„Was ist los? Wir haben es geschafft, warum freut ihr euch nicht? Ich meine, gut, Maggs freut sich fast nie, aber was ist los?", fragte Jay.
„Wir haben einiges zu bereden…", antwortete Ryo.
„Vielleicht sollten wir uns erst einmal zum Widerstand begeben", schlug Maggs vor.
„Eine gute Idee. Ich werde euch hinführen", sagte Winston. Sie gingen eine Weile durch den Wald, in dem sie gelandet waren, doch so einen Wald hatte Jay noch nie zuvor gesehen. Um ihn herum wuchsen keine Bäume. Es waren Pilze. Riesige, leuchtende Pilze.
Jay war fasziniert, wie wunderschön sie aussahen, doch noch faszinierter war er, als er all die mystischen Wesen um sich herum sah. Ein Einhorn galoppierte einsam durch den Wald. Kleine Feen flogen zwischen den Pilzen und anderen Pflanzen umher. Ein Hirsch mit einem riesigen, leuchtenden Geweih schaute Jay genau in die Augen. Eulen in weißen Federkleidern warfen der Gruppe ihre Blicke nach. Luna tobte mit einer kleinen Katze herum. Sie hatte ein längliches Gesicht und eine kleine Stupsnase. Ihre Ohren waren lang und nach hinten ausgerichtet. Auf dem Kopf hatte sie eine lange weiße Strähne, die im Wind flatterte.
„Diese Erde ist wunderschön."
„Ja, das ist sie", stimmte Emely ihm zu.
„Ich hätte nie gedacht, dass all diese Wesen wirklich existieren. Einhörner, leuchtende Hirsche, Elfen…"
„Feen", unterbrach Leo ihn.
„Was?"
„Du meinst Feen und nicht Elfen. Glaub mir, die willst du nicht verwechseln. Da spreche ich aus Erfahrung."

„Wo ist der Unterschied?"

Leo fasste sich verzweifelt mit seiner flachen Hand an seine Stirn.

„Feen sind die kleinen Wesen, die hier umherfliegen. Elfen sind Wesen wie Winston", erklärte Ryo ihm.

Und erst jetzt waren Jay Winstons spitze Ohren aufgefallen.

„Oh", sagte er peinlich berührt. „Tut mir leid, Winston."

„Schon okay. Du bist nicht der Erste, der diesem Irrtum unterliegt."

Als sie den Wald endlich verließen, konnte Jay seinen Augen nicht trauen. Sie kamen auf eine riesige Wiese, doch es waren nicht etwa die kleinen, leuchtenden Blumen auf der Wiese, die in der Nacht besonders zur Geltung kamen. Im Gras sah er kleine Schweine herumspielen, doch es waren keine gewöhnlichen Schweine. Diese hatten Flügel. Eines der Schweine flatterte friedlich umher, als hätte es noch nie etwas anderes getan.

„Fliegende Schweine... Jetzt habe ich wirklich alles gesehen. Wie kann das alles nur möglich sein..."

„Wenn ich eine Sache im Multiversum gelernt habe, Kleiner, dann, dass alles möglich ist", erwiderte Leo nur.

Nachdem sie eine Weile über Wiesen streiften, erreichten sie letztendlich den Widerstand.

Vor einem Abhang hatten die Wesen hunderte von Zelten aufgeschlagen. Es war ein riesiges Lager. Viel größer, als Jay es sich vorgestellt hatte. Die verschiedensten Wesen aus dem gesamten Multiversum versammelten sich an diesem Ort, um gemeinsam die letzte Verteidigung des Multiversums zu bilden. Die Menge jubelte als die Gruppe das Lager betrat. Sie waren froh, dass Maggs endlich zurückgekehrt war, doch vor allem waren sie gespannt darauf, den Erlöser kennen zu lernen. Einige der Wesen kamen gleich auf sie zu und begrüßten sie herzlich. Jay erschrak, als er einen Lion in einer Rüstung sah. Der Lion schaute ihn verwundert an.

„Oh, mach dir nichts daraus, Kai. Wir sind auf unserer Reise einigen Abmis begegnet", erklärte Ryo.

„Oh, ich bin keiner von ihnen. Ich bin einer der Guten. Mein Name ist Kai. Es freut mich dich kennen zu lernen."

In dieser Nacht lernte Jay noch einige Namen. Er konnte sich gar nicht alle merken, doch alle schienen so unfassbar froh ihn endlich kennen zu lernen. Jeder wollte dem Erlöser persönlich die Hand schütteln, doch Maggs schob irgendwann einen Riegel davor. Er zog Jay mit sich in das größte der Zelte. Die Gruppe versammelte sich um einen hölzernen Tisch und legte die Karten auf den Tisch.

„Also… Ihr sagtet, wir hätten etwas zu bereden. Was ist es?", fragte Maggs.

„Als Anubis uns folterte, verriet er uns Osiris Plan", begann Ryo zu erzählen.

„Das war nicht sonderlich schlau von ihm, oder?", fragte Jay verwirrt.

„Aus seiner Perspektive spielt es keine Rolle, ob wir Osiris Plan kennen oder nicht. Laut ihm hat Osiris bereits gewonnen und er sei ohnehin nicht aufzuhalten."

„Also, was ist sein Plan?", fragte Maggs ungeduldig.

„Osiris will den Ibonek, wie wir vermutet haben, doch nicht, um ihn zu nutzen. Er will seine Macht für sich haben. Er will die Macht des Connectors an sich reißen und somit unsterblich werden, und sobald ihm das gelingt…"

„Wäre er unbesiegbar…" beendete Maggs seinen Satz.

„Unbesiegbar??", fragte Jay eingeschüchtert.

„Nicht nur das. Er könnte ohne große Mühe alle Welten im Multiversum einnehmen. Wenn er die Macht des Connectors an sich reißen kann, würde er tatsächlich zu einem Gott werden."

„Ich dachte, der Connector teilte seine Kräfte in Licht und Dunkelheit, damit niemand seine Kräfte erlangen könnte. Wie also will Osiris das schaffen?"

„Ich weiß es nicht,… aber wir müssen es herausfinden. Hat Anubis verraten, ob Osiris weiß, wo er sich befindet?"

„Nein."

„Gut. Dann gehen wir davon aus, dass er es nicht weiß. Es liegt also an uns ihn vor ihm zu finden", stellte Maggs noch einmal klar.

„Wie genau stellst du dir das vor?", fragte Winston.

„Er ist nicht ohne Grund schon seit Millionen von Jahren verschwunden. Schon viele vor uns haben versucht ihn zu finden... erfolglos.", warf Emely ein.

„Ich weiß es nicht, aber wir müssen ihn finden. Koste es, was es wolle. Sollte Osiris den Ibonek vor uns finden..."

„Darüber sollten wir jetzt lieber nicht nachdenken", unterbrach Winston ihn.

„Vielleicht hat der Dragons Circle nützliche Informationen, die uns weiterhelfen", schlug Ryo vor.

„Wenn uns jemand helfen kann einen seit Millionen Jahren vermissten Stein zu finden, dann vielleicht eine Organisation, die sich selbst seit Millionen Jahren versteckt", fügte Leo hinzu.

„Möglich. Ich werde Jay und Winston nach Ratava begleiten, sehen was ich herausfinden kann", sagte Maggs.

„Wir sind drauf und dran in eine unbekannte und geheime Welt zu reisen, da kommen wir natürlich mit", fügte Ryo hinzu.

„Nein, nicht dieses Mal. Jemand muss hier beim Widerstand bleiben und die Evakuierung beaufsichtigen. Emely und ich werden gehen."

„Soll Winston doch hierbleiben", konterte Leo.

„Ich bin der einzige, der das Tor in diese Welt öffnen kann."

„Ach, leck mir mein Fell. Dann bleiben Ryo und ich eben hier."

„Die Leute hören auf euch, sie respektieren euch. Ihr könnt sie sicher nach Waara führen. Sobald wir die Antworten und Grant haben, treffen wir euch dort wieder."

„Das Portal sollte sich am morgigen Mittag öffnen. Sobald es offen ist, solltet ihr hindurchgehen", sagte Winston.

„Gut. Am Morgen dann werden wir uns zu den Toren nach Ratava aufmachen. Bis dahin solltet ihr euch noch etwas ausruhen", befahl Maggs.

Die anderen stimmten Winston zu.

„Da wäre noch etwas… Osiris weiß von Jay. Er weiß von der Prophezeiung. Früher oder später wird er mit Sicherheit versuchen dich zu töten, oder schlimmer… dich für seine Seite zu gewinnen", fügte Ryo hinzu.

„Das wird ihm nicht gelingen. Weder das eine noch das andere", beruhigte Emely Jay gleich wieder.

„Ich werde mich niemals Osiris anschließen."

„Dennoch, wir sollten vorsichtig sein. Osiris wird dich sicher nicht aufgeben, also gib uns sofort Bescheid, wenn dir etwas Ungewöhnliches auffällt", sagte Maggs.

„Ungewöhnliches?", fragte Jay.

„Etwas wie Träume oder Stimmen in deinem Kopf. Halluzinationen, so etwas Ungewöhnliches", erklärte Ryo. Jay dachte zurück an seine Träume und überlegte, ob er es ihnen sagen sollte, doch er entschied sich dagegen.

„In Ordnung", antwortete er nur.

„Gut. Geht in eure Zelte. Morgen früh brechen wir auf."

Jay ging gemeinsam mit Ryo und Leo in eines der Zelte am hinteren Ende des Lagers. Zum ersten Mal seit einer gefühlten Ewigkeit legte Jay sich wieder in ein richtiges Bett. Das Zelt war groß, doch durch Ryos riesiges Bett fanden die anderen kaum Platz. Jays Bett passte geradeso in eine der hinteren Ecken, doch das war Jay egal. Er war erschöpft von all dem, was ihm die Tage widerfahren war. Nicht nur, dass er mit einer riesigen Monster-Krake kommuniziert hatte, er hatte es auch zum ersten Mal geschafft ein Portal in eine andere Welt zu öffnen. Er allein hat es geschafft in ein anderes Universum zu reisen. Alles passierte so schnell. Noch vor einigen Wochen war er ein einfacher Schüler an einer High-School und jetzt… hat er tatsächlich die Möglichkeit der Held zu werden, von dem er es immer träumte zu sein. Auch, wenn er so viel verloren hatte, seine Welt, seine Familie, seinen besten Freund, fühlte Jay sich zum ersten Mal seit dem Tod seines Vaters vollständig. Als hätte ihn eine Leere, die sich jetzt gefüllt hat, jahrelang begleitet, doch immer noch wünschte er sich nichts mehr, als seine neuen Fähigkeiten zu nutzen, um sich das, was er verloren hatte, eines

Tages wieder zu holen. Diese Gedanken kreisten wie immer in seinem Kopf herum, doch quälten sie ihn nicht mehr. Schon kurz darauf fielen seine schweren Augen zu und er schlief ein. In seinem Schlaf hörte er dann doch wieder diese Stimme. Er hörte, wie sie leise seinen Namen rief.

„Jay...Jay."

Er versuchte sie zu ignorieren, doch wieder sah Jay sich in dem Wald hinter seiner Schule. Er stand genau an dem Punkt, an dem der Traum das letzte Mal aufhörte.

Er stand über Juliens totem Körper. In seiner blutverschmierten Hand das Messer, mit dem er Julien offenbar erstochen hatte.

„Du...Schon wieder."

Doch Julien reagierte nicht, er lag einfach blutend da.

„Hier drüben", hörte er eine vertraute Stimme sagen.

Als Jay sich umdrehte, war er sich nun zu 100 Prozent sicher: Das hier war nur ein Traum. Der Mann, der hinter ihm stand und nach ihm rief, war er selbst, doch er trug eine goldene und schwarze Rüstung. Auf seiner Schulter saß ein Falke und auf seiner Brust sah er dieses Symbol. Das Symbol von Osiris.

„W...Wie...Wie ist das möglich? Du...Ich bin..."

„Überrascht?", unterbrach er ihn.

„Du trägst das Symbol von Osiris, warum?"

„Um meinem Herrscher zu dienen natürlich."

„Deinem Herrscher? Nein, das ist unmöglich. Warum solltest du dich Osiris anschließen?"

„Du meinst wohl, du. Ich bin lediglich das Ergebnis der Kooperation."

„Ich würde mich niemals Osiris anschließen."

„Sag niemals nie."

„Sag schon, wer bist du? Was willst du von mir?"

„Ich bin du. Oder zumindest dein zukünftiges ich."

„Nein. Das... Das kann nicht sein. Was ist nur passiert?"

„Nachdem ich erkannt habe, dass ich Osiris nicht aufhalten kann, beschloss ich mich ihm anzuschließen."

„Wieso? Was ist mit den anderen? Maggs, Emely, Ryo und Leo?! Du kannst sie doch nicht einfach im Stich lassen."

„Habe ich nicht… Sie haben mich im Stich gelassen!"

„Was meinst du damit?"

„Osiris tötete sie. Sie alle. Er löschte den gesamten Widerstand aus. Wir hatten keine Chance."

„Wie kannst du dich mit dem Mann verbünden, der all deine Freunde ermordet hat?!"

„Ich war allein. Voller Schmerz und Leid. Ich wollte, dass es aufhört. Ich war am Ende, doch Osiris zeigte mir einen Ausweg."

„Die Dunkelheit…"

Als Jay die Dunkelheit erwähnte, blitzten die Augen seines Gegenübers schwarz auf.

„Du bist einer von ihnen. Du bist ein…"

„Anexus?!"

„Wie ist das überhaupt möglich? Wir sind ein Conexus, kein Anexus. Wir tragen das Licht in uns, nicht die Dunkelheit."

„Ich habe am Anfang genauso gedacht wie du, doch du kannst dir gar nicht vorstellen, wie mächtig Osiris ist", erklärte er ihm. Dabei entfachte er in der einen Hand seine neu gewonnene Dunkelheit und in der anderen entfachte er sein Licht."

„Das ist unmöglich…"

„Ist es nicht. Du wirst ein Gott werden. Alles, was du tun musst, ist, dich Osiris anzuschließen."

„Niemals. Ich werde mich ihm niemals anschließen."

„Jay! Sei kein Idiot! Du kämpfst einen Kampf, den du nicht gewinnen kannst. Es ist nicht einmal dein Kampf!"

„Nein. Das stimmt nicht. Es ist mein Kampf. Es ist mein Kampf seit dem Tag, an dem ich mich Maggs und den anderen angeschlossen habe. Ich werde niemals so werden wie du. Ich werde Osiris aufhalten!"

„Das kannst du nicht!"

„Ich finde einen Weg. Wir finden einen Weg. Das machen Helden so."

„Helden? Ihr seid keine Helden… Ihr seid das Einzige, das dem Frieden im Multiversum im Weg steht. Das wirst du noch früh genug begreifen."

„Wir werden Osiris aufhalten. Wir werden einen Weg finden!"
„Es gibt keinen Weg, außer…"
„Außer was?"
„Außer du wirst zu mir. Haha. Nur ein Gott kann einen Gott stürzen."
„Nein…Nein. Ich werde niemals wie du. Du hast deine Seele verkauft, wofür? Für Macht? Ich bin der Erlöser. Ich werde Osiris aufhalten!"
„Wofür? Jay Bastion war schwach! Osiris hat mir gezeigt, dass es an der Zeit war ihn sterben zu lassen. Jay musste sterben, damit ich als Horus wiedergeboren werden kann. So können wir wirklich etwas im Multiversum bewirken. Das ist unser Schicksal, Jay!"
„Nein…Nein. Unser Schicksal ist es Osiris aufzuhalten, nicht uns ihm anzuschließen."
„Warum? Weil es auf irgendeinem altem Stück Papier geschrieben steht, das jemand Prophezeiung genannt hat? Du glaubst doch nicht wirklich, dass es wahr ist, oder?"
Jay schwieg. Er wusste nicht, was er dazu sagen sollte.
„Oh, Jay. Wie naiv wir doch waren. Du wirst schon sehen, Jay. Schon bald wirst du es verstehen."
Mit einem Mal verschwand sein anderes Ich wieder und Jay wachte nach Luft schnappend auf.
Ryo, der dadurch wach wurde, fragte ihn: „Jay? Alles okay bei dir?"
„Ja… Ich… Ich hatte nur einen schlechten Traum."
„Einen Traum? Wenn du willst, bleibe ich noch etwas mit dir auf."
„Nein. Nein… Keine Sorge. Es war nur ein normaler Albtraum. Schlaf weiter."
„Okay", murmelte Ryo im Halbschlaf und drehte sich wieder um. Gequält von dem, was er gesehen hatte, lag Jay noch einige Stunden wach, ehe er wieder einschlafen konnte.

Schon früh am Morgen, verabschiedeten sich Jay, Maggs und Emely von den anderen.

„Ich weiß, wir sehen uns schon bald wieder, trotzdem fühlt es sich wie ein Abschied an...", stellte Jay fest.

„Ich weiß, was du meinst, Kleiner. In unserem Business weiß man nie, wann man sich wiedersieht."

Zum Abschied tatschte Jay Leo zweimal sanft auf den Kopf.

„Ach, Jay... Mach das noch einmal und ich verpasse dir einen Pfeil durch deine Hand."

„Du wirst mir auch fehlen, Leo."

Mit einem Lächeln antwortete er: „Bis bald, Kleiner."

Er verabschiedete Ryo mit einer Umarmung und folgte Winston. Er zeigte ihm, wie sie den langen Weg bis nach Stonehenge hinter sich bringen würden. Sie gingen bis zur Klippe hinter den Zelten und dort unten im Wasser schwamm eine riesige Schildkröte.

„Wow... Das nenne ich mal eine Schildkröte."

„Das kann man wohl sagen. Sie wird uns sicher an unser Ziel bringen."

Maggs und Emely verabschiedeten sich kurz darauf auch von ihren Freunden.

„Ihr passt mir gut auf den Kleinen auf, okay?!"

„Natürlich, Leo", antwortete Emely.

„Jay hatte recht, das hier fühlt sich wirklich wie ein Abschied an...", sagte Ryo.

„Wir werden uns schon bald wiedersehen", beruhigte Maggs ihn. „Sorgt ihr nur dafür, dass alle Waara sicher erreichen."

„Du kannst dich auf uns verlassen, Teddy."

Während Emely sie zum Abschied umarmte, verabschiedete Maggs sie mit einem kräftigen Händedruck. Zusammen gingen Maggs, Emely, Luna, Winston und Jay hinunter ans Ufer, wo die Schildkröte bereits auf sie wartete.

„Also... Wie lange werden wir ungefähr brauchen, bis wir Stonehenge erreichen?", fragte Jay.

„Nicht sehr lange. Die Schildkröte wird uns schnell dorthin bringen."

„Wirklich? Schildkröten und schnell? Auf meiner Erde wäre das ein Widerspruch an sich."

„Oh, du wirst schon sehen. Das hier ist keine gewöhnliche Schildkröte", erklärte Winston.

„Du meinst abgesehen von ihrer Größe?", fragte Jay weiter, während er sich einen sicheren Platz auf dem Sattel der Schildkröte suchte.

„Du solltest dich besser festhalten", warnte Emely ihn.

Emely krabbelte zu dem Kopf der Schildkröte und berührte ihn mit ihrer leuchtenden Hand. Die Schildkröte bewegte ihre Flossen und kam nur sehr langsam vorwärts.

„Das nennt ihr also schnell?"

„Warte es ab…", antwortete Emely, die sich zurück zu den anderen setzte. Noch fast eine Minute schwamm die Schildkröte langsam weiter, bis sie schließlich aus dem Wasser emporstieg. Sie ging immer höher und höher, bis sie anfing zu fliegen. Jay war überrascht, damit hatte er wirklich nicht gerechnet.

„Oh, okay. Das meinte Leo also mit fliegenden Schildkröten."

„Wie gesagt, keine gewöhnliche Schildkröte", wiederholte Winston sich.

Einige Stunden noch flogen sie in Richtung Stonehenge. Stunden, in denen sie sich nur angeschwiegen hatten.

Jay war mit seinen Gedanken immer noch ganz woanders. Immerzu musste er an den Traum von letzter Nacht denken. Er fühlte sich, genau wie der letzte, einfach zu real an. Emely merkte, dass Jay am Grübeln war und begann sich Sorgen zu machen. Sie schob Jays Schwert samt Halfter zur Seite und setzte sich neben Jay.

„Ryo hat mir erzählt, dass du wieder einen Albtraum hattest. Möchtest du darüber reden?"

„Nein. Ich… Es war nur… Julien. Ich habe ihn wiedergesehen. Es war wieder der gleiche Traum."

„Bist du dir sicher?"

Jay zögerte. „Ja… Ja, ich bin mir sicher. Es ist alles gut. Es war ja nur ein Traum?! Kein Grund zur Sorge wegen Osiris. Von ihm war weiterhin nichts zu sehen in meinen Träumen."

„Ja… Es war nur ein Traum."

Ryo und Leo verbrachten den Vormittag damit, die Evakuierung einzuleiten. Die Zelte wurden abgebaut und die Anhänger packten ihre Sachen. Da Ryo und Leo nicht mehr viel dabei hatten, waren sie schon früh fertig. Dass die anderen es hinbekommen würden alle Sachen einzupacken, war für sie selbstverständlich, daher nahmen sie sich noch etwas Zeit für sich. Sie stellten Klapptisch und Stühle genau vor dem bald erscheinenden Portal auf und spielten eine Runde Schach. Das Schachspiel war eines ihrer Lieblingsbeschäftigungen. Ryo spielte wie immer die schwarzen Nashörner und Leo bekam wie immer die Figuren der weißen Löwen, doch anders als sonst dauerte ihre Partie nicht sehr lange.

„Schachmatt!", freute Ryo sich.

Leo schien mit seinen Gedanken irgendwo anders zu sein.

„Schachmatt...", sagte Ryo erneut.

Wieder bekam er keine Antwort.

„Hallo, Erde an Leo? Alles okay bei dir?"

„Was? Äh, ja. Tut mir leid. Du hast gewonnen. Noch eine Runde?"

Ryo schaute auf die Sonne und antwortete: „Das Portal sollte sich jeden Moment öffnen. Lass uns schon einmal einräumen."

Leo und Ryo räumten ihre Figuren wieder ein, klappten Tisch und Stühle wieder zusammen und warteten gespannt, bis sich das Portal öffnete.

„Okay Leute, es geht los!", rief Ryo, als er den ersten Funken vor der Klippe sah.

Wie aus dem nichts formte sich eine blaue, instabile Wolke, dessen Inneres blau leuchtete. Das Portal war nicht sehr groß, so passten nicht viele auf einmal hindurch. Einer nach dem anderen mit so vielen Waffen und Vorräten, wie sie tragen konnten, trat durch das Portal. Ryo und Leo wollten als letztes gehen, um sicher zu gehen, dass alles reibungslos verlief, doch nachdem erst ein paar Anhänger des Widerstands durch das Portal kamen, schloss es sich wieder.

„Was ist los? Was ist mit dem Portal? Wo ist es hin?", fragten sie sich.

„Ich weiß es nicht", antwortete Ryo ihnen.

„Ich schon", hörten sie eine Stimme von hinten rufen.

„Ich habe es geschlossen", sprach er weiter.

Alle drehte sich zu diesem Mann um und waren erschrocken. Es war Osiris höchstpersönlich, der in seiner schwarz-goldenen Rüstung vor dem gesamten Widerstand stand. Leo zögerte nicht lange und schoss einen Pfeil auf ihn. Unbeeindruckt fing Osiris ihn mit seiner rechten Hand. Verzweifelt schossen Leo und andere Bogenschützen weiter und weiter auf ihn. Osiris hob kurz seine Hand und errichtete einen Schutz aus Dunkelheit vor sich. Die Pfeile prallten ab und fielen vor ihm zu Boden. Ein mutiger Lion zückte sein Schwert und rannte schreiend auf Osiris zu. Mit einem kurzem Ausweichschritt und einen Schlag auf seinen Arm nahm er ihn sein Schwert ab und stach es ihn in seine Brust. Mit seinen Kräften hob er ihn an und warf ihn von sich weg.

Voller Zorn liefen weitere Mutige auf Osiris zu, doch einer nach dem anderen wurde getötet.

„Sind wir dann fertig damit?", fragte er provokant.

„Niemals!", riefen Ryo und Leo und gingen selbst auf ihn los. Aus dem Nichts erzeugte Osiris ein Schwert aus Dunkelheit in seiner Hand. Ryo mit seinem Stab und Leo mit einem Schwert, das er einer der Leichen abnahm, griffen ihn gemeinsam an. Ihre Waffen begannen weiß zu leuchten, doch Osiris hatte auch bei ihnen keine Probleme, ihre Angriffe zu parieren, doch genau das war alles, was er tat. Osiris versuchte nicht einmal einen Schlag bei ihnen zu landen. Alles, was er tat, war ihre Angriffe zu blocken und ihnen auszuweichen.

Selbst zu zweit konnten sie Osiris nicht ein Haar krümmen. Er ließ sie ins Leere laufen und ihre Energie verschwenden. Der restliche Widerstand wollte ihnen zur Hilfe kommen, doch Osiris hielt sie mit seiner Dunkelheit zurück. Sie konnten sich nicht mehr bewegen, selbst, wenn sie wollten. Bis es Osiris reichte, machte er immer weiter. Dann konterte er ihre Angriffe und warf Ryo und Leo zu Boden.

„Was willst du von uns, Osiris? Warum bist du hier?"

„Um mit euch zu reden, natürlich. Ryo…Leo…. Wir sind alte Freunde. Es muss nicht so sein, wie jetzt. Wir müssen keine Feinde sein."

„Das hättest du dir überlegen sollen, bevor du das Multiversum in Angst und Schrecken versetzt hast", erwiderte Ryo.

„Ich bin dabei das Multiversum zu retten! Das Multiversum war schon lange vor mir verloren. All die Kriege… All das Leid in den Welten. Ihr habt es doch selbst miterlebt. Dank mir gehört all das bald der Vergangenheit an. Ich bin der Held in dieser Geschichte. Ihr seid die, die den Frieden in den Welten verhindern! Ihr und euer lächerlicher Widerstand!"

„Die Dunkelheit scheint dir wirklich nicht gut getan zu haben", sagte Leo.

„Die Dunkelheit hat mir die Wahrheit gezeigt! Es tut mir leid, meine Freunde, aber wenn ihr gegen mich seid… müsst ihr sterben."

Mit einem Mal öffneten sich hunderte Portale hinter Osiris aus denen seine Andeda strömten. Aus der Luft flogen sie auf den schwarzen, fliegenden Pferden heraus und umzingelten den Widerstand.

„Es tut mir leid, dass es so kommen muss…"

„Mir auch", antwortete Ryo und brachte ihn mit seinem Stab zum Fall. Die Dunkelheit um den Widerstand löste sich auf und die Anhänger nahmen ihre Waffen und stürmten auf die Andeda los. Ryo und Leo sprangen auf und kämpften weiter gegen Osiris. Obwohl er nicht einmal seine Kräfte einsetzte, hatten Ryo und Leo große Mühen, doch sie waren gerissen, koordinierten ihre Angriffe gut. Leo konterte einige seiner Angriffe, während Ryo mit seinen Kräften einen großen Stein aus dem Boden holte, der Osiris ins Schwanken brachte. Ryo nutzte sein fehlendes Gleichgewicht, verpasste ihm einen harten Schlag in sein Gesicht und tatsächlich, sie hatten es geschafft Osiris zum Bluten zu bringen. Er fasste sich an seine aufgeplatzte Lippe und bewunderte das Blut auf seinem Finger.

„Es ist schon lange her, dass jemand mich zum Bluten gebracht hat."

„War uns ein Vergnügen", entgegnete Leo ihm.

Immer mehr der Andeda kamen durch die Portale und es entwickelte sich ein riesiger Kampf zwischen Andeda und dem Widerstand. Schnell bemerkten sie, dass die Andeda ihnen zahlenmäßig überlegen waren.
„Wir müssen uns zurückziehen!", rief ein Kämpfer des Widerstands.
„Ryo! Geh! Öffne die Portale! Wir müssen von hier verschwinden!"
Ryo ließ Leo im Kampf mit Osiris allein und zog sich zurück. Er ging bis zur Klippe und setzte sich in den Schneidersitz. Er versuchte alles um sich herum, all die Kämpfe, die Schreie, den Lärm auszublenden und sich zu konzentrieren. Seine Augen begannen zu leuchten und neben ihm öffnete sich ein Portal, doch es war nicht genug. Ryo öffnete weitere und weitere Portale, doch es kostete ihn all seine Kraft.
„Rückzug!", rief er mit seiner letzten Kraft und sackte zu Boden. Die Widerstandskämpfer zogen sich von ihren Kämpfen zurück und liefen in die von Ryo errichteten Portale, doch nur wenige schafften es den Andeda zu entfliehen. Die Andeda schlachteten sie erbarmungslos ab. Sie erdrosselten sie mit Ketten, köpften sie, schlitzten ihnen die Kehlen auf, zerfleischten sie und rammten ihnen ihre Schwerter mitten durch ihr Herz. Es war schrecklich mit anzusehen. Leo wollte ihnen helfen, doch der Kampf mit Osiris beschäftigte ihn weiter.
„Ihr könnt mir nicht entkommen! Ich finde euch, egal, wo ihr euch versteckt."
„Das werden wir ja noch sehen."
Leo und Osiris kämpften weiter, doch Osiris verlor nach und nach seine Geduld. Er war verärgert, dass all die Widerstandskämpfer durch die Portale entkamen.
„Genug!", rief er voller Zorn und griff sich Leo mit seiner Dunkelheit. Er schloss die Portale wieder und warf Leo zu Boden. Mit seinem Schwert hinterher schleifend, näherte er sich Leo. Er stellte sich über ihn und drückte ihn mit seinen Fuß an

den Boden. Er hielt ihm sein Schwert an die Kehle und sagte: „Es ist vorbei, Leo. Dein Kampf ist zu Ende..."

Er zog sein Schwert weg und holte zum finalen Schlag aus. Leo suchte panisch nach einer Lösung zu entkommen. Er griff mit seiner Hand vor Angst in den Boden und bemerkte den Dreck zwischen seinen Fingern. Osiris schlug zu. Leos Augen begannen zu strahlen und mit seiner linken Hand warf er den Dreck in Osiris Gesicht. Reflexartig hielt er sich seine Hand vor sein Gesicht und lockerte sein Bein. Ryo nahm sein Schwert und schnitt Osiris in sein rechtes Bein. Er fiel zu Boden und sah, wie Leo zu fliehen versuchte.

„Holt ihn!", befahl er den Bestien um ihn herum.

Leo lief so schnell er konnte in Richtung Klippe. Verfolgt von den Bestien pochte sein Herz rasend schnell.

Ryo stand langsam wieder auf und schaute ihn fragend an, da es für sie keinen Ausweg mehr gab. Sie saßen in der Falle, doch Leo hatte noch eine Idee.

„Spring" rief er ihm zu.

„Was?", fragte Ryo und schaute die Klippe hinunter.

„Spring!", rief er noch einmal.

„Das ist viel zu hoch!"", antwortete Ryo.

„Vertraust du mir?!"

„Ja", rief er zurück

„Dann spring!", sagte Leo, als er die Klippe hinuntersprang. Ryo folgte ihm und hatte Todesangst.

„Jetzt öffne das Portal!", rief Leo ihm zu.

Und kurz bevor sie den Boden erreichten, erkannte Ryo seinen Plan und öffnete ein Portal unter ihnen. Osiris lief ihnen nach, doch als er die Klippe hinunterschaute, waren Ryo und Leo verschwunden.

Kapitel 15
Wer ist Anubis?

Nichts ahnend erreichten Jay und die anderen am Ende des Tages ihr Ziel. Die Schildkröte setzte sie an dem Ufer eines Sees in der Nähe Stonehenges ab. Von dort an gingen sie den restlichen Weg zu Fuß, bis sie schließlich den Steinkreis erreichten.

„Seht, dort ist es", sagte Jay, als er die Steine am Horizont erblickte, doch dieses Bauwerk unterschied sich von dem auf Jays Erde. Es schien noch vollkommen zu sein. Dieses Gebilde setzte sich aus drei Steinkreisen zusammen. Die äußersten, im Kreis stehenden, großen Trilithen bildeten mehrere Tore. Dahinter befand sich der Blausteinkreis. Ein Kreis aus kleineren Steinen. Der innerste Steinkreis bestand aus fünf Trilithen, die hufeisenförmig aufgestellt waren. Im Zentrum des Ganzen befand sich der Altarstein. Er war der Schlüssel dieses Tores. Jay staunte.

„Ich dachte, ihr hättet so etwas auch auf eurer Erde?", fragte Emely überrascht.

„Haben wir, jedoch nicht so. Bei uns sieht es nur nicht mehr so aus... Wenn es das überhaupt einmal hat."

„Also, wie genau funktioniert das jetzt? Wie öffnen wir das Portal?", fragte Maggs.

Winston näherte sich dem Altarstein und holte sein Buch aus seiner Tasche.

„Dem Buch zufolge wird das Blut eines Würdigen erfordert. Wir tropfen es auf den Altarstein als Symbol der Opfergabe und das Portal sollte sich öffnen."

„Opfergabe?", fragte Maggs.

„Ich habe dir doch gesagt, hierbei handelt es sich nicht um ein gewöhnliches Portal."

„Dann ist es doch gut, dass wir den besten Warlock bei uns haben."

„Also, wessen Blut nehmen wir?", fragte Emely.

„Meins", antwortete Jay blitzschnell.

„Bist du dir sicher?", fragte Maggs.

„Wir gehen meinetwegen dorthin. Sollte ich nicht würdig sein, hätten wir dort eh nichts verloren, oder?"

Maggs und Emely nickten zustimmend.

„Tretet lieber einen Schritt zurück."

Winston nahm sich ein Messer aus seiner Tasche und schnitt in Jays Handfläche. Er ballte seine Hand zu einer Faust und ließ sein Blut auf den Stein tropfen. Danach hielt Jay sich seine Hand und nahm ein paar Schritte Abstand. Auf den Steinen tauchten plötzlich wieder diese komischen Zeichen auf, die Jay schon bei ihrem letzten Portal gesehen hatte.

„Was hat das zu bedeuten?", fragte Maggs.

Jay starrte auf die Zeichen.

„Ich weiß es nicht", antwortete Winston. „Eigentlich sollte sich das Portal jetzt öffnen... Vielleicht ist es eine Art Formel, die man sprechen muss?!"

„Kannst du lesen, was dort steht?", fragte Emely.

„Nein, tut mir leid. Nicht einmal ich weiß, was sie bedeuten."

„Ich schon", murmelte Jay, als ihn ein seltsames Gefühl überkam. Die anderen waren überrascht und Jay näherte sich langsam wieder dem Altarstein. Er fasst über die Innschrift und sagte: „Der Drache zeigte uns den Weg. Der Connector, ebnete uns den Pfad. Jetzt bitten wir dich, Verbinder der Welten, offenbare uns dein Geheimnis."

Plötzlich begannen die Blausteine, um sie herum und die Innenschrift zu leuchten.

„Gewähre uns Eintritt in deine verborgene Welt. Öffne uns das Tor und lass uns passieren."

„Woher wusstest du, was dort steht?"

„Ganz ehrlich, Ich weiß es nicht."

Sie warteten einen Moment, doch nichts geschah. Winston nahm noch ein paar Schritte Abstand und die Steine um sie herum leuchteten immer heller. Wie aus dem nichts schoss ein blaues Licht den Himmel hinunter, der Gruppe genau vor die Füße.

„Es hat funktioniert!", rief Winston. „Das muss das Portal sein! Wer geht voran?"

„Ich gehe", antwortete Maggs. „Ich gehe zuerst. Wir wissen nicht, wer oder was uns auf der anderen Seite erwartet. Ich gehe und stelle sicher, dass wir alleine sind."

Maggs stieg in den Strahl aus Licht und verschwand darin. Die anderen schauten sich fragend an, um zu bestimmen, wer als nächstes gehen sollte. Emely nahm Luna in ihren Arm und nahm die anderen die Entscheidung ab. Sie trat in das Licht und auch sie verschwand darin. Jay wollte als Nächster, doch noch bevor er sich dem Licht einen Schritt nähern konnte, hörten sie, wie sich hinter ihnen ein weiteres Portal öffnete. Sie drehten sich um und sahen, wie Anubis aus dem schwarzen Rauch hervortrat.

„Jay, geh!", befahl Winston ihn und stürzte sich auf Anubis. Mit seinen leuchtenden Händen stürzte er sich in den Kampf, doch Anubis stoppte ihn mit seiner Dunkelheit. Winston konnte sich nicht mehr bewegen. Er war ihm hilflos ausgeliefert. Anubis erschuf sein Schwert aus der Dunkelheit und erstach Winston. Jay drehte sich weg, er wollte in das Portal laufen, doch er hörte eine vertraute Stimme seinen Namen rufen.

„Jay!"

„Das ist unmöglich", murmelte er und drehte sich langsam um. Vor ihm stand Anubis, der seine Maske absetzte. Vor ihm stand sein alter Freund Julien, doch er hatte sich verändert. Er sah älter aus und auf seiner linken Wange hatte er eine große Narbe.

„Nein… Nein… Das kann unmöglich wahr sein."

„Es ist wahr, Jay. Ich bin es, Julien. Es tut mir leid, dass ich mich jetzt erst zu erkennen gebe. Ich habe versucht dich zu kontaktieren, aber…"

„Die Träume… Das warst du?!"

„Ich habe versucht mit dir zu reden, doch du hast mich immer wieder in diesen Albtraum gesteckt. Ich muss wirklich zugeben, ich bin beeindruckt von deiner Stärke."

„Wie ist das nur möglich... Ich… Ich dachte, du wärst tot."

„Der Zauberer, Shivana. Er nahm mich mit sich. Er brachte mich zu Osiris und…"

„Und du wurdest sein Schüler?"

Julien nickte und warf seine Maske auf den Boden.

„Aber wie… wie konntest du nur? Osiris ist das Böse."

„Gut und Böse, Jay, das ist alles nur eine Frage der Perspektive. Du weißt noch nicht einmal genug, um das alles zu verstehen."

Jay näherte sich ihm langsam und beugte sich runter zu Winston. Er fühlte seinen Puls. Nichts.

„Du… Du hast ihn umgebracht. Wie konntest du das tun?"

„Winston hat seine Wahl getroffen. Er stand meinem Meister ihm Weg. Sein Tod war ein Notwendiger."

„Nein… Wie kannst du nur so etwas sagen? Was ist nur mit dir passiert? Das bist doch nicht du. Du bist kein Killer."

„Ich bin, was ich sein muss… Dank Osiris habe ich endlich die Stärke dafür. Dasselbe kann er auch für dich tun."

„Ist das dein Ernst?!"

„Jay, bitte komm mit mir. Ich werde dir alles erklären und schon bald wirst auch du die Wahrheit erkennen. Überlege doch nur einmal. Wir haben immer davon geredet die Welt zu verändern, sie zu einem besseren Ort zu machen. Dank Osiris haben wir endlich die Möglichkeit. Alles, was du tun musst, ist mit mir zu kommen."

„Die Welt verbessern? Ihr verbessert sie nicht, ihr unterwerft sie. Ihr verbreitet nichts als Angst und Schrecken."

„Das ist es, was Theodore Maggs und die anderen dir erzählen, nicht wahr? Doch so einfach ist es leider nicht…"

„Seit dem Tag im Wald wollte ich nichts mehr, als meinen Freund wieder zu sehen. Ich habe mich dieser ganzen Sache doch nur angeschlossen, um dich zu retten. Wie es aussieht, ist es dafür wohl zu spät…"

„Jay… Du hast mich gerettet. Hättest du mich nicht alleine zurückgelassen, hätte ich nie mein wahres Schicksal erkannt. Du musst mir vertrauen. Ich bin immer noch dein Freund."

„Ich könnte nie mit so einem… Monster wie mit dir befreundet sein. Du bist nicht der Julien, den ich kannte."

„Du hast recht... Dieser Julien bin ich nicht mehr. Dieser Junge starb schon vor langer Zeit, damit ich als Anubis wiedergeboren werden konnte."

„Was hat er dir nur angetan?", fragte Jay, als ihm eine Träne übers Gesicht rollte.

„Selbst, wenn ich es dir erzähle, würdest du es mir nicht glauben,... doch all das hat mich stärker gemacht. Du musst nicht weinen, Jay. Das hier ist kein Ende, es ist ein Neuanfang. Komm mit mir und wir können immer noch unsere Träume verwirklichen."

„Das habe ich mir jeden Tag vorgestellt, seit ich dich zurückgelassen habe. Habe mir vorgestellt wie es wäre, all das hier mit dir zu erleben."

„Das kannst du. Du musst nur mit mir kommen", sagte Julien und streckte Jay seine Hand aus.

„Nein...Nein, kann ich nicht. Es tut mir leid", erwiderte Jay, drehte sich weg und verschwand in dem Portal. Julien wollte ihn verfolgen, doch noch bevor er hindurch gehen konnte, schloss es sich.

„JAAAAAAAAYYYYY!", rief er verzweifelt in den Himmel.

Mit Tränen übergossen erreichte Jay die Welt Ratava.

„Ihr habt mich belogen!", beschuldigte er Maggs und Emely.

„Was?"

„Anubis! Du hast gesagt, dass er schon seit vielen Jahren an Osiris Seite ist!"

„Ja, und?"

„Julien ist Anubis!"

„Was? Warte, wo ist Winston?", fragte Maggs.

Weinend antwortete er: „Er... hat ihn umgebracht... Winston ist tot."

Die anderen waren geschockt.

„Es tut mir leid. Es ist alles meine Schuld. Winston wollte mich beschützen... Meinetwegen ist er tot", sagte Jay und konnte sich dabei weitere Tränen nicht verkneifen.

Emely nahm ihn in den Arm und tröstete ihn.

„Es ist nicht deine Schuld, Jay. Du bist nicht für die Taten von Julien verantwortlich."

„Ich... Ich hätte ihn niemals in diesem Wald zurücklassen dürfen."

„Hat er dich verletzt?"

„Nein...Er...Er wollte, dass ich mit ihm gehe... Die Träume... Das war er... Was habe ich nur getan?! Mein bester Freund ist ein Monster, nur meinetwegen..."

„Jay...", begann Maggs. „Erinnerst du dich noch daran, was ich dir über das Opfer von Julien und John erzählt habe?"

„Wir ehren ihr Opfer, indem wir ihnen Tag für Tag zeigen, dass wir die Menschen sind, die sie in uns sahen. In dem wir den Krieg beenden und die Verantwortlichen Gerechtigkeit erfahren lassen."

„Ganz genau. Julien ist tot. Anubis ist das, was aus ihm gemacht wurde. Er hat sich geopfert, damit du Leben kannst. Damit du der Held werden kannst, den er immer in dir gesehen hat. Osiris wird dafür bezahlen, was er Julien angetan hat."

Mutwillig wischte Jay sich seine Tränen aus dem Gesicht. Er sah zu Maggs und sagte: „Dafür werde ich sorgen... Danke."

„Wofür hat man Freunde, nicht wahr?!"

Die Tatsache, dass Maggs sie Freunde nannte, zauberte Jay ein Lächeln ins Gesicht.

Erst als er sich langsam beruhigte, erkannte Jay, dass Ratava keine gewöhnliche Welt war. Als er nach oben blickte, sah er keinen Himmel. Er schaute direkt in die Sterne. Er sah einen hellblauen Mond, der Ratava sehr nah schien.

„Wo sind wir?"

„Natürlich... Niemand konnte Ratava finden, weil es keine Erde ist. Deswegen konnten wir kein Portal hier her öffnen", stellte Emely fest.

„Warte, willst du damit sagen, dass wir auf einem anderen Planeten sind?", fragte Jay.

„Es sieht ganz danach aus."

„Wow. Erst parallele Welten und jetzt im Weltraum..."

„Das dort hinten muss es sein", sagte Emely und zeigte auf eine riesige Festung am Horizont.

Außer der Festung war weit und breit nichts zu sehen. Kein Wasser. Keine Vegetation. Nichts. Die Oberfläche des Planeten erinnerte Jay an einige Aufnahmen wie die vom Mars oder vom Mond, doch anders als auf dem Mond, hatte er hier keinerlei Probleme zu atmen. Luna war verängstigt und klammerte sich fest um Emelys Hals. Zusammen gingen sie bis vor die Tore der steinernen Festung. Maggs wollte die Tore aufbrechen, doch als Jay sich einen Schritt näherte, öffneten sie sich von selbst. Neben den Toren waren zwei Statuen. Es waren zwei Ritter, die das Symbol eines Drachen auf ihrer Brust trugen. In der einen Hand hielten sie ein Schild mit dem Drachen, der einen Kreis darauf bildete. In der anderen hielten sie einen langen Speer.

„Das ist wohl der richtige Ort", stellte Jay fest.

Ohne zu zögern ging er an den Statuen vorbei in die Festung. Maggs und Emely wollten ihm folgen, doch mit einem Mal senkten die Statuen ihre Speere und verbarrikadierten ihnen den Weg. Jay erschrak und drehte sich zu ihnen um. Normalerweise hätte er Angst bekommen, doch irgendetwas in dieser Festung gab ihm ein beruhigendes Gefühl. Irgendetwas zog ihn ins Innere der Festung.

„Schon okay", sagte er zu den anderen. „Ich gehe allein. Ich komme wieder."

„Jay…"

„Schon okay, Maggs. Ich schaffe das."

Jay nahm all seinen Mut zusammen und betrat die Festung allein. Er kam in eine große Halle, doch es war stockfinster. Die Festung schien verlassen.

„Hallo?", rief er immer wieder, doch niemand antwortete. Plötzlich entzündeten sich einige Fackeln an den Wänden, doch so ein Feuer hatte Jay noch nie zuvor gesehen. Die Flammen waren weiß. Sie schienen Jay einen Weg zu zeigen. Sie führten ihn eine Treppe hoch, in eines der hinteren Zimmer.

„Hallo? Mein Name ist Jay Bastion. Ich bin auf der Suche nach dem Dragons Circle. Hallo? Ist jemand hier?", rief er immer wieder.

Während Jay im Inneren nach einem Anzeichen von Leben suchte, spürte Maggs außerhalb, dass Ryo und Leo versuchten ihn zu erreichen. Er nahm seinen Connector aus seiner Tasche und legte ihn vor Emely und sich auf den Boden.
„Ryo, Leo, was ist passiert?", fragte er, als er die beiden verletzt sah.
„Osiris."
Maggs lief es eiskalt den Rücken runter.
„Er hat das Portal geschlossen, bevor wir flüchten konnten. Sie haben uns überrannt. Es waren einfach zu viele. Wir konnten nichts gegen sie ausrichten. Es tut mir leid, Maggs", erzählte Ryo.
Schockiert hielt Emely sich die Hand vor ihr Gesicht.
„Wie viele haben überlebt?", fragte Maggs.
„Nicht viele. Ryo konnte noch ein paar Portale öffnen und sie auf verschiedene Erden bringen, aber wir müssen davon ausgehen, dass die Anexus sie verfolgen werden", antwortete Leo.
„Findet so viele, wie ihr könnt. Bringt sie nach Waara. Wir kommen dorthin, so schnell wir können. Das hier ist noch nicht das Ende… Das kann nicht das Ende sein…"
Ryo und Leo stimmten Maggs zu und verschwanden wieder.

Der Weg aus Fackeln führte Jay in einen dunklen Raum. Als er ihn betrat, entzündeten sich all die Lichter darin. Es war ein Raum mit einem Altar am hinteren Ende. Davor saß ein Mann in einem weißen Umhang und einer Kapuze über seinem Kopf.
„Hallo? Ich bin auf der Suche nach dem Dragons Circle, können sie mir vielleicht helfen?"
„Jay Bastion…", antwortete der Mann und drehte sich langsam zu ihm um.
„Woher wissen sie, wer ich bin?"

Der Mann nahm die Kapuze von seinem Kopf und antwortete:
„Mein Name ist Grant Hawl und ich habe dich bereits erwartet."
„Sie sind Grant Hawl... Sie sind der Conexus Großmeister. Ich
war auf der Suche nach ihnen."
„Nach all den Jahren lernen wir uns endlich kennen. So lange
habe ich auf dich gewartet."
„Sie haben auf mich gewartet? Warum?"
„Vor fünf Jahren, noch vor dem schwarzen Tag, da ist er mir
erschienen. Er zeigte mir dich, Jay, und meine Aufgabe in all
dem hier."
„Er?"
„Der Connector, Jay."
„Der Connector existiert wirklich?"
„Ja..."
„Und er weiß, wer ich bin?"
„Aber natürlich weiß er das. Du bist der Erlöser. Es ist dein
Schicksal, diesem Krieg ein Ende zu bereiten."
„Dann ist es also wirklich wahr...", stellte Jay fest.
„Ist es."
„Wenn Sie von dem Krieg wissen, warum verstecken Sie sich
hier? Wir könnten Ihre Hilfe gebrauchen."
„Tut mir leid, das kann ich nicht. Es ist mein Schicksal, dich
auszubilden, nicht den Krieg für dich zu führen. Das ist es doch,
was du dir erhofft hattest, nicht wahr?"
Jay wollte darauf nicht antworten.
„Was ist mit den restlichen Mitgliedern des Ordens. Wo sind sie
alle?", fragte er stattdessen.
„Leider benötigte eine andere Angelegenheit die Anwesenheit
des Ordens."
„Was könnte wichtiger sein als ein Krieg, der alle Welten
bedroht?"
„Das Multiversum ist unendlich und es gibt noch andere
Bedrohungen da draußen."
„Was ist mit dir? Warum bist du als einziger hier geblieben?"
„Um dich auszubilden."
„Dann wirst du also mit uns kommen?"

„Ich werde dich ausbilden, aber ich werde nicht mit dir kommen."

„Was ist mit meinen Freunden? Sie brauchen doch meine Hilfe. Ich kann sie nicht einfach im Stich lassen."

„Ich fürchte, das wirst du müssen. Es liegt an dir, Jay. Bleibe und du wirst der stärkste Conexus werden, den die Welten jemals gesehen haben. Gehe mit deinen Freunden und schon bald wirst du sehen, wie Osiris dir nach und nach alles nehmen wird... Also, wie wirst du dich entscheiden, Erlöser?"

Die Entscheidung schien einfach, doch Jay fiel es schwer seine neu gewonnen Freunde wieder zu verlassen, sie in diesem Krieg wieder allein zu lassen, doch als er zurück an Julien dachte, wusste er, dass er keine Wahl hatte.

„Ich bleibe."

„Gut...Ich schicke deine Freunde auf die Erde Waara zu Ryo und Leo, sobald du dich von ihnen verabschiedet hast. Wie es aussieht, haben sie bereits von dem Angriff auf ihren Widerstand erfahren."

„Der Widerstand wurde angegriffen?! Was ist mit Ryo und Leo? Geht es ihnen gut?"

„Sie leben..."

„Sie wissen von dem Angriff und wollen trotzdem, dass ich sie verlasse?! Sie werden meine Hilfe brauchen."

Grant antwortete nicht und ließ Jay selbst die Antwort erkennen. Getrübt stieg Jay die Treppen der Festung hinunter und ging zurück zu seinen Freunden.

Maggs und Emely waren erleichtert, als sie Jay aus der Festung kommen sahen, doch irritiert, dass er allein kam.

„Was ist passiert? Ist er nicht hier? Wird er dich nicht ausbilden?", fragte Emely.

„Doch, ist er. Grant ist der einzige, der noch hier ist und er hat zugestimmt mich auszubilden..."

„Das ist doch großartig. Und wo ist er dann?", fragte Emely weiter.

„Er wird nicht mit uns kommen..."

„Was soll das heißen?"

„Er will, dass du hierbleibst, nicht wahr?", schob Maggs ein.

Jay nickte nur.

„Dann bleiben wir mit dir hier."

„Emely... Grant hat mir von dem Angriff auf den Widerstand erzählt..."

„Woher weiß er...?

„Ich weiß es nicht, aber es spielt keine Rolle. Der Widerstand braucht euch jetzt mehr als ich. Grant wird euch nach Waara schicken, sobald ihr soweit seid."

„Jay... bist du dir sicher? Ich fühle mich unwohl dabei, dich hier allein zu lassen", sagte Emely.

„Ich weiß deine Sorge zu schätzen, doch das ist es doch, worauf wir hingearbeitet haben, nicht wahr?"

„Da hast du recht..."

„Ich komme schon klar, Emely. Ihr habt mich doch gut darauf vorbereitet, und sobald ich meine Ausbildung abgeschlossen habe, werde ich euch finden, versprochen."

Von dem Abschied zu Tränen gerührt, umarmte sie Jay noch ein letztes Mal.

„Du wirst mir fehlen, Jay."

„Du mir auch."

Auch Luna sprang sein Bein hinauf und verabschiedete sich von ihm. Er kraulte sie unter ihrem Kinn und sagte: „Dich natürlich auch, Luna. Bleib ein braves Mädchen und pass mir auf Ryo und Leo auf."

Maggs war stolz auf die Entscheidung, die Jay getroffen hatte. Jay war nicht länger der kleine Junge, der der Gruppe nur ein Klotz am Bein war. Maggs war sich sicher, dass aus Jay einmal ein unglaublicher Nexus werden würde.

„Jay...Ich..."

„Ich weiß. Du brauchst es nicht zu sagen. Du warst mir ein guter Lehrer Maggs, danke für alles."

„Ich denke, es wird Zeit, dass du mich Ted nennst", sagte er zum Abschied und schüttelte Jays Hand. Jay schmunzelte ein wenig und erwiderte seinen Händedruck.

„Danke, Ted", sagte er zum Abschied.

Ted trat einen Schritt zurück und rief: „Also gut, Grant. Wir sind soweit."

Hinter ihnen öffnete sich ein Portal, durch das Ted, Emely und Luna verschwanden. Jay winkte ihnen zum Abschied und trauerte ihnen hinterher. Niemals hätte er gedacht, dass er nach allem, was er verloren hatte, noch einmal Leute finden würde, die ihm so viel bedeuteten.

Das Portal schloss sich und Jay ging zurück in die Festung. Schon am nächsten Morgen begann er seine Ausbildung zum Conexus Großmeister in der Hoffnung, all seine Freunde schon bald wieder zu sehen.